홍사용 작품집

나는 왕이로소이다(외)

홍사용 지음 / 김은철 책임편집

범우

일러두기

1. 이 책은 노작 홍사용의 문학작품을 선하여 편집한 것이다.
2. 작품 선정은 특히 문학적 가치가 있거나 일반 독자들이 이해하기 쉬운 것을 기준으로 삼아 편집자가 임의로 선정하였다.
3. 저본은 김학동 편저 《홍사용전집》(새문사, 1985)로 삼았고 그 외 노작문학기념사업회의 《홍사용전집》(뿌리와 날개, 2000), 이원규 편저 《백조가 흐르던 시대》(새물터, 2000)를 참고하였다.
4. 각 문학작품의 장르는 일부 이론이 있으나 기존의 구분대로 따랐다.
5. 독자들이 이해하기 쉽도록 현대표기로 고쳤으나 가능하면 원문을 살리도록 하였고 필요한 경우는 한자를 부기하였다.
6. 어려운 내용이나 현대어에서 잘 쓰이지 않는 용어는 주석을 달아서 이해를 쉽도록 하였다.
7. 발표 연도와 게재지, 또는 출판사는 글의 뒤편에 밝혔다.
8. 글의 뒤에 해설과 작가 연보, 작품 연보, 관련 연구 논문을 실어 편의를 도모하였다.

홍사용 편 | 차례

발간사 · 3
일러두기 · 7

시 — 11

【자유시】
백조는 흐르는데 별 하나 나 하나 · 13
꿈이면은? · 15
통발 · 18
어부의 적 · 19
푸른 강물에 물놀이 치는 것은 · 20
봄은 가더이다 · 21
별, 달, 또 나, 나는 노래만 합니다 · 24
희게 하얗게 · 25
바람이 불어요! · 26
키쓰 뒤에 · 28
그러면 마음대로 · 29
해 저문 나라에 · 30
어머니에게 · 32
그이의 화상을 그릴 제 · 34
커다란 무덤을 껴안고 · 36
시악시의 무덤 · 38
그것은 모두 꿈이었지마는 · 40
나는 왕이로소이다 · 42
푸른 언덕 가으로 · 45

【민요시·시조】
비 오는 밤 · 46
시악시 마음은 ·
흐르는 물을 붙들고서 · 49
월병 · 50
각시풀 · 51
시악시 마음이란 · 52
붉은 시름 · 53
이한 · 54
감출 수 없는 것은 · 56
고추당초 맵다 한들 · 5757
한선 · 58

소설 — 59

저승길 · 61
봉화가 켜질 때에 · 82
뺑덕이네 · 103
정총대 · 114

희곡 — 125

할미꽃 · 127
제석 · 148
출가 · 179

수필 —— 227

청산백운 · 229
노래는 회색, 나는 또 울다 · 234
그리움의 한 묶음 · 239
귀향 · 252
산거의 달 · 273
궂은 비 · 276
추감 · 279
첨하의 인정 · 282

평론 —— 285

조선은 메나리 나라 · 287
백조시대에 남긴 여화 · 294

기타 —— 327

육호잡기(1) · 329
육호잡기(2) · 330
육호잡기(3) · 333

해설 / 사회화와 유년회상 —— 337

작가 연보 · 364
작품 연보 · 366
연구 논문 · 369

시

【자유시】

백조는 흐르는데 별 하나 나 하나
꿈이면은?
통발
어부의 적跡
푸른 강물에 물놀이 치는 것은
봄은 가더이다
별, 달, 또 나, 나는 노래만 합니다
희게 하얗게
바람이 불어요!
키쓰 뒤에
그러면 마음대로
해 저문 나라에
어머니에게
그이의 화상畵像을 그릴 제
커다란 무덤을 껴안고
시악시의 무덤
그것은 모두 꿈이었지마는
나는 왕이로소이다
푸른 언덕 가으로

【민요시·시조】

비 오는 밤
시악시 마음은
흐르는 물을 붙들고서
월병月餠
각시풀
시악시 마음이란
붉은 시름
이한離恨
감출 수 없는 것은
고추당초 맵다 한들
한선寒蟬

[자유시]

백조는 흐르는데 별 하나 나 하나

저―기 저 하늘에서 춤추는 저것이 무어? 오―금빛 노을!
나의 가슴은 군성거려 견딜 수 없습니다.
앞 강에서 일상日常 부르는 우렁찬 소리가 어여쁜 나를 불러냅니다.
귀에 익은 음성이 머얼리서 들릴 때에 철없는 마음은 좋아라고 미쳐서 잔디밭 모래톱으로 줄달음칩니다.

이러다 다리 뻗고 주저앉아서 일없이 지껄입니다.
은고리같이 둥글고 매끄러운 혼자 이야기를……
상글상글하는 태백성이 머리 위에 반짝이니 벌써 반가운 이가 반가운 그이가 옴이로소이다.
분粉 세수한 듯한 오리알빛 동그레 달이 앞 동산 봉우릴 짚고서 방그레― 바시시 솟아오르며, 바시락거리는 김 안개 위로 달콤한 저녁의 막이 소리를 쳐 내려올 때에 너른너른하는 허―연 밀물이 팔 벌려 어렴풋이 닥쳐옵니다.

이때올시다. 이 때면은 나의 가슴은 더욱더욱 뜁니다. 어둠 수풀 저쪽에서 어른거리는 검은 그림자를 무서워 그럼이 아니라 자글대는 내 얼굴을 물끄러미 보다가 넌지시 낯 숙여 웃으시는 그이를 풋여린 마음이 수줍어 언뜻 봄이로소이다.

신부의 고요히 휩싸는 치맛자락같이 달 잠겨 떨리는 잔살 물결이 소리없이 어린이의 신흥新興을 흐느적거리니 물고기같이 내닫는 가슴을 걷잡을 수 없어 물빛도 은같고 물소리도 은같은 가없는 희열나라로 더벅더벅 걸어갑니다……미칠듯이 자지러져 철철 흐르는 기쁨에 띄어서―.

아― 끝없는 기쁨이로소이다. 나는 하고 싶은 소리를 다 불러봅니다.
이러다 정처없는 감락甘樂이 온몸을 고달프게 합니다. 그러면 안으려고 기다리는 이에게 팔 벌려 안기듯이 어리광처럼 힘없이 넘어집니다.
옳지 이러면 공단貢緞같이 고운 물결이 찰락찰락 나의 몸을 쓰담아 주누나!
커다란 침묵은 길이길이 조는데 끝없이 흐르는 밀물 나라에는 낯익은 별 하나가 새로이 비칩니다. 거기서 웃음 섞어 부르는 자장노래는 다소곳이 어리인 금빛 꿈터에 호랑나비처럼 훨훨 날아듭니다.

어쩌노! 이를 어쩌노 아― 어쩌노! 어머니 젖을 만지는듯한 달콤한 비애가 안개처럼 이 어린 넋을 휩싸들으니……심술스러운 응석을 숨길 수 없어 뜻 아니한 울음을 소리쳐 웁니다.

―《백조》 1호(1922년 1월).

꿈이면은?

꿈이면은 이러한가, 인생이 꿈이라니
사랑은, 지나가는 나그네의 허튼 주정
아니라, 부숴 버리자,
종이로 만든 그까짓 화환
지껄이지 마라, 정 모르는 지어미야
날더러 안존치 못 하다고?
귀밑머리 풀기 전 나는
그래도 순실하였었노라

이 나라의 좋은 것은, 모두 아가 것이라고
내가 어린 옛날에 어머니께서
어머니 눈이 꿈쩍하실 때, 나의 입은 벙긋벙긋
어렴풋이 잠에 속으며, 그래도 좋아서
모든 세상이 이러한 줄만 알고 왔노라.

속이지 마라, 웃는 님이여
속이지 마라, 부디 나를 속이지 마라.
그러할 테면, 차라리 나를
검은 칠관漆棺에다 집어 넣고서
뾰족한 은정銀釘을, 네 손으로 쳐박아 다오
내나너를 만날 때까지는
또 만날 때면, 순실하였었노라
입을 맞추려거든, 나의 눈을 가리지 마라.

무엇이든지 주면, 거저 받을 터이니
그래서, 나로 하여금 의심케 마라
또 간사姦詐에 들게 마라.
그리고, 온갖 소리를 치워 다오
듣기 싫다, 회색창 뒤에서 철벅거리는 목욕물 소리

내가 입을 다무랴, 입을 다물어?
속고도, 말 못하는 이 세상이다
억울하고도, 말 못하는 이 세상이다
내가 터 닦아 놓은 꽃밭에
어른어른하는 흰 옷은, 누구?
놀래어 도망하는 시악시 사랑아
오이씨 같은 어여쁜 발아
왜, 남의 화단을, 무너뜨리고만 가느뇨

뭉뜯어 내버린 꽃송이를
주섬주섬 주워담자
임자가 나서거든 던져 주려고
앞산의 큰 영嶺을 처음 넘어서
낯모르는 마을로 찾아나 가자
퇴금색褪金色의 옷 입은 여왕의 사자使者가
번쩍거리는 길가에, 나를 붙들고
동산의 은빛 달이 동그레 돋거든
여왕궁의 뒷문으로 중맞이 오라면
옳지 좋다, 좀이나 좋으랴.
생전에 처음 좋은 천진天眞의 내다

그러나 그러나, 이 어린 손으로
초연初戀의 붉은 문을 두드릴 때에
꿈에나 뜻했으랴, 뜻도 아니한
무지한 문지기의 성난 눈초리
그래도 나는, 거침없이 말하겠노라.
이 꽃의 임자는, 우리 님이시다

그러나 꽃을 받을 어여쁜 님아
어데로 갔노? 어데로 갔노?
한 송이 꽃도 못다 이뻐서
들으니, 그는 무덤에 들었다
님의 무덤에 가자마자
그 꽃마저 죽누나! 그 꽃마저 죽누나!
그 꽃마저 죽자마자
날뛰는 이 가슴도 시들시들 가을바람

아! 이게 꿈이노? 이게 꿈이노!
꿈이면은, 건너산 어슴푸레한 흙구덩이를
건너다보고서, 실컷 울었건마는
깨어서 보니, 거짓이고 헛되구나, 사랑의 꿈이야.
실연의 산기슭 돌아설 때에
가슴이 미어지는 그 울음은
뼈가 녹도록 아팠건마는
모질어라 매정하여라
깨어서는, 흐르는 눈물 일부러 씻고서
허튼 잠꼬대로 돌리고 말고녀.　　　　—《백조》1호(1922년 1월).

통발

뒷동산의 왕대싸리 한 짐 베어서
달 든 봉당에 일수 잘하시는 어머님 옛이야기 속에서
뒷집 노마와 어울려 한 개의 통발을 만들었더니
자리에 누우면서 밤새도록 한 가지 꿈으로
돌모루 냇가에서 통발을 털어
손잎 같은 붕어를 너 가지리 나 가지리
노마 몫 내 몫을 한창 시새워 나누다가
어머니 졸음에 단잠을 투정해 깨니
햇살은 화안하고 때는 벌써 늦어서
재재바른 노마는 벌써 오면서
통발 친 돌성은 다 무너뜨리고
통발은 떼어서 장포밭에 던지고
밤새도록 든 고기는 다 털어 갔더라고
비죽비죽 우는 눈물을, 주먹으로 씻으며
나를 본다.

—《백조》 1호(1922년 1월).

어부의 적

냇가 버덩 늙은 솔 선 흰 모래밭에
텃마당같이 둥그레 둘러 어른의 발자국이 있다
아마도 여울목을 지키고 고기잡이 하던 낯모르는 사내가
젖은 그물을 말리느라고 예다가 널고서.
물 때 오른 깜정 살을 빨가둥 벗고서
남 안 보는 김에 좋아라고 뛰놀았던 게로군
옳지옳지 그런 때 그런 때
한 웅큼 왕모래를 끼얹었으면
(아마 미워 죽겠지)
그러나 어여쁜 님이라 하면
(아주 좋아 죽겠지)

―《백조》1호(1922년 1월).

푸른 강물에 물놀이 치는 것은

푸른 강물에 물놀이 치는 것은 아는 이 없어
그러나 뒷집의 코 떨어진 할머니는 그것을 안다
옛날 청춘에 정든 님과 부여안고서
깊고 깊은 노들 강물에 죽으려 빠졌더니
어부의 쳐 놓은 큰 그물이 건져내면서
마름잎에 걸리어 푸르르 떨더라고

— 《백조》 1호(1922년 1월).

봄은 가더이다

봄은 가더이다……

"그저 믿어라……"
봄이나 꽃이나 눈물이나 슬픔이나
온갖 세상을, 그저나 믿을까?
에라 믿어라, 더구나 믿을 수 없다는
젊은이들의 풋사랑을……

봄은 오더니만, 그리고 또 가더이다
꽃은 피더니만, 그리고 또 지더이다

님아 님아 울지 말아라
봄도 가고 꽃도 지는데
여기에 시든 이 내 몸을
왜 꼬드겨 울리려 하느냐
님은 웃더니만, 그리고 또 울더이다

울기는 울어도 남따라 운다는
그 설움인 줄은, 알지 말아라
그래도 또, 웃지도 못하는 내 간장이로다
그러나 어리다, 연정아 軟情兒의 속이여
꽃이 날 위해 피었으랴? 그렇지 않으면

꽃이 날 위해 진다더냐? 그렇지 않으면
핀다고 좋아서, 날뛸 이는 누구며
진다고 서러워, 못 살 이는 누군고

"시절이 좋다" 떠들어대는
봄나들이 소리도, 을씨년스럽다
산에 가자 물에 가자
그리고 또 어디로……
"봄에 놀아난 호드기 소리를
마디마디 꺾지를 마소
잡아뜯어라, 시원치 않은 꽃까지"
들 보구니 나물꾼 소리도
눈물은 그것도 눈물이더라

바람이 소리없이 지나갈 때는
우리도 자취없이 만날 때였다
청하지도 않는, 너털웃음을
누구는 일부러 웃더라마는
내가 어리석어 말도 못 할 제
훨훨 벗어버리는, 분홍치마는
"봄바람이 몹시 분다" 핑계이더라

이게 사랑인가 꿈인가
꿈이 아니면 사랑이리라
사랑도 꿈도 아니면, 아지랭이인가요
허물어진 돌무더기에, 아지랭이인게지요

그것도 아니라, 내가 속았음이로다

동무야, 비웃지 마라
아차 꺾어서 시들었다고
내가 차마, 꺾기야 하였으랴만
어여쁜 그 꽃을, 아껴 준들
흉보지 마라, 꽃이나 나를
안타까운 가슴에, 부여안았지

그러나 그는, 꺾지 않아도
저절로 스러지는 제 버릇이라데
아—그런들 그 곳이 차마
차마, 졌기야 하였으랴만
무딘 내 눈에 눈물이 어리어
아마도, 아니 보이던 게로다

아— 그러나, 봄은 오더니만, 그리고 또 가더이다
—《백조》 2호(1922년 5월).

별, 달, 또 나, 나는 노래만 합니다

온 동리가 환한듯 하지요? 어머니의 켜드신 횃불이 밝음이로소이다. 연자 맷돌이 붕 하고 게을리 돌아갈 때에 온종일 고달픈 꺼먹 암소는, 귀찮은 걸음을 느리게 옮겨 놉니다. 젊은이 머슴은 하기 싫은 일이 손에 서툴러서? 아니지요! 첫사랑에 게을러서 졸고 있던 게지요. 그런데 마음 좋으신 어머니께서는, 너털거리는 웃음만 웃으십니다. 아마도 집 지키는 나의 노래가, 끝없이 기꺼웁게 들리시던게지요.
 하늘에 별이 있어 반짝거리고, 앞 동산에 달이 돋아 어여쁩니다. 마을의 큰 북이 두리둥둥 울 때에, 이웃집 시악시는 몸꼴을 내지요. 송아지는 엄매―하며 싸리문으로 나가고, 아기는 젖도 안 먹고 곤히만 잡니다. 고요한 이 집을 지키는 나는, 나만 아는 군소리를 노래로 삼아서, 힘껏 마음껏 크게만 부릅니다. 연맷간의 어머니께서 기꺼이 들으시라고……

　　　　　　　　　　　　　　―《동명》 17호(1922년 12월).

희게 하얗게

누이가 일없이 날더러 말하기를
"나의 얼굴이 어찌하여 흰지 오빠가 그것을 아시겠습니까?"
"아마 너의 얼굴이 근본부터 어여쁜 까닭이지"
"아니지요! 달님의 흰 웃음을 받았음이지요"

"나 사는 이 땅이 흼은 어쩐 일인지 오빠가 아십니까?"
"아마 하얀 눈이 오실 때에 우리의 마음도 희었던 까닭이지"
"아니지요! 가만히 계셔요 나의 노래를 들어 보셔요"
"옷 짓는 시악시를 만나보거든
붉은 꽃 수놓은 비단일랑 탐치 말라고
붉은 꽃 피우려는 사랑이 올 때에
젊은이의 붉은 시름 지지 않을 터이니"
나는 누이의 뜻을 잘 알았다. 그가 나의 옷을 지을 때에
일부러 흰 옷감으로 고르는 줄을.

—《동명》17호(1922년 12월).

바람이 불어요!

밤이 오더니만 바람이 불어요
바람은 부는데 친구여 평안하뇨
창 밖에 우는 소리 묻노라 무슨 까닭
집 찾는 나그네 갈 길이 어디멘고
이 밤이 이 밤이 구슬픈 이 밤이
커다란 빈집에 과부가 울 때라

부러진 칼로 싸우던 군사야
잊지 말아라 차든가 덥든가
주막집 시악시 부어 주는 술이……
해 저문 강가에 팔짱 낀 사공이
애타는 젊은이 일 넌지시 묻거든
그리 말하소 더부살이 허튼 주정 말도 말라고

누구의 말이든가 "정성만 지극하면은
죽었던 낭군도 살아 오느니라"고
그것도 나는 믿지 않아요 거짓말이어서
"꺼진 불을 살려 주소서" 정성껏 빌어도
북두칠성 앵돌아졌으니 어이 하리요

이 밤을 새면 내 나이 스물네 살!
어머니! 말어 주셔요 십왕전에 축원을

문 앞에 가시성城이 불이 붙어요
당신의 외독자 나도 가기는 갑니다

죽음의 흑방에서 선지피를 끓이어
죄악의 부적을 일없이 그리는
마법사야! 오너라 네 어찌하리요
내가 모르는체 너털웃음을 웃으면은

아! 지겨운 밤이 바람을 데려오더니
시들지 않은 문풍지 또다시 우노나

—《동명》17호(1922년 12월).

키쓰 뒤에

"여보셔요! 쫓아오지 말고 저만큼 서셔요 남들이 있거든……"
"아따, 이 사람아— 만날 때면 참을 수 없구나 울렁거리는 가슴을"

"입을 그리 마셔요 입맞췄다 하게요 남들이 보면"
"아따, 이 사람아! 휘파람 부누나 하자는 말이지 남몰래 올 때에"

"쉬! 떠들지 말아요 우리 집의 사나운 개 또 짖고 나서요"
"아따, 이 사람아! 두 근 반 하더냐 너의 가슴이"

"내 속이 상합니다 웃지 말아요 허튼 웃음을"
"아따, 이 사람아! 못 만나 우냐? 만나서 웃지!"

"나는 싫어요 놀리지 말아요 그러면 나는 갈 테예요"
"아따, 이 사람아! 마음대로 하려무나 싫거든 그러면 나도 간다나"

—《동명》17호(1922년 12월).

그러면 마음대로

"해마다 열리는 감이 해마다 풍년이라"고
짚신할아비 그것을 지키며 좋아합니다.
씨많은 속살이 떫기만 하여도
소꿉질감으로 그나마 놀아나
다팔머리 이웃 애들 날마다 꼬여요
"요것들 어린 것이 감 따지 말아라"
"당신이 죽으면 가지고 갈 테요"
"요 녀석 죽기는 왜 죽는단 말이냐"
"그러면 마음대로 오백 년 사오"
아이들은 지껄이고 몰려가는데
모른 체 할아범은 짚신을 삼으며
"첫서리가 와야지 감을 딸 터인데"

— 《동명》 17호(1922년 12월).

해 저문 나라에

그이를 찾아서
해 저문 나라에,
커다란 거리에, 나아갔었더니
지나가는 나그네의 꼬임수에
흔하게 싸게 파는 굿은 설움을
멋없이 이렇게 사 가졌노라.

옛 느낌을 소스라쳐
애 마르는 한숨
모든 일을 탓하여 무엇하리요,
때 묻은 치맛자락 흐느적거리고
빛바랜 그림자 무너진 봄꿈,
미친 지어미의 노래에 섞어서
그 날이 마음 아픈 오월 열하루.

봄아 말없는 봄아,
가는 봄은 기별도 없이
꽃 피던 그 봄은 기별도 없이,
진달래꽃이 피거든 오라더니만,
봄이나 사랑이나 마음이나
사람과 함께 서로 달라서,
이 몸이 사랑과 가기도 전에

돌아가는 그 봄은 기별도 없이……

진실과 눈물은
누구의 말이던고,
시방도 나는 이렇게 섧거든,
그적에 애끓이던 그이의 눈물은
얼마나……붉었으료,
하염없이 돌아가던 언덕,
긴 한숨 부리던 머나먼 벌판,
눈물에 젖어서
잡풀만 싹이 터 우거졌는데,
이 산에서 저 산으로 오고가는 산새
가슴이 아프다 "뻐뻑꾹"
그이가 깨끗하게 닦아주고 가던

내 맘의 어루쇠(鍾)*는 녹이 슬어서
기꺼우나 슬프나 비추이던 얼굴,
다시는 그림자도 볼 수 없으니,
아—그 날은
병든 나의 살림,
마음 아픈 오월 열하루,
나는 이제껏 그이를 찾아서
어두운 이 나라에 헤매이노라.

―《개벽》 37호(1923년 7월).

―――――
* 구리 따위의 쇠붙이를 반들반들하게 갈고 닦아서 만든 거울.

어머니에게

어머니!
어찌하여서
제가 이렇게 점잖아졌습니까
어머니 젖꼭지에 다시 매어달릴 수도 없이
이렇게 제가 점잖아졌습니까
그것이 원통해요
이 자식은

어머니!
어찌하여서
십년 전 어린애가 될 수 없어요
어머니께 꾸중 듣고 십년 전 어린애가 다시 될 수 없어요
그리고 왜 이제는 꾸중도 아니 하십니까
그것이 서러워요
이 자식은

어머니!
어찌하여서
어린 것을 가꾸어 크기만 바라셨습니까
가는 뼈가 굵어질수록 욕심과 간사가 자라는 줄을 모르셨습니까
거룩한 사랑을 값싸게 저버리는 줄 모르십니까
그것이 느껴져요

이 자식은

어머니!
어찌하여서
떡 달라는 저에게 흰 무리떡을 주셨습니까
티끌 없이 클 줄만 아시고 저의 생일이면은 흰 무리떡만을 해 주셨습니까
이제는 때 묻은 옷을 벗을 수도 없이 게을러졌습니다
그것이 아프게 뉘우쳐져요
이 자식은

—《개벽》 37호(1923년 7월).

그이의 화상을 그릴 제

이 가슴에 사라지지 않는 그이의 얼굴을
잊히지 못하여 그림으로 그릴 제
우는 눈 웃는 입
붉은 뺨 푸른 눈썹
이 세상의 아름다움을 모두 다 걷어서
어여쁘게 어여쁘게 그리려 한다.
이 가슴에 사라지지 않는 그이의 얼굴을
잊히지 못하여 그림으로 그릴 제
이 몸과 마음은 고달팠으니
그이의 아름다운 얼굴과 같이
이 맘의 깨끗함도 자랑해 보려고

이 가슴에 사라지지 않는 그이의 얼굴을
잊히지 못하여 그림으로 그릴 제
그이의 그림과 이 나의 넋은
어두운 방바닥에 힘없이 흩어져
임자 없이 이리저리 굴러다녀라
이 가슴에 사라지지 않는 그이의 얼굴을
잊히지 못하여 그림으로 그릴 제
별러서 그리는 그이의 얼굴은
가장 아름답게 그려졌으니
이 몸이 애쓰고 괴로워질수록

그림의 얼굴은 어여뻐졌도다
이 가슴에 사라지지 않는 그이의 얼굴을
잊히지 못하여 그림으로 그릴 제
그이의 얼굴이 곱게 보일수록
도무지 한 가지는 그릴 수 없으니
보이지 않도록 감추어서 둔
그이의 가슴의 붉은 마음은

이 가슴에 사라지지 않는 그이의 얼굴을
잊히지 못하여 그림으로 그릴 제
알 수 없는 그이를 엿보아 그리나
다만 눈앞에 나타나 보임은
노상 어여쁜 얼굴뿐이었다.
이 가슴에 사라지지 않는 그이의 얼굴을
잊히지 못하여 그림으로 그릴 제
그러나 이 몸만 가엾어 졌으니
그릴 수 없는 것은 계집애 속이요
그릴 수 없는 것은 그이의 마음이라
못 그리는 그림을 부여안고서
나는 이렇게 울기만 할 뿐

—《개벽》37호(1923년 7월).

커다란 무덤을 껴안고
(묘장 중)

나그네 살림살이 스물두 해 반!
커다란 무덤을 껴안고 놀았다,
쑥 캐는 지어미의 눈물에 젖어서
무리선 늦은 해 엷은 빛이
뉘엿뉘엿 넘어갈 때에,
시들푼 산길에 고달픈 지팡이막대 집어던지고,
피에 절은 비린내가 힘없이 타는 누런 연기가
거친 풀끝에 어리인 옛 무덤 모인 곳에서,
안개 같은 지나간 꿈을 가슴에 그리며.
으스름 달빛을 붙들어라 회오리바람을 꼬여오라,
모다기* 울음이 일어나는 곳에서
피와 고기의 뭉틋는 소리는,
유령의 향연에 첫 서곡이더라.
해골바가지의 갸쭉어린, 널름거리는 귀화鬼火
질그릇이 깨어지는 듯한 여우의 노래,
빛도 없고 그림자도 없는 그윽한 집에서
이상한 눈을 번득거리는 촉루髑髏의 무리는
제가끔 거룩한 신이라 일컬으며 곤댓짓하더라.
거기에서 나도 흰소리하였다,

* 무더기.

나그네 살림살이 스물두 해 반!
그래도 거룩한 신神의 하나이라고.

— 《백조》 3호(1923년 9월).

시악시의 무덤
(묘장 중)

임자 없이 묻힌 시악시 무덤에
알 수 없는 비밀이 감추어 있다고
시름없이 지껄이는 나무 귥는 아이 혼자 군소리는
……………………………

그러나 부끄러운 가슴은 울렁거려
임자 없이 드러내는 시악시의 젖가슴을 볼까 봐서

꺾으려고 가 보니 그 꽃은
참으로 아름다운 꽃이었다
그러나 그것은 시악시 무덤 위에
다만 한 송이의 이름모를 꽃이었다

아프게 꺾는다 하여도 임자의 손이라 하오면
스러질 꽃이오니 꺾인들 어떠하오리까마는
저잣거리의 값싸게 파는 웃음이 아니어든
웃기고 또 다시 꺾어버리는 쓰라린 솜씨야!

임자 없는 꽃에 임자 없는 바람이 불었거니
맘 없이 오고 가는 나비야 무슨 죄오리까
꽃을 꽃으로 보아 꺾는 꽃이어니
시악시 마음에 감추어 둔 붉은 구슬을 누가 알았사오리까

놀던 나비 날아갈 때에 울던 꽃은 스러져 버렸다.
꽃도 없이 조으는 시악시의 무덤은
알 수 없는 비밀을 꿈꾸고 있는데
나무 긁는 아이의 혼자 군소리는
날이 늦도록 그 소리가 그 소리였다.

― 《백조》 3호(1923년 9월).

그것은 모두 꿈이었지마는

그것은 모두 수수께끼였지마는 누님이
"모른다 모른다 하여도, 도무지 모를 것은, 사나이의 마음이야" 하시기에, 나는
"모른다 모른다 하여도, 도무지 모를 것은, 나라는 '나' 이올시다."

"쩌르렁—"하는 소리는, 건너산이 우렁차게 울림이로소이다.
동네의 큰 북이, 소리쳐 웁니다. 동네의 두레패가, 자지러지게 놉니다.

밤! 밤! 회적색의 이 밤! 이 밤에 이 밤에 아—이 밤에, 불이 또 붙는다 하오면,
두고 가신 님의 속이, 오죽이나 타시오리까.
바지지 하느니, 시악시의 마음이로소이다. 불보담 더 다느니 나의 마음이로소이다.

장명등*, 발등걸이, 싸릿불, 횃불, 불이야— 쥐불, 듣기에도 군성스러운 통탕매화포, "가자— 건너편으로" 마른 잔디밭에 불이 붙어 오니, 무더기 불이 와르르하고 일어납니다.

쥐불은 기어 붙고
노루불은 뛰어오고
파랑 불
빨간 불

---

* 張明燈 : 대문 밖이나 처마 끝에 달아 두고 밤에 불을 켜는 등.

호랑나비 나비불

사내편

계집애편

얼씨구 좋다 두둥실

"으아— 쥐불이야" "뭐 막걸리 열동이?" 붉은 입술, 연시보담 더 빨간 청춘의 뺨, 늙은이의 눈짓. 선머슴꾼의 너털웃음, 용트림하는 젊은이 마음, 이 밤은 이렇게 모두 놀아나는데, 고개짓하는 홰나무의 속심을 누가 아오리까.

퍼지는 불길은 바다처럼 흐르고, 사람의 물결은 불붙듯 몰립니다.

벌불, 산불 주봉朱鳳뫼(산이름)의 붙는 불이, 괘등형掛燈形(산이름)으로 치붙어…… 검은 하늘에는 날으느니 불꽃, 또다시 통탕 매화포, 고혹蠱惑의 누린 냄새, 정열에 타오르는 불길, 피에 어린 눈동자 미쳐서 비틀거리고, 두근거리는 가슴은 울듯이 "뛰자!"

"내 손을 잡아라 내 손을" 손에 손길, 불에 불길 "치마꼬리가 풀어지네요!"

"대수……" "옷자락에 불이 붙네요!" "대수……" 아픈 발을 제기여 뜁니다.

"잡아라— 쥐불 쥐불"

그것은 모두 꿈이었지마는, 오늘이 쥐날인데 이상한 꿈도 꾸었다고, 누님이 탄식하며 이야기 하시던……

그것은 모두 수수께끼였지마는 누님이

"모른다 모른다 하여도, 도무지 모를 것은, 사나이의 마음이야" 하시기에, 나는

"모른다 모른다 하여도, 도무지 모를 것은, 나라는 '나' 이올시다."

— 《백조》 3호(1923년 9월).

나는 왕이로소이다

나는 왕이로소이다. 나는 왕이로소이다. 어머니의 가장 어여쁜 아들, 나는 왕이로소이다. 가장 가난한 농군의 아들로서……
그러나 십왕전十王殿에서도 쫓기어 난 눈물의 왕이로소이다.

"맨 처음으로 내가 너에게 준 것이 무엇이냐?" 이렇게 어머니께서 물으시면은
"맨 처음으로 어머니께 받은 것은 사랑이었지요마는 그것은 눈물이더이다" 하겠나이다.
다른 것도 많지요마는……
"맨 처음으로 네가 나에게 한 말이 무엇이냐?" 이렇게 어머니께서 물으시면은
"맨 처음으로 어머니께 드린 말씀은 '젖 주셔요' 하는 그 소리였지요마는,
그것은 '으아' 하는 울음이었나이다" 하겠나이다. 다른 말씀도 많지요마는……

이것은 노상 왕에게 들리어 주신 어머니의 말씀인데요
왕이 처음으로 이 세상에 올 때에는 어머니의 흘리신 피를 몸에다 휘감고 왔더랍니다.
그날에 동네의 늙은이와 젊은이들은 모두 "무엇이냐?"고 쓸데없는 물음질로 한창 바쁘게 오고 갈 때에도
어머니께서는 기꺼움보다도 아무 대답도 없이 속 아픈 눈물만 흘리셨답니다
발가숭이 어린 왕 나도 어머니의 눈물을 따라서 발버둥질치며 "으아―" 소리쳐 울더랍니다.

그날 밤도 이렇게 달 있는 밤인데요

으스름달이 무리 서고 뒷동산에 부엉이 울음 울던 밤인데요
어머니께서는 구슬픈 옛이야기를 하시다가요 일없이 한숨을 길게 쉬시며 웃
으시는 듯한 얼굴을 얼른 숙이시더이다.
왕은 노상 버릇인 눈물이 나와서 그만 끝까지 섧게 울어 버렸소이다. 울음의
뜻은 도무지 모르면서도요
어머니께서 졸으실 때에는 왕만 혼자 울었소이다.
어머니의 지우시는 눈물이 젖먹는 왕의 뺨에 떨어질 때면, 왕도 따라서 시름
없이 울었소이다.

열한 살 먹던 해 정월 열나흗날 밤, 맨재텀이로 그림자를 보러 갔을 때인데요,
명이나 긴가 짧은가 보려고
왕의 동무 장난꾼 아이들이 심술스럽게 놀리더이다. 모가지 없는 그림자라고요
왕은 소리쳐 울었소이다 어머니께서 들으시도록 죽을까 겁이 나서요

나무꾼의 산타령을 따라가다가 건너 산비탈로 지나가는 상두군의 구슬픈 노
래를 처음 들었소이다.
그 길로 옹달우물로 가자면 지름길로 들어서면은 찔레나무 가시덤불에서 처
량히 우는 한 마리 파랑새를 보았소이다.
그래 철없는 어린 왕 나는 동무라 하고 쫓아가다가 돌부리에 걸리어 넘어져서
무릎을 비비며 울었소이다.

할머니 산소 앞에 꽃 심으러 가던 한식날 아침에
어머니께서는 왕에게 하얀 옷을 입히시더이다.
그러고 귀밑머리를 단단히 땋아 주시며
"오늘부터는 아무쪼록 울지 말아라"
아—, 그 때부터 눈물의 왕은!

어머니 몰래 남모르게 속 깊이 소리없이 혼자 우는 그것이 버릇이 되었소이다.

누―런 떡갈나무 우거진 산길로 허물어진 봉화둑 앞으로 쫓긴 이의 노래를 부르며 어슬렁거릴 때에, 바위 밑에 돌부처는 모른 체하며 감중련하고 앉았더이다.
아―, 뒷동산 장군바위에서 날마다 자고가는 뜬구름은 얼마나 많이 왕의 눈물을 싣고 갔는지요

나는 왕이로소이다. 어머니의 외아들 나는 이렇게 왕이로소이다.
그러나 그러나 눈물의 왕! 이 세상 어느 곳에든지 설움 있는 땅은 모두 왕의 나라로소이다.

―《백조》3호(1923년 9월).

푸른 언덕 가으로

푸른 언덕 가으로 흐르는 물이올시다.
어둔 밤 밝은 낮
어둡고 밝은 그림자에
괴로운 냄새, 슬픈 소리, 쓰린 눈물로 뒤섞여 뒤범벅 같게.

돌아다 보아도 우리 시골은 어디멘지
꿈마다 맺히는 우리 시골집은 어느 메쯤이나 되는지
떠날 제 '가노라' 말도 못 해서 만날 줄만 여기고 기다리는 커다란 집
찬 밤을 어찌 다 날도 새우는지―

지난 일 생각하면 가슴이 뛰놀건만
여위인 이 볼인들 비쳐 낼 줄 있으랴
멀고 멀게 자꾸자꾸 흐르니
속 쓰린 긴 한숨은 그칠 줄도 모르면서
길고 길게 어디로 끝끝내 흐르기만 하랴노―

퍼런 풀밭에서 방긋이 웃는 이 계집아이야
무궁화 꺾어 흘리는 그 비밀을 그 비밀을 일러라
귀밑머리 풀기 전에―

― 박종화, 《달과 구름과 사상》(휘문출판사, 1956년).

[민요시·시조]

비 오는 밤

1
한숨에 무너진
설움의 집으로
혼자 우는 어두운 밤
또 다시 왔구나

2
잠 속에 어린 꿈
눈물에 젖는데
님 없는 집 혼자 나를
찾는 이 누구냐

3
귀여운 음성은
님이라 했더니
애처로운 그림자는
헛꿈이로구나

4
이 몸은 쓸쓸한
맘 아픈 거리로

애끊이는 그림자를
따라나 가볼까

5
누―진 내 가슴
흐너진 내 설움
궂은비 슬피우니
또 어이 하려나

—《동명》 7호(1921년 10월).

시악시 마음은

비탈길 밭둑에
삽살이 졸고
바람이 얄궂어
시악시 마음은
....

찢어 내려라
버들가지를
꺾지는 말아요
비틀어 다오

시들픈 나물은
뜯거나 말거나
늬나나 나……
나나나 늬……

— 《백조》 2호(1922년 5월).

흐르는 물을 붙들고서

시냇물이 흐르며 노래하기를
외로운 그림자 물에 뜬 마름잎
나그네 근심이 끝이 없어서
빨래하는 처녀를 울리었도다

돌아서는 님의 손 잡아당기며
그러지 마셔요 갈 길은 육십리
철없는 이 눈이 물에 어리어
당신의 옷소매를 적시었어요

두고 가는 긴 시름 쥐어틀어서
여기도 내 고향 저기도 내 고향
젖으나 마르나 가는 이 설움
혼자 울 오늘 밤도 머지않구나.

— 《백조》 3호(1923년 9월).

월병

팔월에도 한가위는
고구려의 시름이라
칠백리 거친 벌판
무슨 일이 있더이까

추석 절사節祀 아기네들
조상 내력 이르라니
도래떡 울던 겨레
오례송편 목이 메네

—《월간매신》(1934년 11월).

각시풀
(민요 한 묶음)

산초나무 휘추리*에 가시가 붉고
뫼비닭**이 짝을 찾아 "꾹구루룩국"
잡아뜯어 꽃다지*** 되는대로 뜯었소
한숨조차 숨겨 가며 외딴 불당 왔노라
"봄꽃 꺾다 맞은 삼살**** 무슨 법으로 풀으리까"
말없으신 금부처님 감중련만 하시네

먼 산 보고 눈물지는 실없는 마음
만날 사람 하나 없이 기다리는 시름
긴 메나리 호드기 불기도 싫어서
바구니 속 서리서리 되는대로 담았소
"봄꿈 꾸다 맞은 삼살 무슨 법으로 풀으리까"
넌즛 웃는 금부처님 감중련만 하시네

—《삼천리문학》1호(1938년 1월).

---

* 가늘고 긴 나뭇가지.
** 산비둘기.
*** 십자화과의 풀이름.
**** 三殺 : 산 제물로 쓰던 세 가지 짐승 즉 소, 양, 돼지를 말한다.

시악시 마음이란
(민요 한 묶음)

왜 또 우나요 봄사람 너무 울면 시드나니
타락 송아지 "엠매—"할 제 뭐 그리 서러워
실없는 말 하면은 얼굴이 붉고
진정으로 달래면 돌아내려라
그도 저도 말 없으면 가만한 한숨
시악시 마음이란 여울목 달빛
온달도 반달인 양 대중도 없지
네 나이 열아홉 살……봄꿈은 개꿈

왜 또 우나요 봄사람 너무 울면 시드나니
타락송아지 "엠매—"할 제 뭐 그리 서러워
누구 손에 꺾일 꽃인가 걱정도 없이
이름 모를 딴 시름 온밤을 새워
붉은 입술 다문 대신 느낌만 잦지
시악시 마음이란 덤불의 메꽃
핀 꽃도 진 꽃인 양 이슬에 젖네
네 나이 열아홉 살…… 봄꿈은 개꿈

— 《삼천리문학》 1호(1938년 1월).

붉은 시름
(민요 한 묶음)

이슬비에 피었소 마음 고와도 찔레꽃
이 몸이 사위어져서 검부사리 될지라도
꽃은 아니 될 것이 이것도 꽃이런가
눈물 속에 피고 지니 피나 지나 시름이라
미친 바람 봄 투세하고 심술피지 말아도
봄꽃도 여러 가지 우는 꽃도 꽃이려니

궂은 비에 피었소 피기 전에도 진달래
이 몸이 시어 져서 떡가랑잎 될지라도
꽃은 아니 될 것이 이것도 꽃이런가
새나 꽃이 두견이니 우나 피나 핏빛이라
새벽 반달 누구 설움에 저리 몹시 여위었노
봄꽃도 여러 가지 보라꽃도 꽃이려니

아지랑이 애졸여 가냘피 떠는 긴 한숨
봄볕이 다 녹여도 못다 녹일 나의 시름
불행 다시 꽃 되거든 가시 센 꽃 되오리
피도 말고 지도 말아 피도 지도 않았다가
호랑나비 너울대거든 가시 찔러 쫓으리
봄꽃도 여러 가지 가시꽃도 꽃이려니

—《삼천리문학》1호(1938년 1월).

이한
(속 민요 한 묶음)

밥 빌어 죽을 쑤어서
열흘에 한 끼 먹을지라도
바삐나 돌아오소
속 못 채는 우리 님아
타는 애 썩는 가슴도
그 동안 벌써 아홉 해구려
내 나이 서른이면
벌레 먹은 삼잎이라
아무려나 죽더라도
임자의 집 귀신이나
봄풀이 푸르러지니
피리 소리나 들으라오

동지섣달 기나긴 밤을
눈물에 젖어 드새울 적에
마음을 다스리고
이를 갈며 별렀어요
꿈마다 자주 갔던 길
머다사 얼마나 멀리
설움이 앞을 서니
까마아득 주저앉소

남의 별 어떤 별이뇨

내 직성直星 하마 베틀 할미

은하수 마를 때까지

예 앉아서 사위라오

—《삼천리문학》2호(1938년 4월).

감출 수 없는 것은

나물 캐러 가면은 먼산 바라기
옹달우물 거울삼아 무엇을 보누
솔도치에 몽당솔을 감춰야 쓰지
감출 수 없는 것은 큰아기 궁둥

반달 보고 긴 한숨 웃음을 당싯
앞내 여울 잔돌 방천 통발을 털어
고슴도치 외마지고 술추렴 갈 제
낯 붉은 뒷집 열녀 새벽 길 걷네

시세 못 본 영웅이 소용이 무엇
소증(素症) 난리 염치(廉恥) 귀양 닭서리 가려
노랑 수염 강생원님 밤잠 못 자고
좀생(昴星)이 천기(天機) 보며 흠자 군소리

— 《삼천리》 131호(1939년 4월).

고추당초 맵다 한들

충주 객사 들보 남글 도편수都片手는 아우
품 안에 든 어린 낭군 어이나 믿어
굽은 사리 외서촌外西村 길 푸돌며* 가도
가랑개리 시누이 마음 그 누가 알리

목천木川 무당 청주淸州 나이 열두 새 길쌈
잉아 걸고 북 잡으니 가슴이 달캉
달캉달캉 우는 바디 무엇이 설워
열두 가락 가락고치 등골을 빼지

속 모르는 시어머니 꾸리만 겼수
오백 꾸리 풀어 짠들 이 설움 풀까
이 세목細木을 다— 나오면 누구를 입혀
앞 댁 아기 지저귀감 어이두 없네

칠팔월에 자체방아 온밤을 새두
애벌댓김 꽁보리밥 그것두 대견
강피 훑다 누명 쓰긴 시누이 암상
눈결마다 헛주먹질 철없는 낭군

—《삼천리》 131호(1939년 4월).

---

* 풀둘다. 돌던 방향과 반대방향으로 돌다.

한선

높은 숲 맑은 이슬
무어 그리 맵고 쓰려
매암이 매암 매암
쓰르람 쓰르라미
아마도 덧없는 비바람
하도 사나워……

— 《신조선》 6호(1934년 10월).

소설

저승길
봉화가 켜질 때에
뺑덕이네
정총대町總代

저승길

1

유월 스무 날, 새벽 하늘이 먼동 틀 때이다. 홀로 병원문을 나서는 황명수는 온 몸이 후줄근하여서 정신없이 비틀거리며, 자욱한 안개 속 희미한 거리로 헤매어 가다.

2

그 전 날 밤이다. 죽음을 맡아 가지고 다니는 커다란 흑의사자黑衣使者가 무겁고 거북한 발을 잠깐 멈추어 음침스럽게 섰는 듯이, 어두운 밤에 싸인 병원 집은 옛날에 지겹고 구슬픈 주검이 많았다. 이로는, 함춘원含春園 솔숲에 흐트러진 옷자락을 펄럭거리며 끝 모르는 어둠 나라에서 꿈꾸는, 마음 약하고 몸 약한 불쌍한 무리를 손짓해 부르는 듯하다. 한 어깨를 으쓱 들어 출석거리며 선술집의 굴접시처럼 희멀뚱거리는 눈을 두리번거리는 듯한 병원 지붕의 탑시계는 어렴풋이 열한 점을 가리킨다. 어떻든 밤도 흉물스러운 밤이요 집도 음침스러운 집이다.

서삼호西三號 부인 병실에는 무거운 근심이 깊이 쌓였다. 하얀 모기장

밖으로 답답하게 매어달린 푸른 점등빛은 애태우는 여러 사람의 한숨과 눈물을 안타깝고 청승스럽게 적신다.

　백목 홑이불을 보얗게 마전*하여서 깨끗이 간 병상 위에 병든 희정이가 고이 누웠다. 고이 누워 있는 그만큼 그의 병세는 위독하였다. 구름 같은 머리카락은 되는대로 엉클어져 커다란 베개를 검게 덮었다. 너무도 모진 병에 시들고 시어져서 백골이나 아닌가 의심할만치 그의 얼굴은 창백하게 여위어졌다. 어여쁘고 고운 얼굴에 가장 아름다운 속눈썹을 가졌다 하던 샛별 같은 그의 눈도, 이제는 궂은 눈물에 어리인 채 반쯤 뜨여 있다. 하얗게 빛바래인 입술은 어느 시절에 꽃다운 웃음을 띠어보았던지 흔적도 없고 자취도 없이 어디로 사라져 볼 수도 없다. 가슴에 덮인 홑이불 한 겹이 무거운 듯이 가쁘게 할딱할딱하는 숨소리는 이따금 가느다란 목 속에 얼클어진 가래침에 걸리어 괴롭게 귀찮게 가르랑가르랑 할 뿐이다. 그럴 때마다 메마른 입 언저리는 힘없이 가늘게 바르르바르르 떨린다. 온몸은 가느다란 철사에다 얇은 백지를 휘감아 놓은 듯이 허수아비 같이, 힘없이 쓰러져 누워 있다. 팔과 다리가 아무 연락도 없이, 그저 그렇게 떨어져 되는대로 흩어진 듯이……

　끊어지려 하는 가는 목숨을 마디마디 졸이는 듯한 머리맡에 목각종 소리는, 혼자 제 세상이라고 고요한 방 안을 아프게 울린다. 무거운 수은을 부어 놓은 듯한 방 안의 공기는 가만한 속에서도 한 참 바쁘게 장차 일어날 무슨 일을 신비스럽고 거룩하게 큰 무슨 어려운 일을 예비하기에 몹시 부산한 듯하다.

　대각대각 하는 시계 소리가 기름이 말라서 기운 없이 서면…… 바랄 수 없는 희정의 목숨이 목 안에서 깔딱깔딱하다가 그만 뚝 그치면…… 희정의 병상을 에워싸고 안타깝게 들여다보는 여러 사람은 하염없이 창

---

* 빨아서 볕에 말림.

자를 졸이며 무엇을 기다리고 있다. 그러나, 그 기다리는 무엇이란 무엇이 참으로 무엇인지는 모른다. 아무도 캄캄하게 모를 수밖에 없게 되었다.

다섯 시간 전에 희정의 배를 갈랐었다. 위와 십이지장을 수술하려 함이었다. 하다가 미처 손을 떼기도 전에 원체 몹시도 허약해진 환자는 시간을 기다리지 못하여 맥박이 끊어지려 하였다. 그래서 하는 수 없이 병 수술은 둘째이고 우선 끊어지려 하는 목숨이나 조금 더 구원해 보려고 애쓰게 되었다. 갈라놓은 배를 허둥지둥 되는대로 급급하게 꿰매어 놓으니 물론 믿을 수 없는 것은 환자의 남았다 하는 그 목숨이다.

응급수술의 힘으로 이때껏 목숨이 부지하여 있으나 의사가
"열 시간 이상은 더 바랄 수 없습니다."
하고 다시 입맛을 쩍쩍 다시며,
"어서 수의나 장만할 도리나 하시오."
하는 정떨어지는 최후의 선언을 하고 가버렸다. 정작 목숨의 주인인 희정이는 몰라도 애를 써서 간호하던 여러 사람들은 청춘을 다 못 사는 희정의 짧은 일생을, 가엾게도 박명한 그의 일생을, 너무도 박절하게 열 시간이라는 기한을 받아 놓고 임종을 기다려 지키고 있게 되었다.

희정은 물에 녹은 수련화 줄기같이 파리한 팔을 무거운 듯이 배 위에서 가슴으로, 가슴에서 배 위로, 기운을 들여 옮겨 놓는다. 그리고 아무 탄력이 없는 듯한 눈꺼풀이 흐린 날에 먼동 트듯이, 멍— 하게 열려진다. 그러나 그의 눈은 아무 빛도 없고 아무 힘도 없이 그저 열려 있을 뿐이다. 그러다가 그의 눈동자가 이리로 저리로 조금씩 돌기 시작한다. 아마 누구를 찾으려 함인지 여러 사람들은 일제히 무슨 군호*나 있는 듯이 귀를 기울이며 허리를 굽혀 들여다본다. 희정의 얼굴은 몹시 무섭게 핼쑥

---

* 신호.

하고 희어지면서 다시 눈을 감는다. 이 모양을 보는 명수는 차마 견디어 볼 수가 없는 듯이 옆의 사람들을 얼른 돌아보면서 혼잣말같이

"어떻게 하나…… 암만 하여도…… 마지막으로 유언이나 들어보도록 하지!"

의사가 와서 주사를 한 지 한 오 분쯤 되어서 희정은 다시 눈을 떴다. 그리고 희정의 시선이 한 사람씩 한 사람씩 거쳐서 천천히 돌아간다. 아마 이제 마지막으로 가장 자기의 사랑하는, 가장 깊이 믿는, 또한 영원히 믿을 그이를 찾는 모양인가 보다. 시선이 명수의 얼굴까지 돌아갔을 때에 한참이나 이윽히 보더니, 눈이 몹시도 부신 듯이 잠깐 눈을 감는 듯하였다. 그러다가 다시 한 번 크게 뜨면서,

"다 — 꺼내어 버렸어요?"

말 끝에다 몹시 힘을 들인다. 자꾸 썩어 들어간다 하던 자기의 창자를 가리켜 말함인가. 기운 없는 손을 일부러 옮겨 붕대로 싸맨 자기의 배를 지근지근하고 있다.

"응……."

명수의 대답은 힘없이 떨렸다.

"얼마나 해요?"

"의사가 보이지를 않아……."

박정은 하지만 명수의 대답이 거짓말을 안 할 수 없게 된 이 때였다.

"그래 이제는 잘 살겠대요?"

"……."

명수는 참으로 뭐라 말을 해야 좋을지 몰랐다. 다만 그렇다는 듯이 고개를 얼른 끄떡하고 옆으로 돌렸다. 희정은 만족하고 안심된다 하는 듯이 눈을 시르르 감는다. 하얗게 빛바래인 입술에는 기꺼운 웃음이 오르는 듯하다가 힘없는 근육이 다시 누그러져 버린다.

명수는 마음까지 떨렸다. 참으로 아픈 괴로움에 떨렸다. 가슴이 답답

할수록 희정의 묻는 말을 거짓이라도 되는대로 대답하지 않을 수가 없었다. 더구나 금방 죽을 그 사람이 자기가 살겠느냐 물을 때에 참으로 딱하고 불쌍하고 가엾어도 차마 그의 귀에다가 시방 죽으리라 하는 그 애처럽고 야속한 기별을 들려 줄 수는 없었다.

"이제는 병을 다 고쳤으니 잘 살리라."

하는 뜻으로 그에게 들려 줄 때에 한 편으로 뼈가 녹도록 슬프면서도

"죽으면 병도 없이 잘 살 모양이라."

하는 익살스러운 느낌이 엉클어진다. 자기는 희정을 속였다. 하는 수 없이 익살스럽게 속여 버렸다.

한참이나 여러 가지의 설움과 걱정이 서로 엉클어질 때에 언뜻 번개같이 닿지도 않은 생각이 다 느끼어진다.

"만일 시방 누워 있는, 숨이 넘어가려 하는 희정의 몸이 벌떡 일어나서 촉루*가 다 된 그 앙상한 팔로 자기의 목을 꼭 휘감아 껴안고 목숨을 내라 몸부림하면······ 부르짖으면······ 죽지 않는다 속인 죄로 '빼앗긴 목숨을 찾아내라' 하면서 꼬집어 뜯으면······ 울며 덤비면."

하다가, 아무 기운도 없이 아무 느낌도 없이 고이 속아서 조는 듯한, 안존한 희정의 얼굴을 볼 때에 더러운 죄악이 검게 썩는 듯한 자기의 마음이 몹시 미안도 하고 또 두려웠다. 그는 한 번 가슴이 무너지는 듯이 속 깊은 한숨을 쉬었다. 그리고 샘솟듯 하는 눈물을 막기 위하여 얼른 무딘 눈가죽을 굳세게 닫았다.

눈을 감아도 흐르는 그 눈물에 출렁거려 언뜻언뜻 알 듯 모를 듯 떠 보이는 것은 희정의 일생이다. 아지랑이처럼 몽롱한 옛날에 한 마당의 스러지는 봄꿈과 같이 가벼웁게 흩어지는 희정의 평생이 보인다. 스무 한 해라는 짧은 삶을 모두 묶어서, 다시 두 번 돌아서지 못 하는 막막한 저

---

* 해골.

승길로, 쓸쓸히 외로이 옴짝거리는 희정의 신세가 멀리멀리 아득하게 보인다. 느낌, 슬픔, 눈물, 한숨, 애처로움…… 희정은 계집이었다. 그만 살고 가는 희정의 일생은 길가는 계집아이가 구슬프게 부르는 노래곡조 한 마디였었다. 그 노랫가락에 세로 가로 얼크러진 것은 사랑이요 또한 눈물이었을 뿐이다.

보이지 않는 사랑의 줄이 명수와 희정의 젊은 두 몸을 꼼짝할 수 없이 얽매어 놓기는 명수가 스무 살 먹던 해 봄이었다. 한 몸은 난봉을 치는 기생방 주인으로 방을 빌려 주었고, 한 몸은 만세꾼의 신세라, 신변의 위험을 돌보아서 일부러 오입쟁이 행세를 하며, 그 방에 들어 있게 되었다. 희정은 주인이요 명수는 손이었었다.

그 둘의 사귐은 매우 의협적이었고 또한 너무도 밀접하였었다. 자기네들은 이 세상의 모든 일을 구원하려고 나온 것이요, 또한 이 세상의 모든 거룩한 일은 모두 자기네의 두 몸이 있는 까닭인 듯이 생각되었었다. 더구나 희정은 민첩하고 의협스러운 여성으로 무엇이든지 명수의 일이라 하면 부지런하였고 또한 열성껏 하였었다.

그런데 시방 희정이가, 이 곳에서 명수의 앞에서 힘없이 쓰러져 죽으려 한다. 사랑이 있는 곳이면, 정성이 가는 곳에는 못할 것이 없으리라고 흰소릴 하면서 그렇게 억세던 그이가, 시방은 죽음이란 몹쓸 운명에 부대끼어 지겨운 저승길을 정해 놓고 있다. 힘없이 쓰러져 있다. 그러니 시방 명수의 가슴을 무어라 말해야 좋으랴. 희정은 명수를 사랑하였다. 무슨 안 하면 안 될 의무가 있는 것처럼 지나간 다섯 해 동안을 하루와 같이 명수를 사랑하였다.

사랑한다는 그 동안에 사랑한다는 그만큼 희정은 괴로웠을 것이다. 고생도 많았고 눈물도 많았었다. 가정의 풍파도 많았으며 심지어 만세꾼인 명수를 숨기어 두었다는 그 죄로, 경찰서 유치장 구경도 몇 번이었다. 또한 죽을 뻔한 곳에도 수없이 갔었다. 그럴 때마다 명수는 너무도 감사해 견디다 못해 "너무 미안하다"하면, "당신의 일이면 죽어도 좋아요"하며 희정은 늘 기꺼운 웃음으로 모든 근심을 지워버리었다.
　어느 때에는 다른 곳에서 사건이 발각되어 명수를 연루자로 형사가 쫓아왔을 때에 희정은 모든 사건을 자기가 안고 나서지 않으면 안 될 줄을 깨달은듯이
　"모두 제가 한 일이올시다."
하며 유랑녀의 아름다운 멋을 모두 풀어서 형사를 반가이 맞았다. 그래, 자기의 방으로 형사를 인도해 들인지 한 시간이 채 못 되어서 노련한 마술사의 수단과 같이, 말 몇 마디 손짓 몇 번에 형사를 주물러 쫓아버렸다. 어떻든 희정은 그만큼 말솜씨도 있고 수단도 좋았다. 또한 명수가 무슨 낙망이 있을 때면 희정은 정성껏 위로하고 가다듬어 주었다. 명수를 칭찬해 준 이도 희정이었고 놀이터에서 동무들을 만나서라도 애써 일부러 명수가 한 모든 일을 자랑삼아서 혼자 입에 침이 마르도록 이야기하던 이도 희정이었다.
　시방 명수의 답답하고 어두운 가슴은 이러한 말을 속살거리고 있다. '그는 얼마나 자기를 사랑하여 주었음이랴. 그는 자기를 사랑하였다. 죽도록 사랑하였다.'
　여러 가지 사정과 형편으로 너무도 가엾이 사랑한다 하는 그 말은 한 마디도 해보지 못 하고 그저 남매의 우애로운 정처럼 그냥 그렇게…… 자기는 그를 누나라 불렀고 그는 자기를 오빠라 불렀다. 그러나 만세 난리 뒤에 다섯 해를 어떻게 살아왔느냐. 무엇을 믿고 서로 살아왔었느냐. 자기의 뜨거운 키스를 거리낌 없이 남모르게 받아주던 이는 시방 이 자리에서 죽으려 하는 누나라 하는 희정이가 아닌가.
　붉던 그 입술이 이제는 아마 썩어버릴 것이다. 흙 속에 파묻혀 여지없이 썩어버릴 것이다. 아니지! 설마 그럴 리야 있으랴. 살고 죽는다 하는 그것이 도무지 허무하지, 멀쩡하게 산 사람이 죽을 리가 있으랴. 도무지

못 믿을 말이다, 거짓말이다, 믿을 수 없는 거짓말이다. 그러나 희정은 죽는다 한다. 의사의 말이 '열 시간 이상을 더 바랄 수 없다' 한다. 그러면 어찌하나…… 또한 자기는 희정을 속였다. 희정이가 살겠느냐 물을 때 그렇다고 대답하였다. 차마 죽으리라 하는 그 소리는 할 수가 없었다. 그러니 죽는다는 말을 해줄 수도 없는 그만큼 희정이 죽게 됨을 깊이 믿었음이 아니냐!

희정은 다시 눈을 뜨더니 명수를 찾는 듯하다. 명수는 왜 그러느냐는 듯이 마주 들여다본다.

"이제들 가세요……."

"왜……?"

명수의 목소리는 힘없이 떨리면서도 놀라워하는 빛이 어렸다.

"무얼 이제…… 그렇지 않아요 네? 병이 낫는다 해도…… 속하더라도[*] …… 일 주일은 갈 텐데…… 어떻게…… 그렇지 않아요 네?"

'네' 하고 떨리는 소리는 응석 비슷하게 억세면서도 듣기에는 너무도 힘없고 처량스러웠다.

명수는 다만 "그리하마" 하는 듯이 고개를 끄덕끄덕하였다. 할 때에 하염없는 무더기 눈물이 염치없이 뚝뚝 떨어진다. 한 오 분쯤 지났다. 눈을 감은 채로 희정은 무슨 말을 하려는 듯이 얼굴을 조금씩 찌긋찌긋하고 입 언저리를 실룩실룩하더니,

"그래도 가요!"

잠꼬대인지 오장이 쏟아지는 듯하게 기운을 들여 지른다. 파리한 가슴은 아직도 남아 있는 숨기운이 발딱발딱한다. 들여다보던 이들은 모두 몹시 놀랐다. 희정의 동무 한 사람은 차마 견디어 다 볼 수가 없는 듯이 한 숨을 한 번 "휘—" 쉬고 고개를 돌이키면서

---

* 속하다 : 빠르다.

"참 죽기도 어려운 것이야, 저렇게 애를 쓰고……"

"시時를 찾느라고……"

또 한 동무가 한숨에 싸여, 고개를 돌이킨다. 미칠 듯한 명수의 머리 속은 몹시도 어지러웠다. 어지러운 중에도 한 가지의 의문은, "그래도 가요!" 한 그 헛소리이다. 명수 자기더러 가라고 한 말인지 희정이 제가 스스로 가겠다는 말인지,

"저승? 아니다! 그럴 리가 없다."

명수는 고개를 내두르며 큰 울음을 터뜨렸다.

3

유유창천*은 호생지덕**인데
북망산천아 말 물어 보자
역대제왕과 영웅열사가
모두 다 네게로 가더란 말가

— 나는 간다…… 안 갈 수 없이 가게 되었다. 정든 사람들아! 너무 울지 말아라. 나는 하는 수 없이 이로써 마지막 인사를 드리나니 홀로 애끊어 돌아가는 이 몸을 "희정아!" 부르짖어 부르지 말아라. 눈물로 적시어 보내지 말아라. 내일이면 모레면 닥쳐오는 앞길에도 설움이 넘쳐서 갈 수 없을 터이니……

내가 그 동안에 그렇게도 알뜰히 지긋지긋하게도 살아왔더니라. 물 깊은 못 속에 들어간 듯이 온몸을 마음대로 놀릴 수가 없었다. 나의 몸을 나의 마음대로 놀리지 못 하고, 스무 몇 해라는 그 동안을 사람에게 눌리

* 悠悠蒼天 : 한없이 멀고 푸른 하늘.
** 好生之德 : 사형에 처할 죄인을 특사하여 살려주는 제왕의 덕.

고 세상에게 눌리고 야속한 인심에 눌리고 기구한 팔자에게 눌리고, 한숨에 불리어 다니는 몸이 눈물에 묻어져…… 나중에는 짓궂은 병까지 못 살게 덤벼 좁다란 병실로 마지막 세상을 삼으라고, 파리하고 약한 이 몸을 여지없이 찌그러 누를 때에 몇 번인지 모르게 죽을 힘을 다해 소리도 질러보았다. 힘껏 뿌리치고 일어나려고도 하였다. 아우성을 쳐서라도 부모와 형제를 부르고 정 깊은 여러 동무들을 모아 가는 목숨을 찌그러 누르고 있는 그 몹쓸 병을, 그 지긋지긋한 병을 떨쳐버릴까 하였다.

그러나 도무지 허사더라. 못된 년의 운명은 풀 수가 없구나. 공연히 애쓰던 여러 사람들만 헛된 수고로움에 애처롭게 허덕였을 뿐이다. 눈물은 흐른다, 시간은 간다…… 커다란 자물쇠로 열리지 않도록 굳게 굳게 튼튼히 채워두었다 하던 그 죽음의 문도 벌써 쉽게 열려졌다…… 산짐승의 모진 어금니보다도 더 다시 무서운 솜씨를 가지고 가는 목숨을 자위질* 하는 키 큰 사자가, 무서운 여러 사자가, 성난 눈초리를 휘번득거리며 어두운 방 구석구석에서마다 올가미를 걸고 섰다 한다. 아무 말 없이 우두커니 서서 잡아갈 때만 기다린다고 한다. 아— 어찌하랴. 누가 누가 어찌하랴. 어찌할 수가 있으랴.

나는 들었다. 반가운 소리를 들었다. 누구인지 귀에 익은 정다운 음성이 "일어나거라—"하는 그 소리를 분명히 들었다. 눈을 떠 보았다. 아직도 나의 뺨에는 흐르던 눈물이 마르지 아니 하였다. 그러나 씻으려고도 하지 않는다. 팔이 무거우니까 온몸이 천근이나 되게 무거우니까, 아니! 마음까지 천만근의 무쇠덩이같이 무거우니까…… "일어나거라!" 이상도 하다. 분명한 목소리를 나는 또 한 번 역력히 들었다. 원, 알 수 없는 일이지! 고요하게 잠자는 이 밤중에 나를 부르는 이가 그 누구인고. 나는 왼쪽 옆으로 늘어진 한 팔을 슬며시 이끌어 보았다. 무겁던 그 팔은 어렵

---

* 먹고 싶어 군침을 삼키는 행동을 비유적으로 이르는 말.

지 않게 너무도 가볍게 얼른 나의 마음보다도 더 빠르게 움직여진다. 참 너무도 희한한 일이다. 이제는 한 번 바른 팔을 들어보자. 여전히 아무 무거움도 없이 쉽게 들어진다. 그래서 온몸을 모두 다 한 번씩 움직여 보았다. 여전히 아무 거북함도 없다. 무엇이 그리 무거워서 애를 썼노, 무엇이 그리 어려워서 걱정을 하였노.

  모든 일을 의심할 만치 지나간 나의 생각과 정신없이 붙들려 왔던 이 세상의 습관을, 못 믿을 만치 나의 몸은 움직이려 하는 그 마음보다도 더 빠르게 움직여진다. 이제는 땅의 힘도 모두 없어져버림과 같이 나의 누워 있는 이 자리가 아무 힘도 없이 너무도 허전허전한 듯하다. 이제 어디 좀 일어나 보려고 하였다. 일어나려고 할 때에 나의 몸은 벌써 일어나 앉았다. 기운으로 일어났다하는 것보다도 바람결에 일어났다 할만치 빠르게 가볍게 일어났다. 그러나 나를 부르던 이는 누구인고. 어디로 갔나. 내가 꿈을 꾸었음인가? 그렇지 않으면……

  나릿한 냄새가 끼치는 듯한 음습한 바람이 온 방 안에 휘— 돈다. 구슬프고도 침침한 이 속에 무슨 풀 수 없는 수수께끼를 이야기하는 듯한 이상한 곳이다. 늙은 쥐는 게을리 졸고, 배 주린 귀신의 웅퉁는 소리, 늙은 이의 한탄, 젊은 과부의 울음, 설움냄새, 눈물냄새, 나릿한 곰팡내, 비릿한 피냄새, 아 — 내가 지금까지 이러한 곳에서 살아왔구나.

  나는 으쓸한 무서움을 느껴 진저리쳤다. 오뉴월 궂은비에 무너지다 만 듯한 서편 흙벽에는 사람의 그림자 비슷한 검붉은 그림자가 어른어른 비친다. 그러다가 그 그림자가 별안간 힘 있게 푸르르 떠는 듯하다. 정 없고 무지한 사나이가 긴 숨을 꿀떡꿀떡 삼키며 선 듯이 진저리나게 무섭다. 퍽 보기 싫다. 아 — 저것이 지금까지 이 방 속의 모든 사정을 비밀스럽게 가리고 있었구나, 저것은 피다, 나의 피다, 나의 피로 나의 그림자를 그린 것이다.

  또 한 번 머리 살이 쭈뼛쭈뼛 하여져서 온몸을 아르르 떨었다. 나는 얼른 일어섰다. 아무 끈기 없는 땅바닥이 나를 박차고 떠다 밀어 버리는 듯하다. 그 뿐 아니라 터전 없이 미쳐지는 나의 마음을 도무지 의지해 붙일 곳도 없이 정에 엉클어져 매인 모든 보이지 않는 줄을 모조리 끊어버리는 듯하다. 끝없는 굴속에 끝없는 설움이 모두 내몰려 나를 휘몰아 밀쳐 쫓는 듯하다. 나는 외로움을 느꼈다. 슬픔을 깨달았다. 그러나 울려하여도 차마 울 수도 없을 만큼 속 깊이 서럽다. 그 대신 참다 못 하여 하는 수 없이 두어 걸음 뜻 없이 걸었다. 그래서 나의 가슴의 어지러운 설움을 그럭저럭 휘저어버리려고 하였다.

꿈나라같이 어렴풋한 달빛이 창 밖에 끝없이 어렸다. 그 달빛은 넌지시 나를 부른다. 나를 부르는 듯하다. 나는 그 달을 따라가겠다. 달을 따라서 걸어가겠다. 달빛은 나를 안았다. 나는 달빛에 안겼다. 그리고 나의 가고 싶은 곳으로 간다.

지렁풀 우거진 외딴 산길로, 나는 소르르 가만히 간다. 살며시 부는 고운 바람이 나의 치맛자락을 지긋지긋할 때에 가냘픈 풀끝에 맺힌 이슬은 나의 조그마한 발을 선듯선듯 적신다. 한 발자국 또 한 발자국 사뿟사뿟 옮겨 놓는다. 이슬이 떨어지고 눈물이 떨어지고…… 밤은 이 밤은 참 거룩한 밤이다. 깨끗한 밤이다. 아름답고 착한 밤이다. 병든 아들을 위로하는 어머니의 마음과 같이, 보채는 아기를 달래시는 어머니의 자장노래와 같이, 어린 아기 젖투정에 못 이겨서 조상 때의 거룩한 옛 일을 이야기 삼아 하시며 이따금 떨어뜨리시는 알 수 없는 어머니의 그 눈물과 같이 모든 거룩한 사랑과 온갖 기꺼운 정을 가득 찬 듯하게 가진 이 밤이다. 큰 팔을 벌리고 부드러운 그 가슴에 나를 안아 주려는 듯이 든든하고 탐탁한 이 밤이다.

이 밤에 나는 길을 간다. 하늘은 얕다. 아주 탐탁스럽고 아늑하게 얕아 보인다. 향수로 티 없이 씻고 우유로 부드럽게 물들인 듯한, 포근포근하고도 따뜻해 보이는 보얀 하늘에, 정신 나는 듯하고 귀여운 뭇별들은 여기저기 오묵오묵 박혀 깜빡거리며 은방울을 울리는 듯한 소리로 고운 노래를 부르는 듯하다. 고요히 흐르는 은하수에 가벼운 거울이 떠내려가는 듯한 오리알빛 둥그레한 달은 나의 팔이 조금만 더 길었으면 잡아당겨 따서 가질 듯하게 정답게 가까우면서도 곱다.

그러나 그 달빛은 나의 눈에다 눈물을 어리어준다. 무슨 구슬픈 설움이 느껴져서 그런 것이 아니라 해도 눈물은 분명히 나의 눈에 보이는 것을 모두 안개 속처럼 몽롱하게 흐려 놓는다. 보이는 이 세상의 모든 것은 고운 모기장을 쳐놓은 듯한 흐릿한 그 속에다 수수께끼를 푸는 장난감을 되는대로 알 수 없이 내던져 둔 것 같다.

여기에서 나는 길을 간다. 이 밤은 이 밤은, 무어라 말해야 좋을 밤이냐. 뜻 없이 우뚝 높은 산은 게을리 졸고 철철 흘러가는 물은 가슴 아프게 운다. 신방에 들어가는 신부의 마음같이 수줍으면서도 소리 없이 날뛰는 보얀 골안개는 보금자리 잃은 어린 새의 꿈을 까닭 없이 흐느적거린다. 나는 어미 잃은 그 새끼 새와 같이 외로이 울며 이 길을 간다.

이 몸은 작다. 말할 수 없이 작다. 그리고 여지없이 더러워졌다. 광채를 자랑하는 뭇별은, 숨김없이 반짝이며 내려다보는데, 나의 가슴은 왜 이리도 몹시 어두워졌노. 들 가에 속살거리는 아지랑이보다도 사람은 더 다시 알 수 없구나. 허무하고 몽롱하게 빛도 없고 정도 없고 사랑도 없고 또한 이름도 없이, 다만 쓸쓸한 황무지에서 헤매고 구박만 받다 가는 것이 내가 살아본 사람이라는 그것이로구나. 지금까지 그런 곳에서만 살아왔으니 또한 장차도 그런 곳으로만 허우적거리고 갈 테지. 외따로 떠가는 달은 어디까지나 가려느냐. 반짝거리는 저 샛별은 어느 때까지나 속살거리려느냐. 어린 새야 너는 언제까지나 우짖으려느냐.

세상은 나를 이름도 없이 천한 목숨이라고만 부른다. 그런데 나는 다른 사람과 같은 사람 행세도 못 해 보았다. 봄을 파는 물건이라 하여 돈만 있으면 사고팔 수 있는 물건이었다. 그래서 나의 몸은 더러워져 버렸고 허물어져 버렸다. 그 흔한 사랑도 나에게는 허튼 주정!

그렇다. 나는 사랑에서 살아보는 사람이 되려 하였다. 돈으로 아니고 사랑으로 살려 하였다. 사람 노릇을 하려 하였다. 옳고 착한 일만을 해보려 하였다. 아니— 얼마쯤은 착한 일도 하고 옳은 일도 해 보았다. 그러나 세상은 나를 모르더라. 모른 체하고 비웃어 버리더라. 업수이 여기더라, 사람으로는 대접하지를 않더라. 천한 목숨이라고만 부르더라. 다만 짐승처럼 여기고 짐승을 부리듯이 구박하고 학대만 하더라. 그래 꽃다운 꽃순은 다 꺾여 버렸다. 여지없이 무지르며 모진 발꿈치에 짓밟혀 버렸다. 그러고도 마음에 넉넉지 못하여 또 다시 끝끝내 천한 목숨이라고만 업수이 여겨 부른다.

대체 나는 누구의 까닭이냐. 누구로 말미암아 천한 몸이 되었으며 또한 무슨 죄며 누구의 죄냐. 나는 다 빼앗겨 버렸다. 청춘이나, 행복이나, 모든 부럽고 하고 싶은 것이나, 꽃다운 꿈이나, 순실한 정성이나 다시 얻을 수 없는 귀여운 정조나, 나중에는 내가 가지고 있는 고기덩이까지 목숨까지, 다 — 빼앗겨 버렸다. 나는 등신만 남은 허수아비다. 등신만 남아서 굴러다니는 빈털터리다.

아— 나의 것을 모두 모조리 빼앗아 간 이는 누구냐. 그 강도질을 한 죄인은 누구냐. 못 살게 군 이는 누구냐, 하느님이냐 사람이냐 이 몸 스스로냐, 항용 말하는 팔자라는 그것이냐, 그렇지 않으면 광막한 벌판이냐 우뚝 솟은 뫼 뿌리냐 철철 흐르는 한강수냐. 유연히 뜻 없이 돌아가는 뜬 구름이냐 반짝거리는 별빛이냐 안개 속에서 노곤히 조는 참새 새끼냐, 침침한 곳만 찾아서 기어드는 배 주린 귀신이냐, 정말 어떤 것이 범죄자며 참말로 나의 똑바른 원수냐.

내가 세상에 나서 세상에서 사는 동안에 나를 보고 지껄이는 사람들을 보면 미운 생각뿐이다. 우기고 뻗대어 서고 싶은 마음뿐이다. 그러나 그것도 버릇이 되어 버렸다. 다만 혼자만 고생이고 울음이고 가슴 아픈 일

뿐이었다. 아무 효험 없이 아무 뜻 없이 아무 기운 없이 긴 한숨은 죽음을 짓고 쓴 눈물은 무덤을 파고, 쓸데없고 변변치 않은 모든 불쌍한 역사는 지겨운 죽음의 옷을 한 벌씩 두 벌씩 한 갈피 두 갈피 차곡차곡 차례로 장만해 왔을 뿐이다. 열이 나서 날뛰다가도 멈추어 서고 의심을 하여 돌아서다가도 꿈을 꾸며 다시 가고 무서워서 머뭇거리다가도 설마설마 하는 그 속에서 다시 속아 그만 끝끝내 이렇게 병이 들어 버렸구나. 낼모레 낼 모레 하면서 미루어 오던 미루체* 근심은 나를 지레로 늙어서 이처럼 다시 고칠 수 없는 무서운 병을 깊이 들여 놓았구나.

  병든 신세, 깊은 병에 얽매인 이 몸, 근심에 무젖어 생각에 게을러 고달픈 푸른 꿈길, 끝없이 머나먼 길로, 여윈 달그림자를 보이는대로 따라서, 이렇게 소리 없이 울고 가노라. 울고 가노라.

  이 산은 높기도 높다. 오르고 또 올라도 그지없이 높은 산이다. 숨이 턱에 닿아서 헐떡거리며 엉겨 올라간다. 산 아래는 물이요 물 위에는 산이다. 굽은 길, 빠른 길, 지름길, 비탈길 기어오르자 낭떠러지, 건너뛰자 언덕배기, 힘없는 발꿈치는 돌부리에 걸어 채이고 고달픈 몸은 몇 번인지 고꾸라지며 나는 이 산 고개를 올라간다. 고개고개 높은 고개, 아니 가지 못할 고개, 배고프다 보릿고개, 기막히다 설움 고개, 죽고 살고 목숨 고개, 닥쳐오는 한숨 고개, 나는 이 고개를 넘어가야 하겠다.

  옳다. 나는 이제 고개에 올라섰다. 산잔등에 높이 올라섰다. 눈물을 거두자, 바람을 마시자, 땀을 들이자, 온 세상 마음 놓고 내려다보자. 저 쪽에는 출렁출렁 하는 강물이 흐른다. 하얀 모래톱, 금잔디 훤한 벌판, 내가 저 곳에서 얼마나 많이 울면서 헤매어 왔노, 이제는 나는 어디든지 가고 싶다. 어린 새와 같이 이리저리 마음대로 가고 싶다. 깁수건** 같이 보드랍고 향기로운 안개 속에서 곱고 매끄러운 무지개를 타고서, 무한을

---

* 오래된 체증. 만성 위장병을 통틀어 이르는 말.
** 비단수건.

찾아 영원을 찾아 구름을 지나 달을 지나 별나라로 또 끝없이, 멀리 부르는 그 소리를 따라서 귀에 익은 정다운 음성을 따라서 가고가고 한없이 가고 싶다.

저 아래 강가로 휘둘려 있는 마을에서는, 채봉*같이 죽은 듯한 저 마을에서는 반짝반짝하는 푸른 등불이 근심스럽게 조는 듯하다. 멍하니 문 열어 내버려 둔 저 외딴 오막살이집은 내가 살던 집이다. 이 몸이 크도록 자라고 애쫄이며 살던 그 집이다. 아마 어느 때까지든지 내가 돌아갈 줄만 여겨 기다리겠지. 그러나 나는 다시는 안 가겠다. 아니 간다. 다시 두 번 돌아서지 못 할 마지막 이 길이다.

섭섭하다…… 몹시도 그립고 서운하다. 또 슬프다. 그러나 돌이켜 가지 못 할 이 길이로구나. 그러면 어찌하노. 나는 한 번 또다시 고개를 돌이켰다. 옛 마을을 휘둘러보자. 그리운 우리 마을을 내가 보고 가자. 내가 살던 우리 마을을 더 다시 한 번 마지막으로 살펴보고 가자.

마을은 모두 불빛이다. 불이 붙는다. 이상한 불이 붙는다. 불난리가 났다. 조그마한 불이 무더기 불이 되고 무더기 불이 큰 불이 되어 허공을 내저으며 무섭게 붙는다. 큰 팔을 벌려 온 대지를 껴안으려는 듯하다. 구름처럼 몰려 닿는 아득한 연기 속에서 정신없이 맴돌며 쓰러질 듯한 것은 우리의 집이다. 아 ― 저 마을! 저 마을! 저 속에는 지금까지 불이 있었다. 불만이 가만히 살아왔다. 성하게 타 왔었다. 모든 것을 태우려고……

물 있는 달빛은 침울한 병이 들어 헐떡거린다. 검붉은 하늘과 땅은 어떠한 불안이 있는지 잔뜩 찌푸렸다. 커다란 옛 대궐 문을 일없이 짚어지고 노상 엎드려만 있던 저 말 없는 돌짐승이 무슨 큰 소리를 한 번 크게 지를 듯 지를 듯하다. 괴상한 불빛, 무더기 먼지, 온갖 것이 모두 부글거

---

* 빛깔이 곱고 아름다운 봉황새.

리며 무슨 크낙한 일이나 장차 터져 나올 듯하다. 한 때의 회오리바람이 빛 거친 마을 한 귀퉁이에서 일어난다. 빛없이 선 열세층 탑을 휘둘러 소곤거리던, 한 때의 희미한 무리가 물러서자마자 한 마디의 무서운 폭향이 일어난다. 하늘을 찌를 듯한, 한 자락의 성난 불길이 확 하고 또다시 일어난다.

 우르르 하는 천둥지둥* 어디에선지 모르게 터지는 울음, 날뛰는 부르짖음, 미친 듯한 한 때의 무서운 폭풍이 내몰려 거리거리를 휩쓸어 덮어 버린다. 날리는 기왓장, 뛰노는 불덩이, 골목골목이 이상한 불길에 어리어진다. 불이 뛰어다닌다. 귀신의 웃음이 들린다. 사람의 울음소리가 난다. 서로 찾고 서로 부르짖는다. 거기에서 나의 이름도 부르는 이가 있다.

 누구들인가. 나의 어머니신가. 나의 아버지신가. 그렇지 않으면 나의 동무들이냐. 정든 사람들이냐. 힘껏 안타깝게 부르는 나의 사랑의 목소리도 들린다. 여러 목소리는 나를 부른다. 나를 찾는다. 그러나 나는 벌써 여기에 와 있다. 그렇지만 나도 그 불은 가지고 왔다. 나도 불이 있다. 숯처럼 검은 이 년의 가슴 속에 이때껏 타던 것도 가만히 붙어 오르던 것도 끌 수 없는 그 불이다. 몇 번인지 그 붙는 불은 끄려 하여 애꿎은 눈물만을 날마다 많이 흘렸다. 그래서 공연히 애처로이 나의 전신을 빈틈없이 아로새겨 놓은 것은 눈물의 흔적이다. 눈물의 수단으로 나의 몸은 이렇게 형용도 알 수 없이 낡고 또 스러져버릴 지경이다.

 고개를 내려서서 일없이 걸어갈 때, 발 앞에 연기같이 어리인 물건이 걸어간다. 다만 홀로 강가에서 헤매는 검은 물건이 보인다. 옳다 저것은 팔자라 하는 그것이다. 노상 나의 앞을 서서 간다하던 그 팔자이다. 그 팔자도 나와 같이 여편네의 모양을 차렸다. 나는 저 팔자와 함께 헤맨다. 팔자는 울고 있다. 나도 운다. 궂은비처럼 내리며 모래밭을 적시는 눈

---

* 천둥과 지둥. 지둥은 지동地動이 변한 말.

물…… 옳다. 설움의 무거운 나의 몸은 궂은 눈물로써 기구한 팔자와 서로 알게 되었다. 사귀어졌다. 다른 것은 아무것도 없다. 다만 느릿한 긴 세월과 함께 한갓 강가의 물거품을 깨치는 끝없는 눈물밖에 아무것도 없는 줄을 나는 알았다.

나는 눈을 한 번 감았다가 다시 떴다. 앞에 선 팔자는 한 손을 번쩍 들어 끄덕끄덕하며 나를 부른다. 사방은 고요하다. 내가 자세히 여겨볼 때 앞선 그 팔자는 나의 아버지이다. 참 이상한 일이다. 나는 너무도 반가워서 "아버지"하고 부르려 하였다. 그러나 도무지 목소리가 나오지 않는다. 아버지는 "이 곳은 그렇게 입으로 떠드는 곳이 아니다"하는 듯이 고개를 천천히 설설 내두른다.

어둠나라 이쪽 퍼—ㄴ하니 넓은 벌판에 쓸쓸히 흐르는 달빛은, 거칠게 우거진 잡풀은, 너무도 처량스럽다. 먼 들 저쪽 가에서 노랫소리가 울려온다. 물에 빠져 죽은 시악시 귀신의 처량한 울음소리 같이 구슬픈 노랫소리가 명랑히 멀리서 떨려온다. 나는 고개를 다소곳이 하고 한참이나 서서 들었다. 그 노랫소리는 가슴에 숨어드는 듯이 뼈골에 녹아드는 듯이, 물에 숨어드는 듯이 스르르 사라져 버린다.

으스름 달빛이 좋고 새벽안개가 서린 거친 풀들 이곳저곳에서 슬그머니 수없는 사람들이 일어난다. 모두 무슨 소리인지 잠꼬대 비슷하게 꾸물꾸물하며 우수수 하고들 일어난다. 나는 머릿살이 쭈뼛하였다. 그러나 그리 몹시 놀라지는 않았다. 모두 일어나 한 발씩 한 발씩 다가와서 빙 둘러 에워선다.

그들의 얼굴을 하나씩 하나씩 자세히 여겨보니 모두 나의 아는 사람들이다. 모두 정든 사람들이다. 그들의 몸 매무새는 너무도 어지럽다. 허리를 드러내고 젖가슴을 풀어헤친, 헐벗은 몸꼴도 몹시 볼 수도 없을 만큼 불쌍하다. 대개는 피 묻은 옷을 입고 대개는 남루하다. 입 언저리에 고운 피를 흘리며 오는 이도 있고, 혹은 울며 혹은 고달파 졸며, 혹은 빛바랜 입술을 비죽비죽하고들 있다. 대개는 코 떨어진 병신이 아니면 팔병신, 다리병신, 문둥이, 반신불수, 온갖 병신들 뿐이다.

　나는 다 잘 알았다. 그들이 저렇게 불쌍하게 된 내력까지 다 잘 안다.
　"밥을 주어요, 사랑을 주어요."
하는 소리가 이곳저곳에서 푸념하듯 한다. 저쪽에서도 수많은 군중이 몰려온다. 그들은 모두 사나이다. 그러나 얼굴은 모두 볼 수도 없이 모두 커다란 삿갓을 우그려 썼다. 옳다, 저이들이 쓴 삿갓은 모두 내가 옛날에 씌워준 삿갓이다.

　저들은 나의 은인들이다. 재물을 가져다주던 은인들이다. 저 삿갓 속에는 부자도 있고 귀골도 있다. 그러나 지금은 "돈을 달라 돈을 달라"하고 모두 아귀다툼질 뿐이다. 나더러 옛날에 준 돈을 내라고 모두 조른다. 아 — 어찌하면 좋으냐. 옳다, 저 곳에 삿갓을 쓰지 않고 서서 빙그레 웃고 보는 사나이가 있다. 저는 나의 사랑이다. 나의 사랑이다. 나는 저에게 구원을 청하는 수밖에 없다. 저를 따라서 가는 수밖에 없다.

　높은 산 고개와 넓은 강물을 수도 모를 만큼 넘고 건넜다. 그 고개는 이름을 지어 근심이라 하며 그 물은 이름지어 세월이라 한다. 아 — 그 고개는 얼마나 높았으며 그 물은 얼마나 넓었을까. 이제는 나도 늙었다, 근심으로 늙었다. 이제는 가을이다. 가을이 들었다. 한심스러운 사람의 살림에 추절이 들었다. 너무도 고달팠다. 괴롭다. 평안히 쉴 곳을 찾고 싶다. 오래 살 안식처를 구하고 싶다. 웅장하게 높이 둘린 가시성에 단풍이 들어서 선지피가 떨어지는 듯하게 붉은 성이 가로막아 섰다. 우리들은 가시성을 끼고 돈다. 성벽에 엉클어진 가시덩쿨 밑으로, 그림자만 남은 고목이 쓰러져 썩는 그 사이로……

　가시성을 한 구비 돌아설 때에 비린내가 끼치는 충충한 큰 못물이 앞에 닥친다. 누런 구정물이 충충하게 썩는 웅덩이 속에 여러 개의 손목, 발목, 살, 염통, 머리카락, 해골바가지가, 서로 부딪히고 서로 얽히며 물에 둥둥 떠 북을 그린다. 그 중에 따로이 떠서 돌아다니는 두 개의 커다란 해골이 있다. 그것은 나와 나의 사랑의 해골이라 한다. 그 해골은 서로 정답게 이야기하며 떠 있다. — 예전 그 때에 아직 이 세상의 청승스러운 일이 벌려 널리기 전 옛날에, 물가에서 어른거리며 헤매는 두 그림자가 있었다. 그들은 가장 거룩한 한 사랑이었다. 회색 구름이 떴다 사라졌다 하는 도깨비 장난같은 희미한 빛 속에서, 노드리듯* 하는 소낙비를 다 맞아가면서 서로 탄식도 하며 울기도 하며 부르짖기도 하였다.—

나의 사랑은 가장 정다운 온순한 말씨로 모든 그윽한 말은 나에게만 말하였다. 아 — 불쌍한 너와 나의 해골. 으스름 달빛은 졸고 여우의 울음은 자지러진다. 좁고 넓은 평탄한 곳에 집터인 듯한 거친 쑥대밭이 있다. 예전에는 이곳이 우리의 집터라 한다. 그러나 시방은 집도 없고 주춧돌도 없고 다만 우리의 해골을 묻을 무덤자리라 한다. 갈 곳은 모르고 갈 길은 많으니 어디로 갈까, 어디로 갈까. 나의 사랑은 나를 부르고 나는 나의 사랑을 따라간다. 갈 곳이 어디며 가는 곳은 어디메냐. 이 길이 도무지 몇 만리나 되느냐. 너무도 그지없고 너무도 바이없구나.

옳다, 저기 저 곳에 붉은 칠을 한 커다란 성문이 보인다. 나의 사랑은 여전히 "저 곳은 갈 곳이 아니다" 울며 나를 만류한다. 그러나 나는 사랑의 말을 들을 수가 없다. 나는 분명히 성문을 본다. 또한 고달팠다. 사랑의 말을 듣기에 너무 고달팠다. 사랑이 나를 속일 리는 만무하지만⋯⋯ 그래도 나는 그의 말을 믿어 들어오다가 너무 휘돌아온 듯싶다. 나는 나의 가고 싶은 대로만 가는 수밖에 없다. 사랑이 가리켜 주는 길은 너무도 희미하다. 갈래도 많다. 천 갈래 만 갈래 셀 수가 없어 가지 못 하겠다.

나는 가고 싶은 대로 간다. 사랑의 말을 돌보지 않고 홀로 간다. 모든 일을 무릅쓰고 홀로 간다. 그런데 사랑은 울고 섰다. 안타까운 사랑, 내

---

*노끈을 드리운 듯 빗발이 굵고 곧게 뻗치며 죽죽 내리쏟아지는 모양.

사랑은 울고 서 있다. 어찌하노! 어찌하노! 나는 어지럽다. 어찔어찔해 쓰러질 지경이다. 설움의 실마리는 풀려져서, 넓은 벌판에 서리서리한다.* 성문이 열린다. 나는 정신없이 엎드려졌다. 땅은 돈다. 이 몸을 실은 이 땅은 굴러 움직인다. 어디로 어디로 흘러 움직인다. 성문은 덜컥 닫힌다.

나는 다시 기운을 다하여 일어섰다. 굳게 닫힌 무쇠 성문을 두드려 보았다. 그러나 문짝은 조금도 움직이지 아니한다. 소리를 질러 보았다. 그러나 문 밖에서는 아무 대답도 들리지 않는다. 다만 이 몸을 성 안에 싣고 성째 아울러 흘러가는 땅의 흐르는 소리만 들릴 뿐이다. 실같은 문틈으로 바깥을 내다보니 천지는 깜깜하고 날빛은 검은데 멀리서 멀리서 점점 멀리서 "가지 마라"하는 듯이 서서 우는 사랑의 얼굴이 잠깐 보인다. 죽은 듯한 이 성 안에 든 나의 설움을 누가 알랴. 맥 풀린 나의 눈, 곰팡이 슨 내 목소리, 힘들여 힘들여 크게 질러서

"그래도 가요……".

— 《백조》 3호(1923년 9월).

---

* 서리서리하다 : 식물의 줄기, 뿌리, 가지 따위가 구부러져 얽혀 있다.

봉화가 켜질 때에

1

"이 가시내 어이 가자 야―."
"내사 와 안 가기로."
 굽트러진 산길로 귀영이와 취정이는 서로 이끌어 영성산 중턱에 올라섰다. 귀영이는 요사이 날마다 푸른 빛이 짙은 푸나무떨기 사이로 거닐 적마다 한 가지의 느릿한 시름을 느낀다. 그것은 봄이 그리워짐이다. 오는 웃음보다도 가는 눈물이 그리울세, 더구나 근심스러운 푸른 그늘보다는 차라리 애타는 붉은 꽃숲이 그리웠다.
 그러나 봄은 갔다. 꽃다운 봄은 가고 말았다. 온 땅의 모든 물건이 애써 다투어 삶의 새 빛을 물들이느라고 한창 버스럭거리며 속살거리던 그 얄궂은 봄은 가고 말았다. 사람마다 먼 데 계신 님 그리듯 하는 봄이건마는 하루 저녁 애졸이던 옅은 꿈을 소스라쳐 깰 때에, 그 봄은 슬그머니 가고 말았다. 봄아―. 이 야속하고 몹쓸 봄아―. 가려거든 너 혼자나 고이 가지 일부러 꽃도 지우고 새까지 울리고 그리고야 갈 것이 무엇이 있노.
 높이 올라갈수록 눈 아래 보이는 꽃이 점점 늘어간다. 영성산을 끼고 동으로 부산진에서 서로 송도까지 수만호의 저잣거리는 말굽모양으로

활등을 지며 휘둘려 있다. 평지에는 일본식 서양풍의 딴 나라 사람의 집들이 온 부산에 벌이어 있다. 조선사람들의 집은 모두 옛날부터 교통과 살기가 불편한 산꼭대기로만 점점 쫓겨 올라와서 가파른 언덕 비탈에다 게딱지 집들을 제비집 모양으로 매달아 놓았다.

어느 때라던가, 조선에 처음으로 오는 어느 서양 사람이 밤에 연락선을 타고 오다가 절영도 밖에서 부산을 건너다보고, 너무도 뜻밖에 놀라며
"조선에도 저렇게 굉장히 큰 여러 층집이 있구나."
하고 무한히 감탄하였다. 실상은 그것이 여러 층의 큰 집이 아니라 수천 호의 불켜 놓은 산비탈 오막살이를 잘못 보고 놀란 것이었다─. 귀영이는 그런 생각을 하며 뜻 없이 쓴 웃음을 웃었다.

저런 속에도 즐거운 웃음이 있으려면 있고, 구슬픈 울음도 남 유달리 더 많이 있으며, 붉은 피에 날뛰는 청춘도 있고 첫사랑에 애졸이는 어여쁜 시악시도 있기는 있지마는, 통틀어 보자면 아무런 빛도 없고 아무런 생명도 없이 다만 산송장들이 꿈틀거리는, 쓸쓸한 무덤같아 보인다.

"나도 저 속에서 났구나, 저런 속에서 나서 저런 속에서 자라고, 저런 속에서 이대로 시들었구나……."
하고 귀영이는 애처롭고도 쓸쓸한 시름을 느꼈다.

귀영이의 얼굴은 백골이 다 되다시피 너무도 파리하고 핼쓱하였다. 그러한 얼굴에 이상한 혈조血潮가 떠올라 무어라 말할 수 없이 어여뻐 보인다는 것보다도 무서워 보인다. 귀영이는 자지러질 듯이 쇠기침이 터져 나와서 한참이나 어쩔 줄을 모르고 쩔쩔 맨다. 그러다가 연붉은 선지피를 두어 덩어리나 턱턱 뱉고 고꾸라질듯이 아찔하여서 팔을 버티고 앉았다. 눈 아래 제일 많이 보이는 것은 바다이다. 바다와 섬 뿐이다. 커다란 바다가 휘둘러쳐져 아름을 벌리고, 온 부산을 덥썩 껴안았다. 이 부산은, 아니 육지는, 바다의 품 안에서 산다.

─바다 바다, 오─보라 저 바다를. 얼마나 크며, 얼마나 거룩하냐. 절

영도 저 밖을 내다 보라, 하늘이냐 바다냐. 알기 어려운 바다, 그윽한 바다.

　그러나 이 곳 사람들은 바다를 모른다. 바다는 아는 체 하건만, 사람들은 모르는 체 한다. 바다가 주는 사랑을 받기는 하면서도 바다가 성이 나 날뛸 때 그를 위하여 울어줄 줄은 모른다. 바다가 부르는 자장노래를 듣고 옅은 꿈자리에 졸 줄을 알아도 성난 물결이 바위에 부딪히며 굳세게 부르짖는 무서운 큰 울음을 사람의 귀에 들려 줄 때 사람들은 아무런 말이나 뜻으로라도 대답할 줄을 모른다. 그러려는 용기조차 보려 하나 볼 수 없다. 다만 남녘 나라 사람의 부드럽고도 숫된 마음으로 미지근하고도 나른한 피가, 게을리 흐를 뿐이다. 사람들아―, 왜 억세지 못하냐, 무섭고 굳센 힘이 없느냐. 그나마 모질고 독한 성질조차 없느냐, 왜 끝을 모르고 뒤가 무르냐.

　귀영이의 마음은 여러 가지 생각이 너울져 엉클어질 때에, 한편으로 너무나 제 몸이 외롭고 쓸쓸함을 느꼈다. 온몸에 찬 땀이 흐르며 이상하게 추운 기운이 스쳐 가 한 번 오싹하고 추웠다.

　부두에 댔던 기선은 물러간다. 시원치도 못하게 '우―웅' 하는 소리를 움츰스럽고 늘어지게 지르면서 천천히 부두를 떠나간다. 무슨 근심스런 큰 물건이 원한을 머금고 천천히 대지를 저주하면서 물러가는 듯하다. 굵다란 굴뚝으로 뭉게뭉게 쏟아져 떠오르는 검푸른 연기는 사방으로 새삼스럽게 꿈쩍거리는 이 인간의 생활의 그 무엇을 상징하는 듯한 이상한 느낌을 귀영이는 느꼈다.

　―아―부산! 몇 날 전에는 자기가 이 땅을 벗어났다. 배를 타고 상해로 떠나갈 때는

　"인제는 영 이별이다. 다시는 이 땅에 발을 들여 놓지 않으리라. 쓸쓸하나마 오랫동안 방탕생활에 물결치는 대로 이 세상이 있는 데까지 떠돌아 다니리라. 그러다가 아무 데나 쓰러져 죽으면 그 곳의 흙이 될 뿐이지

죽은 뒤에라도 영혼이, 유랑해 떠돌아다니는 넋이 되리라. 지긋지긋한 이곳을 또다시 오지는 아니 하리라."
그랬더니만 아무래도 잊지 못 할 것은 고향이었다. 고국이었다.
　흰 옷을 입고 사는 우리나라가 그리웠다. 늘어진 사투리에 흥타령을 노래하는, 우리의 시골이 그리웠다. 나중에는
"우리나라에도 봄이 왔으리라. 우리 시골에도 꽃이 피었으리라."
하고 시들푼 걸음을 되돌이켜 이 곳의 땅을 또다시 밟게 되었다. 사람이란 얼마나 우스운 것이냐 얼마나 모순된 것이냐.
　그렇다. 자기가 이 곳을 떠날 때에는 기선을 탔고 이곳에 다시 돌아올 때에는 기차를 탔다. 빛바래고 노린내 나는 옛날 추억이 귀영이의 눈물을 끌어내렸다. 서울서 오는 급행차인가, 뱀처럼 기다란 차가 '삐―' 소리를 강하게 지르며 부산진에서 초량역으로 달려온다.
　―저 차에는, 각처의 사람이 탔으리라. 서울 사람도 탔을 테지. 요사이 서울은 꽤 번창할 걸. 종로에는 야시夜市도 섰으리라. 젊은이들은 가벼운 옷에 탄력이 무르녹은 강근한 몸으로 새로운 이상에 붉은 가슴을 날리며 다니리라. 자기도 한창 시절에는 몸도 건강하였었고 이상도 있었다. 사나이들이 반할만큼 얼굴도 어여뻤고, '잘 살자 일하자' 하며 떠들고 다녀도 보았다. 또 어느 때에는 알뜰한 사랑에 말 못하는 애졸임도 있어 보았다.
　그러나 이제는 무엇이냐, 병! 약한 자! 나도 서울이나 또 갈까. 병도 고칠 겸 서울로…… 김씨가 있는 서울에, 사랑하던 이가 살던 서울에…… 그러나 못 가느니라. 아니 갈란다. 결단코 다시는 가지 아니하리라. 그렇다, 나는 나 때문에 산다. 남을 위해 사는 것은 아니다. 살아도 내가 사는 것이요 죽어도 내가 죽는 것이다―. 귀영이의 가슴은 날카롭게 날뛰었다.
　그의 몸에는 이상한 소름이 쪽 끼쳤다. 한 번 아르르 떨었다. 그리고 그 자리에 쓰러졌다. 조금 있다가 그의 얼굴은 따끈따끈히 내려 쪼이는 햇

빛을 깨달았다. 그의 손은 손바닥에 보들보들 스치는 부드러운 김의 풀을 한 움큼 움켜쥐었다. 그리고 손아귀에 억센 힘을 주어 잡아 뽑았다. 풀은 손의 힘을 다 받기도 전에 봄물이 오른 하얀 뿌리째로 아무 힘없이 약하고도 유순하게 뽑혔다.

귀영이는 열이 나는 듯이 뽑힌 풀을 발끝에 내던졌다. 그리고 어찌 할 줄을 모르는 듯이 한참이나 뒹굴었다. 그러다가 그 심술이 멈추어질 때에는 또다시 말할 수 없는 이상한 시름이 떠올라 나중에는 그것이 그럭저럭 눈물이 되어 버린다.

시름! 눈물! 머리 위에 마음 없이 떠돌아가는 뜬 구름도 시름은 시름이요, 섬 모퉁이로 하염없이 그림자를 감추는 배 돛대도 눈물은 눈물이지만, 그러한 설움과 눈물 가운데에도 귀영이는 새삼스러이 다른 설움을 느꼈다. 그는 그가 드러누워 있는 그 땅이 구슬프게 정다웠다. 누워 있는 그 자리에서 눅눅한 김이 올라와 그의 나른한 온몸을 휩쌀 때에, 아릿하고도 쌉쌀한 정다움을 느꼈다. 그것이 곧 시름과 눈물이었다.

"아—나는 땅으로 가야겠다. 흙으로 돌아가야겠다."

하고 가늘고 힘없이 부르짖으며 그만 큰 울음이 북받쳐서 소리를 내어 운다.

꽃을 꺾는다고 산잔등으로 휘돌아다니던 취정이는 귀영이가 우는 바람에 놀라 뛰어왔다. 귀영의 허리를 껴안아 일으키며

"성이요 우지 마소, 예? 우지 마소."

귀영이는 얼마만에 울음을 그쳤다. 취정이가 웃으며

"오늘은 또 와 울었는게요."

"내사 울기는 와?"

하고 귀영이도 웃었다. 취정이는 다리를 뻗고 귀영이와 마주 앉아서 꺾어 가지고 온 들꽃 떨기를 입맛을 '쩍쩍' 다시며 이윽히 들여다 보더니

"에이 내뿌릴란다."

하고 저의 등 너머로 내던진다. 그러는 꼴이 매우 말괄량스럽기도 하고 익살스럽기도 하다. 취정이 저도 제가 한 짓이 너무 우스운지 힐끗 귀영이의 얼굴을 건너다 보며 '아하하' 하고 너털지게 웃음을 터뜨린다. 귀영이도 따라서 힘없이 웃었다.

그리고 나서는 얼마 동안이나 무슨 생각에 잠겨 서로 아무 말도 없이 앉았다가 취정이가

"성이요 이제 그만 내려가십시다."

"와? 내사 안 갈란다."

취정이는 물끄러미 귀영이를 건너다보며

"아이 얄궂어라. 그럼 예서 이리 울다가 죽어뿌릴는게요."

"글쎄…… 죽을 턱이가…… 살 턱이가." …… 말소리가 청승스레 떨리면서도 힘없이 가라앉았다. 취정이는 더 무슨 말을 하려다가 귀영이의 근심스러운 얼굴을 힐끗 건너다보며 저의 얼굴도 시르르 흐려져 버렸다.

육자백이와 흥타령의 음울한 곡조는 이 나라 사람들이 선천적으로 가진, 피도는 소리다. 실없는 에누다리*에 삼사월 기나긴 해도 다 넘어갔다. 귀영이와 취정이는 울음과 웃음과 또한 미친 노래에 저절로 지쳐서 해가 저문 뒤에 산을 내려온다. 귀영이는 취정이의 등에 업혔다. 피를 몹시 뱉은 까닭인지 얼굴은 백지같이 하얗게 질렸다. 취정이는 영주동 뒤 비탈길을 넘어섰다. 언덕 밑 움집 앞을 지날 적에 움집 할미가 쫓아나오며

"색시— 어데 갔다 오는고, 업힌 이는 누고, 응 최백작 딸이가."

할미가 저 혼자 허튼 수작을 하거나 말거나 취정이는 못 들은 체하고 아무 대답도 없이 다만 달음질쳐 귀영이의 집으로 들어갔다.

---

* 넋두리.

2

 동래 읍내에서 서남쪽으로 삼마장 쯤 되는 곳에 포실한 한 마을이 있다. 바다같은 물논이 사면으로 둘린 그 가운데에 외딴 섬같이 여나믄 채의 풀집이 한 마을을 이루었다.
 그 마을에는 그 마을 사람만이 산다. 대대손손 그 마을 사람만이 서로 도와 살아왔다. 같은 고을에서도 딴 마을 사람이면 그 마을에서는 외방 사람으로 보게 된다. 사람도 다 같고 말도 한 나라 말이요 옷도 다 같이 흰 옷을 입건만…… 그들이 세상을 저버린 것이 아니라 세상이 그들을 돌린 것이다. 따라서 그 마을은 이름도 없다. 구태여 사람들이 대접해 부르자면 그 마을은 백정촌이요 그 마을 사람들은 백정놈이다.
 귀영이는 스물일곱 해 전에 그 마을에서 났다. 귀영이의 아버지와 어머니도 그 마을 사람이다. 오랫동안 사람들이 만들어 놓은 귀천이라는 귀신에게 쪼들리고, 계급이라는 도깨비에게 구박을 받아 때없이 눈물 섞어 부글거리는 그 피를 귀영이는 받았다. 귀영이의 조상들도 그런 피에서 나고 자라고 늙고 죽고 하였지만 귀영이도 그러한 피로 나고 자라고 하였다.
 설움의 나라로 쫓겨 다니는 눈물 속에서도 아버지와 어머니는 다만 외딸인 귀영이를 퍽 사랑하였다. 그 중에도 어머니의 사랑이 더 많았다. 그랬더니만 귀영이가 일곱 살 먹었을 적에 어머니는 어디로 갔다. 어머니가 스스로 어디로 간 것이 아니라 건너 마을의 어느 양반이 잡아갔다. 한 번 잡혀 간 뒤로는 도무지 소식이 없다. 아마 어느 곳에 종으로 팔아 먹은 게지.
 그 때에 어린 귀영이가 때 없이 어머니가 그리워서
 "어메 어메 어디 갔노."
하고 보채면 아버지는 너무도 억울하고 답답하여서 차마 사정을 다 못하고 "어메는 죽었단다" 하는 것이 노상 버릇이었다. 그리고 힘줄 선 팔뚝으로 굵은 눈물을 씻어버릴 뿐이다. 그런 것이 모두 어린 귀영의 가슴에는 죽어도 썩지 않을 모진 못이 되었다.

 귀영이의 아버지는 무식하였다. 세상 사람들의 학문이라 일컫는 그것을 배우지 못 했다. 그러나 배우지 못 한 그만치 진실하고 순박하였다. 따라서 부지런하고 검소하므로 돈도 많이 모았다. 그들이 사는 그 마을에서는 제일가는 부자였다. 그러나 그가 애써서 모은 돈까지도 가질 임자를 가리는지 많은 돈이라는 그것으로 하여 도리어 그의 몸이 괴로웠다.

 불한당 같은 양반들의 집 대뜰 아래에서 까닭 없는 죄명으로 무릎을 꿇리고 곤욕을 당한 일도 한두 번이 아니었다. 소외양간 한 구석에서 결박 지워진 채로 온 밤을 새우기도 몇몇 차례였었다. 쓰지도 않은 빚 물기에 머리가 빠질 지경이다가 나중에는 같이 사는 아내까지 빼앗기고도 아무 말도 할 수 없는 신세였었다.

 한 번은 이런 일도 있었다. 아버지가

 "백정놈도 미욱하나마 사람이외다."

하고 한 마디의 부르짖음이 양반에게 발악한 것이라 하여 건너마을 정생원의 집 사랑 마당에서 물볼기를 종일 맞게 되었다. 쫓아갔던 귀영이도 억센 머슴놈의 손에 뺨 하나만 얻어맞고 울며 도망해왔다. 그 날 밤에 집에 돌아온 아버지는 거의 송장이었다. 잘 움직이지도 못 하도록 맞은 다리와 볼기에는 검푸른 멍이 부풀어 올랐다.

 마을 사람들은 모두 무서움과 원망에 입을 꼭 다물고 정신없이 왔다갔다만 할 뿐이요 매맞은 이를 간호하느라고 앉아 울기만 하는 이는 열 살 먹은 귀영이 하나뿐이다. 늦은 가을 기나긴 밤은 점점 깊어드는데 아버지는 아무 말도 없이 다만 꽉 감은 눈에서 눈물만 쉼 없이 흐를 뿐이다. 귀영이는 첫 번에는 답답하기도 하고 서럽기도 하였지만 나중에는 점점 무서운 듯한 느낌도 떠돈다. 그리고 어머니도 간절히 보고 싶었다.

그러다가 들기름 등잔의 심지똥이 튀느라고 '툭' 하고 '푸지지' 하는 바람에 눈을 번쩍 떠보니 잠깐 졸았던 것이다. 아버지도 눈을 뜨고 두리번두리번 하다가 다시 감는다. 귀영이는 점점 무서운 생각이 들어 소름이 쪽쪽 끼칠 때 아버지는 다시 눈을 떴다. 그리고 윗목을 가리키는 듯이 바라본다. 윗목에는 소주가 담긴 오지병* 하나가 놓여 있다. 귀영이는 그 병을 아버지 앞에 갖다 놓았다.

아버지는 한 사발이나 넘는 소주를 다 마셨다. 그리고 그 술기운이 온몸에 무르녹아 돌 때에 팔을 짚고 다리를 부르르 떨며 일어난다. 귀영이도 부축을 하느라고 일어섰다. 아버지는 비척거리며 한 걸음 두 걸음 걸어 윗목에 매인 시렁 밑으로 간다. 그 시렁가지에는 헝겊으로 회회 감은 넓적하고도 길쭉한 물건이 얹혔다.

그것은 칼이다. 소 잡던 칼이다. 하루 아침에 십여 마리의 소를 수고로움 없이 잡아 내뜨리던 그 칼이다. 아버지는 칼을 내려 감긴 헝겊을 풀었다. 희미한 불빛에도 칼날은 날카롭게 번쩍거린다. 그리 큰 장검은 아니어도 사람 하나는 넉넉히 죽일만한 비수이다. 아버지는 푸른 칼날을 는적는적 놀리어도 보고 겨누어도 본다. 다른 때는 굼뜨고 떨리는 그 손이 칼을 쥔 뒤에는 몹시 날래고 민첩하였다. 아버지는 무슨 생각을 하였는지 모질게 다물었던 입을 빙그레 쓴웃음을 짓는 듯하며 고개를 두어번 끄덕끄덕 하더니 누구를 죽이려는지 지게문을 향하여 걷는다. 이상하게 번쩍거리는 그의 눈에는 살기가 가득 찼다.

그 순간에 귀영이는 하도 놀라고 무서워서 벌벌 떨다가 목이 갈라지게 "아배요" 한 마디 부르짖고 정신없이 방바닥에 고꾸라졌다. 귀영이가 다시 고개를 들어볼 때에는 아버지는 돌아서서 아무 말도 없이 마주 내려다만 본다. 눈에는 눈물이 어렸고 입은 응석 끝에 비죽거리는 어린애 입

---

* 붉은 진흙으로 만들어 오짓물을 입혀 구운 병.

같이 실룩실룩한다. 바른 손에 늘어뜨려 쥐었던 칼을 윗목 구석으로 슬쩍 던질 때 다듬이돌에 부딪혀 '앵' 소리가 살기스럽게 나며 두 동강이로 부러진다. 독한 칼은 부러져버렸다.

 아버지는 그 자리에 푹 주저앉는다. 귀영이는 아버지의 무릎에 엎어져 운다. 아버지의 굵은 눈물방울도 귀영이의 다박머리에 뚝뚝 떨어진다. 얼마 있다가 아버지는 다시 일어나 나무말코지*에 걸린 헌 무명 전대를 내려가지고 윗목으로 간다. 귀영이는 등잔걸이를 윗목으로 옮겨 놓았다.

 아버지는 쌀 담았던 오지항아리를 기울이고 움큼으로 쌀을 퍼낸다. 많아 보이던 쌀은 얼마 아니 해서 벌써 다 나왔다. 맨 나중으로 헌 베잠방이 쪽 하나를 끄집어내니 항아리 밑창에는 지전이 몇 뭉치가 있고 또 번쩍번쩍 하는 은전이 반이나 넘어 차있다. 아버지는 때묻은 전대에다 그것을 집어넣기 시작한다. 맨 처음에는 지전을 넣고 나중에는 은전을 넣는다.

 번쩍번쩍하고 소담스러운 반원半圓짜리 은전. 그것이 어린 귀영이의 가슴에 잠깐 부드러운 물놀이를 쳐주었다. 속으로 '그것 하나 나 주었으면……' 하였다. 그러다가 돈을 움켜 넣느라고 부르르 떠는 아버지의 손을 들여다 볼 때, 새로이 무어라 말할 수 없는 다른 무서움을 느꼈다.

 첫 닭이 울 때 귀영이와 아버지는 나들이 새 옷을 갈아입고 싸리문 밖에 나섰다. 아버지는 돈 전대를 짊어지고 머리에 삿갓을 썼다. 한 손에는 귀영이의 손을 쥐고 한 손에는 지팡이 막대를 잡아 아프고 결리는 몸을 의지하여 걷는다. 그들의 수작은 아무것도 없이 다만 눈물 뿐이었다. 마을 앞 길둑에서 어두운 속에서도 길둑배미의 욱욱이** 익는 벼를 아버지는 한참이나 들여다 보았다. 그리고 소매로 눈물을 씻으며 다시 걷는다.

 새벽 기운 찬 바람은 뼛속까지 스며드는데 그들은 이를 갈며 그 밤이

---

* 물건을 걸기 위하여 벽 따위에 달아 두는 나무 갈고리.
** 욱욱하다 : 꽉 차서 번성한 모양.

다 새도록 걸었다. 쫓긴 이의 설움, 도망하는 이의 외로움, 그들은 목숨과 재물을 평안케 하기 위하여 또다시 비오고 바람부는 어지러운 세상의 길을 나섰다.

그들이 부산 항구 한 구석에 오막집을 얻어 들어가게 되기는 동래를 떠난 지 두 해 뒤이다. 아버지는 소고기 장사를 하고 귀영이는 학교에 다닌다. 그리고 그 동안에 귀영이는 새 어머니를 맞았다. 아버지도 밤마다 국문을 배워서 외상값 치부를 손수 적는다.

귀영이가 서울로 공부하러 가기는 열일곱 살 먹던 해 봄인데 남들이 보지 않는 밤에 처네*를 덮어쓰고 부산진으로 나와 가만히 대구까지 가는 완행차를 탔다. 그것은 사람들이 보면 '백정의 딸이라'고 무슨 말을 할까 두려워 함이다. 그는 떳떳하게 할 공부도 그렇게 그늘 속에서 하게 되었다. 귀영이가 서울간지 삼 년 만에 한 장의 편지가 그의 아버지께 왔다.

"아버지 그만 두소, 백정 노릇마소."
하고 몇 마디 눈물로 섞어 쓴 편지였다. 그것은 귀영이가 고향 학생 친목회에서 '백정의 딸이라'고 쫓겨나던 날 쓴 것이었다. 그 뒤부터 그의 아버지는 소고기 장사도 내던졌다.

기미년 만세 운동이 일어날 때에 귀영이는 서울서 고등여학교를 졸업하였다. 고요함의 반동은 움직임이라 수백 년 동안 학대에 지질리어** 잠자코 있던 귀영이의 피는 힘있게 억세게 끌어올랐다.

몸이 옥에 들어가 일 년 반을 예심에 있다가 일 년 징역을 삼 년 집행유예로 세상에 다시 나왔다. 그 때에 그가 옥에서 나온 바로 뒤에는 가장 즐거운 때였으니 옥에도 같이 들어갔던 김씨라는 사나이 동지와 사랑이 깊었음이다. 평생을 허락한 이성의 두 동지는 전통을 부숴버리고 형식을

---

* 덧덮은 얇고 작은 이불. 어린 아이를 업을 때 쓰는 작은 이불.
** 지지르다 : 기운이나 의견을 꺾어 누르다. 무거운 물건으로 내리누르다.

없이 한다는 의미로 결혼 예식도 치워버리고 그저 삼청동 어느 조그마한 집에서 꿀같은 사랑의 살림을 벌였다.

　웃음과 즐거움 속에도 세월은 흘렀다. 귀영이가 살림 사는 지도 벌써 일 년이었다. 만족과 즐거움의 일 년, 그 동안에도 귀영이의 가슴 깊은 속에는 늘 한가지의 가만한 번민이 있었다. 그것은 자기가 백정의 딸인 것을 아직껏 남편이 모름이다.

　그것을 사실대로 남편에게 말하고자 하였었으나 그리 기회도 없었고, 어떤 때에는 더러 말할 수도 있었지만 스스로 무슨 죄나 지은 듯이 가슴이 두근거려 몇몇 차례를 벼르기만 하고 말았다. 그러나 그의 가슴은 그럴수록 점점 어두웠다.

　한 번은 남편이 "장가든지 일 년이 되도록 처가에를 못 가보았으니 가보아야겠다"고 서두는 바람에 귀영이는 어찌할 줄을 모르다가 잠깐 돌리는 거짓말로 간신히 멈추었다. 그 거짓말은

　"사오 일 안으로 저의 아버지가 온다는 소식이 왔으니 아버지가 오거든 같이 가자."

함이다. 그리고 그 날 밤에 저의 아버지에게로 편지를 써 부쳤다. 아버지를 얼른 오라고……

　"그러나 아버지는 백정이다, 무식하다.

하고 상서롭지 못 한 번민에 혼자 머리를 앓았다.

　귀영이가 편지한 지 나흘만에 과연 '아버지로라' 고 중늙은이나 되어 보이는 헙수룩한 시골노인이 찾아왔다. 그 때 마침 남편은 없었음으로 귀영이가 친히 맞아들이게 되었다. 그러나 아버지로 온 그이는 귀영이의 아버지는 아니었다. 불쌍한 이의 어리석음. 어리석은 이의 약한 꾀, 그것이 점점, 사람을 못 살게 하는 것이다. 귀영이에게 아버지로 찾아온 그이는 부산바닥에서 훈장으로 돌아다니는 신생원이라는 늙은이다. 그는 돈 이백 원에 팔려왔다. 까닭 없는 남의 아버지로…… 점잖은 아버지, 유식

한 아버지, 양반 아버지로……
 아버지로 온 늙은이와 귀영이와 남편, 세 사람이 부산을 내려온지 사흘만에 모든 일이 탄로났다. 남편은 아무 말도 없이 서울로 도로 올라가 버렸다. 귀영이가 울며불며 쫓아가 빌고 부르짖고 하였으나 모든 것이 다 허사였다. 남편은 도무지 용서하지 않았다. 귀영이가 나중에는
 "밥을 먹기 위하여 일하는 그것이 무엇이 잘못이오. 사람들에게 먹을 것을 드리는 직업이 무엇이 천하오."
하고 소리쳐 부르짖었으나 남편은 들은 체 하지 않고
 "더러운 년 백정의 딸년이……."
하고 마구 내쫓았다.
 한창 시절에는 "동포다, 형제와, 자매이다. 이 나라 사람들은 눈물에서 산다. 약한 자여— 모여라. 한서린 삶을 찾기 위하여……" 하며 떠들던 남편도 알뜰한 사람을 저버릴 때는 모든 것이 다 거짓말이었다. 허튼 수작으로 모든 사람들에게 아첨하고 발라 맞추느라고 쓰던 말이었다. 그도 또한 남을 함부로 장난해 버려놓고 '가엽다' 하는 인사도 없이 걸어가 버리는 뻔뻔한 사나이였을 따름이다.
 그 뒤에 부산으로 돌아온 귀영이는 아주 다른 사람이었다. 몇 번째 달라진 귀영이었다. 시들픈 사랑을 허튼 주정같이 이 사람에게도 주고 저 사람에게도 던져보며, 실없이 함부로 돌아다니는 난봉이 되었다. 모든 사나이에게 농락을 받는다는 것보다도 차라리 농락을 해보려 하였다. 그러는 동안에 그는 병이 들었다. 마음에나 몸이 고치지 못 할 깊은 병이 들었다. 그렇게 병까지 든 귀영이가 곧 부산에서 유명한 최백작의 딸이다. 백작은 사람들이 백정을 백작으로 고쳐서 조롱해 부르는 것이다.
 귀영이가 작년 여름부터는 어디로 갔는지 얼마 동안 자취를 감추었더니, 한 달 전부터 별안간에 지나복支那服에 반양장을 차린 귀영이가 가끔 영주동 뒷산으로 어슬렁어슬렁 돌아다닌다. 전에는 그의 동무가 대개 아

주 젊은 사나이들이더니 이제는 늑대라는 별호*가 있는 말괄량이 유취정이가 완전히 그의 뒤를 따라다닌다.

　세상은 그릇된지 오래인지라. 비웃음과 사나움으로 사람과 사람이 서로 싸운다. 처음에는 짐승과도 싸우다가 거기에 고달픈 사람들은 그 버릇을 힘 약한 사람에게 쓴다. 그렇게 서로 싸우는 마당에서도 귀영이는 조상 적부터 한 겨레가 특별히 짐승의 대접을 받았다. 귀영이가 처음에는 사람들을 무서워하였다. 무서움으로 스스로 피하였었다. 그러다가 자기도 힘이 있는 사람임을 깨달을 때에 세상 사람이 미워졌다. 사납다고 하는 그이들과 싸워 원수를 갚고 싶었다. 오히려 싸우는 것보다도 맨 먼저 사나움에 지질려진 무리들을, 여러 사나운 이들보다도 더 사나운 힘을 갖게 하고 싶었다.

　그런 한 실마리의 붉은 마음이 그를 휘몰아 고국을 떠나서 상해로 가게 하였다. 그가 상해로 간 지 얼마 되지 않아서 그의 고질인 폐병이 날로 심하여졌다. 몸은 열사단이라는 단체에 매여 있으나 몸에 병이 깊었으니 마음대로 일도 볼 수 없고…… 하는 수 없이 못 잊을 고국의 그 땅을 다시 밟게 되었다. 그가 돌아올 때에 열사단에서 고국에 돌아가 할 일을 맡았다. 그러나 고국에라고 돌아와 보니 사람이 없다. 참으로 마음을 비춰 일할 만한 사람다운 사람을 보기 어려웠다. 그만치 쓸쓸한 곳이었다.

　하기는 요사이 남모르게 부부가 된 전씨도 있기는 있지만, 그러나 그는 같은 뜻으로 비밀한 일을 의논해 도모할 만한 그러한 사이는 되지 못하였다. 전씨는 귀영이가 병을 고치러 다니는 병원의 의사였는데, 하도 고맙게 애를 써서 병을 보아주는 것이 너무 신세스럽기도 하고 민망한 듯도 해서 그저 몸을 맡겨 내버려 두었을 뿐이요, 또한 전씨는 귀영이가 백정의 딸이나마 돈이 많으니까 사람보다도 돈이 먼저 넘겨다 보였었다.

* 별명.

귀영이는 두루두루 사람을 찾아본지 며칠만에 취정이를 만나보고 가장 동지로 손목을 잡았다.

취정이는 얼굴도 밉지는 않지만 매우 영리하고 재주가 있다. 붉은 등 아래에서 겨를없이 배운 것이나마 한문도 많이 알고 글씨도 잘 쓰고 일본글도 더러 볼 줄 안다. 또한 보통 세상에서 많이 안다고 떠드는 사람들보다도 한 가지 더 아는 게 있으니⋯⋯ 몸이, 기생이라는 이 세상 제도의 가장 아래층에 있어서, 여러 사람 여러 가지의 희롱과 유린을 받아서 인생이라는 그것이 어떤 것인 줄을 여러 가지 모양으로 보고 겪고 해서 알았음이다. 그리고 영남 사람의 특징으로 뜻이 멀고 속이 깊다.

거기에 마음과 행동은 말괄량이다. 그러나 그 말괄량이는 세상의 풍파를 겪은 데에서 나온 말괄량이다. 그러므로 참뜻이 있는 곳에는 죽을 땅이라도 몸을 아끼지 않는 그런 용기가 있다. 그의 모든 것을 통틀어 말하자면 고요한 때는 가시덤풀이 욱웃이 우거진 속에 은은히 웃는 한 송이 술이 깊은 꽃이지만 미친 바람이 날 때에는 이 산 저 산 거침없이 날아다니는 호랑나비이다.

그러므로 고운 마음이 거칠어지고 거칠어진 마음이 미치게 된 귀영이가 얼른 알아보게 되었고 취정이도 귀영이를 얼른 알아보았다. 귀영이와 취정이가 서로 만난 뒤로는 날마다 영성산에 올라가는 것이 일이다. 하고 싶은 이야기도 마음대로 하고 마음 답답한 때는 바람도 쏘이며 보기 싫은 곳에 침도 뱉고 욕도 함부로 한다.

3

밤은 고요한 밤이다. 숨소리도 없이 죽은 듯한 커다란 땅은 넋을 잃고 어둠나라 밑에 널브러져 있다. 다만 흐릿한 하늘에는 금방 떨어질 듯한 별 하나가 깜박거릴 뿐, 창호지 한 겹 밖이 캄캄한 죽음의 나라이건마는,

사람들은 바작바작 타들어가는 기름 불빛에서 죽는 이의 목숨이 얼마나 남았는지 몰라서 시각으로 그것을 재고 있다. 귀영이는 혼수상태에 빠져 도무지 정신을 차리지 못 한다. 이따금 괴로운 듯이 신음하는 소리가 가늘게 떨리는 듯하다가 힘없이 끊어진다. 깔딱깔딱하는 목에는 가래가 끓어올라 '가르랑가르랑' 하는 소리가 가늘게 날 뿐이다.

아버지와 어머니와 취정이는 아무 말없이 근심스럽게 앉아서 귀영이와 귀영이의 남편 전씨의 얼굴만을 번갈아 본다. 전씨는 가끔 귀영이의 체온도 보고 맥도 보며 점점 낙망하는 듯한 빛이 얼굴에 나타난다. 방 안에 움직이는 소리는 다만 다섯 사람의 숨소리뿐인데 그 중에도 귀영이의 숨소리는 들을 수도 없을만치 고약하게 떨리는 듯하다. 푸르게 흐르는 남포 불빛은 마음 답답한 사람들을 게으르고 졸리게 하는 듯, 한 칸 반 방안에 나릿한 공기는 괴롭게 무겁다.

귀영이를 들여다보고 있는 사람의 눈들은 모두 쓰러질 듯이 몹시 고달팠다. 취정이는 너무 답답하고 안타까운 듯이 "아이고 답답해라"하며 손으로 저의 눈을 부빈다. 그러자 어머니는 무슨 군호*나 들은 듯이 입맛을 '쩍' 하고 다시며 사기대접의 사탕물을 숟갈로 떠서 타는 듯이 바싹 마른 귀영이의 입에다 흘려 넣는다. 귀영이는 벌려졌던 입을 다물며 목에서는 시원치 못하게 '꼴깍' 소리가 난다. 아마 물을 삼키는 모양인지. 그러나 그의 눈은 뜨지 않는다.

아버지는 아무 말도 없이 구부리고 앉아서 게슴츠레한 눈에다 힘을 모아 뚫어질 듯이 귀영이의 얼굴을 들여다보고만 있다. 만일 누가 옆에서 조금만 꼬드겨도 금방 울음이 터질 듯이 그의 얼굴은 청승스럽게 찌푸렸다. 얼마 있다가 어머니는 '휘―' 하고 한숨을 한 번 속 깊이 쉰다. 그리고 부시시 일어나 밖으로 나가더니 새빨간 적두赤豆 팥을 한 움큼 쥐고 들어

---

* 서로 눈짓이나 말 따위로 몰래 연락함. 신호.

왔다.

귀영이의 머리맡에 가 무릎을 꿇고 앉아서 두 손을 어울러 팥을 쥐고 두어 번 쩔레쩔레 흔들더니 눈을 시르르 감는다. 무엇을 속으로 푸념하는지 입을 가만히 벙긋거리며 한참이나 잠잠히 앉아 있었다. 그러다가 눈을 뜨고서 손에 쥐었던 팥을 손바닥에 벌여 놓고 둘씩 둘씩 짝을 맞추어 세기 시작한다. 그 팥빛은 이상하게도 밝았다. 세던 팥은 맨 나중에 한 개가 남았다. 어머니는 "잘못 세지나 않았나"하고 그 팥을 두 번 세 번 다시 세어보았다. 그러나 남는 것은 틀림없이 한 알 뿐이다. 어머니는 그것을 든 채로 물끄러미 귀영이의 얼굴을 들여다본다.

그것이 어머니에게는 죽음이라는 것을 중험하는 묘한 점이었다. 몇 알 되지 않는 팥이나마 그것이 어머니에게는 죽음이라는, 그윽히 알 수 없는 수를 풀어보는 데에 묘하고도 신비스러운 구슬이었다. 그 팥을 세어 보아 나중에 남는 것이 짝이 맞으면 사는 것이요, 맞지 않으면 죽는 것이라 한다. 그런데 어머니의 손에는 다만 한 개의 팥이 남아 있다. 그 팥은 빛조차도 어머니의 눈에는 붉다는 것보다 형용할 수 없는, 이상한 죽음의 빛으로 보였다. 근심에 근심을 더 거듭한 어머니의 얼굴은 점점 어둠의 빛으로 흐렸다.

첫닭이 울었다. 귀영이는 눈을 떴다. 오래간만에 눈을 떠서 그런지 기운 없어 보이는 눈이 부신 듯이 몇 번이나 감았다 떴다 한다. 그리고 고개를 들고 일어나려 하는 듯하다가 그만 둔다. 피와 기름이 빠져서 하얗게 여위어진 얼굴에 가냘픈 살가죽이 대중없이 움직인다. 검은 머리는 베개 너머로 흐트러져 깔렸다.

귀영이는 가슴 위에 놓여 있는 손을 든다. 그 손은 흰 거미발같이 가늘게 마르고 파리하였다. 여러 사람을 향하여, 그 손을 두어 번 내저으며, 고개도 흔드는듯 한다. 여러 사람들은 무슨 뜻인지 몰라서 서로 쳐다보며 잠깐 주저하였다. 귀영이는 또 손을 흔든다. 어머니가

"와 그러노."

하고 물을 때에 귀영이는 손으로 지게문 쪽을 가리키며 힘없이

"다들 나가소" 한다.

방 안 사람들은 무슨 일인지 몰라 잠깐 머뭇머뭇하다가 일어선다. 취정이도 일어서려 하니까 귀영이가 손을 들어 취정이의 치마 앞에 놓는다. 방 안에는 귀영이와 취정이 두 사람 뿐이다. 귀영이는 이윽히 눈을 감고 있다가 다시 뜨며 횃대 끝에 매어 달린 손가방을 가리켰다. 취정이는 얼른 그 가방을 내려다가 귀영이의 가슴 위에 놓아주었다. 귀영이는 그 가방을 열려고 하다가 기운 없이 집어 취정이를 준다. 취정이는 그것을 받으며

"이걸 열래요."

하고 물었다. 귀영이는 그렇다는 듯이 고개를 한 번 끄덕한다. 그 가방을 열어보니 조그마한 책 하나를 빨간 비단으로 싸 넣었다. 그 책은 귀영이가 열사단에서 받은 수첩인데 그 단의 강령과 비밀암호가 쓰여 있는 것이다. 그리고 귀영이 자신에 관한 모든 비밀과 또한 장차 하려고 하던 일과 뜻이 기록되어 있다.

그 책을 취정이가 잠깐 보려 할 때에 귀영이는 '급히 어디다가 넣어가지라' 하는 듯이 손으로 취정이의 무릎을 툭 치며 고개를 끄덕한다. 취정이는 그 책을 얼른 치마춤에다 찌르고 가방은 그 전대로 갖다 걸었다. 너무도 이상한 곳에서 이상한 물건을 이상하게 받은 까닭에 취정이의 가슴은 어쩔 줄 몰라 잠깐 두근거렸다. 귀영이는 '이제 마음이 놓인다' 하는 듯이 빙그레 웃는 듯하며 눈을 감는다. 취정이는 밖에 나갔던 사람들을 불러들였다. '왜 그랬느냐' 하는 듯이 모두 잠잠히 귀영이와 취정이의 얼굴을 번갈아 본다. 귀영이는 다시 눈을 뜨며

"아배요—" 하고 불렀다. 힘없이 떨리는 목소리를 다시 내어 "다시는 백정노릇 마소" 하고 눈에는 눈물이 어렸다. 아버지는 술 취한 사람 모양

으로 정신없이 고개를 한 번 끄떡하고 들여다보기만 한다. 조금 있다가 귀영이는 남편 전씨를 이윽히 아무 말 없이 쳐다보다가 쓴웃음을 지우는 듯하며 눈을 시르르 감는다. 한 손을 슬며시 들어 아버지에게 주고 또 한 손을 들어 취정이에게 준다. 여러 사람들은 정신을 차려 귀영이의 얼굴을 들여다본다.

귀영이의 얼굴빛은 별안간 붉어진다. 그러더니 또 하얘진다. 눈은 걸어달리고, 코는 추해진다. 아버지와 취정이가 쥐고 있는 손에다 힘을 들여 바르르 떨더니 긴 숨을 모아 내쉰다. 하얗던 얼굴에 푸른 빛이 돌 때에는 숨소리가 점점 들을 수 없을 만큼 가늘어진다. 아마 귀영이의 목숨도 그만인 것이다.

아버지는 '큭' 하고 흐느끼며 귀영이의 몸으로 엎드러졌다. 어머니는 울음 섞여 목메인 소리로 "나무아미타불, 극락세계!" 하며 귀영이의 벌어진 입을 다물어준다. 취정이는 차마 볼 수 없는 듯이 고개를 외로 꼬고 한편 다리를 내어 뻗으며 '흑흑' 느끼어 운다. 전씨는 "이런 때에 주사를 하면 다시 살아난다"고 주사침을 찾기에 쩔쩔 매며 한창 부산하게 굴다가 여러 사람들이 우는 바람에 멋쩍은 듯이 털썩 주저앉았다. 그의 눈에도 눈물이 그렁그렁하다. 어머니는 울다가 눈물을 씻고 앉으며

"그만 살고 죽는 것을⋯⋯."

하고 한숨을 '휘—' 쉰다. 그리고 밥을 짓는다고 일어선다. 그 짓는 밥은 사자밥이다.

"조선국 경상도 부산 영주동 이십칠 세 최귀영 복⋯⋯."

하고 눈물 섞어 외마디 소리로 외치는 소리는 고요한 새벽 하늘에 처량하게 떨린다.

사람이 죽는 데에도 '백정의 집이라'고 딴 사람은 아무도 오는 이가 없었다. 귀영이의 혼을 부르는 데에도 사람이 없어서 귀영이의 아버지가 울며 부르게 되었다. 밥 세 상, 짚신 세 켤레, 동전 세 닢, 그것은 귀영이

의 넋을 데리고 갈 저승사자를 대접하는 것이었다. 혼을 부르던 귀영이의 아버지는 사자밥상 위로 정신없이 고꾸라졌다.

귀영이의 아버지는 날마다 술만 마신다. 그리고 운다. 울고 나서는 미친 사람 같이 넋을 잃고 온 동네로 쏘다닌다. 그러다가 저녁때가 되면 울면서 다시 집으로 돌아와 기다란 두루마리에다 편지를 쓴다. 편지는 죽은 귀영이에게 하는 것인데, 사연은 대개 ……누구는 이쁘고 누구는 미우며 누구는 고맙게 굴고 누구는 몹시 하며, 온종일 동네에나 또는 저의 집에 무슨 일이 있었으며…… 별별 소리를 다 쓰다가 나중에는 술 몇 잔 먹은 것까지 쓴다.

굵다랗고 서툰 글씨로 사투리 섞어서 더러는 쓴말도 되쓰고, 정히 할 말이 없을 때는 그냥 아무렇게나 먹장난도 해버린다. 그러다가 그 쓴 것이 한 서너 발 넘으면 '오늘 편지는 다 썼다' 하는 듯이 종이를 끊어 접는다. 그리고 푸나무 한 단을 옆에 끼고 누가 볼까 봐 연방 뒤를 살피며 남몰래 영성산 꼭대기로 기어 올라간다.

밤마다 영성산 봉오리에서는 이상한 불빛이 번쩍거린다. 그것을 보는 모든 마을 사람들은 때로 모여 서서 서로 가리키며

"도깨비불이 보인다."

하고 떠든다. 더구나 그 중에도 똑똑하게 잘 아는 사람은

"높은 곳에는 도깨비가 없는 법이니 저것은 반드시 산신령의 조화라……."

하고 지껄인다.

그런데 모든 사람이 지껄이고 있는 판에 매양 가슴이 서늘하게 놀라는 것이 있으니, 그것은 별안간에 말괄량이 취정이가 어디서 뛰어나와 소리 높여 부르짖음이다.

"불질러 버려라. 불질러 버려라. 모든 것을 불질러 버려라."

하고 부르짖는다. 저 혼자 미친 듯이 사납게 성도 내고 허트러지게 웃기

도 하며 늑대처럼 날뛰며 돌아다니기도 한다. 그것을 보는 사람들은 또 쉽게 손가락질을 하며 "귀신이 들려 불지랄을 한다"고 욕과 비웃음에 뒤섞어 버린다.

　약한 자의 부르짖음, 서러운 이의 목놓는 울음! 평안치 않은 곳에는 봉화를 든다. 고요하던 바다는 물결쳐 부르짖는다. 오랫동안 길고 길게, 논 개울 산돌 사이로 꾸겨져 소리 없이 흐르던 물은 큰 바다를 이루어 바람이 일 때에, 바위에 부딪칠 때에, 소리쳐 큰 설움을 부르짖는다. 그 소리를 온 땅의 사람과 귀신이 다 알아듣기 전에는, 이 봉우리 저 봉우리 높은 곳마다 서로 응하여 성하게 붙는 마음의 불꽃은 길이길이 번쩍거려 꺼지지 아니 하리라. 그것은 곳곳마다 난리를 알리는 봉화가 켜질 때에.

—《개벽》61호(1925년 7월).

뺑덕이네

1

"앞집 명녀는 도로 왔다지요."
"저희 아버지가 함경도까지 찾아가서 데려오느라고 또 빚이 무척 졌다우."
"원 망할 계집애도…… 동백기름 값도 못 벌 년이지 그게 무슨 기생이야. 해마다 몇 차례씩 괜히 왔다갔다 지랄발광만 하니……."
"이번엔 그 데리고 갔던 절네 마누라가 너무 흉칙스러워서 그랬답니다. 같이 간 점순이와 모두 되국놈한테로 팔아먹을 작정이었더래."
"저런……."
"그래 명녀 아버지가 찾아가니까 벌써 점순이는 어따가 팔아 버리고 절네 마누라는 어디로 뺑소니를 쳤더라는데……."
"저런, 세상에 몹쓸 년이 있나, 고 어린 것을…… 그래 저희 아버지는 그 소릴 듣고도 가만히 앉아만 있나?"
"그럼 가만히 앉았지 어떡하우, 더구나 그 헤보가……."
"하긴 멀쩡하게 마누라를 뺏기고도 말 한 마디 못하고 됩데 그 집으로 어슬렁어슬렁 밥이나 얻어먹으러 다니는 위인이니까……."

북악과 인왕산이 앞으로 치받쳐 그늘진 골짜기 돌각다리 메마른 산마을이라 사내 장정들은 대개가 첫 새벽에 무거운 등짐을 지고 자하문턱을 넘어서 벌이를 하러 들어만 가면 온 동네가 날이 맞도록 한갓 한가한 오막살이 돌담집 속— 그 속에는 저절로 여편네들만의 오붓한 세상이 되어버린다. 남의 흉이나 제 사정이나 새벽동자 늦은 밤참도 수가 좋아야 제 때에 두 끼를 끓이게 되는 시들픈 살림들…… 그러니 심심하고 할 일 없이 이 집 저 집으로 서로 찾아다니며 게으른 하품에 뒤섞여서 한바탕 지껄이고 나니 그것이 저절로 모두 쓸데없는 이삭다리들뿐이다.

어떤 이인異人이 있어서 그렇게 실없게 던지고 간 예언인지는 몰라도, "조석照石 고개가 뚫리면 동네가 망한다. 물문이 헐리면 음란한 일이 많아지리라!" 하는 무슨 수수께끼같이 야릇하고도 너무나 영절스럽고 흉물스런 구비 전설이 아직도 몹시 어수룩하고 아늑한 이 산골짜기에 그윽히 서려 있다.

위 아래 부침바위에다 나날이 새롭게 갈아 놓은 흠집 자국은 그 어느 청춘들의 아프고 안타까운 가슴으로 모질게 긁어 놓은 생채기인지? 뒷절 돌부처는 어두운 밤마다 아무 죄 없이 생코를 깎아버리는 참혹하고 가엾은 형벌을 수없이 치르건마는 억울한 하소연도 사뢰올 곳이 바이 없어 그대로 우두커니 감중련*만 하고 서 있을 뿐이다.

예전에는 깡조밥이나 보리꼽사리가 아니면 주린 배를 채울 줄 모르던 이 마을 사람들인데 요사이는 집집마다 잡곡 대신에 오이씨 같은 흰 이밥도 맛있는 반찬이 없으면 못 먹을 지경으로 입맛을 모두 드잡이** 해 놓은 모양이다. 그러나, 그 대신 몇 해 전까지 잡곡을 심던 산비탈 밭이랑까지도 어느 틈에 모조리 문안 낯선 사람들로 임자가 갈려져 버렸다.

---

* 坎中連: 입을 다물고 말을 하지 않음.
** 서로 머리나 멱살을 잡고 싸우는 짓. 원래는 빚을 못 갚은 사람의 솥, 그릇 따위를 가져가는 것을 말한다.

새벽 골안개를 마시며 도시락을 끼고 공장에 다니는 처자들이 해마다 그 수효가 늘어만 가는데 저녁이면 어두운 거리에서 주정꾼, 노름꾼, 싸움꾼, 온갖 흑책꾼들의 거친 목소리가 세검정을 들레인다.* 등이 곱은 늙은이들은 다 닳은 괭이자루를 둘러메고 조석고개로 기어 올라가서 땅이 꺼지도록 긴 한숨을 쉰다. 그러나 젊은 아들딸들은 삼베로 단단히 동여매어 놓기 전에는 열의 열 골물이 한데로 합수쳐서 천방져 지방져** 돌더미를 굴리며 홍예 물문을 북질러 터져만가는 자연의 힘을 어떻게 막을 수 있으랴.

건너 마을 북실이는 초례 전날 밤에 밤봇짐을 싸가지고 어느 공장으로 달아나서 선채***로 받았던 돈을 도로 벌어서 갚겠노라고 애를 무진 쓴다 하더니 그만 어느 틈에 애비 모를 아기를 배어 오는 달이 산삭이라고 포대기 걱정이 부산하게 되었다 한다. 뒷골 큰아기는 어느 술집으로 돈벌이를 하러 갈 터인데 까다롭게도 호적 초본에 친권자 승락서까지 들게 된다는 둥 요사이도 날마다 애처로운 소식만이 늘어갈 뿐이다. 그런데 절네 마누라가 데려다 팔아먹었다는 점순이의 집의 내력은 더구나 한 가락 구슬픈 이야기였었다.

2

점순이의 어머니는 가는골(細谷洞) 어떤 과수의 외딸로서 터밭뙈기나마 홀어미의 손으로 부지런하고 알뜰하게 부쳐 먹고 사는 살림이라 어려서는 그리 굶주리거나 헐벗지 않고 고이 가꾸어 길렀었다. 아가씨 나이가 열다섯 살— 차차 색시꼴이 배이자 점순이의 외할머니는 데릴사윗감을

---

* 들레다 : 왁자지껄하게 떠들다.
** 천방지방千方地方, 천방지축天方地軸. 방향을 잡지 못 하고 함부로 날뛰는 것.
*** 전에 진 빚.

삼 년이나 두고 고르는데, 앞뒷골 열두 동네 하고많은 총각 중에서 석용이라는 부모도 없고 붙일 곳도 없이 이 집 저 집 새경살이로 떠돌아다니는 떠꺼머리 늙은 총각 선머슴꾼을 제일 잘난 사람으로 뽑아 놓게 되었다.

　석용이는 정말 착실한 신랑감이었다. 기골도 장대하거니와 심지도 무던하였다. 몸은 부지런하고 마음은 유순하였다. 온통을 들어 말하면 차라리 천치에 가깝게 착하고 무능하고 뼈가 없는 '헤— 보'였다. 일생 어느 때 누구에게든지 그저 '헤—'…… 좋은 일을 보나 나쁜 일을 보나 도대체 아무런 말이 없었다. 그에게는 완급이 없고 세월도 없었다. 동산이 훤하면 날이 새었나 보다, 미역국에 밥사발이 두둑하면 생일날인가 보다, 그가 한 번이나 성내는 것을 동네 사람들은 본 일이 없었다. 만일 그에게 어떻게 엉뚱한 희망이나 야심이라도 있었던들 잘 되면 성현, 못되어도 영웅은 갈 데 없이 되었을 것을……

　그러나, 그러한 기적도 나타나 보이지 않는 동안에는 그저 그를 '천황씨天皇氏'라고 동네 사람들이 별명을 지어 부를 뿐이다. 그러나 그는 또한 그렇게 아주 천치 바보도 아닌 모양이었다. 가다가 뜻밖에 의사스러운* 돈지**도 가끔 보인다. 한 번은 섣달 대목에 등짐을 지고 밤늦게 넘어오다가 자하문턱에서 연말 경계하는 경관을 만나 성명을 잡히게 되었는데

　"석용이요, 헤—."

　"무슨 자 무슨 자야?"

　"무슨 자요? 네— 그건, 저— 문 안 들어가서 찾아와야 하겠습니다."

　"찾아오다니 그게 무슨 소리야, 정신 차려!"

　언 귀를 어울러 따귀가 철썩—.

　"헤— 암만 정신 차려 보아도 밭문서 잡히느라고 도장을 그만 문 안에

---

*의사疑思스럽다 : 제법 속생각이 깊고 쓸모 있는 생각을 곧잘 해내는 힘이 있다.
** 頓智 : 때에 따라 재빠르게 나오는 지혜나 재치.

다 갖다 둔 걸요 무얼."

 석용이가 데릴사위로 들어가서 얼마 동안은 천하태평의 봄이더니 그 야말로 고목나무에 꽃이 피었다. 제비는 물을 차고 청개구리 신상투* 할 제 너울너울 진달래…… 그러나 꿈결 같은 그 봄빛은 너무나 덧없이도 빨라 버렸었다. 강철이 닿은 곳은 가을도 봄이라 하더니 시월에도 상달, 대동에서 산제山祭 모시던 날 저녁나절에 석용이의 장모가 별안간 바람을 맞아 쓰러지게 되었다. 이어 말도 못 하고 손발도 못 쓰는 전신불수로 오줌똥을 받아내는 불쌍한 산 송장이 되어 누워 있게만 되었다. 그러다가 그럭저럭 일곱 해 째 되는 해 봄에 그만 시들픈 목숨이 끊어져 버리고 말았다.

 "긴 병에 효자 없다고 하건마는……."

 그 동안에 병구완 약 시세로 집터까지 다 올라가 버렸고 열 냥 스무 냥 취해다가 쓴 장리돈도 모두 모으니 여러 백 냥— 변지 변리지리**의 손주 변리***까지 받으려고 악장을 치는 세속 인심이라, 별안간 장모의 초상을 당한 석용이는 머리를 기둥에 때린 듯이 고개를 돌이킬 겨를도 없게 되었다. 너무도 불쌍한 장모의 죽음이었건만 하는 수 없이 거적 송장으로 밤 중에 석용이 혼자서 짊어져다 묻게 되었다.

 가만히 눈물 속에서 점순이 외할머니의 육십 평생 마지막 길도 흐지부지 치르고 나니 이제부터는 살아 있는 사람들의 그 날 그 날마다 입을 메꾸어 나갈 길도 아주 어둡게 캄캄하여졌다.

 "산 입에 설마 하니 거미줄 끼랴"고 하지마는 아내는 벌써 첫 아들 점용이를 낳아 다섯 살이요, 다음 딸 점순이를 낳은 지도 겨우 몇 달이 되지 않았다. 그나마 산후부조섭****으로 누렇게 떠서 밤낮 드러만 누워 있

---

　　* 신新상투 : 관례를 올리고 처음 상투를 튼 사람.
　　** 邊利地利 : 변리는 돈을 빌려준 댓가로 받는 이잣돈을 말하고 지리는 땅을 빌려주고 받는 세금을 말한다.
　　*** 이잣돈에서 다시 이자가 붙는 것, 즉 복리를 말한다.
　　**** 産後不調攝 : 산후조섭은 산후조리를 말하는 것으로 여기서는 산후조리가 잘 못 되었다는 말.

는 몸이 되었고, 밥먹이 젖먹이 어린 것들은 죽어라 하고 아귀같이 보채기만 한다. 게다가 알뜰한 일가 친척도 변변히 없는 고단한 신세……
 두 손길 마주 잡고 앉았던 석용이는 하는 수 없이 허구헌 날 날품팔이로 나서게 되었다. 그러나 그것도 버는 날은 돈냥간…… 죽이라도 끓여 끼니를 이어가게 되지만 그나마도 일자리가 없는 날이거나 날이 궂은 때는 며칠씩 그대로 솥 가시는* 일도 없게 되었다.

3

 이제 겨우 돌이 지난 점순이는 저녁이 되어도 자지를 않고 엄마 젖꼭지에 매달려서 보채기만 한다.
 "오―아가 자자, 자. 자꾸 보채기만 하면 어떡하니. 에미가 무얼 먹은 것이나 있어야 젖인들 나지 않니!"
 점순이 엄마는 하는 수 없이 무거운 몸뚱이를 억지로 일으키며 떨리는 한숨을 쉰다. 벌써 며칠째나 끓일 것도 없어졌다. 이 집 저 집에서 얻어 온 청둥호박도 그럭저럭 다 삶아 먹었고 그나마도 어린 것이 들이덤비어 죄다 퍼먹느라고 걸신을 하는 통에 엄마는 변변히 목구멍에 넘길 것도 없었다. 영양 부족― 거기에다가 해산한 뒤에 소복**할 겨를도 없이 이내 노상 드러만 누워 있게 되었으니 몸을 마음대로 추스를 수도 없고 더구나 젖은 누런 물밖에 날 까닭이 없었다.
 "인제 아빠 들어오면 맘마 주지…… 그러나 아버지는 어디로 돌아다니는지 배가 오죽이나 고플라구……."
 겨울철이 들어서면서부터는 품팔이할 곳도 길이 끊어져서 점순이 아버지는 며칠째 집에만 드러엎드려 있었는데, 거기다가 엎친 데 덮친 격

---
 * 가시다 : 씻다.
 ** 蘇復 : 원기가 회복되게 함.

으로 들어 있는 오막살이까지 이제는 내쫓기게 되었다. 작년까지도 다섯 칸 돌담집에 스무 남은 주*의 감나무 밭뙈기나마 그들의 살림으로는 오붓한 천 냥인 듯싶었건만 그나마도 빚에 치여 남의 손으로 한 번 넘어가 놓으니 올 봄부터는 매삭** 일 원씩의 사글세를 물고 있게 되었다.

그러나 매삭 일 원 그것인들 또박또박 치를 돈이 어디 그리 쉬웠으랴. 상년上年 겨울에 집 밭 문서를 이동처 갈 적에는 아주 형제골육이나 되는 것처럼 하도 몹시 정다웁게 구는 통에 그만 '설마……' 하고 모두 넘겨준 노릇인데 시방 와서 보니 인정사정 도무지 모르는 도척이보다도 더 지겨웁고 야속하게 구는 흉악한 집 주인이었다. 석용이는 벌이자리도 찾아볼 겸 또 집 임자도 다시 한 번 더 만나 군색한 사정도 하소연해볼 겸 오늘 아침 일찌기 맨입으로 문 안에 들어갔다.

점순이 엄마는 우는 점순이를 헌 포대기 쪽에 싸서 두리쳐 업고 일어나 부르르 떨리는 다리를 비척거리며 바깥마당으로 나섰다. 방 안에는 점용이가 어린 것이 그만 시진*** 해 늘어져 자니까 설움이 북받치는 어두운 가슴을 밖에 나와서 한 번 소리쳐 마음대로 터놓고 싶었던 까닭이다. 어둠 속에 잠긴 외딴 산마을은 죽음같이 몹시도 쓸쓸하였다. 점순이 엄마는 어둠을 향하여 얼마를 실컷 울고 나니 속은 더 쓰려도 가슴은 다소 후련한 듯하였다. 점순이 아버지의 돌아오는 그림자는 아직도 보이지를 않는다.

소림사에는 불공이 들었는지 '꽝!' 하는 쾌징 소리와 '또드락 똑똑……' 하는 목탁 소리가 이따금 멀리서 바람결에 들려온다. 점순이 엄마는 언뺨의 눈물을 씻고 우두커니 서서 목탁 소리가 들리는 곳을 일없이 바라다본다. 점순이는 어느 틈엔지 그만 잠이 들었다. 아마 울다 보채다 그대

---

* 나무 그루를 세는 단위.
** 삭일朔日은 매달 음력 초하룻날을 말하므로 매달, 월세라는 뜻.
*** 澌盡 : 기운이 빠져 없어짐.

로 지쳐 버린 것이다. 첫 겨울의 산바람은 뼈가 저리게 품속으로 스며든다. 점순이 엄마는 시르르 방으로 들어와서 점순이를 고이 내려 자리에 뉘였다. "엄마 밥 좀……"하고 헛손질을 하며 일어나는 점용이를 다시 달래어 뉘고 쓸쓸한 화로 옆에 가만히 웅숭그리고 앉았다. 멀리서 바람결에 아랫마을 개짖는 소리…… 등잔걸이에 등잔불은 근심스럽게도 끄물끄물…… 맨재 화로에 불씨를 불어가며 남편을 기다리는 아내의 마음…… 싸리문짝이 버썩하고 나서 저벅저벅 하는 귀에 익은 발자취……

"옳지 이제야 오는구나!"

석용이는 풀이 없이 들어와 앉으면서

"몹시 배고팠지? 어서 저거나 끓여 먹어."

"그게 무어유."

"술찌끼……."

눈물이 앞을 서는 듯 목이 메어 말을 못하는 석용이…… 입은 옷은 갈기갈기 찢어 가지고 들어왔다..

"그런데 어쩐 일이유. 누구하고 싸웠수?"

석용이는 아무 대답없이 방바닥에 엎드려 느끼어 울 뿐……

"그런데 어쩐 일이야, 속시원하게 말이나 좀 하우."

점순이 엄마도 울음이 금방 터질 듯하였다. 얼마 뒤에 석용이는 일어나 앉아 주먹으로 눈물을 씻고 나서 띄엄띄엄 굼뜨게 옮기는 사연은 대강 이러하였다.

아침에 집주인을 가게(집주인은 모물전을 한다)로 찾아가서 갖은 사정을 다 해보았으나 동냥은 주지 않고 쪽박만 깨뜨린다는 셈으로 됩다 '날부랑당 같은 도적놈'이라고 길길이 뛰며 불호령, '금년치 밀린 것 팔 원하고 명년치 선세로 십이 원, 도합 이십 원을 당장에 가져오지 않으면 내일이라도 문짝을 떼고 방고래를 헐어놓겠다' 는 등 별안간에 산벼락이 내린 셈이었다. 그래도 석용이는 그대로 올 수가 없어서 속으로 '날 잡아잡

수' 하며 지칫거리고 앉았노라니까 '왜 남의 영업터에 와서 떠드느냐' 고 애매한 책망을 하더니, 그 동안에 무슨 군호를 하였는지 거간꾼놈(모두 거간인 동시에 일수받이 하러 다니는 사람)들이 하나둘 옹기종기 모여들어서 잡담 제하고 밟고 차고 뭇매를 주어 끌어내린 것이었다.

"그래, 이것 좀 보아⋯⋯"

석용이가 찢어진 저고리를 벗고 나니 먹구렁이가 감긴 듯이 울퉁불퉁 밭고랑이 겨서 터져 부푼 몸뚱이⋯⋯ 남편과 아내, 잠들었던 두 어린 것까지 서로 어우러져 목을 놓고 울었다. 초상이 난 집같이⋯⋯

석용이는 평생 처음 원한과 분노의 열에 들뜬 뜬 눈으로 긴 밤을 새웠다. 창밖 감나무에서는 아침을 이르는 까막까치 소리⋯⋯

"끓일 것도 없는 집에 아침은 일러 무엇하노!"

"이제는 꼭 죽었지. 엉덩이를 붙일 곳도⋯⋯."

"목구멍은 무엇으로 넘기우."

"그야 움집이라도 있으면⋯⋯벌어서 먹고 살지."

"벌긴 뭘 벌어⋯⋯."

"어저께 술찌끼 얻어 온 금충교 바침술집에서도 두 동이들이 술장군을 세검정까지만 져다 주면 십 전씩 주마는데⋯⋯."

"그럼 하루에 몇 장군이나 지우."

"다섯 장군이야 넉넉히 지지."

조반이라고 돼지죽이나 다름없는 술찌끼 죽을 허겁을 하며 퍼먹은 뒤에 점순이 엄마는 몇 달 만에 비로소 머리를 가리어 빗고 점순이를 업고 나들이를 나섰다. 날은 저물었다. 점순이 엄마는 아직도 아니 돌아왔다. 석용이는 점용이를 무릎에 뉘고 눈만 꺼먹꺼먹 하고 앉았다. 등잔불은 기름이 잦아져 잠깐 끄물끄물 하다가 그대로 꺼져버렸다.

밤은 차차 이슥하여졌다. 어두운 방 안에는 찬 바람이 휘돈다. 어디서인지 다듬이 소리가 은은히 들려온다. 가엾은 아내는 아직도 아니 돌아온다. 어쩐 일일까…… 이십 전도 어려운 이 판에 이십 원은 어디서 나? 혹시 무슨 일이나 생긴 것이 아닌가? 어디서 이렇게 늦는담! 석용이의 어지러운 머리가 금방 거꾸러질 듯이 한참이나 꾸벅거리는 동안에 모진 잠도 근심인 양 기나긴 밤도 다 새었다. 그런데 점순 엄마는? 때마침 문살이 훤한 방문이 부시시 열리며 점순이 엄마는 고달픈 걸음으로 들어온다. 석용이는 비로소 입을 '헤—' 하고

"그 추운데 어디를 갔다가 이제 와……?"

"옛수. 이만하면 됐지?"

방바닥에 널어진 십 원 지폐 석 장……

"나는 오늘부터 점순이만 데리고 저 아래 절, 범허泛虛 스님이 시왕전의 행화 불사를 하는데 화주化主로 가 있을 터이니 이 돈 가지고 집세도 주고 양식도 팔고 또 술장군 나르는 벌이도 부지런히 잘 해서 아무쪼록 점용이 하고 배고프지 않게 지내우."

너무도 꿈속 같은 일이라 석용이는 어안이 벙벙해서 아무 말도 못 하였다. 점순 엄마는 그 자리로 일어나서 되나가 버렸다. 그 뒤에 점순이 엄마는 다시 돌아오지 않았다.

범허와 점순이 엄마가 조석고개 밑에다 새로운 보금자리를 꾸미고 비공식에서 공식으로 사랑의 단꿈을 꾸게 된 지도 어느덧 벌써 열다섯 해이다. 그런데 점순이의 아버지인 석용이는 십 년을 하루같이 여전히 아무런 말이 없었다. 불평도 없었다. 오히려 불평은커녕 들어있던 그 집도 그대로 배겨 살 길이 없어서 몇 해 전에 아래 뜸새 마을로 거산*을 해가지고 내려오게 되었다. 하늘에는 은하수를 가로 놓고 베틀 할미와 짚신 할아버지가 서로 건너다만 보고 있다더니, 탕춘대蕩春臺로 감돌아 내리는 돌시내 하나를 가운데 두고 여남은 걸음 상거**에서 마주 건너다 보는 두

* 擧散: 집안 식구나 한곳에 살던 사람들이 모두 뿔뿔이 흩어짐.
** 相距: 서로 떨어져 있음. 떨어져 있는 두 곳의 거리.

오막살이……

　북쪽에는 점용이 부자가 사는 집이요, 남쪽에는 점순이 모녀가 깃들인 보금자리다. 앞 개울에는 오작교 대신에 징검다리를 새로 늘어놓고 매양 굶주리는 점용이의 집식구들이 때없이 오락가락하게 되었다. 나날이 변해가는 시속 인심이 그 동안에 더 다시 그악스럽고* 야속해진 탓인지 석용이는 술장군을 져나르는 그 알뜰한 벌이 구멍도 자전거 배달 등쌀에 잃어버린 지가 오래 되었는데, 다행히 가까운 몇 해 동안은 석용이 부자 모두가 서서 문 안 음식점의 돼지 밥거리를 거둬 모아 져다가 범허 화상 집에 바치고, 그 값으로 그럭저럭 입에 풀칠을 하게 되었다.

　그들의 일이 처음 생겼을 적에는 무슨 큰 야단이나 난 것처럼 위아래 동네가 모두 들끓어 떠들었지마는 몇 달이 못 가서 흐지부지 그대로 잠잠하여졌다. 이제는 아주 '그렇게 이상한 천생연분도 더러 있는 것'이라고 슬쩍 돌려 버리었고

　"중 서방을 해 온 뒤에 배는 그리 굶주리지 않게 되었지마는 어린 점순이를 돈 백 원에 팔아먹게까지 되었으니 그런 가엾은 일이 어디 있수."

하고 그들의 험궂은 팔자를 무척 동정하게까지 되었다.

　더구나 이 일은 십여 년 전…… 물문도 아직 허물어지지 전의 일이었으니까

　"애꿎은 물문의 탓은 아니랴"고 마을 사람들은 그의 억울한 누명을 벗겨 주기 위해 발을 벗고 나서 애를 쓴다. 다만 옛날 얘기책에도 '산 남편을 두고 후살이를 간' 그러한 여편네가 더러 있었으니 효녀 심청이의 옛 일을 빌어다가 '점순이'를 '뺑덕이'로 '뺑덕 어머니'라 일컫게 되었을 뿐이다.

　　　　　　　　　　　　　　　—《조선일보》(1938년 12월 2일).

---

* 그악스럽다 : 보기에 사납고 모진 데가 있다. 끈질기고 억척스러운 데가 있다.

정총대

"그래…… 어째 날더러…… 밤낮 술만 먹고…… 주정만 한다구? 음 그래 그렇게 말해야 옳단 말야……? 천하에 고약한 놈 같으니…… 제가 그래 동네 구장 좀 되기로서니…… 무슨 세도야…… 세도? 홍…… 나는 그 자식 보기 싫더라…… 아직 새파랗게 젊은 애가 대가리는 허옇게 시어 가지고…… 여보 주인 술내우 술내. 어째 이 모양이여…… 그런데…… 시방 내가 뭐랬겠다……? 오 옳지 그 신대가리가 나는 도무지 보기 싫어…… 제가 구장이면 그래 십 년 세도야……백 년 세도야!
뭐 날더러 밤낮 술만 먹고 주정만 한다구……? 원 꼴같지 않아…… 뭐 바루 제가……정총대선정전형위원町總代選定詮衡委員이라구?"
"아니 그것은 어풍형이 그렇게 곡해만 해서 들으실 것이 아니라……"
"이건 왜 이래…… 나도 똑바로 다 짐작하고 있는데…… 그건 유諭도 잘 알지 못하는 수작이야…… 가만 있자 내 이놈들을 가서 끌고 와야……"
"누구를?"
"저……정鄭하고 황黃 말이야."
"시방이 새로 한 신데……."
"그까짓 시간……밤중이 아홉이면……."

"안주가 다 끓었습니다. 잡숫구 가십쇼…….."

"아니…… 내 친구 두어 분 더 끌고 올 테니…… 뭐 좀 더 썰어 넣고 잘 끓여…….."

하고 곱빼기로 따루어 놓은 소주 탕기를 들어서 몇 숨에 곱질러 꿀꺽꿀꺽 마시더니 빈 잔을 술청에다 '텅' 하면서 내던지듯이 놓는다. 한 손으로 술청 귀퉁이를 짚고 서서 '께엑—께엑' 두어 번 건구역을 하더니 눈을 감고 끄떽끄떽 술청 기둥과 택견을 한다. 술청 주인이 얼른 달려들어서 겨드랑이를 붙들어 주니

"왜 이래……"하며 충혈된 눈을 쥐눈처럼 뜨고 붙든 사람을 이윽히 흘겨본다. 몸을 움칫하고 한 번 뻗대어 붙든 것을 뿌리친 뒤에 손에 쥐었던 단장으로 땅바닥을 한 번 멋없이 구르면서 "취해? 내가 취해……" 혀 꼬부라진 불호령. 그의 술버릇을 잘 아는 유선생과 술집 주인은 얼른 물러서 머쓱해 섰다.

* * *

시인 마어풍馬御風은 큰 주호酒豪이다. 나이 삼십 이전에는 동이술도 사양치 않았지만 요사이는 몇 잔을 안 마셔서 곧 취해버린다. 보통 술이 안 취했을 때에는 남하고 얘기하기도 싫어할 만큼 입이 무거우며 아주 선량 성실한 데릴사윗감이지만 술이 만일 몇 잔만 들어가면 곧 천하에 드문 쾌한호걸이 되고 또 말할 수 없는 개고기도 되어 버린다. 금방 용수철을 풀어 놓은 것처럼 자유와 확대 호방불기濠放不羈 — 그 전 어느 때에 점잖은 자리에서 자기가 근무하는 어느 회사 사장을 거침없이 둘러 메꽂았다는 한 기담奇談도 아마 그 걷잡을 수 없는 술기운이 시킨 호기였을 것이다.

그러나 근년의 그는 그리 큰 주객이 아니다. 다만 술을 몹시 사랑할 뿐이다. 배만 술을 사랑해 마시고, 마시면 문득 취하며, 취하면 으레 비분

강개한 천재적 예술이 튀어나와 읊조린다. 한시로도 "백주하능소수환 황금용이병남아"白酒何能消愁患 黃金容易病男兒"나 또 백낙천의 "신후퇴금주북두 불여생전일배주身後堆金柱北斗 不如生前一杯酒"라는 구절이나 "포도미주응광배 욕음비파마상최 취와사상군물소 고래정전기인귀 葡萄美酒應光盃 欲飮琵琶馬上催 醉臥砂上君勿笑 古來征戰幾人歸"하는 정전가征戰歌나 이백의 장진주將進酒를 제가 지은 것처럼 즉흥으로 읊조리고 한다. 그리고 나서는 탈선이다. 탈선도 금방에 어떤 요술쟁이가 그의 본디 인격을 야바위 쳐 놓은 것처럼 아주 발광에 가까운 기상천외의 천재적 탈선이 가끔 많다.

* * *

장마철의 하늘이다. 별 하나 없이 잔뜩 찌푸렸다. 문 밖 산골의 밤길은 지옥과 같이 어둡다. 술취한 어풍이의 발 앞에는 천병만마가 들끓어 오는 듯이 "와그르르⋯⋯ 쏴르르"하는 시냇물 소리가 가로막는다. 아마 장마 소나기에 산골물이 별안간에 몹시 불어서 돌시내가 뿌듯하게 불거져 흐르던 것이다.

어풍이는 어느 틈에 양복바지는 어디다 벗어버리고 속잠방이 바람으로 비틀비틀 두 팔을 벌리고 학두루미가 춤추듯이 한참 허우적거리다가 그만 돌부리에 걸려 엉덩방아를 찧고 주저앉았다. 두 다리를 쭉— 뻗더니 '후—'하고 긴 한숨을 내쉬며 설레설레 고개를 몇 번인지 도리질한다. 그러다가 얼마 만에 어두운 앞 냇물을 건너다보며

"없어? 이놈이 정말 없어? 안돼⋯⋯ 고약한 놈 같으니⋯⋯ 그래 내가 못 가?"

어풍이는 비틀거리고 다시 일어나 사방을 한 번 휘— 둘러 본 뒤에 냇물 소리가 나지 않는 쪽으로 다시 걷기 시작하였다. 안개가 자욱한 속으로 귀신불같이 껌뻑거리는 희미한 불빛⋯⋯ 어풍이는 십여 칸 밖 산비탈의 불 켜 놓은 집 쪽으로 걸어간다. 여전히 황새다리같이 비틀거리는 걸

음으로……

"이놈 없어? 안 일어날테야? 그래 한 잔 더 안 먹어?"

      *   *   *

 가막골 어풍이의 집에서는 젊은 부인이 어린 딸을 데리고 밤 들게까지 돌아오는 남편을 기다리고 있었다. 화로의 저녁 찌개 뚝배기는 여러 번 물을 다시 부어 데워놓았다. 그러다가 새로 한 시를 친 뒤에는 화로의 찌개 그릇을 내어놓고 모깃불 약쑥을 피운 뒤에 입은 채로 그대로 드러누워 잠깐 눈을 붙이려 하였다. 매양 남편이 술이 취하면 어디서 밤을 새고 들어오기도 하며 또 어느 때는 하루 이틀 나가서 안 들어오는 날도 있으니까

"아마 오늘도 어디서 밤을 새시는 게로군."

하고서 기다리는 것을 그만 단념해 버린 것이다. 그래 고생고생하다가 막 첫잠이 든 둥 만 둥 하였을 때인데

"아씨 주무세요?" 하고 행랑어멈이 마루 끝에서 몇 번인지 부르는 상 싶었다.

"응 왜 그래……?" 아직도 잠에 어린 목소리로 몸을 반쯤 일으켜 바깥을 내다보며 물었다.

"저…… 세검정서 어떤 사람이 올라 왔는뎁쇼……."

"그래?" 하고 부인은 두근거리는 가슴을 부여안으면서 마루로 일어나 왔다.

"저…… 선생님이 약주가 몹시 취하셔서 순금청에 가 계시다구요 ……."

"그게 어쩐 일이야……."

"모릅지요……."

"그 온 사람 보고 좀 물어보지 자세한 얘기를……."

"벌써 내려갔는뎁쇼. 그 말 한 마디만 이르구……."

소설 117

"그럼 사랑의 삼용이를 좀 깨우게."
때마침 방에서 누워 자던 어린 딸 영진이가 일어나 눈을 부비면서
"엄마 아버지 입때 안 들어 오셨수?"
"들어오시기는커녕 저 아래 파출소로 잡혀가셨단다."
"왜……?"
영진이는 입을 비죽비죽하면서 엄마를 쳐다본다.
"낸들 알 수 있니. 또 아마 어디서 주정을 하신게지…… 온 아무 일이나 없었으면…….'
부인은 걱정스러운 가슴을 혼자 하솟거리면서 일변 횃대의 치마 적삼을 내려 갈아입었다.

* * *

어풍이는 이층집 술집 뒤채를 빌어 들어 있는 친한 친구 황을 찾아가던 것이다. 황도 어풍과 같은 연배의 궁한 시인인데 어풍이가 술이 취하면 매양 옛 벗이 그리워 찾아가서 술도 같이 마시고 시도 읊고 주정도 하던 것이었다. 이층집의 켜놓은 불빛만 여기고 천방지방* 비틀거리며 찾아간 노릇이 그 불 비치던 이층집은 이층집이 아니라 산비탈에다 드높게 새로 지어놓은 반양식의 조그마한 아담스러운 집이었다. 어풍이는 떠—ㄱ 버티고 서서 몽롱한 눈으로 문간을 쳐다보며
"흥 어느 틈에 새 집을 다 지었어…… 이 사람 시인이 돈을 모아선 못쓰네…… 흥 그렇지 그래도…… 우리 친구가 제법이야…… 이 사람 일어나 술 내게 술 내……."
어풍이는 언덕으로 올라가서 현관의 유리문짝을 두드리며 연방 "이 사람 술내라"고 고함을 지른다. 집안에서는 사람들이 뭐라고 두런거리는

---

* 천방지축.

소리가 나기는 하나 술에 잠긴 어풍이의 귀에는 아무런 소리로도 분간해 들리지 않았다. 또 다시 문짝을 발길로 걷어차며 어풍이는 몇 번 불호령을 하였다. 얼마만에 한 간호원 옷을 입은 젊은 여자가 나와서 문을 열고 내다본다.

"그래…… 새 집을 이렇게 짓고서 술 한 잔도 안 내……?"

"집안에 산고産故가 있으니 떠들지 말고 조용히 말씀해 주십시오."

젊은 여자는 공손하게 타이른다.

"부인께서 어느 틈에 애기를 또 뱄었던가? 황군도 이제 정말 행복한 시인이로군…… 새 집 짓고 아들 낳고……."

어풍이도 역시 지껄이면서 다짜고짜 현관으로 들어선다. 젊은 여자가 너무도 놀래어 외마디 소리로 비명을 지르며 붙잡건 말건 어풍이는 덥침하고 진창으로 헤매던 구두 바람 그대로 신은 채 다다미방으로 성큼 올라가버렸다.

"이건 아들만 낳으면 제일이야. 소식도 없이 새 집 짓고……."

"대체 너는 어떤 놈이냐."

젊은 남자의 성난 목소리…… 한 칸 반쯤 되어 보이는 다음 칸 침실에서는 아기를 비릇* 느라고 고통에 신음하는 젊은 아내와, 아내를 붙들고 간호하느라고 진땀을 빼는 남편. 남편 되는 이는 아닌 밤중에 별안간 달려든 주정꾼을 눈앞에 두고서도 어찌할 줄을 몰라 신음하는 산모만 붙잡고 쩔쩔매는 안타까운 광경이다.

"원 이게 어쩐 셈인가……."하고 어풍이는 잠깐 망설이다가 이왕 내친 걸음이라

"어떤 놈? 그래 나를 몰라서 물어? 나는 이런 술주정꾼이시다. 하하하."

집주인도 너무 어이가 없는지 '픽' 하고 웃으며

---

* 비릇함. 시작한다는 옛말. 여기서는 아기를 낳는다는 뜻.

"그럼 술이 취했거든 어서 집으로 가 자거라."

"집으로 가서 자거라? 아니 대체 너는 어떤 놈인데 남보고 가서 자거라 말아라 해……."

"술이 취했으니 이제 그만 집에 가 자는 것이 좋지 않은가."

"좋긴 무엇이 좋아. 술 안 먹고 가서 자는 것이 그래 좋아? 어서 술이나 한 잔 내……."

집주인은 붙들고 있던 아내를 조산부에게 내어맡기고 일어나와 어풍이를 바깥 쪽으로 내어끌며

"한 잔을 냈으면 나도 좋겠지만 여기는 술집이 아니고 또 당신도 보다시피 아내는 저렇게 산기가 있어, 죽을둥 살둥 고통을 하고 있지 않소. 그러니 어서 댁에 돌아가 주무시오."

"안 돼 나는 좀 못 가겠어……."

"어서 가—."

"안 가—."

"안 가면 어쩔테냐."

"술 먹어야지……."

"술……? 이런 놈은 버릇을 좀 가르쳐야……."

손길이 언뜻하며 철썩하는 소리가 나자 어풍이의 몸뚱이는 한 번 곤두쳐 방바닥에 동그라진다. 문 밖에는 동네 사람들이 웅깃중깃 몰려서 구경을 한다.

"대체 이 놈이 어디 사는 자식이오?"

어풍이를 문 밖으로 끌고 나온 집주인은 동네 구경꾼들을 둘러보며 물었다.

"이 자식이 사람을 막 쳤겠다……."

어풍이는 비척거리고 일어나며 뇌까린다.

"마어풍이라구 저— 가막굴 사는 이인데…… 평시엔 매우 얌전한 이가

술만 취하면 아주 개망나니예유." 늙수그레한 털보가 굇마리*를 붙들고 서서 탄식 겸 중얼거린다.

"응 네가 술주정 잘 한다는 마어풍이로구나. 그럼 버릇을 단단히 가르쳐 보내야지."

"버릇을 가르쳐? 너는 뭐하는 놈이냐."

어풍이는 그 사나이한테로 덤벼들었다. 그는 굼뜬 팔짓으로 법고춤을 추듯 허공을 내어두른다. 알콜중독인 까닭인지 그의 손은 부들부들 떨기만 할 뿐이다. 그러는 순간에 날아드는 사나이의 억센 주먹이 날쌔게도 어풍이의 볼따구니를 우겨댔다.

"옳지 잘 친다. 이 놈 네가 나를 때렸겠다. 고약한 놈."

어풍이는 허덕거리며 다시 덤벼든다. 이 때에 주인의 머리에는 이러한 생각이 번개치듯 들어갔다.

……그 언젠가 본동 구장한테서 "이 사내가 술버릇이 몹시 사납다"는 이야기를 들었었다.

"옳지. 이런 때 한 번 이 사람의 못된 버릇을 고쳐주자……."

자기가 일전에 이곳으로 이사해 오면서 '여기는 인심과 풍습이 유난히 좋지 못 할 뿐더러 노름꾼 싸움꾼 주정꾼들이 많다' 는 소문을 들었었다. 그것이 정말 사실일런지는 모르지만……

"아무튼 이런 기회에 한 번 철저하게 응징을 하리라. 그러면 그 바람에 다른 청년들의 풍기도 저절로 고쳐지겠지……"하였다.

어풍이와 집주인 두 사람의 얼굴에는 영악한 흉포성이 점점 짙어간다.

"이눔— 이눔"하며 서로 용을 쓰며 으르는 소리와 아울러 엎치락뒤치락…… 원래 어풍이보다는 체력도 세고 기술도 있고 열기가 빠른 주인으로서 술취한 어풍이를 압제하기는 그리 어렵지 않았었던 것이다. 단박에

---

* 허리춤.

어풍이를 꼼짝도 못하게 엎어놓고 말처럼 타고 앉아서 이를 악물고 한참이나 두드려대었다.

일상 온순하고 부드럽던 이 집 주인으로서는 이번처럼 사람을 몹시 때려 보기는 아마 평생 처음이었을 것이다.

"이 놈— 밤중에 남의 집을 침입했을 뿐 아니라 함부로 폭행까지 하고…… 어디 좀 견뎌 봐라. 뜨거운 맛이 어떤가……."

"네가 사람을 막 쳤겠다…… 이 놈 어디 보자…… 내 당장 파출소로 가서……."

어풍이는 꼼짝도 못 하고 늘어져서 이를 갈며 기만 쓴다.

"흥 파출소로 가면 뭐 시원할 게 있을 줄 아니?"

"보아 하니 너는 처음 보는 놈인데…… 모처럼 네 집에 찾아온 낯선 손님을 이렇게 꼼짝도 못 하게 막 두들겨 놓고도 그래 무사할까?"

주인은 하도 어이가 없는지 '픽' 하고 웃으며 고개를 돌렸다. 어풍도 덩달아 '하하하' 하고 미친 듯이 허튼 웃음을 웃었다.

때마침 신대가리 구장이 달려와서 집주인에게 수없이 꾸벅거리며 손이 발이 되도록 빌었다. 온갖 사정 갖은 하소연을 다 한 끝에 겨우 묶어 놓았던 것을 끄르게 되었다.

아무 말 없이 구부려 끈을 끄르는 주인의 입술에는 붉은 피가 조금 흐른다. 아마 아까 어풍이의 머리에 받혀 터졌던 것이다. 사실 집주인은 술이 취한 것도 아니요 원래 온유한 성격에다 잠깐 흥분이 되었던 것이 고대 진정이 되매 자기의 체면으로 창피스럽기도 하고 또 자기는 이삼 일 안으로 다른 시골로 영전이 되어 갈 몸이라 될 수 있으면 모든 일을 말썽 없이 치르고 떠나려고 하였던 것이다. 또는 당장에 아기를 비릇는 아내의 고통스런 정경도 몹시 궁금하였던지 묶어 놓았던 끈을 끄르자 말자 도망하듯이 부리나케 집 안으로 들어가 버렸다. 주인의 바쁜 걸음이 집 안으로 사라지자 '으야' 하는 갓난 애기의 첫 울음소리가 가냘프게 들려 나온다.

＊　＊　＊

　사흘 동안이나 머리를 싸고 누웠던 어풍이는 그 집 주인의 송별회를 차리는 날 아침에서야 비로소 일어나 봉투 비봉*을 두 장이나 썼다. 하나는 그에게 송별사 겸 사과의 편지가 든 봉투요 또 한 장은 정총대사임서 町總代辭任書가 든 봉투였다. 어풍이는 공교롭게도 주정하던 날 밤에 정총대로 피선이 되었던 것이다.

　　　　　　＊　＊　＊

　송별회를 치루고 나서 어두운 산길로 쓸쓸히 돌아가는 유씨와 황씨 두 사나이……
　"그 나마의 것이라도 어풍군이 그대로 눌러 있었더면 좋았을 것을…… 그만 사임을 해버렸어요!"
　몹시 섭섭해 하는 황의 탄식……
　"이번 어풍선생의 술주정은 꼭 계획적이었던 것만 같아요. 그 날 저녁에 전형위원들이 어풍선생을 정총대 후보자로 추천하였던 소식을 미리 들어 알았는데도 불구하고 그런 짓을 일부러 저지른 것은……"
　"글쎄요…… 옛날에 매월당 같은 이는 원각사 팔관회의 법주法主로 끌려 갔다가 일부러 뒷간에 가 거꾸로 떨어져서 똥뭉치가 되었더란 말도 있기는 하지만…… 어풍군이야 뭐 정말 그랬을라구요……? 다만 그는 술만 안 취하면 몹시 청렴근검하고 얌전한 선비니까 아마 술을 깨고 보니 너무도 열적고 부끄러워서 그래버렸는지도 모르지요."
　두 청년은 어두운 가슴으로 술 취하지 않은 어풍이의 핼쑥한 얼굴을 그려 보았다.

　　　　　　　　　　　　—《매일신보》(1939년 2월 9일).

---

* 封 : 남이 보지 못하게 단단히 봉함. 또는 그렇게 한 것.

희곡

할미꽃
제석除夕
출가

할미꽃

인물

장대식 : 의사 근 30세 미남, 침착한 동작

정영명 : 간호부 34~5세 독신자 곰보

도은옥 : 간호부 18~9세 근대형 미인

노옹 : 병자 60세 이상 기독교 독신자

노동자 등

시일

현대, 2월 상순경, 눈 많이 온 일요일 아침

장경

서울 어느 병원 진찰실, 우편은 출입구, 좌편은 일광을 받는 창, 창 밖은 설경, 창 위는 시계, 정면은 벽, 벽에는 예수의 초상화, 위생통계표 내과병계도 등, 그 밑에 침대, 중앙에는 의자 3,4각脚, 침대 좌편은 의학용 기구, 우편은 스팀.

(도은옥은 실내 기구를 정돈하는 듯 창 옆에 섰고 장대식은 의자에 앉아 신문을 보고 정은 그 옆에 섰다. 장은 흑색 양복, 도와 정은 백색 간호부복.)

정 어떡하면 좋아요, 다른 과에서는 벌써 다들 됐나 보던데.

장 글쎄요.

정 선생님께서 아무거나 얼른 하나 맨들어내셔요. 그저 익살스러운 희극이면 고만이지 무얼.

장 익살스러운 것은 영명씨가 잘 알걸요.

정 저야 사람만 이렇게 익살스럽게 생겼지 어디 그런 거야 무식해 됩니까. 그저 선생님께서 하나만 맨들어주셔요. 그러시면 익살스러운 것은 제가 맡아 하지요. 또 곱고 보드런 것은 저 은옥씨더러 하라고…… 어서 하나 맨드셔요.

장 글쎄 온 어떻게 했으면 좋을런지. 그런 건 소양도 없고 또 별안간 연극이 될만한 거리도 없으니…… 또 웃음거리란 것과 희극이란 것은 뜻이 다르다는데 그래도 아무 뜻도 없이 값싼 웃음만 괜히 웃기는 그런 소극笑劇은 싫고…….

정 아따 소극이나 대극이나 그건 선생님 맘대로 아무렇게나 얼른 하나만 맨들어내셔요. 2월 스무날이 벌써 지났으니 이제 기념회는 며칠이나 남았습니까. 그 동안에 또 연습이라도 좀 해보아야죠. 이번에 잘만 하면 상으로 은컵을 준다는데 그 은컵을 다른 과에 뺏기면 온 분해서…….

장 하긴 이번 기념이 이 병원 설립 이래 처음 큰 것이고 또 연극도 이번이 처음이라니까 아마 잘만 하면 상도 많겠지.

정 그러게 말예요. 온 이걸 어떡하나 안타까워서.

도 참 기념 축하에는 비극은 아마 못쓸 걸.

장 글쎄요. 무엇이든지 일부러 거꾸로나 삐뚜로만 보려는 것이 사람의 호기심이니까요. 그러나 연극이란 것이 인생의 한 사실을 예술화한 거라고 볼 것 같으면 그리 또려지게 희극이고 비극이고 기쁘나 슬프나 그것은 다만 극을 보는 그 사람이 그저 자기의 흥미가 예술적 향락을 느낄 뿐이니까. 시방 종로 네거리에서 벌거벗은 한 거지가 춤을 춘다 하면 그것을 보고 웃는 이도 있고 우는 이도 있겠죠. 사람은 그저 그대로가 근본이 우습기도 하고 슬프기도 한 것을 애를 써 기쁜 일만 본다면 그야말로 눈물로 세수하고 콧물로 분바르는 격이죠.

  정 그렇지. 무엇이든지 제 멋의 진국으로 그대로 그대로 노는 게 좋지. 그럼 아따 선생님께서 아무 거라도 얼른 맨드셔요.

  장 참 외과에서는 오늘 무대 연습을 한대.

  정 저것 봐요. 그럼 내 거기 좀 가볼까.

  장 거기는 또 무엇 하러 가.

  정 아따 거기서 잘만 해 봐요. 내 한바탕 헤살*을 놀 걸. (퇴장)

  도 아이 수선도…… 어저께도 자다가 아주 야단이었답니다.

  장 왜요.

  도 연극 연습을 한다나요. 자다가 일어나 "장대식씨—"하며.

  장 왜 내 이름은 불러.

  도 그건 남자 이름을 아는 게 그뿐이라나요.

  장 오—라 만만한 내 이름이.

  도 그래 쉴손** 장대식씨를 부르면 연방 "나는 당신을 사랑합니다. 내가 당신을 생각하는 것처럼 당신도 나를 생각해주십니까"하며 아양을 부리고 야단이었답니다.

  장 망할 거, 그 왈패가 그건 또 무슨 짓이야. 속 모르는 이가 그걸 들으면 괜히 수상쩍게 알겠지.

  (일동 웃는다)

  도 (창 밖을 내다보고) 아이 눈도…… 아직 봄은 이른 봄이라지만 무슨 눈이 저리 많이 왔어. 조선도 이제 눈나라가 되려나 쓸쓸한 눈나라……. (방긋 웃는 듯)

---

* 일을 짓궂게 훼방하는 것.
** 흔히. 쉴새없이.

장 끝없이 눈 덮인 하얀 벌판으로 이따금 이따금 쓸쓸하게 걸어가는 흰옷 입은 무리들, 그것을 마음 있어 여겨보는 이의 눈에서는 눈물이 언다고 그것이 조선을 읊조린 남모르는 설움이 아니오. 그러나 시골서 농사짓는 이들은 아마 이런 때 눈물겨운 기쁨도 있을 거야.

도 (의자에 앉으며) 기쁨이 있다니.

장 눈이 많이 오는 해는 보리풍년이 든다고.

도 무얼요. 그것도 다 — 제 철이 있죠. 파릇파릇 움 돋는 어린 싹이 찬 눈에 쌓이면 어째요.

장 그렇지만 아직도 기계 문명의 은덕보다는 거룩한 신화나 어렴풋한 전설이 그들에겐 굳은 신앙이고 든든한 기쁨이니까. 그러기에 요새도 입춘날 입춘시에 보리 뿌리 하나를 캐어 보고서 그 해의 풍흉을 미리 점 쳤다고 기뻐들 하지요.

도 참 입춘만 지나면 봄철이 된다지요.

장 네 그것도 아마 그들의 전설 속에 그렇다 하지요.

도 참 분해서.

장 무엇이 그리.

도 정초라고 윷도 한 번 못 놀고…… 이번 주일엔 꼭 선생님을 뫼시고 들로 바람이라도 쐬러 갈랬더니…….

장 나하고요. 왜 해열산* 신세나 실컷 지우게.

도 왜 해열산은.

장 바람을 쏘이면 감기가 들지.

(일동 웃는다)

장 바람이야 정 쏘이고 싶으면 십 전에 셋씩 주는 값싼 부채도 있고 그것도 아주 개평을 댈려면 전기치료실에 들어가서 선풍기를 좀 틀어놓든

---

* 解熱散 : 해열제.

지 무어 그렇게 낙망할 것도 없이.

(일동 웃는다)

도 그러면 바람은 취소.

장 또 감기 잘 드는 그 바람보다는 눈 온 데 설경이 어때. 거기는 해열산도 들지 않구…….

도 아이 선생님도 (소간小間) 참…… 설경은 싫어요. 눈에서 눈물이 얼게.

장 오—라 참 은옥씨는 눈물이 많은 시인이시니까.

(일동 웃는다)

도 정말 눈은 너무도 쓸쓸해.

장 암 그럴테지 예술가의 보드라운 느낌에. (웃는다)

도 아이 참 선생님도…… 그러면 난 다시 말 안 할 테야.

장 그것도 좋지. 말마다 금방울 소리 같은 당시의 그 고운 마음이 금방 얼음처럼 얼어붙는다.

도 마음이 얼면 죽게요.

장 천만에…… 마음이 근본 뜨거운 것만도 아니니까. 얼음에 채워 둔 붉은 과실이 썩는 법도 있습디까. 더구나 당신같이 아직 이 세상 수학으론 풀어 볼 수 없는 미지의 나라에서 붉은 그림자가 어른거리는 당신의 목숨을 시방도 지배하고 있을 그 법칙은 우리는 알 수가 없으니까.

도 그러면 그게 무얼까. 아마 죽음이나 무덤 속보다 더 깊고 먼 곳으로 떨어져 간 게지.

장 아니 그렇지도 않어. 차고 잠잠하던 그 넋이 금방 도둑고양이같이 우리의 가슴 속으로 속 깊이 숨어 들어와서 고요히 졸고 있던 마음의 거문고 줄을 징당동당 흐늘거려 울리니까.

도 아이고 고양이가 거문고를 어떻게 타.

(소간小間)

장 그야 무얼. 얼음 속에서 우는 할미꽃이 있을라고. (빙긋 웃는다)

도 선생님. 참 할미꽃도 시방쯤은 아마 꽃봉오리가 졌을걸.

장 그렇지. 늙기도 전에 꼬부라졌다는 할미꽃.

도 피기도 전에 스러졌을테죠. 그만 찬 얼음 속에서.

장 그래도 무얼 봄은 봄이니까.

도 할미꽃도 꽃은 꽃이죠. 그러나 그 꽃도 눈물은 눈물야.

장 왜 나물캐는 아가씨들의 메나리 가락이 슬퍼서.

도 네— 철없는 에누다리*도 목이 메어요. 이른 봄에 맨먼저 설움을 가지고 오니······.

장 할미꽃이 눈물 지우는 봄철이라. 그렇지. 벌써 이 달도 거진 다— 갔군. 하는 것 없이 세월만······.

도 참 선생님 논문을 쓰신댔지요. 그것은 다— 마치셨어요. 의사회에 제출하신다는 것.

장 웬 걸 아직도 생각이 점점 어려워만 지니까.

도 어째서요.

장 처음에는 혈통과 유전병의 관계를 연구해보려고 했었는데 요새 흔한 얼** 과학자들은 좀 어렴풋한 곳에는 의례히 생활력 생활력하며 멘델 법칙이니 무엇이니도 다— 소용없고 그저 생활력이라는 그거로만 밀어버리니. 그렇게 말하면 어디 학술에 새로운 연구라는 것이 있을 필요가 있겠소. 그래 우선 생활력이라는 것부터 톡톡이 좀 연구를 해 그 썩은 냄새가 나는 묵은 학자들의 머리를 좀 깨트려 주려고 시방 논문을 다시 기초 중이나 아직 시일 관계로 연구도 부족하고 증명할 만한 재료도 변변치 못해서.

도 하긴 종교 생활하는 이들은 과학은 아직 불완전한 것이라고 그런대요.

---

* 넋두리.
** '덜 된' 또는 '모자라는'의 뜻을 더하는 접두사.

장 흥, 불완전도 하지요. 그러나 오늘날 소위 종교란 그것도 과학적이 아니면 역시 불완전한 것이니까요. 종교를 신앙한다는 것보다도 자기를 해석하느냐 묻고 싶어요. 나는 불행히 과학자라서 그런지 모든 해석이 과학적이 아니면 양심으로 허락치 않으니까. 예수가 십자가에 못박혀 피를 흘린 뒤 물을 찾은 것을 종교가들은 아주 이상하고도 거룩한 말로 길다랗게 늘어놓지만 의학자는 다만 그것을 빈혈이 되면 목이 마른거라고 한 마디로 단정을 하지요.

도 그렇지만 선생님께서도 예수를 믿으시죠.

장 네— 그렇죠. 그러나 아니죠. 예수를 믿는다는 것은 예수라는 한 훌륭한 인격자로 '나' 라는 한 자기에다 확충하는 것이요. 천국이라는 한 원대한 세계에까지 자기의 세계를 확장하려는데 지나지 않으니까. 그렇기에 제 눈으로 자기도 보지 못하는 사람이면 보이지 않는 하나님을 어떻게 믿겠소. 더구나 신이라는 그것을 고안해 놓은 사람으로서 사람의 생명력을 이해하지도 못하고 자기의 전존재를 긍정하지도 못하는 것들이 도리어 신을 의뢰하고 구원을 청한다고요. 그거야말로 참 우스운 미신이야. 그것들이 믿기는 무엇을 믿었겠소. 도리어 미신 속에다 자기라는 한 실재까지 잃어버린 게지요.

도 그렇지만 예수교가 어디 미신입니까. 죄 많은 우리 인생이니 하나님께 구원을 청할 수밖에…….

장 그렇죠. 그러나 그것이 잘못 생각입니다. 무서운 사자의 한 마디 영악한 울음소리가 법왕의 깊은 꿈을 깨트리고 수많은 면죄부를 불살라 버리니 그것을 평범한 머리를 가진 역사가들은 루터선생으로 말미암아 종교가 갱생된 줄로 알지만 실상은 그 때부터 종교를 태워버리려는 무서운 불이 붙기 시작한 것이죠. 그 때부터 미신하던 신과는 이별하고 자기를 확충하려는 곳으로 새 길을 떠난 것이 아닙니까. 그러니 쓸데없이 딴 것은 의뢰하지 마시요. 그보다는 우리의 인생관을 고칩시다. 가치의 유전,

생명의 현재, 개성의 생동, 모든 것이 영혼의 본성임을 긍정하는 그 때는 구원을 청한다는 그것은 벌써 아무러한 필요도 없는 군소리가 될 것이 아닙니까. 나라고 하는 한 인생이 아무리 변변치 못한 것이라 하더라도 변변치 못한 그대로 완전한 존재니까 그 밖에 또 무엇을 구해요.

도 그러면 자기의 생활력이란 그것만을 믿는단 말씀입니까.

장 그렇죠. 그러나 생활력 그것만 가지고도 될 수 없죠. 생활력이라는 그것도 한 허무니까. 우주의 생활력의 일부를 우연히 얻었다고 기뻐만 하면 우리의 생명이라는 그것은 정말 아무것도 아니지요. 그 생활을 자기가 의지해 곧 뜻해서 새로운 것으로 뜯어고쳐야, 마음이 움직이는 것이 곧 뜻이니까. 의지라는 것은 동적動的의 생명이죠. 건설이나 파괴나 실현이나 희망이나 모두가 내 뜻으로만 되는 것이 아닙니까. 내가 세균검사실에서 현미경으로 수많은 세균을 봤지만 우리의 몸뚱어리도 마치 조그마한 그 세균과 같은 거예요. 이 커다란 우주를 봐서는 가장 하잘 것 없는 작은 물건이야 세상에 있어서 그 세균이 좋은 건지 나쁜 건지 쓸 것인지 못쓸 것인지 그것은 다— 아무렇든지 다만 자기가 몇 해쯤은 살다가 죽겠다고 뜻하게 된다면 그것은 얘기가 잠깐 다르지만 거기는 새로이 시간이란 걸 의미하니까. 그러나 다만 종족이 그 세균의 종족이 말이야 그냥 몇 백대든지 서로 이어 사는 거라면 그것은 시간이란 것도 없이 다만 우주의 한 타성일 뿐이죠. 자기가 의지라는 것을 비롯하는 그 때부터 시간도 있는 것이니까요. 여보시요. 우리가 이 세상에서 극락이니 천당이니 하는 것이 다— 무엇이요. 인생의 가장 높은 한 의지가 정해 놓은 가장 먼— 시간이 아닙니까. 참 몇 시나 되었을까. 예배시간이 너무 늦지나 않았는지. (자기 팔뚝을 본다. 시계도 없으면서)

도 (벽시계를 보고) 무얼 아직 열 시 반인데요.

장 그러면 아직도 30분은 남았군. 그것 보오. 이렇게 얘기에 취할 때는 시간도 없지.

도 그래도 사람 기다리는 덴 시간이 있대요. 사랑하는 사람을 기다리는 시간은 퍽 더디 간다는데.

장 그것은 또 그렇죠. 기다린다는 그것이 벌써 사랑이라는 한 사실에 시간을 놓고 의지하는 것이니까. 사랑이 뜨거운만치 의지하는 도수도 높을 것이요 의지하는 도수가 높을수록 기다리는 것도 못 견딜만치 되겠지요. 그러나 의지는 움직이는 것이고 또 변화가 많은 것이니까 그렇게 애써 기다리는 것도 서로 만나면 고만이지요. 또 어느 때에 누구를 다시 사랑할런지 내일 일이 어떻게 될지.

도 참 사랑이라는 그것은 생각할수록 퍽 재미도 있고 이상도 한 거야. 천 사람 만 사람 모인 가운데 하필 그 사람은 따로 있고 또 몇 억만 인류의 누구에게든지 다— 같이 가진 한 조그마한 그 사랑. 옛날 신화에는 남자와 여자가 천상에서는 한 몸뚱이던 것이 반쪽씩 갈라져서 이 세상에 태어난 것이라죠. 그래 이 세상에서 그 반쪽 몸뚱이가 서로 그 반쪽을 찾는 것이라데요. 내 애인은, 그 반쪽 몸뚱이는 시방 어느 곳에서 무엇을 하고 있는가 하고요.

장 그러나 그것도 사람의 의지의 작용일 바에는 한 사람만 상대해서 어느 때 까지든지 움직일 수 없는 관계로 얽어매어 놓은 것은 인생의 본능인 것도 아니야. 그것은 다만 사회의 질서를 보전하기 위해서 억지로 만들어 놓은 후천적 작위인 듯싶어요.

도 그런데 참 선생님께서는 왜 이 때까지 결혼을 안 하셔요.

장 어쩐 일인지 아직 결혼하고 싶지 않아요.

도 왜요. 여자의 마음은 변하기가 쉽다니까 또는 결혼하신 뒤에 더 훌륭한 여자를 만나시면 그 전에 결혼하신 것이 후회되실까 봐서요.

장 아뇨. 무어 그런 것도 아니지만.

(정영명 등장)

정 아주 한창 야단들야.

도 그래 외과에선 연습들을 잘 해요.

정 응. 그러나 거기도 틀렸어.

장 왜, 연극이름은 무언데.

정 무슨 아가씨 꽃이라나요.

도 할미꽃도 피기 전에 아가씨꽃은 또 왜.

장 아가씨꽃, 그것도 좋긴 좋군. 매우 어여쁘고 고운 이름인데.

정 곱다마다요. 박선생이 애인이고 영춘씨가 아가씨라나.

도 영춘이가 누구요.

장 영춘이라고 있지 접때 들어온 간호부, 그래서.

정 그래 한창 연애하는 장면인데 애인이라는 이가 오— 어여쁜 님이여 하고 아가씨의 입을 그만.

(도의 입을 맞춘다)

도 (피하느라고 입을 막고 고함치는 소리) 으— 음.

정 이렇게 쭉 맞추겠지.

도 (입을 씻으며) 이런 더러운 입을 씻지도 않고.

정 이런, 연애에 미칠 지경인데 입 씻을 새가 어디 있어 정말 참 경험 없는 아가씨로군.

도 이런 늙은이가 숭칙스럽게. 툭 하면 연애 연애 하고. 그래도 무슨 독신생활을 해.

정 아따 독신생활하는 이면 몸으론 연애를 안 하지만 입으로도 못해.

도 아따 말은 좋지 성경 말씀에 마음으로 벌써 간음한 것이란 것이 뭣인데. 밤마다 잘 때면 남을 막…….

(정은 장이 듣는다는 듯이 주먹질)

도 괜—히 아주 못살게 굴며.

정 내가 언제.

(장 빙그레 웃는다)

정 동생처럼 귀여우니까 그렇지.

도 귀여우면 왜 그런가 아주…….

정 아이 추워. 스팀이 병이 났나. (딴전을 피우는 어조)

도 왜 스팀이 식었어요. (잠깐 놀라는 듯이)

정 그럼요. 어쩐 일인지 어저께부터 차디찬데.

장 저런, 그런 걸 나는…… 사람의 의지란 것이 참 이상한 것이로군. 나는 그래도 뜨겁거니 하니까 등이 후끈후끈 해서.

도 아이 참 변스러워라.

(일동 웃는다)

정 어디 기관실엘 좀 가봐야 정말 병이나 그런가. (퇴장)

장 생활력과 의지 암만해도 내 이번 연구가…….

도 아무쪼록 이번 연구에는 선생님께서 꼭 성공하십시오. 저는 마음 속으로 간절히 빕니다.

장 고맙습니다. 글쎄 온 이번에는 될는지…… 물론 꼭 되겠지요. 은옥씨의 성의로만 해서도.

도 무얼 저는 선생님을 친오빠같이 여기는데요. 그러나 영명씨는 그것을 질투한답니다.

장 질투라니요.

도 영명씨는 장— 저를 연애한다고 그래요.

장 연애, 무어 그야말로 동성연애—ㄴ 가요.

도 네— 독신생활을 하면 사람이 퍽 이상해지나봐요. 영명씨는 저희들 같이 젊은 동무를 보게 되면 아주 좋아서 죽겠대요. 그렇다가도 또 날 궂은 밤 저녁 같은 때는 아주 마음이 쓸쓸하다 못해 그래서 저를 연애한대요. 그리고 또 사랑이란 것은 누구를 사랑하든지 그를 가장 사랑한다고 한다나요. 다른 경우에는 가장이라는 그 최고급의 말을 다만 한 군데에만 한해 쓰게 되지만 사랑에는 더구나 여자는 누구에게든지 동시에 나는 가장 당신을 사랑합니다라고 한대요. 일상 여자의 맘이 사랑에는 그렇게 어수룩한 것을 깨달은 까닭에 그는 저를 질투하는 것이라나.
　장 그러나 그 질투는 매우 쑥스러운 질투로군.
　도 그러게 말이죠. 괜히 성가셔 죽겠어.
　(정 등장)
　정 병난 게 아니라 오늘은 주말이라 불을 안 핀대.
　도 아따 이제 조금 있으면 예배 보러 갈 걸 무어.
　장 아무튼 사람에게는 성욕이라는 것도 큰 문제야. 대개 세상에서 가장 불행한 일은 모두 그 까닭이니까. (신문을 들며) 신문기사에도 날마다 오르내리는 무서운 범죄 참혹한 사건이 모두.
　정 그러게 금욕주의가 좋죠. 나처럼 독신생활이.
　장 그렇지만 금욕주의가 종교생활상 어느 시대에 있어서는 더러 필요했을는지도 모르지만 그것도 정신적 미화로 봐선 연애만 훨씬 못할 것이니까.
　도 그렇지만 그것 까닭에 죄를 짓는데.
　장 천만에…… 옛날 어느 시인의 말도 있지 않습니까. 삭지 않는 향내를 가진 한 송이 어여쁜 꽃과 같이 한 송이의 어여쁜 죄악은 수줍은 아가씨의 일평생을 축복하기에 넉넉하다. 남자는 맨 나중 키스도 벌써 잊어버리었건만 여자는 아직도 맨 첨의 키스까지 기억하고 있다고요.
　(노동자 등 등장)
　노1 의, 의사 양반 계십니까.
　도 왜 그러셔요.
　노1 남포질에 산이 무너졌는데 온 저를 어째요.
　정 여보 산 무너진데 의사가 어떡한단 말요.
　노1 아니 그만 사람이 치어 다리가 부러졌어요.
　도 다리 부러진 건 외과로 가 말하쇼. 여긴 내과니까.

노1 아니 저 아래층에서 여기만 의사가 있다던데.
정 안돼요. 주일날은 의사 선생님이 한 분 당직만 하시지 병은 안 봐요.
노1 아니 사람이 거진 죽게 됐는데.
(이하 일, 이, 삼이 동시에 부르짖음)
노1 그래 인간처에서 사람을 그냥 죽게 내버려둔단 말요.
노2 병원은 뭣하러 지어놨어. 병자 구하잔 병원이지.
노3 경칠 놈의 자식이 신호도 없이 터뜨려서 사람을 생으로 죽게 만드니…….
장 아니 이럴 것들 없어. 하나님은 안식일에도 일을 하시니까. 그래 환자는 어디 있소.
노2 환장은 무슨 빌어 먹다 죽은 환장이야. 이건 의원이 별안간 환장이 됐나.
장 아니 무슨 환장이 됐다는 것이 아니라 그 다리 부러졌다는 사람이 어디 있느냐 말요.
노1 예— 시방 여기 데리고 왔습니다.
장 그럼 시방 그 떠들던 이요.
노1 아뇨. 그 이는 입때 까물쳐 정신도 없습니다.
장 그럼 얼른 이리 들여오시요. 내 까운.
(도, 장에게 수술복을 입혀준다)
노2 (환자를 들것에 메고 들어오며) 온 어찌 달려왔던지 숨이 차서 '휘—' 여기다 올려 닐까요.
장 예— 저렇게 몸을 돌려서.
노2 이렇게요 아차.
(노2의 궁둥이가 정의 엉치에 부딪힌다. 정 짜증을 내는 듯 엉치를 만진다. 환자를 침대에 올려뉘었다)
정 아이구 엉치야. 여보, 조용 조용히 좀 하우. 엉치를 함부로 둘러대니…….

장 아따 좀 부딪혔기루…… 그래 언제 그랬어요.

노1 막— 한 시간쯤 됐습니다. 지나가던 사람으로 그만……

장 (침대 앞을 막으로 가리고 들어서서) 응 출혈이 너무 됐는걸.

노1 아주 죽지는 않겠습니까.

(도, 수술기구를 가지고 막 뒤로 간다)

장 글쎄요, 아무튼 응급수술은 해보지만.

도 핀센트요? 가제는 여기 있습니다.

노2 어느 늙은인지 식전 아침에 재수 없이.

노3 그럼 우린 가세. 오정 안에 가야 점심 막걸리 값이나 더 벌지.

노2 그럼 가지.

도 여보셔요. 환자의 성명이 누구십니까.

노1 모르죠. 그냥 지나가던 노인으로 그렇게 됐으니까요.

도 아이 가엾은 일도…….

(노동자 등 퇴장, 이하 실내와 실외에서 동시에)

장 (실내에서) 주사.

도 무슨.

장 …….

도 몇 그람.

장 …….

노1 (실외에서) 하나는 꽤 똑똑하지.

노2 응.

노1 나하군 얘기를 다 했어. '여보셔요. 환자 성명이 누구십니까' 하하하하.

노3 하나는 곰보던 걸. 어쩌면 그리 염충교에서 수수쟁병 파는 쇠똥어미같이 생겼나.

노1 이건 자네가 가지고 가세. 이젠 빈 들것이라 가볍겠지.
노2 응. (가면서) 망할 거, 나는 재수 없이 그것하고 엉덩이를 부딪혔어.
(차차 멀리서 일동의 웃음소리)
정 망할 친구들, 컴먼 센스가 없어서.
장 여보 커먼 셔츠인지 하얀 자켓인지 조용히 좀.
(붕대 찢는 소리)
장 이리로 잡아 당겨.
도 이렇게요.
장 옳지.
(막을 걷는다. 일동은 손을 씻는다)
장 그럼 나는 예배를 보고 올테니 아무쪼록 조용히들…… 늙은 몸에 또 출혈이 너무 돼서 암만해도 어려운데. 아무튼 안정하게 조금도 정신의 동요를 시키지 않는 것이 저이의 목숨을 잠깐이라도 붙들어주는 것이니까. (퇴장)
(멀리서 종소리, 찬송가, 노인 일어나 사방을 여겨본다. 간호부들 놀란다)
노인 오— 천당 천당. (예수 초상을 바라보며 기도하는 듯) 하나님 오른편에 계신 예수 그리스도. (침대를 만져보며) 하나님의 보좌. (옷을 만져 보고 절뚝절뚝 걸어나서며) 흰 옷 입은 천사들. (간호부를 여겨보더니) 천사…… 아니 마누라, 마누라도 천당엘 다— 왔구려.
정 이거 어떡하나. 얼른 선생님 좀.
노인 옳—지. 내 귀여운 딸도, 너도 어떻게 천당에를…….
(도 퇴장)
노인 그렇지. 그 때 걔는 아무 죄 없는 어린 아기였으니까. 아마 천당에는 쉽게 왔겠지. 벌써 그렇게 자랐나. 이제는 바로 어른같이 커—다라서 천상의 복색을 다— 입고, 그 때는 걔가 다섯 살이었지. 아니 네 살이었었군. 조고만 발가숭이가 "엄마 젖 좀 밥 좀"하며 배가 고파 애도 쓰더니 그래 나는 어린 것이 똥오줌만 싼다고 구박을 했지. 그래 그 죄로 또 가난한 죄로 어린 처자 못 먹이고 못 입혀 죽게 한 죄로 30여년 동안이나 인간에서 홀아비 몸뚱이로 갖은 고생을 다 겪으며 살다가 이제서야 왔지. 천당에는 사람이 늙지도 않는구려. 마누라는 여태껏 그대로 한 모양이니. 벌써 인간에는 몇 해나 됐는지. 그것이 어떤 땐가. 주일날 아침에 나는 예배를 보러 30리 길을 걸어갈 제 어디선지 하늘이 그만 땅— 하고 갈라지며 성신聖神이 비둘기같이 날았었던가. 그 뒤는 나는 몰라. 그저 이렇게 천당에를 왔지.

정 노인께서는 저, 다리를 다치셨어요.

노인 아니 다치기는 무얼. 늙으면 그저 다리도 무겁지. 천국이 가까웠으리라 하셨지만은 정말 오느라 오니 멀기도 합디다. 그 머나먼 길을 오느라고 벌써 20여년 동안이나 다리도 아프고 또 제일 무릎이 시려서 시방까지도 이렇게 시려. 여보 마누라 나 다리 좀 녹여주. 뽕나무 장작 열 바리를 지펴서 녹지 않는 무릎도 마누라가 녹이면 따뜻하게 녹는다지. 어서 내 무릎 좀 녹여줘…….

정 아이 망측스러워라. 나는 당신의 마누라가 아니라 간호부예요. 늙은이가 숭칙스럽게 그게 무슨 짓이야.

노인 뭐—요.

정 당신은 다리가 부러져 병원에 온 것이예요. 여긴 병원이예요.

노인 아이쿠 (쓰러져) 아이구 다리야. (고통 신음)

(장, 도 등장)

장 당신은 나의 아까 부탁을 듣지 않았구려.

정 예—.

장 어째서.

정 그렇지만 저이가 미쳤는지 날 보고 사뭇 마누라라고 자꾸 덤비니까 어떡해요.

장 환자보다도 간호부로서는 당신이 정말 미쳤구려.

정 (울듯이) 미친 게 아니라 이때껏 독신생활하던 몸이 다―죽은 늙은이에게 그런 소릴 들으니 차라리 안 들으니만도…….

장 여보쇼. 노인 일어나십쇼.

노인 나는 다리가 부러져 꼼짝도 못하오. 아이고 다리야…….

장 천만에― 노인이 다리가 부러지셨으면 천당에를 와요.

노인 그러게 천당이 아니라 병원이래…… 아이구 다리야.

장 온 노인도, 그것이 천당에 오려는 시험이야. 그러면 노인께서는 그 시험에 드셨구려.

노인 아니요.

장 그러면 분명히 천당에 오셨죠, 무얼.

노인 천당…… 그러면 아까 그것들은 마귀들인가.

장 예― 그것들이 마귀도 되고 당신의 사랑하는 아내와 딸도 되고요.

정 아이 선생님도 어쩌실라고.

장 자― 그럼 일어나시죠.

(장, 도가 노인을 부축해 일으킨다)

노인 (일어나며) 천당이라 다리가 어째 이리 서먹서먹할까. (해 비친 창을 보며) 아 햇빛보다 더 밝은 천당…… 천당에도 눈이 많이 왔군.

장 그게 눈이 아니라 옥이외다. 천상백옥경天上百玉京. 자―이 위에(침대에 노인을 뉘이며) 노인께서는 먼 길을 오시느라고 퍽 고단하실테니 잠깐 누워 쉬셔요. 하나님 품 안에서 고이.

노인 오― 복 주시는 주 여호와시여. (잠이 드는 듯)

장 저이는 믿음이 굳은 사람이요. 억세인 정신은 스스로 모든 것을 의지하니까 다리가 부러졌건만 아픈 줄도 모르고 걸음을 걷지, 몸은 거진다―죽어가면서도 자기가 의지하던 천당을 눈앞에 보고 기꺼워하지요. 그것 보시요. 천당이 아니고 병원이라니까 금방 고통을 느끼며 신음하는 것을 왜 당신은 애를 써 천당이 아니라고 무서운 고통을 깨우쳐 줬소. 또 그가 의지하던 그 때의 그 천당이 정말 천당이 아니라는 것을 당신은 무엇으로 그리 역력히 증명할테요. 당신이 그의 아내라면 무엇이 어떻겠소. 보아 하니 저이는 필시 가난한 시골 농군인 듯 싶은데 아마 이렇게 큰 병원에는 못 와봤겠죠. 그래 모든 것이 화려하고 이상하니까 몽롱한 정신에 자기가 항상 뜻하던 천당인가 여겨 천사도 보고 또 자기의 가장 낯익은 아내와 딸을 본 것이 아니요. 나는 의원된 의무로서 그렇게 고통이 있는 이에겐 그의 가장 뜻하던 바로 곧 행복을 느끼게 해주는 것이 건강하게 해 준다는 것보다도 나을 줄 아오. 비록 잠깐이나마 그것이 고통을 치료하는 성약聖藥이니까.

도 그렇지만 건강이 곧 행복이죠.

장 그렇지. 보통 사람에 있어서는…… 그러나 시방 내가 말하는 경우는 다른 것이니까. 저이의 육체는 여지없이 흐너졌지만* 다만 피투성이한 의지가 아직 천당을 보고 있는 것이니까. 만일에 그 의지마저 깨트려버리면 곧 그의 목숨을 꺼지는 때지요. 아까 당신의 그의 아내가 아니라는 뼈아픈 소리 한 마디가 저이에게는 무서운 독약이었소. 이제부터는 될 수 있는 대로 그의 뜻을 어겨 주지 맙시다. 무슨 말을 하든지 모두 옳다고만…… 아무거라도 의지할 그 때만은 모두가 참된 것이니까. 저 사람의 무감각한 정신이 차차 짙어갈수록 저 아직 남은 목숨은 행복할거요.

정 이제부터는 아무쪼록 잘 하겠습니다.

노인 (잠꼬대처럼) 닭 울기 전에 나를 세 번 모른다 하리라고 어여쁜 마귀가 날 보고 아내가 아니라고.

정 저것 좀 보오. 이 때까지도.

노인 이스카레트의 유다는 지옥에 가서도 모반을 하다 쫓기여 났대지.

---

* 흐너지다 : 무너지다.

정 (노인에게로 가서) 아니올시다. 안심하십쇼. 저는 당신의 아내올시다. 분명히 하나님께 맹세를 드릴 아내올시다. 오— 주여, 이 어리석은 딸에게도 귀여운 아드님을 보내주셨으니 감사합니다. 여보셔요. 이제 저를 사랑하는 아내라고 불러주셔요. 저는 이 병원에서 독신생활 십여 년에 사랑에 미쳐 우는 가엾은 젊은이를 일곱 번이나 보았습니다. 여덟번째 불쌍한 이는 제 차례인 것을. 이제는 다행히 면했나봐요. 저는 죽도록 당신을 사랑하는 아내올시다.

도 저건 또 무슨 짓이야.

장 아뇨. 가만 두시요. 그것도 좋지…… 나는 시방 이 자리에서 무한한 기쁨을 느끼오. 생활력과 의지에 관한 재료를, 그것을 증명할 좋은 재료를 넉넉히 얻었으니까. 내가 쓰려던 그 논문은 이제 훌륭히 완성되었소.

도 선생님 그것은 참 감사합니다.

정 그러나 그것은 뜻밖에 의학이 아니라 철학이었어요. 그리고 또 우리가 이때껏 애써 찾던 그 연극도 이제 이 자리에서 훌륭한 극본을 얻었소.

도 어떻게 그렇게…….

정 어떻게요. (도와 동시에)

장 무어 시방은 극본 얻은 것만 기쁠 뿐이 아니라 상도 우리가 타올 테니까 좋지요. 영광스러운 그 은컵을…….

정 아이 좋아라.

(동시에)

도 작히나 좋아.

장 그러니 그 은컵을 타오거든 그것은 그 연극을 만드느라고 애를 제일 많이 쓴 영명씨에게 드립시다. 상품으로 또 기념품으로 경사로운 일에.

정 무얼 저야…… 선생님께서 모두 맨드느라고 애만 쓰셔서.

장 아니요. 나는 잠깐 연출만 했을 뿐이지 처음부터 힘써 출연을 잘한 공은 영명씨에게 있으니까.

도 그런데 선생님 저는 어떡합니까. 섭섭해서.

장 염려 마시오.

도 한 가지 일도 한 것이 없는데요.

장 은옥씨는 아까 나와 같이 들로 바람을 쐬러 가자고 그랬지. 이제 갑시다. 기쁨에 부닺는 뜨거운 가슴으로 찬 바람을 쏘이러 흰 눈 덮인 벌판에서 눈물을 얼리랴고······.

(노인, 운명하느라고 숨을 모은다)

장 저 소리가 들리시요. 이름도 모르고 나이도 모르고 그저 늙은 할미꽃 힘없이 내부는 입김이나마 굳은 얼음을 녹이여 뚝뚝뚝 이 나라에도 봄이 온다는 소리. 그럼 은옥씨 어서 가봅시다. 영명씨 이 가운이나 받아 거슈.

도 네―. 그럼 내 가운도. (피복을 벗어 정을 주며) 그럼 영명씨는 여기 계쇼.

정 왜 나도 갈걸.

도 가다니. 저 이는 어떡하고.

정 그럼 저 이도 같이 가자지.

도 그렇게, 어떻게.

장 아따 그것도 좋죠. 영명 씨는 자기의 출현을 그예 끝까지 마치려고······ 하하하.

(정이 노인을 잡아 일으킨다. 그러나 노인은 시체)

정 (놀라 물러서며) 어머나 죽었네.

장 그렇게 놀랄 것도 없지요. 벌써 아까부터 그렇게 된 것을. 무어 다만 섭섭하니 우리의 입으로 아직 송장이라고 부르기 전에 우리의 연극이 끝날 때까지 우리의 의지는 사람으로 보고 있습시다.

정 그렇게 하지요.

(동시에)

도 좋습니다.

(좌는 노인, 우는 정, 노인의 옆에는 장, 정의 옆에는 도, 노인·정은 백복百服, 장·도는 흑복黑服, 서로 팔을 결어 선다)

정 참 선생님 연극 이름은.

장 글쎄…… 할미꽃이라고나 할까.

도 외과에서는 아가씨꽃, 내과에서는 할미꽃.

(한 발자욱 걸으며)

장 흰 옷 입은 할미꽃.

(한 발자욱 걸으며)

도 피기도 전에 스러진 할미꽃.

(한 발자욱 걸으며)

정 늙기도 전에 꼬부라진 할미꽃.

(걸음을 걷는 대로 시체의 머리는 근뎅근뎅)

…… (대단원) ……

* 별도로 연출 대장이 있으므로 시간, 동작, 표정, 배치, 광光, 기타 무대 효과는 적어 놓지 않았다. 혹 상연할 때에 노련한 연출자면 몰라도 그렇지 않으면 한 번 작자에게 문의해 봄이 좋을 듯.

—《여시如是》 1호(1928년 6월).

제석

인물

김정수 : 순후고풍淳厚古風, 60여세

인식 : 정수의 아들, 침착 성실, 27,8세

이씨 : 정수의 며느리, 28,9세

가애 : 정순의 손녀, 7,8세

최태영 : 정수의 집주인, 40여세

여인 : 바느질 맡긴 집의 행랑어멈, 30여세

시대

현대

시간

섣달 그믐날 오후 6시경으로부터 동 12시까지 그 동안에 일어난 일.

장경場景

그리 깨끗하지 못한 조선 실내. 정면은 밖으로 통하는 미닫이, 좌편은 아랫목, 우편은 장지, 장지 밖은 윗방이다. 방 안에는 종이로 바른 헌 농짝, 헌 반짇그릇, 쪽 떨어진 화로, 아무튼 모두 변변치 못한 세간이다. 그러나 그것도 아직 자리 잡히지 못해 보이는 살림살이다. 창 밖에서는 바람이 몹시 분다. 아랫목에는 할아버지와 가애가 앉았고 윗목에서는 이씨가 바느질을 하고 있다.

이씨 (무슨 답답하고 슬픈 정조에 쌓였다가 새로금 화재를 돌리려는 듯) 날도 퍽은 쌀쌀해. 떡국 추월 하시려나.
가애 (어리광으로) 할아버지 나 돈 한 푼만…….
이씨 (인두로 화로의 불을 돋우며) 그래도 그러거든, 금세 밥 잔뜩 먹고 무얼 또.
가애 (잠깐 몸부림을 하며) 싫어, 나 돈 한 푼만 줘.
이씨 참 망해 못 보겠네. 전에는 그러지 않더니 할아버님이 오시니까 버르장머리가 점점……. (눈을 흘긴다)
정수 (귀여운 듯이 가애의 등을 어루만지며) 아따 가만 두어. 그럼 어린 것이 그렇지. 이 할아비나 있으니까…… (주머니 끈을 끄르며) 가만 있자. 내 주머니에도 더러 귀 떨어진 동전이 한 닢 있는지.
가애 (엉덩방아를 찧으며) 옳지. 수숫돈. 난 쌀돈은 싫어. 커다란 수숫돈이 나는 좋아.
이씨 (정수를 힐끗 보며) 그만 두시지 무얼…… (웃는 눈으로 가애를 보며) 망할 거, 그예 할아버님을.
정수 무얼 그래도.
가애 아이 좋아. 나는 수숫돈.
정수 (귀여운 듯 가애의 등을 툭툭 두들기며) 허허 고거 참.
이씨 (웃으며) 걔는 은전이나 백동白銅 돈은 싫고 일 전짜리 동전만 그렇게 커다래서 좋은 건 줄 안답니다.
가애 그럼 수숫돈이 안 좋구. (돈을 가지고 손잡신을 하며) 이런 빨—간 수

희곡 149

숫돈 큰 것이.

정수 암 그렇지. 아무 거라도 크면 좋지. (이씨를 보며) 그러나 무어 그것이 욕심이 많아서 그러는 것은 아니겠지. (가애를 보며) 그럼 그것으로 너 무엇을 살래. 왜떡을 살까 팔뚝팔뚝 뛰어넘는 오뚝이를 살까.

가애 나 눈깔사탕 사.

정수 아따 사탕도 좋지. 그럼 시방 사 먹나.

가애 응 할아버지 나 업고 가.

이씨 (정수는 모르게 얼른 입을 악 물었다가) 아이 어린 애 염치도, 금세 할아버님께 돈까지 줍시사 해갖고 또 무어 업고 가자고, 이제 응석이 아주 막…….

정수 아따 아무려나 그것도 괜찮어. (가애를 업고 일어나려 하다가) 그러나 바깥이 너무 추워서 아가가 감기 안 들까.

가애 괜찮어.

정수 아따 그럼 아무려나 그렇게 하지. (일어서며) 그런데 애 애비는 어째 입때 안 들어오누.

이씨 오늘이 그믐이고 또 무엇을 좀 얻어야 들어온다고 했으니까 아마 늦는게지요.

정수 저녁도 안 먹고 배는 고픈데 어디로 떨고 다니노. 무엇을 얻다니, 돈? 아따 장천 그 놈의 돈! 그럼 네 애비가 이걸 보면 또 사설한다. 애비 들어오기 전에 얼른 다녀오지. 그러나 가게가 그리 멀지나 않은가. (방문을 열고 나가려하다가) 옳지. 그 휘양*을 좀 쓰고 가야지 머리가 시려서.

이씨 어린 애도 그예 할아버님께……. (웃는 얼굴로 일어선다)

(정수, 가애 퇴장)

이씨 (앉으며 손끝을 모아 입에다 대고) 호—. 손끝이 시리구나. 아주 이제

---

* 추울 때 머리에 쓰던 모자. 남바위와 비슷하나 뒤가 훨씬 길고 제물로 볼끼가 있어서 목덜미와 뺨까지 싸게 만들었는데 볼끼는 뒤로 잦혀 매기도 하였다.

어둡네. 바느질 한 가지로 오늘 해도 그만 지웠지.

(성냥을 그어 석유등잔에 불을 켠다)

이씨 심지가 나쁜가. 석유가 다 닳았나. 어째 그리 침침해. (심지를 돋우고 다시 바느질을 하며) 어째 이때껏 안 찾으러 오나. 그렇게 급하다고 재촉을 하더니…….

창밖에서 아씨 계셔요.

이씨 누구요. (미닫이를 열고) 응 참 잘 왔소. 그렇지 않아도 시방 막—.

여인 다 하셨어요.

이씨 네 시방 막 시치미를 뜨며…… 그러지 않아도 "찾으러 올 때가 됐는데 어째 아니 오냐" 하고 시방 막 혼잣말을 하던 차야. (바느질을 떼고 인두판을 찾으며) 추운데 잠깐 들어와요. 이제 인두질만 치면 고만이니 그 동안 좀…….

여인 (방으로 들어오며) 저녁을 벌써 다 해 잡수셨어요? (앉으며 방바닥을 짚어 보고) 방도 퍽 써늘해.

이씨 단출한 식구에 옹솥* 골에만 불을 조금씩 지피니까……. (인두를 화로전에 '툭' 부딪혀 떨어 입으로 '훅' 분다)

여인 (이씨의 인두질 치는 걸 들여다보며) 아이 바느질도 퍽은 얌전하셔라. 어쩌면 깃달이도 이렇게 예뻐요. (웃는 듯) 우리 아씨가 이번 옷을 입으시면 퍽 좋아하시겠군.

이씨 무얼 급하게 하느라고…… 또 손끝이 곱아서. (손끝을 얼른 입에다 댄다)

여인 그래도 원체 솜씨가 퍽 얌전하시니까…… 우리 아씨 옷 성미가 매우 까다로우시지만 아마 이번 옷은 꼭 맘에 드실거야.

이씨 그렇게 옷을 취택해 입는 이에게 만일 이 옷이 성미에 맞지 않으

---

* '옹달솥'의 준말. 작고 오목한 솥.

면 어떡하우.

여인 무얼요. 이만하면 상관없어요. 하기는 요새의 옷번새는 날마다 달라진다니까…… 무슨 붕어뱀도 요새는 좁아지고 저고리 길이도 짧게 입는대. 그 기생들 입은 옷 모양을 좀 보세요.

이씨 기생? 나같이 이런 구석에만 꾸어박혀 사는 신세가 그런 기생을 어떻게 보았겠소. 그런데 참 당신 아씨라는 그이는 무엇 하는 이오.

여인 보아하니 아마 그도 전에는 기생이었나 봐요. 시방은 남의 소실이지.

이씨 소실? 그럼 아마 퍽 호강으론 지낼걸. 이런 바느질도 안 하고…….

여인 흥, 호강이요? 그렇지. 호강은 호강이지. (한손을 들어 제 가슴을 얼른 가리키며) 이런 년들처럼 옷 밥 걱정도 그리 안 하고…… 남편되는 나리만 한 번 와 주무시고 가면 아주 담박 심평이 피어 야단이랍니다.

이씨 왜?

여인 글쎄 말씀을 좀 들어보셔요. 접때 처음 그 집 행랑에 들었을 적에는 어찌도 모든 것이 변만스럽고 우습던지요…… 엊저녁에도 쥔나리가 주무시고 간 덕분에 나도 세찬*이라고 광목 열 자 고무신 한 켤레가 생겼답니다. 그래 아씨가 흥만 풀리면 좋은 수가 가끔 많지요. 이런 드난꾼에게도…… 그런데 오늘 저녁에는 나리가 체꿀** 작은 첩한테가 주무시리라나. 그래 시방쯤은 아씨가 한창 통통증이 나 야단이지요. 참 우스워 죽겠어. 그래 잘 먹고 잘 입고 호강은 하는 대신 장— 그 짓으로 세월을 보내…….

이씨 아이 참 변스러워라. 먹고 입을 것만 있으면 잘 살고 고만이지. 그 밖에 또 무슨 걱정이야. 이렇게 바느질 품팔이를 해가며 먹고 사는 팔자도 있는데.

---

* 세배 온 사람들에게 대접하는 음식.
** 골짜기에 있는 마을 이름인 듯.

여인 왜요. 더러 군색한 때는 있겠지만 그래도 내 손으로 지어 입고 먹고 살 수 있는 것이 오히려 편하고 상팔자지요. 그렇게 잡스런 생각만 하고 있을 까닭도 없고…… 더구나 바느질 솜씨도 저렇게 얌전하시겠다 아씨 같은 이야 무얼.

이씨 그까짓 것 바느질도 남의 옷만 밤낮 지어주는데 암만 잘한들 무얼 하오. 내 발등 가릴 것이 있어야지. 오늘이 섣달 그믐, 내일이 명일이라도 빨래 하나 못 해 입고 솥에도 그리 변변히 끓일 것도 없으니…… 또 별안간 이사는 갓 해놓아서…….

여인 (방을 휘 둘러보며) 윗방도 한 간인가요. 참 저 위의 그 전 사시던 댁보다는 방이 두 간이나 되고 넓어서 퍽 좋으시겠어요.

이씨 방만 넓으면 무얼 하오. 그나마 저 윗간 냉돌 찬 곳이 내 차지라오.

여인 참 아까 아기 업고 나가시던 영감님은 누구셔요.

이씨 우리 시아버님이시라오.

여인 시골 계시다 오셨어요.

이씨 네. 시골 일가집에 계시다 오셨어요. 전에는 우리 집도 남부럽지 않게 꽤 괜찮게 살던 집안이더니 그만 작은 시동생이 난봉을 피워서 왜채倭債에 다 털어바치고 벌써 3년째나 아니 이 설만 쇠면 4년째나 되지요. 온 집안이 모두 거산擧散*을 해 이 지경이 되어서 이렇게 성명도 없이 셋방구석으로만 뒤굴러 다닌다오. 그래 시아버님께서는 시골 일가집에 가 아이들 글 가르쳐 주시고 계시다가 그저께 바로 이 집으로 이사오던 날 우리 바깥양반이 맏아드님이니까 그래도 맏아드님을 찾아서 명일이라고 쇠러 오신게지요.

여인 바깥양반께서는 무슨 생화**를 하시는데요.

이씨 집안이 별안간 그렇게 되니까 별로 신통한 생화도 없지요. 그저

* 집안 식구나 한곳에 살던 사람들이 모두 뿔뿔이 흩어짐.
** 장사, 벌이나 직업.

희곡 153

세상 모르고 고이 길러 글공부나 하던 책상물림이니 어디 별안간 만만한 생환들 어디 얻어 만나기가 그리 쉽소. 그래 하는 수없이 날마다 하루하루 그 날 그 날 벌어서 먹고 살지요. 어떤 때는 그나마 벌이도 없어서 버는 날은 먹고 못 버는 날은 굶고…… 굶는 것도 원체 많이 굶으니까 이제는 아주 시들하다 못해 진저리가 나.

여인 아이 딱해라. 더구나 어린 아기하고…… 그래도 바깥양반이 학교 공불 하셨으면 월급이라도 좀 타먹지.

이씨 흥. 학교도 일본까지 다 갔다 왔기는 왔지만 그것도 내 것이 있을 제 말이지. 시방은 아마 그리 월급짜리도 만만치 못 한가 봅디다. 또 가끔 돈 많이 줄 테니 오라고 하는 데도 더러 있기는 있나 봅디다마는 아마 그런데는 또 뜻이 아닌 게야. 그러기에 그런 때마다 "내가 아무리 죽게 되었기로"하며 연방 눈살을 찌푸리고 어떤 때는 시골 같은 곳으로 몸을 피해 가기도 하지요.

여인 참 사내 맘들은 이상도 해. 왜들 그런지…… 집에 아범도 가끔 그런답니다. 그냥 모꾼 서는거나 막벌이 보담은 굴 뚫는 데 남포질꾼이 돈을 퍽 많이 몇 갑절씩 번대요. 그런데 그런 것은 해보래도 일부러 아니합니다 그려. 그것은 까딱 잘못하면 목숨이 가는 일이라나. 천한 목숨이 죽기는 그리 원통한지…… 원 남도 죽을 일이면 일부러 시킬라고요. 죽긴 왜 죽어. 괜히들 하기 싫으니까 그런 핑계지…… 그래 그럴 제마다 이 어멈은 아범하고 노상 싸움이랍니다. 이 댁 바깥양반께도 아마 그런 남포질판에서 오시란 게로군요. 무얼 그렇지.

이씨 글쎄 그런지…….

정수 (멀리서) 아가 손이 시리냐. 그럼 얼른 들어가 엄마더러 호— 해달래지.

여인 아이 참 가야지. 너무 오래 있어서 또 통통대겠다.

이씨 무얼, 얼마 있었다고 그 동안을.

(정수, 가애 등장)

가애 엄마, 난 솜사탕 사먹었어. (팔을 벌리며) 이만큼 많이.

이씨 참 잘 사 먹었다. 그 추운데 할아버님을 모시고 가서…….

가애 아녀, 나만 안 먹었어.

정수 참 희한한 세상이야. 여전 솜뭉치 같은 그것이 사탕이겠지. 그래 동전 한 푼을 주고 샀더니 날더러도 그걸 좀 먹으래. 그 커다란 뭉치를 큰 길거리에서 이 늙은 할애비더러. 백죄* 자꾸 먹어보라거든. (가애의 얼굴을 기웃이 들여다보며) 온 고거 참 신통하기라니 하하하.

가애 그래 "이런 걸 엄마가 알면 흉 볼테니 집에 가선 아무 말도 말자"고 할아버지가 그랬지?

정수 온 고거 참, 그런 말까지 어찌 다— 하하하.

(이씨는 바느질 인두를 다 쳐서 개어 보에 싼다)

여인 모두 얼마예요.

이씨 저고리 하나에 열 냥씩만 내구려. 거기는 처음이고 또 바느질도 좀 서툴었으니.

여인 그럼 둘에 스무 냥?

이씨 그렇지.

여인 그럼 이걸 어떡하나…… (괴침**에서 돈을 꺼내며) 가지고 온 것은 스물닷냥거린데.

이씨 글쎄, 바꿀 돈이 없는데요.

여인 그럼 아무튼 이걸 받아나 두슈.

이씨 (돈을 받으면) 받아나 두면?

여인 아따 그럼 내 이따가라도 아범 바지감을 하나 가지고 올 테니 그거나 좀 꿰매 주시구려. 댓냥은 너무 싸지만 좀 생색 좀 보셔서.

* 백주에. 터무니 없이, 공연히.
** 고의춤. 고의나 바지의 허리를 접어서 여민 사이.

이씨 아따 아무러면 대수요. 그렇게 하지요.

여인 (옷보퉁이를 들고) 그럼 갑니다. (미닫이를 열며) 이제 벌써 낼이면 새해니 새해에 세배나 옵지요. 그럼 새해엔 부자될 꿈이나 꾸십시오. 묵은해의 모든 근심 걱정일랑 액막이 연 띄우듯 다 떠나보내시고…….

이씨 왜 이따라도 또 올테라면서…….

여인 (웃으며) 참 이따가 또 옵지요.

이씨 어둔데 조심하오.

여인 네. (퇴장)

이씨 (미닫이를 닫고 앉으며) 여편네가 퍽 수다도스럽다.

정수 행랑 것들도 이제는 시속이 달라져서 전에는 사부집 하인들이 상전의 전갈하는 말씨라니 참 제법이었는데…… 양반이면 남의 집에 가 "이리 오너라"하고 찾고 구실아치*는 "별감 별감" 상놈은 "하님 하님"하던 것을 이제는 너나 할 것 없이 "합쇼" 공대를 또박또박 해야 한다. 참 고약한 세상도…….

이씨 시방이야 어디 양반 상하가 있는 세상입니까.

정수 하긴 그도 그렇지. 그런데 그 해가는 것은 설빔 옷인게지?

이씨 아마 그런게지요.

정수 하긴 우리 집만 이렇게 쓸쓸하지. 밖에서는 그래도 설이라고 야단들이더라. 세찬 김이 오락가락 집집마다 떡 치는 소리는 철썩철썩.

이씨 아마 이 동네는 요전 살던 데보다는 퍽 부촌인가 보아요. 겉으로 보아도 모두 풍성풍성한 것이…….

정수 (담배를 담아 피우며) 그렇지 북장동 여기가 옛날부터 부명富名하는 이가 많이 살던 곳이지. 그러나 우리네가 이런 부촌에서 사는 것은 좀 덜 좋아. 남부끄럽게 내 흉만 잡힐 뿐이지. 남들은 모두 드난꾼을 두고 매우

─────
* 조선 시대 각 관아의 벼슬아치 밑에서 일을 보던 사람.

흥청거리고 사는데 나는 내 손으로 물 긷고 밥 짓고 해야지 또 거기다 봉지쌀 푼거리 장작 툭 하면 열 냥 스무 냥짜리 전당질 외상값 등살, 더구나 그악한 집주인이나 잘 못 만나면 온 동네가 떠달아나도록 거친 목소리로 눈깔을 부라리고 집세 내라고 재촉 조련질*, 에— 창피해. 아무튼 우리네같이 어려운 사람들은 어려운 사람만 많이 모여 사는 곳이 좋아.

이씨 하긴 그래요. 남의 일 보고 내 꼴 보면 없던 심정만 저절로 나고…… 저런 어린 것을 기르는데도 남의 집 자식들은 호사스럽게 고운 옷을 입히고 잘 먹여 잘 가꾸는데 내 자식은 이런 명일 때도 일 년의 한 번인 설이건만은 잘 먹이지도 못 하고 입히지 못하니…….

정수 그러니 어쩔 수 있나.

가애 엄마 나 설에 꼬까옷 해줘. 때때댕기하고.

이씨 저것 보십시오. 어린 것이라도 무슨 말이든지 듣기가 무섭게 장— 저런 답니다.

정수 그러니 그런 걸 해주고는 싶지만 무어 돈이 어디 있나.

가애 그래도 난 몰라…… 때때댕기…… 목화댕기.

정수 목화댕기는 또 무어야. 왜 제비추리에다 면화 송이를 다나.

이씨 (웃으며) 시체**비단에 목하부다이란 게 있는데 그걸 걔는 목화란 답니다. 아따 가만 있거라. 내 이따 때때댕기 하나 사줄께. 아까 바느질 삯 받은 거 스물닷 냥 있으니 번쩍번쩍하고 좋은 넓다란 금박댕기 내 사다 주마.

가애 아이 좋아. 때때댕기 나는 좋아.

정수 온 그렇게 좋담. 고거 참, 하하하.

가애 엄마 그럼 시방 사다 줘. 때때댕기.

이씨 온 아이도 참 글쎄, 시방이 무어야 내 이따가 설겆이나 다 하고 나

---

* 못되게 굴어 남을 괴롭히는 짓.
** 時體 : 그 시대의 풍습이나 유행.

서 나가 사다줄게.

가애 그럼 할아버지 이딴 꼭 사다주?

정수 암— 사다 주고 말고.

가애 아이 좋아. 그럼 엄마 이따 얼른 사다 줘—.

이씨 그래 꼭 사다 줄게. 걱정 말고 거기 조신히 좀 앉았어. 할아버님 고단하신데 좀 누우시게. (일어선다) 내일 아침은 또 무얼 끓이누.

가애 왜 할아버지 눈썹 세시게.

이씨 (윗방으로 내려가며 웃는다)

정수 눈썹이 시다니 그건 또 무슨 소리야.

이씨 (윗방에서) 개가 아까 오늘밤에 잠을 자면 눈썹이 세는 법이라고 그랬더니 그 말을 할아버님께 다 옮겼습니다 그려.

정수 옳—아, 참 그도 그러렸다.

가애 그럼 어른들은 자도 눈썹이 안 세우.

정수 그렇지. 그런 법도 있지. (목침을 베고 눕는다)

가애 무얼 할아버지 눈썹이 저렇게 세었는데 할아버지도 잠은 퍽 많이 잤구려.

정수 그렇단다. 할아버지는 잠만 자다 늙어서 이렇게 터럭이 허옇게 세었단다.

가애 왜 늙으면 털이 세우.

정수 암— 그렇지.

가애 그럼 할아버지 이제 자지 말어. 저 눈썹이 더 세면 보기 싫어 어떡해.

정수 벌써 잠자다 다 센 눈썹을 이제서 잠만 안 자면 무얼 하나.

가애 그래도 보기 싫어. 자지 말고 일어나 얘기나 해……. (정수를 끌어 일으킨다)

정수 (억지로 일어나며) 온 고거 참, 얘기는 별안간 또 무슨 얘긴고.

가애 왜 옛날 얘기, 동아줄 타고 하늘에 올라가 해 되고 달 되고 그런 얘기.

정수 그런 걸 내가 어떻게 아나.

가애 왜 아까도 썩 좋은 옛날 얘기 해주마고 그랬지.

정수 내가 언제 그랬던가……

가애 그럼 안 그랬어?

정수 온 그거 참. 그럼 가만 있자. 온 무슨 얘기를 하노.

가애 아무 거라도 얼른.

이씨 온 얘기는 또 무슨 얘기야. 할아버님 편히 좀 누워 계시게 조신히 좀 앉았으라니까.

정수 아따 아무려면 대수……. 가만 있자. 그래 옛날에 한 사람이 있구나.

가애 할아버지 왜 옛날에는 똑 한 사람만 살우.

정수 응 글쎄 얘길 들어야지 무슨 얘기든지 옛날엔 첫번에 다— 한 사람이란다. 그래 옛날에 한 사람이 있는데 그는 임금님이야 임금님이란 너 무엇인지 아니?

가애 몰라.

정수 임금님이란 이 세상에서 가장 높은 사람이야.

가애 높은 사람? (한 팔을 높이 들며) 저— 하늘 꼭대기의?

정수 아니 하늘 위가 아니라 하늘 아래에서는 제일 높은 사람이야.

가애 (저 혼자 무엇이 신기하였는지 신이 나서) 할아버지 저—기 뒷산에 솔개미가 날라가다 앉은 맨꼭대기 산에서 벌써 그 때— 그 때— 어떤 사람이 총을 '탕' 하고 놓겠지.

정수 온 고거. 그런 게 아냐.

가애 아마 그 사람이 솔개미를 잡으려던게지 할아버지.

정수 글쎄…….

가애 그 사람이 솔개미를 잡았을까 못 잡았을까.
정수 몰라—.
가애 할아버지도 그건 모르우.
정수 몰라— 나는 그걸 어떻게 아나.
가애 그럼 할아버지도 총 놔 봤수.
정수 아니 나는 총두 놀 줄 모른단다.
가애 이런, 총두 놀 줄 모르고.
이씨 그거 참 버르장머리 없이 할아버님께 막…….
정수 글쎄, 이제 내 옛날 얘기나 들어야지.
가애 그래.
정수 그런데 그 임금님은 여왕이야. 너와 같이 계집애 임금.
가애 할아버지 나도 임금님이우?
정수 그렇단다. 너도 임금님이란다. 그래 그 임금님은 아주 착하고 영리하고 또 퍽 어여쁜 임금님인데 그 임금님은 늙은 할아버지도 있고 임금님을 귀여워해 줄 아버지와 어머니도 있었단다. 신하도 많고 백성도 많고 갑옷 투구한 군사도 많고 나쁜 놈 잘 잡아가는 순검도 많고, 또 그리고 이 세상에서 가장 얻기도 어려운 온갖 좋은 보물도 그는 퍽 많이 가졌었더란다.
가애 때때댕기도 가졌었나.
정수 암— 그까짓 거야 얼마든지 많이 가졌지.
가애 나는 이따가 하나만 살텐데…….
정수 그런데 그 임금님은 한 가지를 갖지 못했어.
가애 무엇 꼬까옷?
정수 아니 꼬까옷이 아니라 무엇이더라…… (무엇을 생각하는 듯) 옳— 아, 참 그는 거짓말을 갖지 못했어. 거짓말을 들을 줄 몰랐단다.
가애 나도 몰라.

정수 그래 그 거짓말이 날마다 임금님에게로 도적질을 하러 가는데 그것이 무엇 같을고, 옳지 참, 그것이 가만히 폭 바람처럼 아주 저렇게 부는 바람이 되어서…… 그래 솨—하는 그 얄궂은 바람이 한 번 임금님 대궐에 스르르 불 적마다 무엇이든지 영락없이 없어져 버리는구나. 솨—하는 바람이 맨 첫 번 불 적에는 늙은 할아버지가 죽고 두 번째 솨—하고 불 적에는 귀여워 해주던 아버지가 죽고 세 번째 솨— 하고 불 때에는.

(창 밖에서 멀리 "여보시요" 부르는 소리)

무척 사랑하던 어머니가 죽고.

창밖에서 (남자목소리) 여보 주인 계시오?

가애 할아버지 누가 찾아요.

정수 무어 누가 왔어?

가애 응.

정수 거기 누가 왔소?

창밖에서 (차차 가까이) 네— 주인 좀 봅시다.

정수 온 그 놈의 바람 소리에 세상 무슨 소리가 들려야 귀는 어둡고.

가애 아마 그 바람 무얼 또 도적질하러 왔남.

정수 (가만히) 온 고거 아냐. 그런 것은 얘기에나 그렇지. (창을 열며) 누구를 찾으시오.

창밖에서 댁이 이 방에 주인이시오.

정수 네—, 그렇소.

창밖에서 뉘댁이시오.

정수 나는 김정수란 사람이오.

창밖에서 어떻게 쓰시오.

정수 (좀 거북하게) 바를 정자 빼어날 수자요.

창밖에서 예— 김정수 씨. 그럼 당신이 분명 이 방의 주인이시죠.

정수 그렇소. 그런데 당신이 그건 왜 물으시오.

창밖에서 아따 물을 만하니까 묻는 것이지요. 당신은 내가 누군지 모르시나 보구려.

정수 내가 알 수 있소. 당신도 아마 나를 모르는가 보기에 그렇게 이 늙은이를 별안간 어린 애 성명 묻듯 한 것이 아니요.

창밖에서 모르긴 왜 몰라. 그래 당신이 이 방에 든 주인이라면서……. 그러면 당신이 이 방에 왜 들었소?

정수 그게 무슨 말이요. 이 방에 왜 들다니. 왜 드는 것도 있소.

창밖에서 아따 이런 답답한 말 보았나. 이 방에는 어떻게 와 들었느냐 말이요.

정수 세 들었오.

창밖에서 세요? 누구한테.

정수 이 집 임자한테서요.

창밖에서 이 집 임자? 이 집 임자가 누구란 말이요.

정수 그건 모르지요.

창밖에서 그건 모르다니. 여보 그게 말이요. 절이오. 그래 이 집에 와 살면서 이 집 임자가 누구인지도 몰랐단 말이오. 터럭이 허—연 노인네가 어째 그렇소.

정수 글쎄 터럭만 센 것이 죄일는지는 몰라도 그저 저절로 세인 이 터럭을 어찌하오. 이 집에 이사를 왔으면서 미처 주인도 찾아보지 못한 것이 내 실수일는지는 모르나 늙은 몸뚱이가 이로 찾아다니며 "이렇게 왔습니다" 하고 인사 여쭐 수도 없고 또 이 집을 내가 얻어 온 것이 아니라 내 아들 놈이 저희들 친구 발련으로 어떻게 얻어온 것이니까…….

창밖에서 여보. 보아 하니 그래도 그렇지 않은 노인네가 어째 그렇소. 당신은 남의 정신에 살우. "아들이니 손자니" 점잖치 못하게 남에게 의거릴 하고 앉았으니. 아들 둔 이들 매우 팔자 좋구려. 툭 하면 밀어버리기에. "나는 몰루. 아들이 알리" 하며…….

정수 그럼 당신은 남의 애비 자식 사이도 믿지 않는단 말이요.

창밖에서 당신네 민적등본을 내어가지고 오지 않은 바에야 당신의 부자간 어찌된 사정을 내가 어떻게 알 까닭이 있소. 그 따위 덜 된 수작은 다— 고만 두고 내가 이 집 주인 최태영이니 바로 내가 이 집의 임자야. 그러니 어서 셋돈이나 내시오.

정수 이런 제—기 이를 어쩐담.

이씨 (장지를 방싯 열며) 여보셔요. 바깥 양반들 말씀하시는데 이런 여인이 참견하는 것은 매우 안 됐습니다만은…… 이도 와서 이때껏 셋돈을 내지 못한 것은 퍽 안 되었습니다. 그러나 처음 이 집으로 이사 오기는 사랑에서 친구들 발련으로 알아 한 일인데 시방 마침 사랑에서…….

창밖에서 여보시요. 저 분이 노인의 부인이십니까.

정수 아니오. 내 며느리요.

가애 우리 할아버지야.

창밖에서 (온순하게) 그래 정말 너의 할아버지야.

가애 응.

창밖에서 그럼 다소간 노인께 실례가 되었습니다.

정수 천만에…….

창밖에서 그래 너 몇 살이냐.

가애 여덟 살.

창밖에서 (가애를 보고) 응…… 그래 (정수를 보고) 여봅시요. 그럼 어서 셋돈을 주십시요. 몸도 떨리고 발도 몹시 시려서 이렇게 오래 서서 얘기하기가 좀 어렵습니다.

이씨 글쎄 그러니 사정을 좀 보아주셔야 하겠습니다. 시방 마침 사랑에선 어디 출입하고 없으니까 들어올 동안까지만 댁에 가셔서 기다려주시면 이따는 기별해드리겠습니다.

창밖에서 그것은 될 수 없습니다. 이따는 이따 사정이고 시방은 시방

경읍니다.

이씨 그렇지만 잠깐만 기다려주셨으면…….

창밖에서 안 됩니다. 그렇게 기다릴 수는 없습니다. 아무튼 발도 시리고 얘기도 좀 길어질 모양 같으니까 잠깐 들어가 앉겠습니다.

(최태영은 방에 들어와 앉는다)

정수 잠깐만 기다려주우.

최태영 글쎄 그것은 못 되겠습니다.

정수 그러나 시방은 돈이 없으니 어떡허우.

최태영 천만에 왜 그런 말씀을 하십니까. 설마 돈 없이야 세 드셨을라구…… 또 벌써 며칠째 드셨으니 시방 셋돈을 내신대야 그리 선금도 아닙니다만은…… 그것도 몇 달째 들어오던 끝이면 더러 몰라도 이렇게 처음부터는 선금이 아니면 도—저히 할 수 없습니다.

정수 그렇지만 세상 일이란 매양 사정이라는 것도 있지 않소. 더구나 이렇게 공교히 된 형편에는…….

최태영 아니올시다. 사글세 선금 받는 데 사정이 무슨 사정입니까. 그저 한결같이 뻔—한 것인데요. 더구나 법률이 낮같이 밝은 이 시대에 이런 경우는 아마 경찰서에 가 물어보아도 그리 나를 그르다고는 아니 할 것입니다.

정수 아따 그야 옳거나 그르거나…… 아무리 경찰서 법이라 한들 이런 어려운 사람의 사정을 좀 보아주지 말라는 법은 또 어디 있겠소.

최태영 그러나 이것이 또 무슨 그런 경찰서 법률도 아닙니다. 그저 복덕방 규칙이지요.

정수 글쎄 나는 늙은 사람이 되어서 그런지 시체時體에 툭하면 "무슨 규칙 무슨 규칙"하는 그런 훌륭한 규칙도 잘 모르오만은…… 그리고 또 이것이 어디 복덕방 가승에게 부탁해 얻은 것이오?

최태영 허— 이런 딱한 말씀 보았나. 그것이 노인장이 점점 오해의 말씀이지요. 가승家僧이고 집주인이고 간에 이 세상에 선돈을 아니 받고 집세 놓는 사람은 어디 있으며 또 복덕방 소개가 아니란 말씀을 하니 말이지마는 이 집이 비어 있기는 이 겨울 접어들며 벌써 석 달째나 거저 비어 있기는 있었었소. 그래 사글세나 또 놓아 볼려고 벼르던 차에 일전에 누가 나없는 동안에 이 집 까닭으로 몇 번인지 찾아오기는 찾아왔더랍디다. 그러나 나에겐 이때껏 직접 대해 아무 말도 없었으니 댁에선 혹 그와 아무러한 사정이 있었다 하더라도 내 말 없이 집부터 들여놓은 그가 물론 큰 잘못이고……또 그가 나를 찾아왔다가 나는 만나 보지도 않고 그런 짓을 해놓았을 때는 아직 누군지는 모르나 필시 나와 매—우 친하기도 하던 사람일런지도 모르겠소. 그러나 제 아무리 친한 친구이기로 쇠뿔도 각각이고 염주도 몫몫이라고…… 나도 그리 과히 빽빽한 벽창호는 아니올시다만은…….

이씨 (애교있게) 참 퍽 너그러웁고 착한 양반이셔.

최태영 (간사한 어조로) 아—니 내가 무어 그리 썩 착한 사람도 되지는 못합니다마는 그저 이런 집이라고 몇 채 있으니까 그거나 가지고 선돈만 내는 자리면 어렵고 구차한 사람들에게 더러 빌리어 줄 뿐이지요. 이때껏 그리 자선사업을 한 일은 없으나 돈만 얼른 내면은 그리 더 길게 차리고 앉아서 지긋지긋이 조르는 그런 못된 성미를 가진 놈은 아니올시다.

정수 (일부러 꾸미는 어조로) 아무튼 이 세상에서는 더 볼 수 없는 갸—륵한 친구요.

최태영 네— 무얼 그리 너무 칭찬만 해주실 것도 아닙니다. 어떻든 시방 셋돈은 내셔야 하니까요.

정수 글쎄 시방은 돈이 없는 것을 어떻게 하오.

최태영 (목소리가 거칠어져서) 아—니 그럼 여보, 왜 셋돈도 없이 염치 좋게 남의 집에 와 들었습디까. 이건 누구에게 흑작질*로 떼쓰러 다니우 늙

* 흑책질. 교활한 수단을 써서 남의 일을 방해하는 짓.

은이가.

정수 글쎄 이 집을 내가 어디 얻어 들은거요?

최태영 이이가 정신이 있나 없나. 그럼 시방 이 집에 누가 들어 있단 말이오.

정수 글쎄 내 아들이 친구 발련으로……

최태영 여보 그런 쓸데없는 소린 말어요. 세상에 이런 흑작꾼의 일이 한두 가지가 아니니까 당신 말은 믿을 수도 없고 기다릴 수도 업소. 또…… 당신을 이사시켜 주었다는 그 사람이 이때껏 나도 안 만나볼 때는 …… 그만하면 다— 알조지 무어요. 온 이 세상에 믿을 놈이 어디 어디 있어? 당신도 그만 나이나 잡쉈으니 세상 풍정도 다—겪어 알 만하겠구려. 여태껏 조선사람들은 남만 의뢰하다 망했다는데 당신도 터럭이 저렇게 허—연 노인이 아직껏 누구를 좀 의뢰해가지고 더 살아 보랴드우?

정수 (한숨을 쉬며) 나는 이때껏 아무 죄도 없이 늙은 사람이오. 또 누구에게 의뢰라는 것도 그리해 본 일은 없겠지만 그만 작은 자식 하나 잘못 둔 탓으로 그 놈이 난봉을 피워서 이 지경이 되었소.

최태영 (정수의 앞으로 바싹 다가앉으며) 아—니 이건 또 자기의 잘못을 마저 작은아들에게다 의뢰를 하려드우.

정수 (떨리고 슬픈 어조로 가만히) 아가 너는 저 엄마한테로 가…….

가애 싫어.

이씨 그래라. 이리 내려온.

가애 (몸짓을 하며) 싫어. 나는 할아버지한테 얘기 들을 껄.

정수 얘기가 무슨 얘기야.

가애 왜 옛날 얘기.

정수 옛날 얘기도 그렇게 하나.

가애 그럼.

정수 이제 이따 아가가 잘 적에 할아버지가 천—천—히 생각해가며 하지.

가애 싫어. 이따가 안 잘걸. 눈썹 센다며······.

정수 온 이걸 어떻게 하노.

이씨 그래도 그러거든 이리 내려오라니까.

가애 나는 좀 싫어······ 그래 할아버지 그 임금님 어머니마저 죽었는데?

이씨 (힘없이) 어린 애도 참······.

정수 아따 가만 둬— (잠깐 있다가 떨리는 어조로) 그래서 그 임금님의 어머니가 죽은 뒤에도 그 몹쓸 거짓말 바람이 자꾸자꾸 솨—하고 불 적마다 모든 보물도 좌— 다 없어지고 나중에는 커—다란 대궐집마저 없어져서 집도 없이 거지가 된 임금님이 길거리로 이라—저리— 떠돌아다니게 되었단······다······. (힘없이 가슴에 무엇이 복받치는 듯)

가애 (입에 침이 없이) 아이 참—.

정수 그래서.

최태영 (분노한 음성으로 크게) 여보.

가애 (소스라쳐 놀라서) 엄마 — 응······. (정수의 무릎으로 엎드러질듯 덤빈다)

정수 왜 그래 응? 아가 놀랬니?

이씨 그러기에 내가 진작 이리 내려오라고 그랬지.

최태영 (잠깐 자기의 태도가 좀 무색함을 느끼면서) 아—니 여보. 오늘이 섣달 그믐이고 나도 바쁜 사람이요. 그래 남은 셋돈 달라고 옆에 앉았는데 당신은 어린애 재롱 보고 앉았소. 배포 유하게.

정수 아니 무슨 내가 배포가 유한 것이 아니라 셋돈 졸리는데 이 어린 것이야 무슨 죄란 말이요. 이 지긋지긋한 꼴을 이 철 모르는 어린 것의 눈에는 보여주고 싶지 않구료.

최태영 그러니 어여 셋돈을 내요.

이씨 여보서요.

희곡 167

정수 (기운없이) 글쎄 없는 돈을 어떻게 냅니까.

최태영 (추근추근) 그럼 왜 멀쩡하게 남의 집을 들었어요.

정수 온 이를 어쩐담. 잠깐만 기다려주오.

최태영 (얼른) 안 돼요.

정수 안 되면 어떻게 합니까.

최태영 돈을 내시우.

정수 온 이걸 어째. 목을 베면 피가 나지 마른 나물 꺾으면 무슨 수야…….

최태영 (어근목을 써서) 아—니 그래, 당신 아들을 정말 기다리면 또 무슨 수요.

정수 (힘없이) 돈을 가지고 올터이니까…….

최태영 (비꼬는 어조로) 흥 돈! 돈을 가지고 와요? 그럼 왜 입때 아니 들어오— 아직도 시간이 못 돼서 그러우? 시방은 밤이라 은행문도 닫혔어요. (혼잣말로) 담구멍을 뚫으러 다니나, 무슨 돈을 밤에 구하러 갔담. 이거 정말 흑작질 판이로군.

정수 (애걸하는 어조로) 아니 잠깐만 더 기다려주구려. 이제 곧 들어올 것이니까…….

최태영 (고개를 돌리며) 안 돼요. 돌아가신 우리 아버지가 다시 와서 말하더라도 할 수 없소. 어여 내슈.

이씨 여보셔요.

최태영 (새삼스럽게 딴전을 피우는 듯한 간사한 어조로) 네— 무슨 말씀 계셔요.

이씨 네— 사랑에서 들어올 동안까지만 잠깐 더 기다려주셔요.

최태영 댁에서 무슨 사랑 쓰셔요. 이 곁방살이가…….

이씨 (엄숙하고도 흥분된 어조로) 아—니 여보셔요. 살인죄수도 죽을 때에는 소원도 묻고 말미도 준다는데 그래 다— 같이 인정 쓰고 서로 사는 이 인간에서 그만 사정이야. 더구나 잠깐만 기다리면 돈을 곧 드린다는 걸. 그거야 아무리 도척이 같은 이 세상 인심이기로 못 듣겠다는 법이 어디 있습니까.

최태영 법이요? 내가 무슨 법률로 잘못한 것이 있어요?

이씨 (열에 뛰어) 내가 법이랬소. 법률이랬지. (용기가 차하여) 아니 참 법이랬지.

최태영 (픽 웃으며) 여보 법이 법률이지 무어요. (거칠고 크게) 그래 내가 무슨 법률 저촉된 일이 있습디까. 무엇을 잘못했기에…… 강도질을 했소, 사기취재를 했소, 응. 내가 법률 저촉된 것이 무엇이야.

이씨 (독기 있는 어조로) 이건 너무 심하구려. 괜히 생트집을 해 가지고.

최태영 (크게) 내가 무슨 트집을 했소.

이씨 (분노에 띤 거친 음성) 여보 여편네에게 이렇게 하는 법이 어디 있소.

최태영 (마저 크게) 왜 아낙네가 사내들 얘기하는데 참견은 무슨 참견이야.

이씨 (더 크게) 내 집안 일이니까 그렇지.

정수 (허둥지중) 얘— 아따 너는 가만히 좀 있거라. 여편네가 이런 데 참견하는 것이 아니야. 온 이게 무슨 모양…… (최태영의 손을 잡으며) 여보 우리 사내끼리는…… 이런 늙은이하고 얘기하는 것이 좋지.

최태영 참 나중엔 별 도깨비 같은 꼴을 다— 보겠네. (정수를 보고) 당신은 어떡할테요.

정수 (어리둥절해) 어떡하다니 무엇을 말이요.

최태영 무엇을? 돈 말이요 셋돈.

정수 글쎄 잠깐만…….

최태영 안 돼요. 시방으로 셋돈을 내고 이 방도 내놓아요. 인제 이 따위 꼴은 더 보기도 싫고……. (한 팔을 걷어 올린다. 무슨 시비나 하는 것처럼)

정수 또 방을 내 놓아라?

최태영 네— 시방으로 얼른 내 놓아요. 그리고…… 당신네가 이 집엘 온 지 며칠 됐소.

정수 아마 오늘까지 사흘째지.

최태영 사흘째. 그러면 셋돈은 얼마로 정하고 왔소.

정수 그건 모르지…….

최태영 여보 그건 모르다니. 정말 당신은 바지 저고리로만 사는구려. 그래 자기가 세든 집의 셋돈이 얼만 줄도 몰라?

정수 글쎄 그것은 그렇게 된 것이라니까……

최태영 (어이가 없는듯이) 그렇게 된 것이라니? 아무튼 당신하고 밤새도록 떠들어야 그 소리가 그 소리고 또 나도 덩달아 미친 놈만 되는 셈이니까 이제 그까짓 수작은 고만 둡시다.

정수 네—. 그러게 잠깐만 더 기다려주오.

최태영 아무튼 이 집을 전에 한 달에 오 원씩 세를 놓았으니까. 가만 있자…… 한 달 30일을 하고 오륙삼십이라. 엿새 동안에 일 원씩이니까 일 원을 반을 때리면 50전. 그러면 50전이 그 동안 사흘치 세전貰錢이요. 무어 이런 때라고 내가 무슨 흑심을 써서 한 푼인들 에누리해 없는 사람에게 더 받는 것은 아니요. 노랑돈 한 푼 더 붙이지 않고 내가 꼭 받을 돈만 또박또박 받는 것이니까 어서 50전만 내고 나가시요. 그 동안 일은 당신네가 좀 잘못 됐지만 아무튼 50전만 내고…… 또 아무리 없기로서니 설마 그거야 없겠소.

정수 그러나 아직은 그것도 없구려.

최태영 (큰 목소리로) 무엇, 그것도 없어. 아—니 그래 돈 한 푼도 없이 정말 도적놈의 배짱 먹고 여기 왔구려.

정수 여보 무슨 말을 그렇게 하오. 도적놈의 배짱이라니. 돈만 주면 고만이지.

최태영 그럼 돈을 어서 내요.

정수 글쎄 이따가 주어요.

최태영 무어 이따가 주어요? 여보 그런 말이 어디 있소. 이따가 주어? 무얼 이따가 주어.

정수 돈을 이따가 주어요.

최태영 돈을 이따가 주어? 왜 시방은 못 주고 이따가 주어. 참 괴상한 배짱이로군. 뻔뻔스럽게 이따가 준다.

정수 글쎄 내가 그까짓 것을 떼먹을 사람은 아니오. 이따가 줄 터인데 무얼…… 이 늙은 놈이 설마 거짓말 하겠소.

최태영 흥, 말은 좋지. 아무리 속 검은 놈이라도 말로야 아니 낸다는 수가 있나.

정수 사람을 너무 괄시를 마시오. 우리가 몹시 빈한은 하오마는 근본이 그리 상스러운 사람도 아니고 또 하다 못해 덮고 자는 이부자리를.

최태영 (영리하게) 아―니 내가 무어 그런 것을 집세로 차마 터 갈 사람도 아니오.

정수 글쎄. 무엇으로든지 고까진 50전쯤이야 설마 못 되겠소.

최태영 그럼 어서 돈을 내요. 고까진 50전이니.

정수 글쎄, 조금만 있으면 돼요.

최태영 흥, 조금만 있으면 돼? 그러면 돈은 아무 때 되더라도 좋으니……이따든지 내일이든지 생기거든 갚고 또 정―히 못생기거든 영영 고만 두더라도 시방으로 이 집이나 내어 놓으시오. 그것도 못하시겠소?

정수 …….

최태영 왜 대답이 없으시우. 집세 놓아먹는 영업자로서는 이 집 까닭에 대관계가 있으니까. 나도 당신네의 돈 없는 사정을 보아주는 것이니 당신네도 나의 사정을 좀 보아주어야지요. 안 그렇소? 이것은 내가 한 몫 늦구어 드리는 너그럽고 넉넉한 경우요. 안 그렇소.

정수 …….

최태영 어서 좀 그 경우를 대답하시오. 그렇게 하면 내가 무어 그르게 하는 것도 아니지요. 또 아무더러 물어보더라도 내가 섭섭치 않게 한 것이라 할 것이고…….

정수 글쎄 당신의 그 관대하고 고마운 처분은 감사하오만은 그러나 나도 또 당신의 돈을 떼여 먹고 가려는 사람은 아니니까 만일에 나가더라도 당신의 그 돈 50전은 갚고야 나가겠소.

최태영 (펄쩍 뛸듯) 그건 또 무슨 어림없는 경우야. 왜 나는 당신네에게 자선 사업만 해주는 사람인줄 아오? 돈도 안 내고 집도 안 내놓는다. 여보 그런 뱃심이 어디 있소. 돈은 그만 두더라도 집이나 어서 내어놓으라니까 그것마저……

이씨 (공손하게) 여보셔요, 그럼 시방이라도 돈을 드리면 받기는 받으시겠어요.

최태영 (간사하게) 암— 그야 주시기만 하면.

이씨 그럼 얼마나 드려야 할까요.

최태영 아따 우선 한 달치 5원만 주십시오 그려. 워낙은 두 달씩 선세를 받는 것이지만은…….

이씨 아니 시방 급한 형편으로 말씀하면.

최태영 아따 그럼 일 원만 주십시오 그려. 아주 엿새치로 잘라서…….

이씨 아니지요. 시방 서로 다투던 얘기는 50전 까닭이 아닙니까.

최태영 네— 그럼 50전 이라도 주시면…….

이씨 네— 그럼 있습니다. (50전 은화를 방바닥에 밀어놓는다)

최태영 (돈을 얼른 집으며) 네— 고맙습니다. 그럼 이제 이 자리의 경우는 이만 하면 끝이 났습니다. 괜—히 서로 얼굴만 붉혀서…… (일어나다가 방바닥을 만져 보며) 방에 불이나 잘 들이는지요. 이리 더운 데로 내려 앉으십시오. 그럼 갑니다. 이렇게 돈만 받으면 싹싹하게 가는 성미이니까요. (미닫이를 연다)

이씨 이제는 곧 나가지 않아도 괜찮습니까.

최태영 아무렴 별 말씀을 다ㅡ. 안녕히 계십시오. (미닫이를 닫고 간다)

정수 온 어쩌다 다 우리가 이 지경이 되었나…….

최태영 (미닫이를 열고) 잠깐 실례하겠습니다. 온 정신머리가…… 수대[*]를 거기 놓고 나왔어요. 좀 이리 집어 주십시요. 장ㅡ 집에서 하던 버릇으로…… (수대를 받아 옆에 끼며) 또 그리고 아무튼 올해는 이 집에서 보내셨습니다. 오늘이 섣달 그믐, 자정까지는 오늘이니까 조금 이따 자정까지 집에 가 기다리겠습니다. 다시 기별해 주십시오.

정수 네ㅡ 편히 가시오.

(최 퇴장, 이씨 아랫방으로 내려와 앉으며 길게 한숨을 쉰다)

정수 이런 제ㅡ기, 전에는 그믐날이면 묵은 세배꾼들이 득시글 득시글 들이미었더니 이제는 외상 사글세 방에서 빚쟁이 치르기에 늙은 뼉다귀가 다ㅡ 녹아. 에ㅡ이그 되지 못 한 부자놈들 보기 싫어 보기 싫어.

가애 할아버지, 부자가 나쁜 사람? 바람?

정수 아마 그렇지. 할아버지도 필연 나쁜 사람이던게지.

가애 그럼 순사가 잡아가게 나쁜 사람은.

정수 응. 그러나 아니지. 할아버지는 순검이 잡아가는 것이 아니라 아마 얼마 안 있으면 염라국 사자가 와서 잡아가거나 그 몹쓸 거짓말 바람이 솨ㅡ 하고 와서 무섭게 잡아가거나 할 터이지.

가애 할아버지 아까 그 옛날 얘기 마저해.

이씨 (무엇을 귀 여겨 들으며) 가만 있거라. 발자취 소리가 나는구나. 누가 또 아마 오나보다. 이제는 밖에서 무슨 소리가 자칫만 해도 가슴이 덜렁해서.

(김인식 등장)

---

[*] 手袋 : 손에 들고 다니는 작은 주머니.

희곡 173

이씨 어디 가 있다 이제 오우? 밤중까지.

인식 밤중은 무슨 밤중 아직 일곱 시 치고 네 시간밖에 안 됐는데.

이씨 이때껏 그렇게만 됐을까? 나는 그래도 열 점은 지났을 줄 알았지. 그 지겹게 조련질 당하던 동안에 한 시가 십 년만 같아서⋯⋯ 조금만 좀 더 일찍 오지요.

인식 왜.

이씨 왜가 다— 무엇이요. 그 집주인인가 하는 것이 와서 어찌 야료*를 하고 갔는지.

인식 옳지 참. 오늘 그 사람을 만났는데 집 임자를 일곱 번이나 그 동안 찾아 갔다가도 못 만났다나. 주인이 없어서 온 일도 공교롭게만 되니까⋯⋯ 아마 그 동안에 왔던 게로군. 그래 어떻게 됐어.

이씨 그 동안 봉변만 짓한 얘기는 이루 다— 말할 수도 없고⋯⋯ 간신히 그동안 사흘치로 50전을 변통해 주었으니까 아마 오늘 밤 자정까지는 이대로 사는 셈이지. 그래 저의 집에 가서 자정까지만 더 기다릴테니 다시 기별을 해달라고 참 기가 막혀⋯⋯ (애교있게 호소하는 듯이) 나하고 다 쌈을 했다우.

인식 (빙긋 웃으며) 흥 여편네가 쌈은—. (일어서며) 그럼 내가 지금 곧 그 사람을 다시 좀 가보아야겠군. 그 사람도 이때까지 나 돈 1원 얻어 주느라고 같이 돌아니다가 시방 막— 저녁 먹으러 집으로 갔는데.

이씨 저녁은 안 잡수?

인식 아따 저녁은⋯⋯. (일어선다) 시간이 너무 늦어서는 아니 되니까 그 사람하고 얼른 집주인한테 다녀와서 먹지. 그럼 그 동안에 (손에 쥐었던 돈을 보이며) 이 돈 1원 가지고 나가서 흰떡 50전어치만 하고 고기 50전어치만 사다 놓우. 그래도 그렇지 않어 노인 계신데. (돈을 이씨를 준다)

---

* 까닭 없이 트집을 잡고 함부로 떠들어 댐.

정수 얘— 나 그 떡국 싫다.

인식 그래도 섭섭하니까 그렇지요.

이씨 그런데 낼 아침 땔 나무도 한 알갱이 없이 똑 떨어졌으니 어떡하면 좋소. 그럼 고기는 30전 어치만 사고 나무를 20전 어칠 살까.

인식 아따 그것은 좋도록 하구려.

창밖에서 여보— 김인식씨, 김인식씨.

이씨 저를 어쩌우. 벌써 자정이 되었나.

창밖에서 김인식씨—

이씨 저게 아까 그 집주인의 목소리야.

창밖에서 김인식씨 계시오.

인식 (크게) 네— 나가오. (이씨를 보고) 응 저게 집주인이면 우선 봉변은 톡톡히 당했는데…….

이씨 아이 또 그 지긋지긋한 소릴…… 차라리 까마귀 소릴 듣는 것이 났지…… 아무거나 우선 이거라도 주어보냅시다 응.

인식 떡 사올 것은 어떻게 하고.

정수 얘— 나 그 떡국 싫다. 떡국이 아니라 욕국이지. 원수의 나이만 더 럭더럭 먹는 것.

인식 그럼 이렇게 하지 아까 50전은 주었다니까 시방 나가 아주 1원 머리로 50전만 더 주고 50전은 거슬러서 흰떡 30전어치, 고기 10전어치, 나무 10전어치 그렇게만 삽시다.

이씨 아무려나 좋도록 합시다 그려.

인식 (나가면서 크게) 50전 거스를 돈 있소.

창밖에서 있소.

(인식 퇴장)

정수 하루 두 끼 밥도 얻어 먹기가 어려운 사람이 꼴에 또 이면치레를 한다.

이씨 그러믄요. 아무튼 이런 곳에 살며는 내가 굶으면서도 저절로 배부른 척해야 됩니다그려.
(인식 등장)
인식 (입맛을 다시며) 응 꺼 참 1원 한 장을 온통으로 그만 올려 버렸지.
이씨 (놀라며) 무어요.
인식 (고소苦笑를 하며) 참 고나마 부지를 못 할라니까 별 일이 다— 많어…… 아이고 집주인 놈인 줄만 알고 나갔더니 가게쟁이*야 저 위 그 전에 살던 데의.
이씨 저런.
인식 그래 외상값이 꼭 4원50전인데 아마 5원짜릴 가지고 거스를 돈을 물은 줄 앗았다나. 그러니 돈 뵈고 아니 줄 수 있어야지. 온 그거 참 집쥔 놈에게 실컷 분풀이나 하고 50전쯤 내던져 줄려고 나간 노릇이 그만……음.
이씨 저런…… 그가 쥔 같으면 아직 안 갚아도 괜찮은 걸……접때 이사 오던 날 내가 사정 말을 했더니 아무튼 그럼 세歲 안으로 집이나 알러 한 번 가마고 그랬던 걸 그랬지.
인식 그래 "그것을 주어서 매우 고맙다"고 그러며 얼른 가던 걸.
정수 흥 사람이 서로 그 돈이라는 쇠 끝을 개도 아니 먹는 그 돈을 주고 받고 하는데 우스운 일 슬픈 일이 쏟아져 나온다. 참 괴이한 세상이야 아무튼 내가 그 지겨운 욕국을 안 먹게 된 것은 참 다행한 일이로군. 그러나 어떻든 이런 어려운 사람은 암만 무슨 분한 일에 알아도 돈을 가지고 어떻게 그 분풀이를 좀 해보려고 한대야 그건들 그리 만만하게 마음대로 썩 잘되는 것도 아닌게야.
인식 그러기에 가난한 사람은 가난한 사람의 딴 힘을 깨달아야 되겠습

---

* 가게를 벌여 장사하는 사람을 낮추어 부르는말.

니다. 부자가 든든한 복이 있는 건너편에는 가난한 사람의 앙세인* 힘도 있으니까. 한 놈은 덤비고 한 놈은 뻗설 때에 뚱뚱한 놈이 질는지 말라꽁이가 질는지 아무튼 부자가 가장 싫어하고 무서워하는 이도 가난뱅이들이니까요.

정수 아무튼 가난한 사람은 가난한 사람끼리만 모여 사는 것이 좋―지. (눈물을 지은다)

가애 할아버지 울우.

정수 아―니.

가애 그럼 왜 저렇게 눈물이 나우.

정수 (눈물을 씻으며 떨리는 목소리로 구슬프게) 응 이런 것은 이 할아비는 늙은이가 되어서 날만 조금 추워도 그저 눈물이 나지. 아니 그 거짓말 바람이 쏴―하고 불 적마다 이 늙은이의 눈물마저 뺏아서 가려고…….

가애 할아버지 참 그 옛날 얘기 마저 해.

정수 (한숨을 쉬고 가애의 머리를 쓰다듬으며) 응 하지. 하지 말고. 이제 다―해주지. 우리 아가를 신통한 아가를……. (우는 듯이 목이 메인다)

(잠깐 고요하다)

이씨 참 대문이나 잘 걸지요.

인식 (고개를 끄덕하며 힘없이) 응, 걸기는 단단히 걸어놓았어…….

가애 그런데 그 얘기를 무엇이라고 하다가 말았더라.

정수 옳지 참. 그런 말까지 했지…… 그래서 아가, 그 모진 바람이 또 한 번 쏴― 하고 불 적에 그만 그 임금님마저 귀여운 임금님마저 잃어버렸단다.

가애 저런 그럼 그 고운 때때댕기는?

정수 그것도 마저 하는 수 없이……. 그만―. (목이 메인다)

---

* 몸은 약하여 보여도 힘이 세고 다부지다.

가애 참 엄마 이제 나가 때때댕기 사 와.

정수 아니 아니 그것도 마저 우리 아가 때때댕기도 그만 그 몹쓸 바람이 지겹게 지겹게 잡아먹어 버렸단다. (운다)

가애 (몸부림을 하며) 안 돼. 난 몰라 난 몰라. 어서 가 찾아 와…….

인식 (큰 소리로) 가만 있어. (이씨를 보고) 그럼 어떡하나 밤도 늦었는데…….

이씨 (무슨 말인지 몰라 어리둥절하다가 힘없이) 글쎄요…….

인식 (부시시 일어나 정수에게 공손히 절을 한다)

이씨 (정수에게 절하고 나서) 아버님 새해는…….

정수 글쎄 새해에는 어서 죽을 꿈이나 꾸었으면.

이씨 가애야 너도 이제 이런 걸 해 버릇해야지. 어서 일어나 절해라. 묵은 세배로 할아버님께.

정수 (손을 저으며) 아니 아서라. 그 따위의 짓은 지각없는 어른들이나 하는 것이지. 우리 착한 아가야. 그까짓 쓸데없는 짓을 무엇하러…….

(밖에서 멀리 최태영의 '이리 오너라' 하는 소리)

이씨 (놀라며) 저게 정말 집주인이야 벌써 자정이 됐는게지?

인식 (가만한 목소리로 또 급히) 가, 가, 가만히 있어…….

(인식과 이씨는 허둥지둥 부산히 서로 눈짓 손짓으로 반짓그릇 화로 기타 방에 늘어놓인 기구를 되는대로 윗방으로 옮기어 놓는다. 무슨 폭풍우를 상징하는 듯한 광경, 정수와 가애는 물끄러미 그것을 볼 뿐, 인식은 방 안을 휘휘 둘러보고 등잔불을 입으로 불어 끈다. 무대 암흑 밖에서는 어지러운 바람 소리에 섞여 거칠게 부르는 집주인의 목소리는 매우 분노에 띠인 듯 발구르는 소리 문 두드리는 소리가 한참이나 나다가 그친다)

정수 (어둡고 고요한 속에서) 이것이 우리집의 섣달 그믐이다……

(방 안에서는 여러 사람의 웃음 소리가 한꺼번에 우렁차게 또 무섭게 일어난다.)

―《불교》 56호(1929년 2월).

출가

인물

실달태자悉達太子 : 가비라성의 왕자

정반왕淨飯王 : 부왕

파사파제부인波闍波提夫人 : 태자의 이모이며 유모

야수타라비耶輸陀羅妃 : 태자비

기사고—다미 : 노래 잘하는 소녀

행자行者

병노인病老人

병걸인病乞人, 걸남녀乞男女, 고행자苦行者, 궁녀, 전도前導, 시종, 시위갑사侍衛甲士, 갑사甲士, 가희歌姬, 무희舞姬, 나취수喇吹手, 요발수鐃鈸手, 소고小鼓잡이 어릿광대, 여악사, 기타 궁속宮屬 등 다수

장소

인도 가비라

시대

상고上古 (거금 2945년 전, 혹 2483년 전)

서분序分

1

장場 : 가비라성 북문 외

시時 : 늦은 봄 정오

경景 : 시원스럽게 열어 놓은 성문 안으로 왕궁과 민가, 다보탑, 기타 건축물이 즐비하게 들여다 보인다. 성문 밖 우편에는 화말花末과 노방석路傍石이 있고 좌편에는 야자와 종려수가 서있다. 성문 서측에는 무장갑사武裝甲士가 철우鐵偶와 같이 양인兩人이 대립하여 수위하고 걸인 남녀와 소아 등 7, 8인은 성벽과 노방석을 등지고 앉아서 죽은 듯 조는 듯 모두가 무상한 생의 권태를 저절로 느끼어 보이는 정경이다. 음울하고도 소조蕭條한 배광配光과 음악.

(행자行者 1인이 몸에는 칡빛의 큰 옷을 입고 손에는 바리때를 들고 우편에서 유유하게 등장하여 졸고 있는 걸인들을 유심히 한 번 둘러보더니 무엇을 느꼈는 듯 무엇을 애상하는 듯 이윽히 섰다가 다시 고요히 점두*하면서 종려나무 그늘로 조용히 들어선다)

걸인 갑 (걸인을을 툭 치며) 이 사람 왜 이리 졸고만 앉았나. 또 부지런히 돌아다니며 동냥이라도 해야지 모진 목숨이 그래도 얻어먹고 살지 않나.

걸인 을 (졸음을 게을리 깨이는 듯) 흥 그 사람 걱정도 성화야. 그래 우리 같은 거러지들이야 무슨 생애가 그리 바빠서 경을 치게 글쎄 그놈의 부지런을 피어…… 때마침 봄철이라 사지는 노작지근하고…… (기지개를 켜며 하품) 어 참 몹시도 곤한 걸. (다시 졸기 시작)

---

*點頭 : 승낙하거나 옳다는 뜻으로 머리를 약간 끄덕임.

걸인 병 그야 암 그렇지. 그렇구 말고. 하루 한때 제대로 끼니나 어떻게 얻어 먹으면 우리네 살림살이가 차라리 낫지. 안 할 말로 이 나라 상감님은 아무 걱정도 없으신 줄 아나. 아무튼 이 세상이란 천석꾼이 부자는 천석만한 걱정도 있고 만석꾼이 장자라도 만석만한 근심이 있겠지마는 우리 같은 인생이야 그야말로 만사가 천하태평이지 무얼.

걸인 갑 (보따리를 들고 벌떡 일어서며) 망할 날도적 녀석들. 뱃심이 땅두꺼비야. 그래 남의 집 개밥 구유에다 밥줄을 걸어놓고 덤비는 자식들이 겨우 만사가 무슨 천하태평이야?

맹노인老人 아무튼 먹지 않으면 죽는 인생! 그야말로 목구녕이 원수다. 굶고야 살 수 있나. 그나마도 내 천량 없으니 남의 손에 맡겨 놓은 목숨! 집집마다 문전에 개만 짖고 구박에 천대로 죽도 사도 못하는 괴로운 팔자…… 오늘 저녁도 다행이 일수나 좋아야 손쉽게 어느 거룩한 댁 대문간에서 얻은 누룽지에 접시굽이라도 하게 될는지! 오라는 데는 없어도 갈 데는 많은 이 신세…….

여걸인 갑 하기는 이런 때 마침 가락으로 어느 거룩하고 선심 있는 부자나 한 분 지나갔으면, 아픈 다리품이나 좀 덜 팔게.

걸인 병 흥 그런 입에 맞는 떡이 때맞춰 있으면야 그야말로 허리띠 끌러놓고 누워 먹을 팔자이게.

여걸인 을 (무심히 좌편을 바라보다가) 응 정말 저기 누가 오는데요. 정말 훌륭한 옷을 입고…….

걸인 병 참! 얘 이게 어쩐 호박이냐. 정말 됐다 됐어. 저이가 이 가비라성에서는 제일가는 장자래.

걸인 갑 흥 이자식아 괜히 서둘지 말어. 되긴 무슨 얼어죽는게 돼? 저게 누군줄 알고 그래. 노랑이야. 돼지 굴돼지. 더구나 행자行者 옷을 차려입고 사냥다니는 사라문紗羅門이야.

맹노인 왜 행자옷을 입고 사냥을 다닐까.

걸인 갑 아따 수도행자들은 자비스러운 계행戒行을 지키느라고 도무지 살생을 하지 않으니까 모든 짐승들이 행자를 보고는 달아나지 않거든요.

맹노인 오라 그러렸다. 달아나지 않는 그 놈을 모두 때려잡자는 말이지. 딴은 꾀가 됐어.

걸인 갑 그래 모두 그 따위 수단으로 남의 재물을 함부로 빼앗다시피해서 긁어 모은 구두쇠야 구두쇠.

걸인 을 그러나 제가 한 번 이리만 오면야 그야말로 기어든 범이요 입에 든 떡인데. 왜 애써 놓쳐 보낼 까닭이 있나. 아무튼 모두 들이덤벼서 한바탕 좁혀 보세나 그려.

일동 그렇지. 좋다 좋아.

걸인 갑 쉬— 온다. 와.

(일동은 모두 기갈이 적심籍甚할 형용을 꾸미고 있다. 한 장자가 종복從僕 2인을 데리고 좌편에서 등장, 그 뒤에 남녀 병신 거지 6, 7인이 쫓아오며 조르고 떼를 쓴다)

병걸인 갑 그저 한 푼만 적선하십쇼.

장자 허 이거 너무도 성가시럽군. (종복을 돌아보며) 여봐라. 이 놈들을 모두 휘몰아 쫓아버려라.

병걸인 을 무어 휘몰아 쫓아버려라? 이건 사람을 사뭇…….

병걸인 병 아니 그래 당신 눈에는 사람이 모두 개나 돼지새끼로만 보이오. 함부로 휘몰아 쫓게.

종복 갑,을 이놈들아 저리 가 저리 비켜.

병걸인 갑 (장자의 앞을 막아서며) 우리는 좀 못 가겠소. 하루에 죽 한 모금도 채 못 얻어먹은 병신 거지들이야요.

병걸인 여 그저 할 수 없는 병신 불쌍한 거지들이올시다. 제발 덕분 한 푼만 적선하십쇼.

일동 그저 한 푼만 적선하십쇼.

장자 한 푼만 적선? 단 한 푼! 아따 그래라. 어 참 지독한 아토餓兎들…… 어찌도 지긋지긋이 쫓아다니며 조르는지. (돈 한 푼을 꺼내던지며) 옛다. 이만하면 적선이겠지.

병걸인 갑 (땅에 떨어진 돈을 얼른 주워 갖고 다시 손을 내어밀며) 모두 이것뿐입니까.

장자 그럼 한 푼 주었는데 또 무슨 적선…… 이제 그저 저리들 물러가거라.

병걸인 갑 아니올시다. 여러 주린 목숨들이 그래도 거룩하신 덕분에 죽 한 모금씩이라도 얻어 넘기게 돼야 쓰지 않겠습니까. 이걸 가지고야 어떻게 무엇으로 입에 한 번 풀칠인들 할 수 있겠습니까. 이 단 한 푼을 가지고는…… 그저 제발 덕분 모두 한 푼씩만 돌려 적선하십쇼.

일동 그저 한 푼만 적선하십쇼.

장자 허 이거 오늘 실없이 나섰다 정말 봉변이로군.

병걸인 갑 그저 한 푼씩만 던져주시면 적선이십죠. 봉변이란 말씀이 무슨 말씀이십니까.

장자 이놈들아 그래 온 적선이란 것도 분수가 있지.

병걸인 갑 장자님께서 그까짓 몇 푼 적선하시는데 무슨 분수가 있사오리까. 그저 거룩하신 선심으로 몇 푼만 더 아끼지 마시면 되실 것을…….

장자 안 돼 안 돼. 난 몰라. 이놈들 사뭇 도적놈들이지…… 그래 온 참. (종복을 보며) 애들아 어서 가자 가. 이놈들을 가리다가는 큰 일 나겠다.

일동 그저 몇 푼만 적선하십쇼.

(장자가 앞을 서고 종복들은 쫓아오는 병걸인病乞人들을 막으며 가까스로 무대 중앙에까지 이르렀을 적에 아까부터 기대고 앉았던 걸인들이 모두 일어나 장자의 앞길을 막아 주죽 늘어선다)

걸인 갑 부자님, 장자님. 쌀이나 돈이나, 돈이나 쌀이나 그저 무엇이든 되는 대로 던져 주십쇼. 어제 오늘 밥 한 술, 죽 한 모금 못 얻어먹고 모두 거리에 쓰러져 있는 불쌍한 거지들이올시다.

장자 무어 밥도 죽도 먹지 않았어? 그럼 어서들 떡을 먹어라. 무릇한 떡을.

여걸인 갑 그저 거룩하신 덕분으로 주려죽는 목숨들을 정말 좀 살려줍소사.

걸인 을 그저 적선하십쇼.

일동 한 푼만 적선하십쇼.

장자 흥 무어 여기서도 또 한 푼! 아니 그래 앞에도 거지떼 뒤에도 거지패. 이거 원 참 점잖은 사람은 못 나다닐 세상이로군. 골목길로 숨어다니나 큰 행길로 나서다니나 수많은 깍쟁이떼가 궁둥이를 주울주울 쫓아다니며 "그저 돈 한 푼만 적선하십쇼"하며 까닭없이 적선만 하다가 성가시럽게 졸라만 대니…… 이거 온 이놈들 등살에 빚걷이 한 푼 할 수가 있나. 밥 한 술 편히 앉아 먹을 틈이 있나. 이러다가는 그예 생사람이 그만 사뭇 말라죽겠는걸. (종복들을 돌아보며) 얘들아 바짝 다가서서 빨리 가자.

(종복갑은 장자 뒤의 거지들을 팔로 막아 물리치고 종복을은 장자 앞에 서서 길을 헤쳐 트인다)

종복 갑을 이놈들아 물러서 물러서래도…… 비켜 물렀거라.

일동 (기세를 합하여 부르짖으며 지껄인다) 부자님 장자님 적선합쇼. 배고픈 거러지 적선 좀 합쇼.

장자 (어찌할 수가 없는 듯) 얘들아, 너희들은 참으로 딱하고도 미욱한 놈들이로다. 내가 아까 그렇게 한 푼을 적선까지 하였는데 종시 찰거머리 모양으로 떨어지지 아니 하고 이렇게 다니고 조르기만 하니…… 아무튼 시방은 도무지 적선할 돈이 없고…… 또 갈 길이 몹시 바쁘니 제발 덕분에 물러서 좀 다오. 정말 진정으로 너희들에게 사정이다 애걸이다.

일동 흥 사정! 애걸! 정말 한 푼만 적선하고 어서 가십쇼.

장자 온 이거 어떡하노.

맹노인 (한 손으로는 어린 소녀의 손을 이끌고 한 손으로는 지팡이를 잡아 더듬어 짚고 장자 앞으로 나아가 장자의 옷소매를 잡고) 시방 장자님께옵서 "사정이다 애걸이다"하시며 자꾸 사정의 말씀만 하시니…… 그러나 정말 그 진정으로 사정하올 말씀은 이 늙고 앞 못 보는 거지놈에게서 들어 좀 보옵소서. 보시다시피 이 놈은 앞 못 보는 늙은 병신, 슬하에 다만 한낱 자식이 있다가 연전 구살난拘薩難 전쟁에 나아가 살에 맞아 죽어 없어지고 인제는 의지가지 없는 몸. 어느 곳 부칠 데 없어 떠돌아다니는 한 아비와 손주! 외롭고 굶주리며 죽지 못 해 헤매이는 불쌍한 두 목숨! 제발 덕분 몇 푼만 적선하십쇼.

(장자는 얼굴을 찌푸리고 아무 말 없이 팔을 들어 휘뿌리니 노인과 소아小兒는 땅에 엎어져 소아는 노인을 껴안고 운다. 일동은 격분하여 뒤떠든다)

일동 저런 나쁜 놈…… 무지한 놈…… 사람을 막 때린다…… 병신 노인을 막 친다…… 그 자식 짓모아라…… 때려죽이자……. (장자에게로 들이덤빈다)

전도 갑,을 (일동의 야료함을 보고 급히 덤비어 떼어 헤치며) 왜 이래…… 이게 무슨 짓들이야.

여걸인 갑 저 무지한 이가 앞 못보는 노인을 막 쳐요.

걸인 갑 동냥은 안 주고 쪽박만 깨트린다고…… 나 온 참 별꼴 다 보겠네.

일동 그래 부자놈은 인정도 없나.

전도 갑 (일동을 제지하며) 쉬— 떠들지 말어. (장자의 위아래를 훑어보며) 보아하니 점잖은 체통에 이게 온 무슨 꼴이요. 어서 있는대로 몇 푼씩 보시布施하고 가시오.

장자 (얼굴을 찌푸리고 입맛을 다시며) 흥 시속 인심이 그만 나날이 달라져서…… 도적놈들…… 온 언뜻하면 이런 봉변이야. (돈을 한 움큼 꺼내어 흩뿌린다)

일동 으아―. (소리를 치며 줍는다)
(장자 종복을 데리고 쫓기듯이 우편으로 바삐 퇴장)
걸인 갑 모두들 몇 푼씩이나 주웠나?
병걸인 갑 (손바닥의 돈을 헤며) 잘 해야 한 사람 앞에 너더댓닢 꼴이니
…….
걸인 병 (장자가 달아나던 곳을 바라보며) 그놈의 자식이 돈 유세만 하고 함부로 버르장이를 피우고 다니는 모양인데…… 기왕이면 흠뻑 좀 더 짜 줄 걸 그랬지.
일동 하하하 그것도 그래…… 그것 좋지…… 그럴걸 그랬지…… 그럼 시방이라도 쫓아가서…… 아주 요절을 내세…….
전도 갑 쉬― 떠들지 말고 이제 그만 저리 딴 데로들 가거라. 오늘은 우리 동궁 마마께옵서 4대문 밖으로 유산행차遊散行次를 나옵시는 날이니 너희들은 이제 그만 조용조용히 물러가거라. 상감마마께옵서 특별 분부도 계옵셨고 또 이렇게 모처럼 나옵시는 행차역략行次歷略에 혹시나 이런 거러지 병신들이 길을 범하면 못 쓸 터이니까…… 어서어서. (걸인들의 행구行具를 모두 집어준다)
걸인 갑 (놀라면서도 또 기쁜 듯이) 네―? 동궁마마께옵서요! 그러면 저희들도 거동구경이나 좀 합지요. 저리 한 옆에 가만히 숨어서서…….
전도 을 (일동을 향하여 고개를 험하게 내저으며) 안 돼 안 돼. (걸인을 발로 툭툭 차며) 어서어서 빨리빨리.
걸인 병 (일동을 돌아보며) 이 사람들 가세 가. (전도前導 갑과 을을 노려보며) 가라면 가지요. 그래 우리같이 천한 놈들은 거동 구경도 못하라는 법이 어디 있나요. (그러면서도 두려운 듯이 뒤를 슬금슬금 돌아보며 우편으로 퇴장)
전도 갑 옳지, 어서들 가거라.
(걸인 일동 우편으로 퇴장)

전도 갑 (걸인들이 퇴장하는 것을 보고 사방을 다시 휘둘러 살피며) 인제는 더러운 것들을 거진 다 치워놓은 셈이지.
전도 을 그럼 이제 아마 행차가 이리로 납실 때도 거의 되었으니 그만 저리로 또 가보세.
(전도 갑,을은 우편으로 퇴장. 행자가 조용히 종려수 그늘에서 나온다)
행자 (탄식이 섞인 웃음) 허허허 이것이 이른바 수라도修羅道며 축생도畜生道며 아토餓兔며 지옥의 현출이로다. 생업에 쪼들리며 아무 여념이 없는 인간도人間道! 탐욕과 진에瞋恚와 우치愚癡! 삼독三毒의 그 뿌리가 이미 짙었거니 백팔의 그 번뇌를 어찌나 다 ― 사를고. (우편으로 천천히 퇴장하면서) "삼계열뇌 유여화택 기인엄류 감수장고 욕면윤회 막약구불(三界熱惱 猶如火宅 基忍淹留 甘受長苦 欲免輪廻 莫若求佛)"(求求 읊조리는 소리가 차차로 멀어진다)
―조명이 점점 어두워지며 천천히 막幕―

2

막간 1분 후 막이 열린다. 그 동안 객석 조명은 어두운 채 고요한 음악에 싸여 범패梵唄 소리가 멀리서 은은히 들릴 뿐. 배광配光이 점차로 밝아지는데 신비스럽고도 황홀한 정경, 무대는 잠깐 공허.
(걸인 갑 우편에서 가만히 등장)

걸인 갑 (중얼거리며 좌편으로 가서 두리번두리번 기웃거리다가 도로 중앙에 가 서며) 그래 거지는 거동 구경도 못 하라는 법이 어디 있담. 흥 저희들이 암만 그렇게 못 보게 해도 난 그예 좀 보고야 말 걸. (우편을 향하여 어서 오라는 듯이 손짓)
(걸인 을과 병 조심스러이 우편에서 등장)
걸인 을 그런데 태자님께서 어떻게 잘 나셨기에 그렇게 거룩하시고 놀라우실까.

걸인 병 하기는 소문에도 열여덟 해 전엔가 사월 팔일에 태자께서 탄생하셨을 제 상相 잘 보기로 유명한 아사타阿私陀 선인이 태자님의 상을 보고 무선 유성왕輪聖王이라던가 하는 어른의 상호相好를 갖추었으니 석가 왕실과 우리 가비라 나라를 위하여 크게 경사로운 일이라고 무수히 치하를 하더라는데.

걸인 갑 그래 아사타 선인이 너무 기뻐서 눈물을 다 흘리더라고 하지 않던가.

걸인 병 글쎄 그러니 우리들은 비록 팔자가 기박하여 이렇게 거지꼴로 이 세상에 태어났으나마 그래도 그렇게 훌륭하시다는 태자님의 얼굴을 눈결에라도 한 번 뵙기나 해야 그래 그야말로 세상에 났었더란 보람도 있고…… 또 죽어서 저승에 가서라도 한 마디 자랑삼아 얘기해 볼 것이나 있지. 아무튼 시방 요행으로 뵈올 수 있으면 좋고 또 저엉 그렇지도 못하다면 이 자리에서 금방 맞아 죽기 밖에 더 할라고.

걸인 갑 (주먹을 쥐고) 암만해 봐라. 내 그예 좀 보고야 말 걸.

걸인 을 (걸인 갑과 동시에 주먹을 쥐고) 아무렴 그렇구 말구. 그렇다 뿐인가.

(우편에서 사람들이 오는 자취)

걸인 병 (우편을 쳐다보다가) 에크 그 자식들이 또 오네. 제기자[*] 제겨. 괜히 거동 구경은 하지도 못하고 생목숨만 구치면[**] 무얼 하나. 어서 제기세. 제겨. (허둥지둥 좌편으로 퇴장)

(걸인 갑과 을은 어리둥절해서 걸인병을 따라 퇴장. 전도 갑과 을, 우편에서 등장하여 사방을 둘러보고 아무 이상도 없다는 듯이 안심하는 표정으로 성문 안으로 퇴장. 병노인이 좌편에서 등장. 그의 용태는 너무도 늙음에 압박이 되어 극

---

[*] 제기다 : 있던 자리에서 빠져 달아나다. 발끝으로 다니다.
[**] 구치다 : 언짢게 하다.

도로 쇠약하였다. 팔다리는 병고에 시달리어 참새다리같이 시꺼멓게 몹시도 파리해 말랐는데 허리는 굽어 땅에 닿을 듯 지팡이에 의지하여 걸음 배우는 아이처럼 한 걸음 또 한 걸음 발자욱을 어렵게 떼어 놓되 죽을 힘을 다 쓰는 듯 걸음마다 헐떡거리고 한숨을 쉬다가 힘없이 쓰러진다. 머리털은 모자라서 재몽당비같고 얼굴은 주름살이 잡혀 우굴쭈굴하고 가는 모가지 힘없이 뼈만 남은 가슴에 숙여져 있다. 전도갑과 을이 성문 안에서 황급히 등장)

　전도 갑 이건 뭐야.
　전도 을 어디를 가?
　노인 (멍하니 좌편을 바라보며 그리로 가려는 듯)
　전도 갑 (노인을 잡아 일으키며) 어디로 가요.
　전도 을 어서 가요. 어서 가. 여기가 어딘 줄 알고…… 시방 존엄하옵신 행차가 이리로 납시니 어서 빨리 저리로 가요.
　노인 (간신히 일어나 한 걸음 걷다가 힘없이 쓰러진다)
　전도 갑,을 (몹시 조급한 듯) 이거 온 큰 일 났군.
　전도 갑 행계行啓하옵시는 통로에 수상한 잡인은 얼른대지도 못하도록 엄중히 신칙申勅하랍시는 대전랍 분부가 계셨는데…….
　(태자가 종자從者들에게 시위되어 성 중앙 정문으로 등장)
　시종 갑을 (엄숙한 경필警蹕 소리) 쉬—.
　(전도 갑과 을은 움찔하여 몸으로 노인을 가리며 애쓰며 국궁鞠躬한다)
　태자 (노인을 주시한다. 너무도 유심하게)
　(전도 갑과 을은 몹시 전율한다)
　노인 (지팡이를 짚고 간신히 일어나 국궁하는 듯 무엇을 애원하는 듯 손을 들어 합장한 채로 우편을 가리키며 입은 움직여도 말은 들리지 않고 고개짓만 억지로 하고 있다)
　태자 이것이 어찌된 일인고. 무슨 뜻인지 빨리 이르렸다.
　시종 중中 빨리 아뢰어라.

(노인은 여전히 그 모양뿐 전도갑과 을은 황공 초조하다 못하여 복지돈수伏地頓首한다)

전도 갑 네 그저 황공하옵나이다. 저희들이 그만 그저 죽을 때라 잘못되었소이다. 저희들이 미욱하고 불회하와 이렇게 늙고 더러운 것으로 행계하옵시는 통로에 범예犯穢케 되었사오니 그저 저희들을 죽여주옵소서.

(무수돈수無數頓首)

시종 갑 고얀지고. 옥가玉駕가 지척에 계옵신데 누추한 저것이 무슨 꼴인고.

시종 을 (무서운 눈초리로 전도를 노려보며) 저 더러운 것을 빨리 물리치렸다.

태자 아니 아서라. 그런데 저 사람은 어째서 저렇게……. (매우 의아한 듯)

전도 갑,을 (노인을 끌어내며) 이놈의 늙은이 어서 어서 가…….

태자 (손을 들어 만류하며) 아니 아서라. 그대로 두라. (노인의 앞으로 걸음을 옮기며 측은한 듯이 한참이나 유심히 보다가) 너는 어찌하여 이와 같이 되었는고.

노인 (가슴을 진정하는 듯 침묵, 잠깐 고요히 신음하는 소리로) 네 그저 이 늙은 놈도 옛날 젊었을 때에는……. (가엾은 한숨)

태자 (넌지시 점두點頭) 너도 나와 같이 젊었을 때가 있었던가.

노인 네— 아뢰옵기 황송하오나 이놈도 옛날에는 든든하고도 향기로운 청춘이…… 꽃답게 산다는 기쁨이…… 있었더랍니다. (괴로운 한숨)

태자 그런데.

노인 그렇더니만 이제는 그만 그 모든 것이 꿈과 같이 다 사라지고……. (헐떡거리며 다리가 떨려 넘어지려 한다)

태자 (동정에 넘치는 듯 노인의 팔을 얼른 잡아준다)

(전도 갑과 을이 황급히 노인을 부축해 준다. 시종 일동도 모두 황급한 동작)

노인 (근근히 다시 정신을 차려서) 그러나 그러나 시방은 그만 늙고 병들어서……죽……죽어가는 인생이올시다. (잠깐 신음하다가) 응……응……
그런데 당신께옵서는 어느 댁 존귀하신 서방님이시온지……요.
　시종갑　황공하옵게도 여기 계옵신 이 어른은 우리 가비라국의 동궁마
마이신 줄로 알라.
　노인　네—? (너무도 감격해하는 음성으로) 오— 우리 태자님…… 태자님
…….
　(운다)
　태자　어—너무도 가령참혹可怜惨酷한 정상情相이로다. 여봐라. 그러면 나
의 힘으로써도 너의 저렇게 늙고 병들고 죽어가는 그것을 구해낼 수가
없을까? 혼돈이 조화된 아름다운 생활을 다시 할 수가 없을까? (구슬 목
도리를 끌러주며) 이것을 받으라.
　노인　태자님…… (손을 흔들어 주는 것을 도로 사양하며) 아니올시다. 황공
하오나 늙고 병들어 죽어가는 이 백골에게 그렇게 좋은 보물인들 무슨
소용이 있사오니까. 그저…… 감격하옵신 은택으로…… 한 마디 말씀
을…… 죽어가는 이 늙은 놈의 마지막 사뢰는 한 마디 말씀이나 들어주
옵소서. (합장하고 애원하는 듯)
　태자　무슨 말인지 자세히 들을 터이니 아무쪼록 다 이르라.
　노인　(정신을 가다듬는 듯) 다른 말씀이 아니오라…… 사람이란 것은 제
비록 아무러한 생활을 할지라도 결국에는 늙음이 찾아오고야 마는 것이
올시다.
　태자　그러면 나도 그대처럼 저렇게 늙을 것인가.
　노인　(점점 숨찬 호흡) 아무렴…… 누구든지 이 세상으로…… 육체의 몸
을 받아 난 이는 존비와 귀천이 없이 모두 늙음의 고통을 면할 수 없삽나
이다. 건전한 자에게나…… 병들은 자에게나…… 다 같이 한 시각이 지
나갈 적마다 늙음의 나라로 한 걸음씩 한 걸음씩 차차 올가미 지워가는
것이올시다. 그것이 이른바 사람의 말로올시다…… 주야를 가리지 않고

누워 잘 때나 깨었을 때나 행복스러울 때나 또 불행할 때나 시시각각으로 간단없이 늙음의 짐은 더욱더욱 무거워만 가는 것이올시다. (괴로운 호흡)

태자 늙으면 저렇게 괴로운가.

노인 (점두點頭) 네—그저…… 병들기 전에 또 죽음에 붙들리어 가는 목숨을 빼앗기기 전에는 제 아무리 어떠한 사람일지라도 늙음의 괴로운 비애를 맛보지 않을 수 없삽나이다. 만일 이 세상에서 오래 산다면 오래 살수록 그 사람은 오래 산 그 벌로 말미암아서 허리가 땅으로 차차 가까이 구부러져 필경에 땅 위에 꾸물거리는 버러지와 같이 되고 마는 것이올시다. 그리고…… 그 늙음 뒤에는 병이…… 병 뒤에는 죽음이 그만 닥쳐와서…… 으응…… (기절하다가 다시 살아나서) 응…… 인간의 육체는…… 그만 더럽게도 썩어서 흙으로 돌아가고 마는 것이올시다. (비실거리며 떨고 섰다가 힘없이 쓰러져 가벼운 경련을 일으키며 게거품을 흘린다)

태자 이는 또 어쩐 일인고.

시종 갑 아마 병으로 저리 괴로워하는가 합니다.

태자 병으로도? 그럼 나도 필경에는 저와 같이 병이 들고 말 것이냐.

시종 갑 아뢰옵기 황공하오나 지수화풍地水火風 사대四大가 화합하였던 인연을 한 번 잃게 되오면 어떠한 사람이든지 병고에 걸리어 아픈 신음을 많이 하지 못 할 줄로 아뢰옵나이다.

(노인이 죽는다. 일동은 놀라는 듯 시선을 모두 시체 위에 집중한다)

태자 (회의적 우울과 경이에 싸여 긴장한 표정으로 시체를 응시하고 있다가) 또 이것은?

시종 갑 젓사오나 이것이 이른바 죽음이로소이다.

태자 죽음! 죽음! (외면을 하고 한참이나 먼 산을 바라보다가 다시 고개를 돌리어 시체를 주시한다)

(장면의 공기는 점차로 엄숙하게 긴장)

태자 (애련해 하는 표정으로 노인의 우수右手를 만져 보며) 이것이 정말 아무러한 사람이라도 면할 수 없는 것일까.

　시종 갑 아뢰옵기 황공하오나 이 세상에 목숨을 받아 태어난 자는 우리 사람뿐만이 아니오라 일체 생물은 모두 났다가 늙고 병들어 죽어버리는 것이오매 남자나 여자나 제 아무리 지혜롭고 존귀하고 감미롭고 아름다운 이일지라도 짧으나마 꽃다웁다는 그 청춘이 한 번 지나만 가오면 반드시 기력은 쇠약해지고 육체는 무되게 늙어 병이 드는 것이 이치라 하오며 온 세계에서 제일 최상의 큰 힘을 가지고도 여기에는 항거할 수 없사와 필경에는 무서운 죽음에게 생명이란 그것을 바치지 아니치 못하나이다.

　태자 죽음! 그럼 죽는 인간은 어찌나 되는 것인고.

　시종 갑 사람의 몸뚱이가 한 번 죽어 쓰러지오면 흙과 재로 변하여 버린다 하옵니다. 이 세상에 살아 있다는 모든 생물은 하나도 빠지지 못하고 모두 죽음의 나라로 들어가버리오며 또 전하께옵서 시방 친히 보옵시는 이 천지간의 일체 만물은 모두 멸해버리고 마는 것이올시다. 천하만고에 신神 잘 하고도 장엄하다는 저기 저 히말라야 설산雪山까지라도요…… (객석 쪽에 설산이 있는 곳을 손으로 가리킨다) 이것이 세상에 정해진 어찌할 수 없는 운명이로소이다.

　태자 (고민 장태식*) 아— 너무도 슬프고녀. 안타까운 청춘! 애욕과 환락 뒤에 너무 빨리 오는 비애와 죽음! 어허 이 세상은 공허로다. 단지 공허에 불과하도다. 이 몸 한 번 죽어지면 재가 되고 흙이 된다. 이 세상에 누가 있어 그 한 무더기의 재나 흙을 가리켜 나라고 이를꼬. 오 어드메뇨. 죽음은 어드메며 삶은 또 어드메뇨. 하마나 죽음 뒤에도 목숨이 다시 있어 꽃다운 청춘만을 매양 누리는 그 세계는 어드메쯤이나 있느뇨. 참말

---

* 長太息 : 장탄식. 긴 한숨을 지으며 깊이 탄식하는 일.

로 참말로 아 참말로 한 줌 흙만 남겨버리고 밑도 끝도 없이 사멸해 버린다면! 어허 설운지고. 너무도 얄궂어라. 대체 이 '나' 라는 것은 무엇이며 또 '나' 라는 '나' 는 무엇이 어찌하여야 좋을 것인고. (암흑을 직면한 듯한 우울과 고민, 한참이나 얼빠진 사람 모양으로 우두머니 서 있다)

(행자行者의 게송偈頌 소리가 우편 멀리서 은은히 들려온다)

태자 저 노래는?

시종 을 젓사오나 출가수도하는 행자가 부르는 게송 소리오이다.

태자 출가수도? 그러면 그 어른을 이리로 뫼셔 오게 하여라.

시종 네—이. (우편으로 퇴장하면서) 여보 행자, 저기 가는 재행자.

태자 출가수도! 게송! 행자! (시종 갑을 보며) 너도 저렇게 출가수도하는 행자가 부르는 게송 소리를 전일에 더러 들어본 적이 있는지.

시종 갑 여쭙기 황공하오나 소신도 오늘 이 자리에서 처음 들었소이다.

태자 응 출가수도! 행자! 게송!

(게송 소리가 점차로 가깝게 들리며 시종을이 행자를 데리고 우편에서 등장)

태자 (행자에게 정례頂禮) 듣사오매 출가수도하신다 하오니 출가수도를 하오면 생, 노, 병, 사의 무서운 고해를 벗어날 수가 있사오리까.

행자 네 있습니다. 될 수 있습니다. 한 번 출가하여 수도만 하오면 나고 죽고 병드는 그 무서운 고통을 떨쳐버리고 해탈의 자유를 얻어오며 이 세간의 염애染愛로부터 벗어나서 출생간의 정법에 의하여 무상의 대도를 뚜렷이 깨우친 뒤에는 대자대비로써 고해에 헤매이는 일체 중생을 제도할 수가 있나이다.

태자 (점두點頭) 그렇습니다. 그런데 아까 부르신 그 노래는?

행자 네— 그 게송은 "제행諸行이 무상하오니 시생멸법是生滅法이로다." 모든 행이 떳떳함이 없으니 이것이 생하고 멸하는 법이로다. "생멸이 멸망하면 적멸이 위락爲樂이리라." 생하고 멸하는 것이 하마 멸해버리면 적적료료寂寂寥寥한 것이 낙이 되리라는 게침偈針이로소이다.

태자 (환희점두歡喜點頭) 그렇습니까. 너무나 거룩하신 말씀을 많이 들려주셔서 대단히 감사합니다. 그런데 아무러한 사람이라도 출가수도를 할 수는 있사오리까.

행자 그렇습니다. 아무라도 할 수 있삽나이다.

태자 정말입니까.

행자 행자는 거짓 없는 것이 한 계행이로소이다.

태자 정말! 출가수도! 오, 그러나 이 인간의 무슨 일이 출가행보다 더 나은 것이 있으랴. 출가수도의 그 길이 정말 나의 찾아갈 유일한 생명의 길이로다. 삶의 길이다. 삶의 길! 이제는 출가다 출가!

시종 갑,을 (기급하며) 마마 동궁마마.

시종 갑 출가수도 그것이 온 무슨 말씀이시오니까. 만승천자萬乘天子의 존엄하옵신 보위를 이으옵실 마마께옵서 출가하시다니 천부당 만부당 온 천만 뜻밖에 그런 분부가 어디 있사오리까.

태자 아니다. 아니로다. 내 오래 전부터 혼자 외로이 고민도 하며 번뇌도 하였었더니라. 그렇더니만 이제 이 자리에서 나의 살아갈 밝은 길을 확실히 발견하였도다. 이 무상한 사바인생에서야 어찌 영생과 진락眞樂을 구할 수 있을 것이랴. 내 만일 이대로 살다가 그만 한 번 죽어지면 일개 범부 무명태자로서 북망산 거친 땅에 한 줌 흙만 보태일 뿐이니 이것을 어찌 인생의 참된 길이라 이를 수 있으랴. 무서운 생로병사는 인생에게 그림자같이 알뜰히 따르고 있는 것을 나는 시방 깨달았노라. 나는 그동안 모든 것을 해탈할 길을 찾노라고 애써 헤매었거니 불행히 시방 찾은 뒤에는 일체 중생을 구제하기 위하여 나의 갈 길을 갈 뿐이니라. (행자를 보고) 행자시여 대단히 고맙습니다. (정례*)

행자 태자 전하, 아무쪼록 영생의 길을 찾아가시도록 하시옵소서. (게송

---

* 頂禮 : 가장 공경하는 뜻으로 이마가 땅에 닿도록 몸을 구부려 절을 함.

을 부르며 천천히 걸음을 옮긴다) 범소유상 개시허망 약견제상비상 즉견여래 凡所有相 皆是虛妄 若見諸相非相 卽見如來. (좌편으로 퇴장)

 태자 (발을 멈추고 행자의 뒤를 바라보며 기꺼운 듯 게송 소리가 사라질 때까지 열심으로 듣고 서서 합장 정례)

 (시위 일동은 매우 불안하여 하는 동작, 시종 1인이 성문 내에서 급보 등장)

 시종 (태자를 향하여 최대 정례) 지급한 전갈을 아뢰나이다. 금방 야수다라耶輸陀羅 마마께옵서 아들 아기를 탄생하옵신 줄로 상달하옵나이다.

 (일동 경희驚喜의 동작)

 태자 내가 큰 뜻을 결정한 이 때에 야수다라는 라후라를 낳았구나. 라후라! 라후라! 이제 또 하나 풀기 어려운 계박繫縛! 단단한 결박이 이 몸에 지워지는도다. (시위 일동을 돌아보며) 그럼 아무튼 어서 바삐 궁으로 들어가자.

 (일동이 성문을 향하여 걸음을 옮길 제 기사고—다미 좌편에서 물항아리를 들고 노래를 부르며 등장)

  기사고—다미 기쁘시오리 아버님께옵서
   즐거우시오리 어머님께옵서
   그런 아드님을 두옵신
   우리 상감마마께옵서는
   행복스럽기도 하시오리
   기쁘시오리 동궁마마시여
   즐거우시오리 공주마마시여
   그런 태자님을 뫼시는
   우리 야수다라 공주마마
   행복스럽기도 하시오리.

 (태자를 향하여 무릎을 꿇고 정례)

태자 (걸음을 멈추고 기사고—다미를 유심히 보다간) 너의 이름이 무엇이라 부르느니.

기사고—다미 기사고—다미라 하옵니다.

태자 기사고—다미! 매는 곱고 아름다운 이름이로다. 너의 집은 어디며 시방은 어디로 가는 길인고.

기사고—다미 사옵기는 빛나고 영화로운 가비라성 중中이오며 시방 가옵는 길은 인간의 신음하는 네 가지 큰 괴로움을 구제하기 위하여 생사를 여인나라 그윽한 고행림 거룩한 히말라야 영산靈山으로 감로수를 길으러 가옵는 길이로소이다.

태자 착하고 기특하도다 너의 뜻이여! 든든하고 반가웁도다. 너의 노래여! "기쁘시오리 즐거우시오리 행복스럽기도 하시오리"하는 너의 그 노래는 영안영락永安永樂을 의미하는 열반이라는 말과 흡사하도다. 아마 태자의 출가! 일후의 행복을 미리 헤아리고 그것을 기리며 노래했음이 아니냐. 너의 가상한 뜻을 (영락瓔珞을 끌러주며) 변변치 못한 이것으로써 감사하노라.

기사고—다미 (부끄러운 듯 공손히 영락을 받으며) 너무나 감격하도소이다.

(일동 거룩하고도 환희적 정경)

시종 갑 이것을 보십시오. 가비라성의 상하신민 아니 아동주졸兒童走卒…… 이렇게 철 모르는 계집 아이들까지라도 모두 거룩하옵신 전하…… 이 세상에 전륜성왕轉輪聖王으로서 군림하옵실 전하의 성덕을 만만수萬萬壽로 송축하고 있지 않삽나이까. 그러하옵는데 전하께옵서 나라나 왕위도 버리시옵고 출가수도하옵시겠다는 아까의 그 분부는 황공하오나 천만부당하옵신 처분입신 줄로 아뢰나이다.

태자 흥 내가 설령 일후日後에 전륜성왕이 되어서 이 오천축五天筑을 모두 정복하여 차지해버린다고 한들 그것은 또 얼마나 그리 영구히 존속되어 누릴 수 있는 것일까. 아마나 머지 않는 장래에 쇠멸해버릴 날도 반드시 있겠거니…… 났다가는 사라지고 만났다가도 헤어지며 우람한 부귀도 패망해버릴 날이 있고 소담스러운 영화도 사라져 없어질 때가 있나니. 내가 이 세상에 온 지 한 이레만에 어마마마 마야부인^{摩耶夫人}의 거룩하고도 따뜻한 품을 여의고…… (목이 잠깐 메이다가) 그래도 시방은 무슨 전륜성왕 같은 헛되인 영화를 꿈꾸고 있게 되었으니…… 이것이 이른바 이 세상의 무상이 아니고 무엇이랴.

시종갑 그러하오나 황공하옵게도 전하께서는 그리 출가하옵심만 고집하옵시면 만일 일후 비상한 때에 불행히 외방^{外邦}이 이 가비라성을 침노하여 석가성족^{釋迦聖族}까지 멸망해 버리는 지경이 있을지라도 관계치 않다고 생각하십니까.

태자 한 나라가 망하거나 흥하거나 쇠하거나 망하거나 흥망성쇠 그것은 모두가 한 가지 번뇌에 지나지 않나니 번뇌에 허튼 한 마당 꿈자리…… 만일에 그 번뇌의 뿌리를 온통으로 뽑아버리지 못 한다면 우리 일체 중생은 영원토록 이 고해에서 벗어나갈 길이 없으리라.

내가 이미 열두 살적에 부왕마마의 차가^{車駕}를 따라서 춘경제^{春耕祭}를 구경하러 나아갔다가 밭이랑의 장기밥이 넘어갈 적에 두둑으로 뒤쳐지는 땅버러지들은 까막까치들의 밥거리로 목숨과 몸을 바쳐버리고 또 기승을 피우며 배불리 쪼아먹던 그 까막까치도 금방에 또다시 성난 독수리에게 채여가 하염없이 수리 밥이 되어버리는 것을 내가 역력히 서서 보았노라. 약한 고기는 기세인 놈의 밥일세라. 가만한 쥐새끼는 날랜 고양이에게 갈퀴여 죽고 하루강아지는 억세인 범에게 물려가나니…… 이것이 이 세상의 상태이며 운명이었도다.

그러니 만약 여기에서 일체 중생을 구해내며 사해의 인류를 영겁으로 제도를 하려면은 그것은 예리한 병장기의 힘도 아니요. 억세고 참담한 전쟁의 공도 아닐지라. 다만 오직 거룩한 법력을 빌어 의지하는 수밖에는 달리 아무러한 도리도 없을지니…… 나는 그 법의 힘과 가르침을 널리 끝끝내 펴고 행하고자 함이 시방 출가의 발원이로다. 전쟁하지 않고도 온 천하를 감복할 수 있는 것은 오직 법의 힘 하나뿐이매 이 태자는 그 법의 왕 불타가 되어 일체 중생을 제도하고 싶노라. 그러니 그 법의 가르침을 구해 얻자면 하루 바삐 출가하여 도를 닦는 이외에 달리 아무러한 길도 없는지라. 내 이제 어머니를 여의고 나라도 버리며 사랑스러운 아내도 떼쳐두고 수도의 길을 떠나려 함도 모두 대자대비의 큰 마음에서 우러나옴인 줄 알으라. (일신이 점차로 신성한 풍속으로 변하여 기이하고 성스러운 광채를 발하는 듯 무대 중앙으로 걸어가 서서) 내 이 세상에 처음 났을 적부터 원지圓智가 맑고 밝은 칠학七學의 상호相好를 다투었으며 일곱 걸음을 걸어가서 두손으로 하늘과 땅을 가리켜 사자의 부르짖음으로 억세게 외쳐 부르짖은 줄로 깨우쳐지노니 곧 하늘 위와 하늘 아래에 오직 나만 호올로 높을 손! 무량한 생사도 이제 여기에 다 하였도다.

(일동은 이상한 감격에 부딪혀 저절로 땅에 엎드린다. 태자는 전신이 모두 방광放光한다. 시위 일동의 몸은 점차로 희미해 보인다. 숭고하고도 순純 종교적 음악이 한창 고조해진다)

— 천천히 막 —

[제1막]

1

장場 : 가비라성 동궁

시時 : 여름 오전

경景 : 순 고대 인도식 장엄한 건축, 실달태자悉達太子가 편거便居하는 신궁전의 일부이다. 조각한 청홍색 대리석 원주圓柱가 무대 전면 좌우편에 액록額錄을 조성하여 서 있다. 무대 중앙에는 7, 8단의 대리석 층계인데 광은 3간이나 거의 넘을 듯, 층계 좌우 양단에는 커다란 대리석을 3중 조각으로 가선을 한 홍예虹霓가 틀어져 있는데 심옥색深玉色, 금색, 연분홍빛이 고귀하게 서로 조화되어 아청鴉靑 하늘빛 배경에 좋은 대조로 보인다. 홍예 밖에는 만화색리萬花色裡에 종려와 염부수閻浮樹, 홍예 양측에는 열어 제쳐 놓은 황금 조입彫入한 청아색 고동비古銅扉이다. 무대 좌편에는 삼단 층계 위에 옥좌를 설치하였고 청과퇴색의 후장 무거운 금수면막錦繡面幕은 양측과 상부에 술이 달린 금색 굵은 줄로 걸어매어 있다. 옥좌 좌편에는 침실로 통하는 조그마한 출입구, 옥좌 우편에는 아치형의 커다란 지게문인데 궁전 현관으로 통하는 출입구이다.

무대 우편에는 조금 깊숙이 들어간 각도로 휴게실, 그 양측에는 청색장이 반쯤 드리워 있다. 휴게실 우편은 다른 방으로 통하는 출입구이다. 갸름하고도 높은 금색 테이블과 나즈막하고도 넓은 대리석 테이블, 조각한 의자 향로 등이 삼삼오오로 여기저기 배치되어 벽화와 석층계와 황내皇內 바닥에 깔은 융단과 모두 화려장미한 조화를 보인다.

향로의 향연香烟은 몇 줄기 소르르 떠오르는데 정면 홍예 양쪽에 금창을 들고 철상鐵像처럼 서 있는 두 갑사甲士 밖에는 무대가 텅 비었다. 멀리서 고조하던 음악소리가 점차 줄어지면서 군중의 환호만세 하는 소리, 박수 하는 소리, 노래 소리, 웃음소리 등이 정원 쪽에서 성고盛高히 일어난다. 아마 태자의 마음을 위안시키기 위하여 성대한 원유회園遊會를 차린 듯.

(정중한 경필警蹕소리가 나면서 칠십이 가까운 정반왕淨飯王은 근 백여 세의 마가남摩訶男 대신과 기타 2, 3인 중신에게 옹위되어 옥좌 우편 출입구에 천천히 등장)

정반왕 (수심이 만연한 태도로 대리석 층계 옆에 가 서서 옥좌 좌편을 유심히 바라보다가 긴 한숨을 쉬며) 온 이 일을 어찌하면 좋단 말인고. 태자의 출가할 마음을 어떻게 해야만 돌릴 수 있을는지…… 아사타 선인의 말이 과연 맞으려는가. 마가남 그 때 아사타 선인이 무엇이라고 말했던지 경은 자세히 기억하는가.

마가남 젓사오나 대강 기억하옵니다.

정반왕 그러면 그 때 광경을 세세히 한 번 일러오라. 혹시 무슨 방편이 생각되더다도.

마가남 그 때 동궁전하께옵서 탄생하셨을 적에 한 가지 기이하온 일은 하늘에게서 제석천帝釋天이 천녀를 데리고 내려와서 흰 비단자리를 깔고 왕자를 바라보셨으며 땅에서는 아홉 마리 용이 솟아올라서 입으로 물을 뿜어 태자의 몸을 깨끗이 씻어 드렸사오며 또 네 송이 연화가 피어올라 태자께옵서 걸음을 걸으시는 대로 발을 받들어 드렸사오며…… 그리하옵고 그 때 태자께옵서는 바람 위에 계옵신듯 사방으로 일곱 걸음씩 걸으시되 한 손으로는 하늘을 가리키시고 또 한 손으로 땅을 가리키시며 외치어 부르시되 "천상천하 유아독존天上天下 唯我獨尊"이라고요.

정반왕 천상천하 유아독존!

마가남 그래 그 소리가 끝나자마자 천화天花가 우수수 떨어지고 공중에서는 풍악소리가 진동하였습니다. 그 때의 그 광경을 어찌 이루 다 말씀으로 사뢰올지도. (추감追感이 몹시 새로운 듯)

정반왕 마가남 그리고 그 아사타 선인의 말은?

마가남 네 네 옳지 참. 아사타 선인의 말씀이 상법에 삼십이상三十二相만 갖추어도 전륜성왕이 되어서 나라를 잘 다스리고 성군의 이름을 만고에 끼친다 하옵는데 팔십 종호種好까지 마저 갖춘 이는 그 전륜성왕의 실위室位도 초개같이 여길 뿐더러 나라나 처자도 헌 신짝 같이 내어버리고 입산수도하여서 구의究意의 대각을 이루고 인천삼계人天三界의 대도사가 되어 삼계 중생을 제도하고 대우주의 큰 빛이 된다고 하였삽는데…… 그러하옵는데 (한숨) 우리 태자께옵서도 삼십이상에 팔십 종호를 갖추시옵셨다고요.

정반왕 (침통한 어조로) 마가남 그래 출가 이외에는 다시 아무 도리도 없다고 하던가.

　마가남 네— 그러하옵는데 아사타 선인의 나중 말씀이 만약 마야 중전 마마께옵서 길이 생존해 계옵시고 또 아무쪼록 태자께옵서 출가만 하옵시지 못 하게 하오면 이 세상에서 전륜성왕으로 계옵실 수가 있을 듯도 하다고요.

　정반왕 (하염없이 눈물을 지으며) 그러나 중전은 벌써 18년 전 태자 난 지 7일만에 돌아갔으니 이제는 아비된 늙은 몸만 홀로 남아 있어 아무리 만류하나 끝끝내 들을 것 같지도 아니하고…… 아무려나 이제는 마지막으로 야수다라에게나 한 번 당부를 해볼까 하였는데…… (좌편을 보면서) 야수다라를 여기서 만나자고 벌써 아까 기별을 하였었는데 온 어째 이다지도 늦을꼬. (매우 초조하고 근심하는 얼굴)

　(정원에서 환호하는 소리, 대고大鼓, 동라銅鑼, 기타 관악소리가 우렁차게 들린다. 파사파제부인이 양삼兩三 시녀에게 옹위되어 중앙 석계石階로 등장)

　정반왕 화원에서는 유흥이 매우 짙은 모양인데 동궁은 얼마나 즐겨합디까.

　파사파제 네 글쎄요……. (고개를 힘없이 숙인다)

　정반왕 그러면 오늘도 역시. (실망하는 태도)

　마가남 동궁마마를 위하옵시와 이렇게 훌륭한 궁전까지 지으시옵고 오늘은 꽃잔치 내일은 달놀이로 매일같이 동궁마마의 마음만을 위로해 돌려보시려고 하도 진념하옵심…… 국난을 당하와도 아무 충성과 힘을 바치지 못 하옵고 그저 성은으로 이 나이까지 죽지 못하고 살아있는 노신 하정下情에 죄악이 지중하옴은 너무도 황공만 할 뿐이로소이다.

　파사파제 오늘도 역시 어제나 다름없이 가무나 음률에는 눈도 거들떠보시지도 않고 시녀들이 그리 권하는 술잔도 듭시지 않고 매양과 같이 무슨 근심에 잠기어 침울해 하시기만 하시겠지요.

　정반왕 아무리 하여도 출가하겠다는 결심은 기어이 돌릴 수 없는 모양입디까.

파사파제 네— 글쎄요. 아무튼 이 몸이 친어미가 아닌 만큼 사랑이 부족하였던 탓이겠지요.

정반왕 아따 그런 사랑 얘기는 저의 아내인 야수다라나 할 말이지 중전에게야 무슨 그리 불안스러운 사정이 있겠소.

마가남 어떻든 존엄하옵신 보위까지 던져 버리시옵고 출가입산하옵시겠다는 그 결심도 모르옵건대 여간하옵신 일이 아니온 줄로 아뢰옵나이다.

정반왕 아마나 그것도 천생 팔자라고나 이를까! 반드시 출가수도하여 그 법력으로써 일천사해─天四海를 감복하는 불타가 되리라고 선인이 예언까지 하였었다더니…….

마가남 아무튼 그것은 거룩한 아사타 선인의 말씀이오매 설마 과히 거짓말도 아니올 줄로.

정반왕 과연 그러하면…… 금방이라도 선양禪讓해 주려는 이 왕위도 버리고 출가를 한다면…… 이 가비라가 장차 어찌나 될는지…… 무어 이제는 이 나라에 장래할 운명도 뻔히 보이는 일인데……. (암연暗然히 낙루落淚)

(야수다라가 양삼 궁녀들에게 옹위되어 좌편 침전 출입구에서 등장. 시녀와 궁녀들은 정반왕에게 국궁하고 양편으로 조금 멀리 물러선다)

야수다라 (부왕에게 국궁) 시급히 입시하랍시는 처분이 계옵셔서…….

정반왕 오—내가 너를 부른 것은 다름이 아니라 너도 매양 근심하는 바와 같이 근일에는 태자가 주야로 얼굴에 수심이 가득히 차보이니 어버이 된 나로서는 잠시도 마음이 놓이지 않는고녀. 이 일을 장차 어찌하면 좋을고. 너의 생각엔 무슨 좋은 도리가 더러 있는지.

야수다라 사뢰옵기 황공하오나 저의 미천한 생각에도 태자께옵서 근일에는 행동하심이 더욱 평소와 다르시옵고 매일 삼시전三時殿에서 여러 궁녀들을 시키와 노래와 춤으로써 위로도 드려보았사오나 그런 것들은 모두 귀찮아만 여기시옵고 기나긴 밤이 다 새도록 침실에 듭시지도 않사오며 늘 우울과 비탄으로만 지내시오니 이 일을 어찌하면 좋사올른지……그만 좁고 여린 가슴이 무너지는 듯……. (눈물을 짓는다)

정반왕 너의 심정도 응당 그럴 것이로다. 온 궁중이 아니 온 가비라 나라 백성들까지라도 모두 그로 말미암아서 걱정이거늘…… 태자가 월초月初에 사문四門 밖으로 구경다녀온 뒤부터는 기색이 점점 달라가는 모양인데 네가 어떻게 하여서라도 그의 마음을 아무쪼록 화락하게 돌려볼 무슨 도리가 없을까.

야수다라 (국궁) 황공하오나 미욱한 소견에 무슨 도리가 있사오리까. 부왕마마께옵서 아무쪼록 좋은 도리를 분부해 주옵소서.

정반왕 내가 여러 대신과 권속들에게 신칙申勅하여 이미 왕성의 열두 대문과 서른여섯 소문을 단단히 지키게 하였고 만약 그 문을 한 번 열면 사백리 밖까지 울리게 하는 큰 쇠북을 달아놓았으며 밤이면 문마다 횃불을 잡혀서 만단의 단속을 철통같이 하여 놓았으나 다만 걱정은 안으로 그의 마음을 돌이킬 아무 방법이 없으니…… 그러나 다행히 그의 마음을 돌이킬 수 있는 처지에 있는 사람이라면 그이는 오직 동궁비인 너뿐인데…… 남의 아내된 도리이매 아무쪼록 정성을 다하여 어떻게 하여서라도 그의 번뇌와 고민을 풀고 화락한 기색으로 이 나라의 태평성대를 누리도록 하였으면 하는데…….

야수다라 젓사오나 부왕마마께옵서 그런 분부 아니계옵신들 태자마마의 지어미된 저의 몸은 새로 이 가비라성과 석가족속을 돌보온들 어찌 정성과 단심을 다 하지 않사오리까. 비록 미거하오나 부왕마마께옵서 안심하옵시도록 일심정력을 다 하오리이다.

정반왕 오— 가상하다. 기특한 말이로다. 나는 이 나라의 천병만마보다도 너의 뜻을 철성鐵城같이 굳세게 믿는 것이니 그리 알고 아무쪼록 되도록 잘해 보아라. 그러면 바로 시방이라도 물러가서…….

야수다라 (국궁하면서) 그럼 물러갑니다. 다시금 황공하오나 그 일만은 과도히 염려마옵소서. (국궁하고 물러간다)

정반왕 오냐 어서 가 보아라.

(야수다라 궁녀들에게 옹위되어 고요히 좌편으로 퇴장)

정반왕 오 이제야 마음이 다소 좀 놓이는 걸. 야수다라비가 잘 힘만 쓰면 그만 일은 과연 됨직도 하다마는…… 다행히 실달다가 생각을 관념하고 정말로 이 가비라성의 황통을 이어갈 전륜성왕이었으면…… 마가남 그야말로 그 얼마나 반가웁고 경사로울 일일까.

(중신들은 국궁)

마가남 젓사오나 성수무강聖壽無彊하옵소서. 미리 이 나라에 올 큰 경사를 축례하옵나이다.

정반왕 (화기로운 얼굴로) 과연 그리만 된다면…… 그러나 그것도 다 짐의 복이 아니라 모름지기 우러러 제석천궁에 계옵신 선왕선후께옵서 거룩하옵신 음덕을 내리사 도우셨음이겠지.

(정반왕이 환궁하려고 중신들과 함께 좌편으로 향해 걸으려 할 제 전도 1인이 중앙 석계에서 급히 등장)

전도 (정반왕을 향하여 복지伏地) 동궁마마께옵서 이리 듭실줄로 아뢰오.

(정반왕은 점두 후 발을 멈추고 태자가 들어오기를 기다리는 듯, 나취수喇吹手 2인이 정면 홍예 양측에 기착氣着정립하여 기가 달린 기다란 통나발로 외마디 가락을 길게길게 분다. 소음과 인군人群이 둘려 있는 곳에 8인의 궁녀가 모두 꽃다발을 가지고 들어와서 층계와 실내에 꽃을 흩날릴 뿐이다. 장엄한 음악을 맞추어 12인의 갑사가 들어와 6명씩 석계 양측으로 갈라서서 장검을 앞으로 버쩍 높이 든다. 그 팔자형 의장도 밑을 통하여 실달태자를 선두로 가희 8인, 무희 8인, 궁녀 8인, 시종 갑사 4인, 어릿광대 4인, 소고잡이 12인, 요발수 4인, 여악공 6인, 기타 궁속 등 다수가 등장하여 위치를 찾아 기열나립記列羅立, 실달태자가

무대 중앙에 이르러 정반왕께 국궁 경례를 한 뒤에 노예들이 가져오는 의자에 시름없이 걸터앉는다. 어릿광대들은 태자를 둘러 책상다리를 하고 땅바닥에 앉는다. 음악소리는 점차로 가늘게 사라져 없어지고 침묵 정적, 소간小間)
　　정반왕 (반가움과 근심이 교차하는 듯 태자를 이윽히 보고 섰다가 천천히 걸어 태자의 곁으로 가서 태자의 등을 어루만지며) 오 실달다…….
　　태자 (일어나 부왕께 공손히 국궁하고) 소신이 부왕마마께 알견謁見하옵고 저 시방 대전으로 입시入侍하려 하옵던 길이옵더니…….
　　정반왕 응 늙은 몸이 너무 외로이 팔중八重에만 깊이 들어 있어 하도나 적적하기에 자네 안으로 잠시 소풍이나 하고자 하여 나왔던 길인데…… 그런데 오늘도 저리 깊은 시름에만 쌓여 있어 보이니…… 너무 심상을 그리 괴롭게만 가지면 신색에도 좋지 않을터인데…….
　　태자 (무슨 말을 할듯하다가 다시 고개를 숙인다)
　　정반왕 그래 이제 고만 그 출가하겠다는 뜻을 버리고 아무쪼록 심신을 편하고 즐겁게 갖도록 하여라.
　　태자 (무슨 말을 할 듯하다가 침묵)
　　정반왕 다시 더 한번 돌려 생각해 보아라.
　　파사파제 아무럼 그러셔야지요. 동궁마마, 부왕마마께옵서는 저리도 춘추가 높으시옵고……. 더구나 천추만대 뒤를 깊이 길이 믿삽기는 오직 슬하의 동궁마마 한 분 뿐이옵신데…… 만일 노래老來에 하염없는 근심을 끼쳐 드리옵신다면…… 그야말로 동궁마마께옵서 일부러 불효불충한 허물을 범하옵심이 아니겠습니까. 이 노신의 간절한 권청勸請이오니 동궁마마 아무쪼록 부왕마마께옵서도 만경晩境에 복락안강福樂安康하옵시도록…… 마음을 돌리시와 다시 사려해 보시옵소서.
　　태자 그야 모후마마께옵서 그처럼 진념 안 하옵신들 불초한 소신이오나 그만한 사려야 어찌 업사오리까마는…….
　　파사파제 더구나 꽃 같은 청춘의 야수다라마마가 가엾지 않사오리까.

태자 마마. 이 땅의 일체 중생이 모두 가엾고 불쌍한 목숨들이옵거든…… 어찌 반드시 가비라 왕궁 야수다라 귀비의 꽃같은 청춘만이 오직 가엾다고 이르오리까.

(정반왕과 파도파제비는 서로 시의是意하게 쳐다보며 점두, 아마 태자를 더 이상 권유할 필요도 없다는 눈치)

정반왕 흥…… 네가 정히 그리 고집을 하니 나도 이 이상 더 권유하지도 않겠노라. 그러나 다만…… 출가는 네 뜻대로 할 제 하더라도 아직은 심신을 유쾌히 가지고…… 내 이제라도 만승의 보위를 물리어 줄 것이니 아무쪼록 세간 환락을 마음껏 누리어 보아라. 과연 인간복락을 다 갖추어 맛본 뒤에 출가를 한다 하더라도 그리 과히 늦은 일은 아니니까.

태자 아니올시다. 부왕마마. 거친 고해에도 물결을 타고 표랑부침漂浪浮沈하는 불쌍한 중생을 제도하오려면 불초 소신의 출가가 한 찰나도 바쁘옵건마는…… 이 나라의 자고로 전래하는 유풍遺風이나마 "자식이 되어 가지고 성혼하여 아들을 낳기 전에 출가함은 큰 죄악이라" 일컬사오매 부득불 왕손을 낳아 바쳐 왕위를 계승케 하옵고저 하였삽더니…… 이것 왕대를 받들 왕손 라후라가 출생하였건마는 소신이 또다시 왕위와 애욕에 얽매어 잡혀서 이내 출가치 못한다 하오면 오백생을 거푸 드나드온들 어느 시절에 또 다시 출가할 겨를이나 있겠사오리까.

파사파제 일부러 출가의 괴로움을 찾아 애쓰느니보다는 만승천자의 부귀복락을 길이 누리어 보는 것이 좋지 않사오리까.

태자 그러나 삼계가 모든 화택火宅인데 복락의 그 평안한 자리를 부귀 속에서야 어떻게 찾을 수 있을 것이며 또 애써 그 부귀라는 허풍선이에게 탐착耽着이 되어서 세간왕좌, 이른바 거룩한 자리에 높이 올라앉아 보온들 제 몸이 윤회의 괴로움에서 벗어나오지 못 하였으매 무서운 지옥의 초열번뇌焦熱煩惱를 어찌 다 견딜 수 있사오리까. (다소 괴로운 듯 주저하다가) 부왕마마 그리하와 소신이 출가하와 한사문이 되고자 하옵는 것은 소신 평생의 간절한 염원이오니 윤허하옵시기를 복원하옵나이다.

정반왕 (침묵 잠깐) 출가 입산, 네가 출가 입산을 하다니…… 안된다. 안될 말이다. 네가 떠나서는 안 된단 말이다. 출가가 무엇이며 입산이 다 무엇이냐. 네가 만일 출가를 한다면 늙은 나는 어찌되며 석가족釋迦族은 무엇이 되며 가비라왕성은 뉘 것이 되란 말이냐. 그 대답을 먼첨 하여보아라.

태자 (고민 침묵)

정반왕 왜 대답이 없을까. 무엇을 그리 주저하고 섰는고. 속히 그 대답을 좀 이르라.

태자 소신이 봉답하올 그 사연은 부왕마마께옵서 이미 통촉하옵셨을 줄로 아뢰옵나이다.

정반왕 그러면 너는 기어코 내 명을 거스르고야 말 작정인가.

태자 황공하오나 소신이 오늘날까지 한 번이라도 부왕마마께옵서 하명하옵심을 봉행치 않은 적이 없사온 줄로 아뢰옵나이다.

정반왕 (다소 안심한 듯이) 그야 암 그렇지. 출천出天의 충효를 가진 네가 군부의 명을 거역할리야…… 그러면 이제 아마 내 명령이면 무엇이든지 모두 순종하겠지.

태자 (몸을 좀 떨기는 하나 안색을 동요치 않고 두 눈만 멍하니 저 편 하늘을 하염없이 바라보고 있을 뿐이다. 그의 영혼은 벌써 아마 왕궁을 떠나 딴 세계에 있는 듯. 그러다가 자아로 돌아와서 부왕 전에 엎디어 공손히 절하며) 용서하옵소서. 부왕마마께옵서 그토록 진념하옵고 만류만 하옵시니 소신의 도리로서 도무지 어찌할 수 없삽나이다.

정반왕 (혼연히) 아무렴 그래야지.

태자 그런데 아뢰옵기 황공하오나 부왕마마께옵서 소신이 출가를 발원하오므로 말미암아 하도 그리 진념하옵시거든 소신의 정상情相을 불쌍히 여기시와 소신의 달리 다시 소원하옵는 것을 이루어 주옵시면 출가할 뜻을 버리겠삽나이다.

정반왕 (반가운 기세로) 옳지 그래야지. 그러면 너의 소원이 있다면…… 무엇이든지 출가 말고는 모두 들어 이루어 줄 터이니 너의 소회所懷를 세세히 다 이르라.

태자 거룩하옵신 성지聖旨는 천은이 망극하옵고도 황공하도소이다. 소신의 소원은 네 가지가 있사옵는데…… 첫째 소원은 항상 씩씩하고 꽃답게 있고자 하옵는 것이옵고 둘째 소원은 항상 병들지 않고 살고자 하옵는 것이옵고 셋째 소원은 항상 늙지 말고자 하옵는 것이옵고 넷째 소원은 죽지 않고자 하옵는 것이로소이다. 복원伏願 부왕마마 지금 사뢰온 이 네 가지 소원만을 이루어 주옵시면 출가를 하지 않고도 살겠삽나이다. 부왕마마 이 소원만 제발 이루어 주옵소서.

정반왕 (어이가 없고 기가 막혀 한참이나 어쩔 줄 모르다가) 실달다야. 너의 소회는 잘 알았다. 그리고 가엾은 그 고충을 뼈에 사무쳐 동정도 하노라. 그러나…… 그러나 인생의 일이란 인력으로 되는 것도 있고 또한 인력으로 못 하는 것도 있나니라. 그러니 그러한 헛된 생각 쓸데없는 번민은 하지 말고……. (목이 메인다)

태자 (실망하는 듯 침묵)

정반왕 (다시 기전氣轉) 실달다야. 너무 그리 낙심만 하지 말아라. 이 부요한 가비라의 국토와 거룩하고도 존엄한 역대사직과 만승천자의 영화로운 보위가 모두 다 너의 것이 아니고 누구의 것이랴. 그리고 또한 이 늙은 아비의 흰 터럭을 좀 살피어다오…… (느끼며) 그리고 또 저 야수다라와 라후라가 가엾지 않느냐. 아무쪼록 마음을 좀 돌리어다고. 일국의 대왕이요 태자의 아비로서 이렇게 손을 모아 (합장하며) 너에게 간원이다.

태자 (황공돈수惶恐頓首) 부왕마마 황공하오나 그만하옵소서. 그러하오나 왕자王者의 권위와 궁중의 부귀가 그 아무리 영화스러울지라도 소신의 눈에는 다만 그 속에서 났다 늙고 병들고 죽는 그것만이 보일 뿐이로소이다. 부왕마마 마마께옵서는 다만 궁중 살림의 호화로운 그것만 보시옵고 어찌하여 일체 중생의 고통하는 그 신음소리는 듣지 못하시나이까. 나의 부모는 정반왕뿐만이 아니오라 무량한 중생이 모두 다 나의 부모이며 나의 처자는 야수다라와 라후라 뿐만이 아니오라 무량한 중생이 다 나의 처자며 골육이로소이다. 부왕마마 그리하와 소신은 불효 불충 불초하온 이 소자는 이 모든 부모와 처자와 골육을 위하여 출가수도하옵기로 결심하였소이다. 황공하오나 이 미충하정微衷下情을 통찰하여 주옵소서.
(국궁)

정반왕 (노기를 띠우고 한참이나 태자를 노려보다가) 출가, 출가수도! 이 늙은 아비를 버리고 그래 기어코 출가……?

(풍악소리가 들린다)

정반왕 (일부러 기전 화기롭게) 실달다야. 자— 그러지 말고 저 삼시전三時殿의 풍악소리나 들어보아라. (소간小間) 요량한 음율! 질탕한 풍악! 저 얼마나 좋은 소리냐. 그러지 말고 어서 들어가 즐겁게 놀아라.

태자 (얼빠진듯이 서 있다)

정반왕 (좌편으로 퇴장하려다가 발을 멈추고 고개를 돌이키어 재삼 무슨 말을 더 다시 부탁하려다가 태자의 수상한 태도를 보고 몹시도 불안이 되는 듯 단념하는 듯 중신등에게 옹호되어 무거운 걸음을 걸어서 좌편 출입구로 퇴장)

태자 (주저앉아 두 손으로 머리를 쥐고 번민)

— 조명과 음악소리가 점차 줄어지며 막 —

2

막간 1분 30초, 객석의 조명은 어두운 채로 고요한 음악과 가희의 노래가 들린다.

"꽃이라 말하오리 달이라 이르오리
곱고 둥그올사 꽃도 달도 같아서라
지는 꽃 붉은 눈물 여읜 달 푸른 시름
붉게 붙는 푸른 불 생초목 다 타옵네"

"라후라 굵은 줄이 하마나 풀리오리
끊어도 또 옭매듭 그 이름이 사랑이라
짧은 밤 길게 잡혀 외돌고 푸돌을제
좁은 가슴 쥐여짜 피덧는 하소연은"

막이 열리면 중앙 홍예밖으로 교교한 월색, 무대 좌우편 출입구 밖에서 암바 라잇이 들이비추이며 군데군데 창으로 스며드는 녹색 스포트 라이트의 월광이 비쳐보일 뿐 그 이외는 무대 전부가 암흑이다.

(인도 악기의 고요한 멜로디가 멀리서 은은히 들린다. 태자가 좌편 출입구에서 초연히 등장하여 월광을 띠고 중앙에 서서 침전 출입구를 물끄러미 바라본다. 금방이라도 출가할 결의가 굳세게 보이는 듯 야수다라가 침전 출입구에서 고요히 등장한다. 염려艶麗하면서도 천녀天女와 같이 유한고결幽閑高潔한 품격을 갖추었다. 고요한 음악소리에 싸여 태자는 로맨틱하면서도 부부애의 진심을 가득히 담은 야수다라의 애정을 몹시도 굿기는 듯한 무량한 희열과 얼마 안 있어서 이별하게 될 쓸쓸한 비애를 느끼는 듯)

야수다라 (태자를 향하여 공손히 국궁) 부르심도 없사온데 이처럼 당돌히 출입하옴을 용서하옵소서.
태자 (몹시 애련해 하는 듯한 표정으로 고요하고도 또 부드럽게) 오— 야수다라 왜 아직껏 취침하지 않으셨소.
야수다라 (고요히 점두) 네 어쩐 일인지 이상하게도 별안간 가슴이 몹시 두근두근 울렁거려서요.

태자 왜 그렇게 가슴이 두근거릴까.

야수다라 (태자를 한참이나 유심히 보다가) 아마 전하께옵서는 아무 기별도 없이 이 밤 안으로 출성을 하실 작정이시지요! 아마 꼭 그렇지요!

태자 야수다라! 태자가 이제껏 출성치 못 하였던 것은 애처로운 그대의 안타까운 그 눈물 그 애저에 얽매어 잡히어…… 이내 헤어나아갈 수가 없었던 것이오. 그러나 이제는 태자 일신만의 부질없는 애욕으로 말미암아서 일체 중생의 고뇌함을 아니 돌볼 수가 있겠소. 시방 중생들은 어두운 길에서 헤매이며 한창 괴로워하고 있소. 그러니 얼른 그 고뇌 속에서 구해내어 영원장구한 안락을 주어야 하지 않겠소? (홍예 밖 화원을 내다보며) 아— 향기로운 꽃도 피었다 지며 아름다운 달도 찼다 기우나니 하물며 꽃다웁다는 인생의 청춘이야…… 생각하면 생각할수록 부왕마마를 비롯하여 일체 모든 중생은 탐진치貪瞋痴 삼독三毒이란 미끼에 걸려 생로병사의 그물에 들어가는 가엾은 물고기로다. 내 이제 여기에서 대자대비의 대원大願을 발하였노라. 일체 중생으로 하여금 이 고해를 벗어 건네어 영생불멸의 큰 낙을 주고 싶은 것이 오직 나의 소원이로다. 야수다라비여 그대의 마음엔 어떠하신지요. (정다웁게 야수다라를 껴안을 듯이 들여다본다)

야수다라 (잠깐 사색하는 듯) 젓사오나 전하께옵서 그토록 일체 중생을 가엾이 여기시옵거든 그 일체 중생의 하나이온 이 야수다라의 불쌍한 정상 안타까운 가슴도 좀 살펴주옵소서. 헤아려 주옵소서. 그래서 영원한 안락을 주옵소서. 전하! 네?

태자 (무언중 부인하는 동작)

야수다라 그러면 불쌍한 야수다라는 불행히도 그 일체 중생의 테 밖으로 쫓기어 났다고 생각하십니까. 만일 정말 그러시오면 야수다라가 이 자리에서 금방 죽어 없어져도 전하께옵서는 도리어 매우 기꺼우실 줄로 믿사오니 과연 죽어 없어지라고 하고 싶으시오면 차라리 어서 죽어 없어지라고 하시옵소서. 태자 전하께옵서 생각하시는 그 고해보다도 아픈 주검이라 그리 두려워 사양하올 야수다라가 아니옵거든……. (다소 히스테리컬한 기미로 서둔다)

태자 야수다라! 태자가 야수다라를 알뜰히 사랑하지 않소? 사랑하므로 아니 크게 두굿겨 사랑함으로 말미암아서 시방 우리가 받는 이 고뇌를 해탈해 버리려고 애쓰는 것이 아니오!

야수다라 시방은 그리 두굿겨 사랑하옵신다 하온들 만일 한 번 이 몸을 떼쳐 버리시옵고 멀리멀리 흘쳐 떠나만 가옵시면…… 사랑을 잃은 이 몸 홀로 이 넓은 궁중에 게발 물어던진 듯이……. (목이 멘다)

태자 그야 무얼 사랑에야 때를 타며 곳을 가릴 리가 있겠소. 참된 사랑이란 때와 곳을 떠나서 영원무궁한 것일 터인데…….

야수다라 그러면 전하께옵서는 기어코 이 야수다라를 버리시옵고 출가를 하실 작정이십니까? 더구나 갓낳은 핏덩이 라후라! 아빠 엄마의 얼굴도 가려 알 줄 모르는 아직도 강보의 핏덩이인 그 불쌍한 것을 그냥 내어 버리시옵고 꼭 출가만 하옵실 작정이시라면…… 그 아버님 된 이의 마음은 너무도 잔인하다고 이르지 않사오리까. 전하, 전하께옵서는 눈 앞에 방긋거리는 갓난 아기 당신 아드님이 가엾고 사랑스럽지도 않으십니까.

태자 그야 아무렴 남 다르게 가엾기도 하고 사랑스럽기도 하기에…….

야수다라 아니지요. 그것도 모두 허튼 말씀이시겠지요…… 그러면 왜 그 아기가 탄생하였다는 기별을 들으시옵고 전하께옵서는 라후라라는 이름을 지어 부르셨어요. 라후라! 라후라라는 그 말 뜻은 계박! 장애! 곧 방해물이라는 이름이 아니여요? 그러니 그처럼 당신의 아드님까지도 방해물 원수 구수仇讐로 여기시옵는데 천하고도 하잘 것 없는 이 야수다라쯤이야 어느 때 어떻게 구박에 학대를 받사올른지.

태자 아니오. 그것은…… 야수다라비가 이 태자의 마음을 잘 못 알았소.

야수다라 잘 못 알았어요? 아내와 자식도 떼쳐버리시옵고 기어코 출가만 하옵시겠다는 그 마음 말씀이셔요? (침전에서 영아의 울음소리가 들린다) 아기의 울음! 그렇게 거룩합신 아버님을 사모하여 섧게 우는 아기의 울음! 저 울음소리도 전하 귀에는 귀찮고 성가시럽게만 들리시겠습지요.

태자 야수다라비여. 내 말씀을 자세히 좀 들어주시오. 날짐승 길버러지라도 제 새끼는 두굿길 줄 알거든 하물며 사람이야 다시 이를 바이 있겠소. 다만 그 때 자식의 사랑 그것으로 말미암아서 평생의 굳은 결심이 무디어지면 어떻게 하나 하고 속으로 걱정을 하던 중 부지불식간에 그만 그런 말이 입에서 튀어나왔던 것이오. "사랑하는 이에게서 떠나가지 않으면 아니 될 터인데 그 괴로움 그 구슬픔의 씨가 또 하나 붙었으니 출가하는데 장애가 더 늘지 않았을까" 하는 그만 애정에서 우러나오는 속 깊은 탄식에 섞여 라우라라는 말이 문득 나왔던 것이오. 야수다라! 그러니 그 때의 태자의 가슴과 정경情景을 좀 헤아려주시오. 네?

야수다라 낮에는 전하의 곁에 항상 뫼시와 넌즛한 웃음에 푸른 봄철 늘어진 가락을 노래하옵고 밤에는 원앙금침 보드라운 꿈자리에 고요한 안개를 속삭이었삽더니…… 그만 라후라 아기가 탄생한 이후로는 동궁비라 일컬음도 다만 아름답게 헛되인 칭호뿐이고……. (함원含怨하는 암루暗淚에 떨리는 음성)

태자 (어쩔 줄 몰라 잠깐 기전, 실내로 잠깐 거닐다가 별안간 완이莞爾 타소打笑) 아하하. 그대의 원망은 당연하도다. 애처러운 그 가슴! 안타까운 부르짖음! 그러나 그것만이…… 베개를 같이 하고 살을 섞으며 애욕에 빠져 허둥지둥 얼크러지는 그것만이 부부의 그윽한 원정은 아니련마는. 무우수無優樹 위에 뚜렷이 솟은 달을 한 마음으로 사랑하고 한 가지의 방긋이 웃는 꽃을 둘이 함께 바라보며 기쁘거나 슬프거나 갈래가 없도록 마음이 합하고 넋이 어울리는 것이 이른바 삼생연분의 참된 부부가 아니겠소? 참된 부부임이 이러하거니…… (화원꽃을 가리키며) 저를 보라. 저기 저 꽃

밭! 꽃다운 향기에 미쳐 날던 한 쌍의 호접도 같은 이슬을 맑게 맛보고 같은 꽃잎에 고요히 쉬는도다. 암나비는 야수다라 그대요 숫나비는 실달태자 나라고…… 피는 봄꽃에 화락한 마음은 둘지언정 어지러운 색에 집착되지는 말어지이다. 야수다라! 그렇지 않소?

야수다라 (화성이안 和聲怡顔에 반기는 미소를 띠고) 일찍이 듣지 못 하옵던 반가운 말씀. 비와서 궂은 밤에 보름달을 뵈옵는 듯 두굿겨 주옵시는 애처로운 이 몸 쾌생 회춘의 감로수를 먹사온 듯 금방 죽사온들 임 향한 일편단심 가실 줄 있사오리. 이제 저의 가슴에 뭉치어 있던 그 무엇이 금방 한꺼번에 사라진 것 같소이다. 그럼 이제 날마다 뫼시옵고 꽃구경 달구경이나 하옵도록……. (애교를 피우면서)

(태자가 야수다라비를 가볍게 포옹, 영아의 울음소리가 또 들린다. 시녀 1인이 침전 출입구에서 고요히 등장)

시녀 (열쩍어서 잠깐 주저하다가 넌지시 국궁) 라후라 아기가 선잠을 깨시와 엄마마마를 찾으시는 줄로 아뢰오.

야수다라 아기가 오늘은 어째 그리 선잠을 자주 깨어 보채일까.

태자 응 그러면 어서 들어가서 귀여운 우리 라후라를 보채지 않도록 하시오.

야수다라 (아직도 마음이 놓이지 않는 듯 잠깐 주저하다가) 그럼 전하께옵서도 침전으로 함께 듭시지요.

태자 (다소 주저하는 빛) 먼첨 들어가시오. 나는 잠깐 좀…….

야수다라 무얼요. 시방 같이 듭시지요. 이 야수다라가 그렇게 보기 싫으십니까. 어서 어서 들어가십소서. (평생 용기를 다 쓰는 듯한 팔로 태자의 허리를 껴안고 떼어밀어 침전으로 들어간다)

— 음악 고조, 태자가 침실로 들어가며 막 —

[제2막]

1

장 : 실달태자궁 침전

시 : 전막의 심야 달밤

경 : 정면에는 청홍색 대리석 원주가 몇 개 서 있고 그 중앙 근처에 태자와 비의 기거하는 상탑床榻이 놓여 있다. 우편으로는 별전別殿으로 통하는 소문이요 좌편 후면에 정원으로부터 들어오는 계단문, 우편으로 아치형 전망창, 창 밖으로 정원의 기화요초奇花瑤草와 멀리 설산이 보인다.

군데군데 청홍등 불빛이 근심스럽게 꺼물거릴 뿐인데 화려하던 낙원이 음산한 시체로 화한 듯 시녀와 가희와 무희는 모두 송장처럼 여기저기 쓰러지고 엎더져 팔다리를 함부로 내어놓고 혹은 침을 흘리고 혹은 이를 갈며 혹은 군소리를 하며 갖은 추태를 드러내고 있다.

(태자가 부시시 일어나 실내 광경을 두루 한참이나 여겨본다)

태자 (별안간 몸서리를 치며) 송장! 송장! 여기도 송장 저기도 백골아…… 무서운 무덤! 사바! 지옥! (전망창 앞으로 쫓긴 듯이 달아난다. 한참이나 고민, 달빛에 은은히 보이는 설산을 물끄러미 바라보더니 무엇을 결심하는 듯 별안간 주먹을 힘있게 쥐며) 오— 세상의 환락이란 이와 같이 모두 더럽고 헛된 것이다. 나는 시방 출세간의 무위진락無爲眞樂을 구하여 오…… 오냐 가자. 설산으로 가자. 기어코 설산으로 가자. 히말라야 설산이 나를 부른다.

(획 돌아서 정원으로 통하는 문을 향하여 돌진하다가 야수다라 침상 앞에 이르러 문득 발을 멈추고 다소 주저하면서)

아기와 엄마는 고요히 잠이 들었도다.

(라후라를 끌어안고 뺨이라도 대어 보아 최후의 이별을 하려는 듯하다가 다시 단념하는 듯)

아서라 그만 두어라. 라후라가 만일 잠이 깨어서 울든지 하여 야수다라마저 잠이 깨이게 되면 이 밤으로 떠날 이 길에 또 방해가 적지 않을 것이다. 시방은 박정하나마 무언의 고별…… 차라리 은애恩愛를 버리고 무위에 들어서 불과佛果를 깨우친 뒤에 다시 만나보리라. (걸어나가려 한다)

야수다라 (얕은 잠이 깬 듯 눈을 비비며 일어나 앉더니 무엇이 반갑고 다행한 듯) 오! 전하 여기 계십니까. 나는 정말…… 그런데 이렇게 밤이 깊도록 왜 취침하지 않으시고 자리에 일어나 계십니까.

태자 (어색하게) 아까 잠깐 잠이 깨었다가 시방 막 다시 누우려고 하는 길이요. (자기 침상으로 간다)

야수다라 밤이 아마 늦었나본데…… 그럼 어서 주무시지요. 아이 참 이상도 해라…… 저는 시방 어찌도 무서운 꿈을 꾸었는지요?

태자 (시들하지 않게) 무슨 꿈을 꾸었기에?

야수다라 (태자 침상으로 가서 태자의 얼굴을 유심히 여겨보면서) 아주 참 무서운 꿈을 꾸었어요. 생각만 하여도 (몸서리를 치며) 아주 몸서리가 쳐지는 무서운 꿈을 꾸었어요. 저…… 전하께옵서 저를 그저 떼쳐버리시옵고 성을 넘어서 설산으로 도망해 들어가옵시는…… 그런 아주 무서운 꿈을 꾸었어요. 에그 전하께옵서 정말 저를 버리고 가옵시면 어떡하나……. (태자의 어깨를 싸고 매어달려 하소연하는 듯)

태자 (잠깐 침묵) 무얼 그까짓 꿈을 누가 믿겠소. 설마 하니 내가 그대를 어찌 차마 아주 버리고 갈 수야 있겠소. 그까짓 꿈…… 아무 염려말고 잠이나 어서 잡시다. (일부러 선하품을 하며 자리에 눕는다)

야수다라 (자기 침상으로 가서 앉으며) 글쎄요…… 그 꿈이 정말 맞지 말았으면 작히나 좋겠습니까…… 이 야수다라가 전하로 말미암아서 이렇게 가슴을 졸이고 애를 태우기는 벌써 두 번째나 되어요.

태자 (미소를 띠우며) 언제 언제 두 번째나 그리 알뜰히 속을 태웠더란 말이오.

야수다라 한 번은 이번 출가하신다는 통이고……

태자 또 한 번은.

야수다라 (부끄러움을 머금은 미소) 또 한 번은 우리가 가례의 인연을 맺기 바로 그 전…….

태자 (픽 웃으며) 온 참 서로 만나기도 전의 혼자 꿈타령을 누가 믿겠소.

야수다라 아니예요. 그것은 꿈타령이 아니라 정말 생시의 이야기예요.

태자 그것은 또 무슨 수수께끼인데?

야수다라 그것은요. 저…… '수와얀바라' (자선식) 경기장에서요.

태자 왜요. 내가 그 때 최후까지 모든 경기에 최우승을 하였었는데…….

야수다라 글쎄 그러니 말이지요. 저는 높은 대상臺上 휘장 속에서 혼자 좁은 가슴이 몹시 두근거렸었어요. "차라리 모든 경기를 중지해 버렸으면…… 혹시 불행하여 전하께서 한 가지 재주라도 다른 왕자들에게 지시게나 되면 어떻게 하나"하고 왼 종일토록 어떻게 좁은 속을 태우고 졸였던지요.

태자 그래도 최후의 승리는 내가 얻어서 이렇게 삼생의 가연을 맺게 된 것이 아니요.

야수다라 그것은 그렇게 되었지만요.

태자 그런데 무얼 사라진 옛 꿈 하소연을 이제서 하면 무슨 잠투정이시요.

야수다라 아이 참 전하도…….

태자 (웃으며) 그러니 그 때는 그렇게 애를 졸이고 넋을 사루며 알뜰히 찾았던 그 인연이 이제 와서는 또다시 말썽을 부린다는 그런 하소연이지요.

야수다라 무어 꼭 그렇다는 것도 아니옵지요마는…….

태자 (미소를 띠우고) 그럼 이제는 내가 출가하였다가 다시 돌아오는 꿈이나 한 번 꾸어보시오.

야수다라 (미소에 섞여 누우며) 글쎄요. 이제 그런 꿈이나 다시 한 번 꾸어볼까요. (하품, 잠이 드는 듯)

(소간, 등불이 꺼물거린다)

태자 (누워 자는 체하다가 고개를 들며 야수다라의 동정을 몇 번이나 살피다가 다시 일어나) 오. 이제는 갈 때가 되었다. 출가할 제 때가 돌아왔도다. 일각이 늦으면 일각의 번민 일각의 고뇌…… 만일 또 다시 이 때에 떠나지 못 하면 영겁의 해탈을 얻지 못하리로다. (소리없는 눈물로 마지막 고별을 하는 듯 무대 중앙에 서서 사방을 돌아보며 열루熱淚를 머금은 최후의 결별. 정원문 쪽으로 걸어가다가 다시 돌아서서 다소 석별, 계단 문턱까지 이르러 마지막 다시 돌아다본다)

라후라 (꿈을 깨인 듯 별안간에 크게 운다) 으으으아아으아…….

태자 (최후의 승리를 축복하는 듯, 두 팔을 힘있게 번쩍 들더니 휙 돌아서 달음박질 계단으로 내려간다)

(실내 등불이 별안간 꺼진다)

— 음악 고조, 태자가 아니 보일 때까지 천천히 막 —

4

장 : 궁성 후문

시 : 아사타월의 만월의 날, 양력 7월 1일 심야

경 : 정면은 인도식 석병石屛, 중앙에 네 귀 들린 지붕 있는 소문小門, 문 우측에는 협문脇門, 문전에 철망을 걸어놓았고 횃불이 한 옆에 거진 다 타 여

신여신(餘燼)만 이따금 꺼물거린다. 기치(旗幟)와 창검 등이 병립, 소문 좌편 구석에 차익(車匿)의 방, 방에서는 희미한 불빛이 비치어 있다. 달빛마저 쓸쓸한 심야 정적한 정경, 성문이 가만히 열리며 실달태자 가만히 나온다.

태자 어허 다행이로다. 다행이로다. 그런데 다행한 중에도 참 신기한 일이로다. 천인의 힘으로도 열지 못한다는 이 철문이 더구나 사백리 밖까지 울리는 쇠북을 달아놓은 이 철문이 소리도 없이 불가사의하게 저절로 열리어졌으니…… 오냐 이제 궐내의 어려운 곳과 금문(禁門)의 경위(警衛)를 벗어나서 시방 이 문턱까지 넘어선 이 한 걸음이 곧 일체 중생을 고해에서 구제해내일 첫 길이로다. 은애(恩愛)를 벗어버리고 하염없음에 들어가 처자의 쇠사슬을 끊어버릴 때는 진실로 이 때이로다. 자— 그럼 이제어서 차익이를 찾아보아야 할 터인데……. 차익이가 있는 곳이 어디였었지? 옳지 저기 있었다. 저기야. (차익이 방 창 앞으로 가서 가만히 창을 두들기며) 차익아 차익아 애 차익아 빨리 좀 일어나오너라. (독백) 이거 어떡하면 좋을까. (초조) 이 애 차익아!

차익 (실내에서) 으응 거기 누가 왔소? (잠 섞인 음성으로 퉁명스럽게)

태자 (초조하던 중 일변 반가운 듯) 내다 내야.

차익 으—응 누구야 일 있거든 낼 아침에 오너라.

태자 아니 나야.

차익 내가 누구야. 알다 모르게 내가. 망할 자식 낼 아침에 오래도.

태자 (몹시 초조하며) 아니 내야. 나는 태자다 태자.

차익 (놀라워서) 네? (방문을 열고 눈을 비비고 나오면서) 아니 태자께옵서 이 밤중에 나오실 리가…….

태자 쉬— 내다 내야. 정말 태자야.

차익 네— 그럼 정말! (얼결에 국궁) 정말 태자께옵서 이같이 깊은 밤에 어찌하여서 여기를.

태자 나는 이제까지 몹시 취했다가 시방 막 깬 터이라 감로수 한 모금

이 몹시도 급하게 마시구 싶구나. 그래서…… 들으니 그 물은, 그 샘물은 저…… 생사를 여읜 거룩한 나라에 존귀한 나라에 있다 하더라. 그러니 나는 시방 그 나라로…… 거룩한 설산 히말라야까지 가서 그 샘물을 찾아볼 터이다. 차익아 말을 그 말을 얼른 타고 갈 그 말을 빨리 좀 대령해다오. 어서어서 말을 그 말을…….

  차익 온 천만의 말씀! 산이 다 — 무엇입니까. 이 밤중에 남 다 자는 아닌 밤중에 히말라야 설산엔 어떻게 가시며 또 무엇하러 가십니까.

  태자 시방 말과 같이 감로수를 얻어 마시려고…….

  차익 안 됩니다. 안 됩니다. 태자께옵서 정말 그렇게 떠나가시오면 대전마마께옵서와 마가남 대신 기타 중신 아니 온 나라의 일체 신민들까지 얼마나 걱정을 하겠습니까?

  태자 아니다. 나는 정말 목이 몹시 마르다. 시각이 급하다. 만일 시각이 늦으면…… 남의 눈에 뜨이면 안 될 터이니까. 차익아 어서어서 그 날랜 말을 어서 좀 끌어 오너라. (애원, 초조, 고민)

  차익 안 됩니다. 매우 어려운 일이올시다. 태자께옵서 정 그렇게 분부가 계옵시면 구실이 마부인 이 차익이 타옵실 말만을 하는 수 없이 대령하겠사오나…… 암만 해도 마가남 대신께 한 마디 여쭈어 보옵고…….

  태자 (별안간 위엄 있는 동작을 갖추며) 괴이한지고. 너는 내 영을 거역하느냐.

  차익 아, 안, 아니올시다. 그, 그럴리가.

  태자 그러면 잔말 말고 어서 바삐 그 간다가란 말을 이리로 끌어오너라.

  차익 네 저…… 마가남 대신께옵서 분부가 계옵셨는데……. (머리를 긁으며 매우 주저한다)

  태자 분부? 무슨 분부! 태자가 나오거든 얼른 말을 대령하라는 분부이냐?

  차익 아니올시다. 도무지 말을 드리지 말으랍셨는데…….

태자 흥 너는 참 미욱한 놈이로다. 그래 이놈아 생각해보아라. 네가 그리 몹시 무서워하는 그 마가남 대감도 나에게는 하잘 것 없는 한낱 신하야. 그래 너는 신하의 말만 그리 장하게 듣고 이 태자의 영은 종시 거역할 터이란 말이냐.

(일부러 성난 얼굴로 차익을 노려보며) 그래 그런 법도 더러 있을 수 있을까.

차익 (황공돈수) 황공하올시다. 그럴리가…….

태자 그러면?

차익 (눈물을 씻으며) 그런데 황공하오나 어리실 때부터 한 번도 이 차익 이놈을 꾸중하시던 일이 없으신 태자께옵서 여간하신 일이 아니옵시면 이처럼 역정을 내실리가 없으신데…… (다소 주저 사색하다가 결심) 네 끌어옵지요. 날랜 말을 즉각으로 대령하겠습니다. 어디까지옵든지 뫼시고라고 가겠습니다. (훌쩍이며 우편으로 퇴장)

태자 (차익의 가는 곳을 물끄러미 바라보다가) 충복이로다. 차익은 순진한 충복이로다. 그런데 어서 바삐 이 도성을 벗어나 이 밤 안으로 간다기강까지…… 간다기강이 몇 리라더라? 응 이백여 리! 암만 이백여 리라도 날랜 말로 질풍같이 달려만 가면…….

(차익이가 황금비* 산호안장 진홍 부담의 백마 간다가(乾陟)를 이끌고 우편에서 등장)

차익 말을 대령하였습니다.

태자 어두운 밤에 수고하였다. (말머리를 만지며) 간다가야! 간다가야! 부왕마마께옵서는 너를 타옵시고 일찍이 전지戰地로 달리어 왕래하옵시며 여러 번 승리에 수많은 축배를 듭시었지. 간다가야! 그럴 적마다 네 등의 수고는 얼마며 네 발의 공로는 또 얼마였겠느냐. 그런데 간다가야!

---

* 黃金轡 : 황금으로 만든 고비.

나는 시방 8만4천 대마군에게 열겹 스무겹 포위를 당하여 가는 생명이 위기일발에 서있다. 간다가야! 이 때를 당하여 나를 한 번만 도와다고. 나를 구해다고. 나는 너의 힘을 빌어서 지혜의 칼날로 마군을 무찌르고 남아 대장부의 웅도가 만고에 빛나는 큰 승리를! 승리의 노래를 부르려 한다. 아무쪼록 힘껏 정성껏 달리어다오. 내가 다행히 승리만 하는 날이면 너희들 축생의 무리에게까지도 무상의 복락을 누릴 날이 있게 하리라. 간다가야! 힘껏 달려다오.

(건척乾陟이 머리를 수그리고 굽을 치며 발로 땅을 긁는다)

차익 머지 않은 장래 전하께옵서 보위에 오르옵시는 기꺼운 날에 이 말의 영광스러운 고삐를 잡아보려고 주소晝宵로 벼르며 축수하옵던 것이…… 그만 천만 뜻밖에 이렇게 초라한 밤길을 뫼실 줄이야……. (태자의 다리에 매달려 느끼어 운다)

태자 (엄연히) 늦었다. 그런 수작은 그런 하소연은 때가 늦었다. 그런 범부를 괴롭게 하는 번뇌의 대적은 쳐서 멸해버리고 무상정편정각無上正遍正覺의 큰 열매를 너희들에게 줄 대장부는 이 구담瞿曇이다. 실달다구담이다.

오— 이제는 출가의 첫걸음! 눈물은 부당이다. 범부의 눈물은 부당하다.

차익 네 네— (눈물을 씻고 일어나) 그럼 어서 타십시오.

(천지가 별안간 암담하고 풍우가 소란)

태자 별안간 풍우가 대작! 차익아 우장을 빨리 준비하여라.

차익 네—이. (차익이 방으로 퇴장)

(야수다라가 몽유병자처럼 초연愀然히 열려진 성문에서 등장. 태자의 광경을 보고 경악하여 화석과 같이 우두커니 섰다가 황급히 달려와 태자에게 매달린다)

야수다라 전하, 태자 전하! 이 야수다라와 라후라를 버리시옵고 어디로 갑시렵니까 어디로…….

태자 (민련悶憐해 하는 얼굴로 야수다라를 내려다만 볼 뿐)

야수다라 (태자를 쳐다보며 몸부림 하는 듯 애소하는 듯) 나의 하늘이요 나의 생명이신 태자 전하! 못 가십니다. 못 가십니다. 당신께서 떠나가옵시면 애처로운 이 몸과 가엾은 라후라! 또 이 가비라의 모든 생명들은 어찌나 되라고 하십니까.

태자 (묵연히 야수다라의 손을 잡아 일으켜 세우고 엄연히) 야수다라여. 나라도 망할 수 있는 것이며 사람은 죽는 것이요. 시방 나는 그것을 구제키 위하여 영원불멸의 국토와 생명을 찾아서 가는 길이니 차라리 기꺼워 할지어정 조금도 서러워는 하지 마시오.

야수다라 영원불멸의 나라? 불멸의 그 나라를 어디로 찾아가시렵니까? 멀고도 알 수 없는 그 나라! 그 나라로 태자를 떠나 보내임보다는 차라리 이 세상에서 당신을 뫼시고 있사옴이…… (산란한 태도) 아…… 그러함보다도 차라리 이 몸 하나가…… 없어지면……. (땅에 엎더져 운다)

태자 (야수다라 등의 번쩍이는 영락瓔珞만을 묵연 응시)

(소간 차익이 우장을 가지고 등장)

차익 (태자의 광경을 보고 섰다가 두어 걸음 태자 앞으로 가까이 가서) 차익이 대령하였습니다.

태자 (꿈을 깬 듯 구원을 얻은 듯) 오…… 옳지…….

차익 (태자에게 우장을 입히고 말꼬삐를 잡는다)

태자 (말을 타려고 돌아서며) 야수다라! 그러면 이제 이것으로 작별이오.

야수다라 (일어나 원망스럽게 태자를 쳐다보며) 기어코 떠나시렵니까? (울면서 태자의 옷을 잡고) 전하께옵서 과연 이리 떠나갑시면…… 이 몸은 금방 이 자리에서 죽고야 말 터입니다.

태자 (야수다라를 잠깐 묵연 응시, 야수다라의 손을 뿌리치며 엄연히 또 힘있게) 죽으시오 야수다라. 마음대로 죽으시오.

야수다라 (안색이 창백하게 질려서) 네—?

태자 (먼 하늘을 우러러 보며) 어리석은 계집아, 물러나라. 나의 앞길을 막는 자는 영원히 재앙이 있을 것이다. 골육이라 친척이라 일컫는 그것도 모두 다 외도外道이다. 악마이다. (손으로 야수다라를 가리키며) 사바 속세의 어리석은 계집아. 너와 나와 무슨 상관이 있으랴.

야수다라 (엎더져 기절한다)

태자 (합장) 시방세계 제불 제보살 十方世界 諸佛 諸菩薩! 구담瞿曇의 대원大願을 성취하게 하소서. (말을 타고 왕궁을 향하여 경배)

― 비장한 음악, 번개가 두어 번 번쩍, 막 ―

―《현대조선문학전집》(1938년 10월).

수필

청산백운
노래는 회색, 나는 또 울다
그리움의 한 묶음
귀향
산거山居의 달
궂은 비
추감秋感
첨하檐下의 인정

청산백운

머리말

　청산백운을 누가 알아? 다만 청산은 백운이 알고 백운은 청산이 알 뿐이지! 전피청구혜田彼靑邱兮 애써 갈고 써리는 두 손의 심정 아는 이 없도다. 아는 이 없음이라. 구름 깊은 저 곳에 곁두리 점심 누가 갖다 먹이랴! 그래도 뜻있음이라. 주린 배 움켜쥐고 씨알 뿌릴 제, 한 이는 '묵소默咲'를 짓고, 한 이는 '소아咲啞'로 자처하더라. 그러나 저기에 무엇이 될까? 쟁기도 꼬눌* 줄 모르고, 소멍에 메이며 소도 몰 줄 모르고, 써레질하며 두럭**도 지을 줄 모르면서 사래 찬 밭 넘보도다. 또한 그리고, 씨앗 바구닐 어루만져! 저기에 무엇이 될까?
　묵소 대호왈大呼曰 "암 되지. 다언多言을 마소. 저 청산, 저 백운으로 뒷날에 증거합세."
　모르리로다. 청산백운을 누가 알아? 모를세라. 뒷 일을 어이 알리! 마는 아무려나 작히 좋으랴. 잘 되거라. 잘 나거라. 잘 크거라. 잘 되거라.

---
* 꼬느다 : 힘있게 쥐다.
** 논이나 밭두렁.

꽃봉오리 적에 잘 피거라. 화무십일홍花無十日紅 믿지 말고, 무궁 무궁 무궁화가 네 소원이거라. (1919년 8월 1일)

해 저문 현량개

　묵군默君과 대팻밥 모자를 빗겨, 녹초처처綠草萋萋한 앞 벌을 거치고 콩포기 우거진 세제일루細堤一縷 귀도歸道에 올랐다. 해는 모운暮雲에 어리어 떨어졌다. 띄엄띄엄 중방구름 사이로 잔조殘照는 억천조億千條. 대머리 달마옹達摩翁 큰재(峰) 어른은 찬란한 저녁노을에 눈이 몹시 부시던지 한 어깨를 추석거리며 고개를 돌이켜 현량개 앞 벌을 내려다보는 그 그림자 밖으로, 서너 주株 세류지細柳枝는 한 줌 연사烟紗의 엷은 선線을 드리웠다. 위대한 저가 큰 무엇이 운명할 때처럼 서산 고개에서 마지막 눈을 껌벅거릴 때, 온 만유계萬有界는 우글우글하며 임종준비가 매우 바쁘다. 하늘도 바쁘고 땅도 바쁘고, 뫼나, 물이나, 집이나, 사람이나, 또한 현량개나 모두 바쁘다.

　황혼의 파도는 석연夕烟이 비낀 주봉朱鳳뫼 골짜기로 슬슬 밀어내려온다. 그 파도에 홀로 아니 빠지랴 발돋움하여 허덕거리는 괘등형掛燈形 외딴 소나무, 애처롭다! 저야 운명의 석조汐潮를 면할 수 있으랴! 하는 수 없이 그 파란*에 풍덩실…… 아울러 출렁거린다. 아아! 어찌 저만 그러랴. 포플라 무성한 가지에선 쓰르라미 읊조리는 새 곡조가 일어나자 오리나무 숲 참새 떼 저녁 굿놀이는 한창 넋이 올랐다.

　서녘 하늘 쇠잔한 볕살 사루어지고, 일폭 석류꽃빛 깁바탕에 천만경千萬頃 출렁거리던 무수한 청산은 일 획의 곡선만 남아 검푸른 윤곽을 그리고, 위로 몇 점 화운樺雲은 유화油畵로 찍어낸 듯, 사위四圍는 다 유화색榴花

---

* 波蘭 : 잔물결과 큰 물결.

色으로 반응한다. 산이나 나무나, 사람도 붉은 사람이요, 짐승도 붉은 짐승이라. 밭둑길로 어슬렁어슬렁 걸어오는 이웃집 늙은이는 볕에 그을린 얼굴이 주귀朱鬼같이 붉다. 홍화紅火가 이는 듯, 나는 내 대팻밥 모자를 만져 보았다.

서풍은 솔솔 불어온다. 먹실골서 내려오는 농부가는 바람결에 한 번 무더기로 들리자, 버드나무 숲 우거진 이쪽저쪽 풀집에서 밥짓는 저녁연기가 소르르 떠오른다. 이것이 시골의 정경이다. 더구나 저를 좀 보라. 평화롭고, 깨끗하고, 사람답고, 또 태고 맘인 저 연기. 순후純厚한 촌부인, 사랑하는 어머니 같다. 나는 저를 안고 싶다. 안기고 싶다. 젖투정하던 어린 아기 어머니 품 안에 안겨, 한 젖꼭진 입에 물고, 한 젖꼭진 어루만지며 어머닐 쳐다볼 때 사랑하는 어머니 마음이랴.

나의 영靈은 저와 조화하여 몽기몽기 떠올라 가끔 바람에 불려 이리 휘뚝 저리 휘뚝. 그러다 영영히 먼 곳으로 떠가면…… 그만이지. 그러나 현량개 사람들아, 행여나 자모慈母 같은 저 사랑 품을 벗어나지 마라. 이 세상 악풍조를 어찌 느끼랴. 도도한 탁파濁波가 뫼를 밀고 언덕을 넘어 덮어민다. 조심하라. 음탕. 사치. 유방遊放. 나태. 오만. 완고, 이 거친 물결을…… 저의 사랑이 엷거든 너른 품으로 훔쳐 싸주는 주봉뫼의 사랑을 받으라. 그래도 부족하거든 영원한 저 곳, 저 하늘을 우러러 보라. 주봉뫼는 그 사랑 품에 모로 안기며, 풀집 연기는 저기를 쳐다보며 뭉기뭉기 오른다.

풋밤송이 같은 꼴짐은 깝죽깝죽 흔들거리며 건넛말로 들어가고, 저 뒤로 쇠코잠방이 아래 젓가락 같은 두 다리로 땅을 버팅기며 코 센 거먹 암소, 고삐를 다리며 애쓰는 꼴이야. 저것이 사람인 생명이다. 그래도 그가 영물靈物이라. 끝끝내 영악한 저를 정복한다.

아이 꽁무니 따르기에 뉘 집 흰 강아진지 너무 고되다. 아이는 밭 매는 젊은 계집더러 "누이— 밥 먹으라여—" 무교육한 비향토어鄙鄕土語나, 아무리 들어도 어련무던한 시골 말솜씨다. 아이가 돌아서 뛰어가자, 강아지는 또 쫄랑쫄랑…… 제비는 공중에서 치뜨고 내리뜨고, 밭 가운데 어린 아기들은 "잠자리 동동 파리 동동", 또 "자―즈 자―즈" 이것도 다 의미 있는 소리다.

뒤에서 발 맞춰 오던 묵군은 밭매는 전부田夫더러 "시원해 좋지? 나도 좀 해 볼까?" 별러서 건네는 수작이야 가뜩이나 바쁜 현량개 또 한 거리가 되더라. 나는 홀로 밭둑길 지렁포기*를 헤치며 집으로 들어온다. 정시 박모천正是薄暮天이라. 돌아나는 구름은 너무나 피로한 듯이 머뭇머뭇하며, 날 저문 묏부리를 힘없이 돌아든다. 활터거리 콩밭에선, "오늘 해는 다― 갔는지 골골마다 연기 나네." 칡사리 해 지고 돌아오는 머슴 아이, 배고픈 엄살, 줄뽕나무 밑에서부터 터진다. 나의 게으른 보조步調는 사랑마당에 들어섰다.

메밀밭 가는 우령牛鈴 소리는 뎅그렁뎅그렁, 버드나무 숲 컴컴한 속에서 우렁차게 나는 황소 영각. ―아울러 어둠을 재촉한다. 잰 며느리야 보는 이 저녁달은 벌써 바리목골 고개에 한 잎을 베어 물렸다. 어둠의 막은 겹겹이 쳐서 온다.

무인어無人語 무물음無物音한데 성하星河는 일천一天, 우주는 묵연默然한 데에 뜻이 있는 것이다. 물物이 있느냐 없느냐, 유무의 경境에 들어간 나는 즐거운지 슬픈지…… 애를 써 느끼지 마라. 그믐 같은 너의 속, 얼음 같은 너의 속, 검고 찬 너의 속, 답답하고 쓰린 너의 속, 누가 어루만져 녹여주랴. 건넛말 뉘 집 등잔불 일 점 새삼스럽게 반짝반짝. 허공에 휘적거리는 포플라 일주一株 새로이 석풍夕風을 띠었다.

(1919년 7월 29일 양포良浦에서).

---

* 지렁은 기장의 방언. 기장의 포기.

끝말

쉬운 거라 이르지 마소. 문군연하태유생問君緣何太庚生고, 총위종전작시고總爲從前作詩苦라.

묵군 왈 "이것이 삼 년 동안 밥 먹고 지은 거라고……" 누가 밥 안 먹으랴마는 '밥 먹었다' 하는 참 소리가 어려운 것이다. 이것이 비록 보잘 것 없으나, 학생모 가죽챙 밑에서부터 참 3년 동안 밥 먹어 삭인 것이다. 비노니 뭇사람들아 '쉬운 거라' 말고 어떻든 무궁화라고 너털웃음 섞어 나 주게나.

소아는 노작이요, 묵아는 정백(지현)이다. 휘문고보 4년 기미년 만세에 참가 후 노작의 향리에 은신, 휴양할 때 쓴 것이다. 당시 이들은 약관 20. 그러니, 이 수필은 초기작으로서 그 시대 형편의 참고에 가치가 있다. 월탄의 《청태집》에서 〈백조시대의 그들〉을 보면 이들의 교유 당시를 엿볼 수 있을 것이다. 본래 《청산백운》은 노작과 정백의 작은 합동 수필집인데 초고본으로 묶어 둔 것이다. 여기에서는 노작분만 싣는다. ─박영길 옮겨 씀.

노래는 회색, 나는 또 울다

아기의 울음을 달래려 할 때에
속이지 아니하면은 어머니의 사랑으로도
웃지 말아라 미친 이의 이야기를
참말로 믿으면 허튼 그 소리도
커다란 빈 집을 일없이 지키는
젊은이 과수의 끝없는 시름은
한 마음밖에 또 다른 뜻을 모른다 말어라
속 모르는 이의 군이야기가 없었더라면
사나이 젊은 중 염불이 아니었다면
밝은 눈동자 목탁이 아니거든 모를 수 있으랴
가사袈裟를 입을 때에 붉은 비단 수놓은 솜씨를
어여쁜 보살! 관세음보살을!

  12월 22일 사랑하는 언니 유노流露씨여. 누영군淚影君을 기다리느라고 전등불이 켜진 뒤에도 한 시간이나 되어서 저녁밥을 먹었나이다. 그리고 또 다시 누영군이 돌아오기를 기다렸으나 기다릴수록 그는 지긋하게도 오지 아니 하더이다. 참다가 못하여 나중에는 "아마 그림을 오늘도 다 마치지 못한 모양이로군! 그렇지 않으면 예배당에서 저녁밥을 내었거나……" 이렇게 혼자 군소리를 지껄이고 나서 기다리던 일을 단념해 버렸나이다.

두루마기를 입고 막 일어서려 할 때에 몽소夢笑군이 털털거리고 달려들어요. 그는 노상 잘 웃는 너털웃음을 큰 소리 쳐서 한 번 웃더니 "왜 이 때까지 이 냉방에서 가뜩이나 말라꽁이가 떨고만 앉았어?" 나는 한 번 쓴 웃음을 지어서 그의 말을 대답하는 듯 해버렸나이다. 그는 또 의아해 하는듯한 눈으로 나의 얼굴을 유심히 보더니 "왜 오늘도 또 무슨 근심인가?"

"아닐세……" "아니기는 무엇이 아니여? 어서 나오게." 나는 별안간 울 듯한 가슴에 아무 말도 하기가 싫어서 그저 그의 시키는 대로만 따라 나섰나이다. 종로 네 거리까지 갔을 때에 몽소군이 우뚝 서더니 눈을 찌긋—하고 무슨 생각을 한참 하다가 사방을 한 번 휘휘 둘러보고서 "거기나 가 보지"하고 어디론지 목적지를 확정한 듯이 다시 걸음을 시원스럽게 옮겨 놓더이다.

밤은 능청스러운 거짓말 같은 밤이더이다. 상두꾼의 옛날 이야기같은 하늘의 별들은 선술집에 늘어놓은 굴접시같이 여기저기서 끔벅끔벅 하면서도 멀뚱멀뚱하면서 내려다 볼 때에 철모르는 어린 아이들을 꾀어 속이려는 음충스러운 문둥이의 눈을 보는 듯하더이다. 큰길로 지나다니는 사람들은 바쁜듯이 왔다갔다 하는데 모두 초상집에 가는 이의 걸음같이 설움에 젖어서 가는 듯하더이다. 기꺼운 빛 기꺼운 소리는 조금도 없이 이 밤 안으로 무슨 큰 흉변이 장차 일어날 듯한 무서운 조짐이 보이는 듯 하더이다. 그런데 여기저기에서 희미한 전등빛이 어른거리어 근심에 미치인 길거리 가득한 마취제를 마시고 한창 어지러운 걸음을 비틀거려 걷는 듯이 세상만사가 마초자麻硝子처럼 몽롱해 보여 버리더이다.

문사로 자처하고 돌아다니는 얄궂은 한일초韓一草군을 만났나이다. 그는 우리를 보더니 한 번 간사한 웃음을 던지며 인사하는 뜻으로 모자 쓴 채 머리를 한 번 까땍하고 지나가더이다. 어찌해 얄미운 그 웃음을 일부러 던지고 가는가요. 나는 소름이 끼쳐서 떨었나이다. 수진방壽進坊 골로막 들어설 때에 나는 몽소군이 나를 데리고 가는 곳을 얼른 짐작하였나이다. 아마 나의 얼굴에 수색이 있었음을 보았으니까 그를 풀어주기 위하여 붉은 등 단 잿빛의 거리를 일부러 찾아가는 게지요. 근심하고 시름하고 소리 없이 우는 이에게도 가끔 향락을 맛볼 수가 있는 게야요. 고민할수록 아찔한 향락을 더 맛볼 수가 있는 게야요. 끝없이 막막한 사막으로 헤매 다니던 한 목마른 나그네가 조그만 푸른 잔디밭을 만났을 때에 일없이 거리에 다리 뻗고 주저앉아서 머나먼 고향의 꽃핀 동산을 달콤하고도 나릿하게 엷은 꿈을 꾸고 있을 터이지요. 그러나 향락이라는 그것이 여북이나 하는 수 없어서 차마 이름을 향락이라 지었겠습니까?

이층으로 새로 지은 잡화상점 앞까지 갔을 때에 누영군의 연인이던 화정아씨를 만났나이다. 그가 우리를 보고서 아는 체 하려고 한 번 방긋 웃을 때에 나도 무슨 말을 할 듯이 멈칫하고 섰었나이다. 그러다가 몽소군이 화정이와 나란히 서서 가는 양장한 여자를 보더니 아무 말도 없이 시치미를 뚝 떼고 얼른 걸음을 옮겨 가기에 잠깐 멈칫하다가 "너무도 수상하다" 하는 생각이 들어서 나도 모르는 체하고 그를 쫓아가며 어쩐 까닭을 물었나이다.

양장한 그 여자가 어느 교육회의 회장인 줄을 알았을 때에 "이상한 곳에서 이상한 일이 이상하게도 충돌이 되었구나!" 하고 다시 발을 돌이켰나이다. 화정의 가는 곳을 쫓아가려 함이로소이다. 그의 가는 곳을 잘 알았었나이다. 반드시 서린동에 사는 그의 동무의 집으로 간 줄을 꼭 알았나이다.

사랑이란 사람이 반드시 한 번 하고 가는 것이지마는 그것이 행복을 가지고 온 것인지 불행을 가지고 온 것인지 그는 모르겠나이다. 그러나 그것이 사람에게 행복과 불행을 제 마음대로 지배하고 또 농락하는 것은 사실이외다. 아— 불행에서 거슬려 흐르는 밀물에서 이리 뒤치고 저리 뒤치는 젊은이의 무리들이 얼마나 많을는지요! 나는 나의 벗 누영군을, 불행이란 불행을 알뜰히 모아 가진 그를 늘 옆에다 두고 보나이다. 그는 삼사년이나 허탕하고 방탕한 난봉살이도 하여보았지요. 또 날마다 일없이 웃는 꽃다운 꽃의 늘 부르는 노래도 수없이 쓰릴 만치 들었지요.

그러한 그가 화정이라는 한 여성의 "사랑 좀 하여 주오—"하고 애걸하는 듯한 어여쁜 소리를 들을 때에 "영구히 서로 믿자. 허영이라는 그 속에서는 맛보지 못한 새로운 행복에서 살아보자. 슬픔과 기꺼움을 모두 묶어서 될 수만 있으면 우리만 아는 향락의 나라에서 꿀같이 알뜰히 살아보자"하였었나이다. 그의 가슴은 기쁨과 희망으로 한껏 마음껏 퍼지고 벌어버렸었나이다. 그는 애인이 있는 그 동안에는 침착하고 진실하여 졌었나이다. 그러나 그의 바라던 그 사랑은 지나가는 나그네의 허튼 주정이 되어 버렸어요. 아마 화정의 모진 발길이 여지없이 그를 박차버렸던 게지요.

그가 처음에 누영을 얼싸안았을 때에는 "항용 있는 기생의 사랑으로는 알지 말아주셔요"하였다 하더이다. 그러나 어느 때까지 기생은 그대로 기생이던가 보아요. 요사이는 어느 부잣집 자식이 미쳐 가서 결국 팔백 원 사기사건을 만들어냈다 하는 어느 신문기사를 보았나이다. 동시에 누영군은 실연을 당하였지요. 군은 자기도 어리석은 줄을 알면서도 말 못 하는 가슴을 남몰래 혼자만 태우나 보더니다.

그러한 배경 안에서 오늘밤에 우리가 화정을 만났나이다. 심상히 만났으면 아무 일도 없겠지요만 이상한 장면에서 이상한 충돌이 있었음으로 다시 말하면 화정이가 누영의 일로 인연하여서 무슨 오해나 있지 아니할까 하는 생각이 들어서 서린동으로 그를 쫓아 갔었나이다. 그러다 그의 동무의 집에를 들어설 때에 "쓸 데 없는 짓을 하는구나" 미지근한 느낌이 가슴에 떠오르더이다. 대문 안으로 들어서며 "이리 오너라" 물을 때에 한 겹 중문 안에서 소곤소곤 속살거리는 화정과 그의 동무의 말소리를 들었을 때에 가슴이 뻐개지는 듯한 불쾌한 감정이 불 일듯 하더이다.
"또 속이는구나!" 한 마디 부르짖고 어두운 골목길로 숨어서 나왔나이다…… 몰래 다니는 도둑질꾼의 가만한 자취와 같이.

— 《동아일보》(1923년 1월 1일).

그리움의 한 묶음

이별…… 그리고는 그리움이다. '나' 와 이별…… 나는 청년이다. 아직도 앞길이 구만리같이 창창한 나로서, 무슨 그렇게 지독한 이별을 당하고서야 어떻게 살 수 있을 것이냐……만은 그래도 끝없는 그리움은 때없이 나를 덮어누르고 있다. 팔자 사나운 그 그리움이 나와 무슨 업원業冤이 있었음인지 무슨 인연이 깊었음인지, 원수냐 사랑이냐 그것은 도무지 몰라도 이 세상에서 나를 가장 잘 알아준다 하는 이도 그리움 그이요, 내가 노상 사귀어 잘 안다 하는 이도 그리움 그이다.

나는 모든 그리움 그 속에서 이만큼 자라났다. 그리고 또 그 그리움 속에서 이만치 파리도 하여졌다. 자다가 잠꼬대도 그리움 까닭이요, 앓다가 헛소리도 그리움 타령이다. 그리움! 그리움! 그는 얼마나 억세기에 나를 이렇게도 울리어 놓는고. 내가 울도록 보고 들은 것도 그리움 그것이요 겪고 느낀 것도 그리움 그것뿐이다.

내 나이 스물네 살…… 그렇다. 내 나이를 이르자면 분명히 스물네 살일 것이다. 그러나 그 나이는 내가 먹지는 아니하였다. 먹은 죄인은 따로이 있다. 이름 좋은 한울타리로, 스물네 살이라는 그 곳에 나의 이름을 잠깐 빌려 주었을 뿐이다.

그 나이는 그리움이라는 그이가 정말로 먹고 있는 것이다. 내 아람치*의 내 나이도 그리움이라는 그이가 다— 가로채어 맡아 가 버렸다. 그러니 세상 사람들의 항용 떠드는 "나는 나이를 먹었다. 내 나이는 늙었다" 하는 그 나이들도 아마도 그리움이라는 그이에게 모두 횡령을 당하고도 공연히 지껄이는 헛소리나 아닐지.

그리움! 그리움! 나는 여러 번이나 여러 사람의 입으로 부르는 그리움의 애끊는 노래를 들었다. 저 지나간 세상에서 그리움으로 속 태우던 이가 누구누구냐. 지긋지긋할손 오랑캐의 난리가 5,6년이라 낙양성을 뒤로 두고 나그네의 걸음은 그럭저럭 사천리 밖에서 "사가보월청소립思家步月淸宵立이요 억제간운백일면憶弟看雲白日眠이라" 그러나 어찌 그것뿐이랴. 낙수洛水 다리의 낯익은 사람은 다시 두 번 볼 수가 없구나. 외로이 후줄근하여 강포江浦로 돌아가면서 "마상馬上에 봉한식逢寒食하니 도중途中에 속모춘屬暮春이라." 뒤숭숭한 꿈자리만 공연히 구름 밖에 번거로울 제 "마상상봉무지필馬上相逢無紙筆하니 빙군전어보평안憑君傳語報平安이라." 객사 뜰의 봄 만난 버들잎은 얼마나 그리운 근심을 새로이 돋았던고. "권군갱진일배주勸君更進一杯酒는 서출양관무고인西出陽關無故人이라." 추야장秋夜長 으스름 달빛 아래 다듬이 장단도 님이 아니 계시니 시들푸고나. "학관鶴關에 음신단音信斷이요 용문龍門에 도로장道路長이라. 군재천일방君在天一方하니 한의도자향寒衣徒自香이라." 수자리 사는 이의 두고 간 지어미, 날구장천 애마르는 한탄 "타기황앵아打起黃鶯兒하야 막교지상제莫敎枝上啼하라. 제시啼時에 경접몽驚接夢이면 부득도천서不得到遷西를."

무엇무엇 할 것 없이 하고 많은 시인들은 수없이 그리움을 읊조렸다. 아지 못할 게라, 어떻게 생긴 시인이 차마 정말로 그리움을 읊조리지 않을 수가 있을 것이랴. 촌항村巷의 어리석은 지어미까지 "몹쓸 놈의 님이

---
* 개인의 몫.

로구나. 야속한 님이 가신 이후로 약수삼천리弱水三千里 사이에 소식이 돈절頓絶이로구나"하는 그 소리도 그리움이 아니면, 그렇게도 뼈가 녹게 슬플 까닭은 없다. 황릉묘리黃陵廟裏에 자규새 울고 오강풍림吳江楓林에 잔나비가 휘파람 불기로 그리움이 아니면 무엇이 그리도 구슬플 거며 우수경칩에 대동강물이 푸르든 말든 그리움이 아니면 그리도 애끊어지게 울 일이 무엇이 있나. 점잖다 하는 시조나 날탕패의 잡소리나, 교남嶠南의 육자백이나 관서의 수심가나 천안삼거리나, 노들강변이나 모두 다 그리움의 타령이다. 춘향이 타령도 그리움의 타령이요 심청이의 노래도 그리움의 노래다. 그 뿐이랴 '혼자 우는 어두운 밤'이란 그것도 그리 특별히 맡아둔 임자가 없나니 혹은 집에서 혹은 거리에서, 혹은 쇠창살 안에서 혹은 회색 세계 외로운 달빛 아래서, 그리움이 있어서 슬픈 노래를 부른다. 그러니 어찌 하랴. 나도 그리웁다. 모든 것이 그리워 못 견디겠다.

　동생이 그리웁다. 정신병이 들었다 하는 사촌동생이 보고 싶다. 어제 저녁에 불던 바람 풍랑도 많았거니, 어두운 밤 거친 물결에 부서진 배 조각은 어디로 어디로 떠돌아 갔느냐. 뒤숭숭한 꿈마다 소스라쳐 깰 때에 문득문득 깨우쳐 지나니, 병든 동생의 소식이 알 수 없음이로구나. 그는 얼마나 몹시 앓기에 나의 꿈자리를 그렇게도 어지러이 굴었는고. 요사이는 병세가 어찌나 되었는지 또한 시방은 무엇을 하고 있는지. 약을 마시고 있느냐 신음을 하고 있느냐, 누워서 있느냐 잠이 들어 있느냐, 그렇지 아니하면 여전히 그렇게 떠들고 있느냐, 무슨 생각에 잠겨서 앉았느냐. 어웅한 얼굴이 내 눈에 선하다. 노상 중얼거리던 그 소리가 귀에 들리는 듯하다.
　가슴이 답답한 일이나마 지나간 옛 꿈타령을 다시 좇아서 한 번 되풀이 해보자.
　우리 할머니께서 살아계실 때에 가장 귀여워하시던 손자는 시방 병들어 있는 그 사촌과 나와 둘 뿐이었었더니라. 사촌은 형도 없고 아우도 없이 아버지의 얼굴은 한 번 보지도 못 한 다만 외아들 유복遺腹이었고, 나는 백부에게로 출계出繼한 생양가生養家에 무매독자無妹獨子 귀한 아들이라, 금싸라기같이 귀하다 하여 집안이 모두 얼싸안아 줄 때에 그 중에서도 가장 많이 받기는 할머니의 사랑이었었구나.

할머니께서 우리들의 이름을 지어주실 때에, 사촌은 음전하다 무사의 자격이 있다 하여 독행천리獨行千里하는 '갑기甲騎'라는 이름을 지어 부르셨고, 나는 안존하다 날렵한 재주가 있다 하여 장차 용문龍門에 올라 입신양명할 자격이니까 주역의 첫 꼭대기를 그대로 갖다가 써서 '원룡元龍'이라고 지어 부르셨다. 아무튼 시대를 어둡게 모르는 칠십 노부인의 일이었지만 그 때의 할머니의 생각에는 꼭 믿고 기다리셨을 터이다. 갑기는 무과를 하여 만군을 호령할 대장이 되고 원룡이는 문과를 하여 백성을 다스리는 정승이 될 터이라고…… 그래 그 때에 그 둘은 새벽 아침의 맑은 정신을 서로 시새워가며 글을 읽을 때에, 갑기는 장차 장수가 꼭 될 작정이니까 육도六韜와 삼략三略을 부지런히 외웠고 원룡이는 정승이 될 양으로 서전書傳과 춘추를 몇 번인지 독파하였었구나.

어떻든 하마터면 될 뻔하던 대장과 정승은 정도 깊고 의초*도 좋은 종형제였다. 그러나 그 둘의 성격은 아주 정반대로 말도 할 수 없을 만치 달랐었다.

그 때가 어느 때이냐. 아마 내 나이가 일여덟 살 적인가 보다. 동생과 뒷동산에 올라가서 숯가마 장난을 하여 보았었다. 동생은 원래 성미가 활발스러워서 잠시도 땅에 붙어 있기를 싫어하는 터라 숯감을 쩍 끌어당기는 걸 맡아서 떡갈나무 우거진 곳으로 뛰어다니고 나는 앉아서 꼼꼼스럽게 돌을 주워 모아 싸서 숯가마를 짓게 되었었다. 그 때에 안산 골짜기

---

* 동기간의 우애.

에서 뻐국새가 하도 구슬피 울기에 나는 하던 장난도 시름없이 멈추고 우두머니 서서 "그 소리야 몹시도 처량하다"하니까 동생은 뛰어와 가는 팔뚝을 걷어 뽐내이면서 "형아야— (그는 나를 형아라고 불렀다) 내 저것을 잡아올까?" 하고 흰소리 삼아 좋아 뛰놀았었다. 건넌산 모롱이 비탈길로 구름장을 펄럭거리며 처량히 돌아가는 상두꾼의 노랫소리를 듣고 내가 앉아 울 때에 동생은 "총대 메고 바랑지고 고개고개 넘어갈 때 부모형제 생각 말아"하는 그 노래를 소리질러 불렀었다.

시내 강변 흰 모래밭에서 뜨거운 뙤약볕에 알잔등이를 다 데어가면서 두 빨가숭이가 모래를 끌어모아 모래성을 서로 시새워 쌓을 제 세력을 서로 연장하느라고 가끔 국경을 침범하는 일이 있다. 그러할 적마다 동생은 대장의 지위로 나는 정승의 태도로 각각 자기의 성을 위하여 다툰다. 하다가 대장은 제 분에 못 이겨서 "에라 형아 맘대로 하려무나." 한마디 해부치고 모래성을 내버려두고 성 밖 너른 벌판에서 혼자 말달리기나 한다고 달음박질로 뛰어가는 일도 있었고 어떤 때는 대장이 뻗서고 우기다 못하여 슬며시 웃으며 "참, 행아하고는 말할 수가 없어"하며 모래성을 전부 기울여 정승의 성으로 귀화하는 일도 있었다. 수숫대 말을 타고 아주까릿대 총을 메고 앞개울 뒷개울을 진陳터로 잡아 동네의 동자군童子軍들이 전쟁놀이를 할 때에도 노상 의례히 선봉대장으로 자원 출마하는 이는 내 동생 대장이었고 운주* 결승하는 참모의 직책을 맡은 이는 대장의 형 정승 나였었다.

그러나 세상일은 매양 같지 아니하니 어찌할 수 있으랴. 나이 많으신 할머니께서는 몇 해 전에 저 세상으로 돌아가셨다. 귀엽고 잘 될 손자 우리를 두고서 어떻게 차마 돌아가셨는지! 할머니께서 돌아가시자마자 좇아서 그 깊이 믿던 사촌의 대장 지위도 어디론지 스러지는 무지개발처럼

---

* 運籌 : 주판을 놓듯이 이리저리 궁리하고 계획함.

사라져 없어졌고 나도 벌써 정승은 아니다. 그것이 도무지 꿈이었던지. 아마 이 세상에서 일컫는 수수께끼라는 그것이었던지.

할머니 산소 모시던 날에 하염없는 궂은비는 눈물겹게도 내리는데 사촌은 그지없이 섧게 울더라. 그 때부터 그의 마음은 참으로 아팠던 것이다. 뿌리 깊은 모진 병이 남모르게 들었던 것이다. 그 뒤에 사촌은 어쩐 일인지 무언無言이가 되었었다. 얼빠진 사람같이 되어버렸다. 아—그것이 병이었더냐. 무언이란 그것이 병이었더냐. 우울! 우울! 그는 우울이란 그 곳에서 남도 모르게 그만 병이 깊이 들었음이로구나.

전일前日에는 그렇게도 억세던 대장아, 어찌한 일이냐 네가 병이라니…… 약을 주려 하나 약이 없고 위안을 주려 하였으나 도무지 효험이 없구나. 인력으론 못 할 이 일이니 어찌하면 좋으냐. 생각해 보아라. 구름 넘어 별 저쪽 달빛 건너 알지 못 하는 나라에서 우리를 그리워 애쓰시는 할머니께서 얼마나 많이 근심을 하고 계실까…… 얼른 하루바삐 그 병이 나아졌다는 소식을 들었으면 좋겠다. 그러나 그것이 과연 병이냐.

할머니께서 돌아가신 뒤에 그는 아무 말도 하지 아니하였다. 아무 말도 없이 다만 명상에만 깊었었다. 이 세상에서 사는 모든 사람의 무슨 비밀을 알려고 함이었던지! 그래 알아서는 아니 될 그 무슨 비밀을 억지로 알려고 한 까닭에 그 죄로 그는 벌을 받게 되었다. 사색의 쇠사슬은 그의 사지를 결박하고 명상의 큰 칼은 그의 목을 눌렀다. 그래서 죽음과 같이 미치는 독약은 그의 신경을 흥분시켰다. 착란시켰다. 그러니 대장…… 그것은 얼토당토 아니한 헛꿈이었다. 그러니 자기가 가질 분수보다도 범위보다도 더 크고 더 억센 헛꿈을 가지고 있던 것이 불행이었던가, 자기가 소유하지 못 할 것을 몽상하였던 그것이 재화災禍였었던가.

묘장墓場에서 지껄이는 귀추鬼啾가 듣기 싫어서 귀를 막고 거리에서 어

---

* 耿耿 : 빛이 약하게 환하거나 불빛이 깜박거림. 마음에서 사라지지 않고 염려가 됨.

른거리는 홍진이 보기 싫어서 눈을 감았다. 그리고 다못 경경*한 일념은 어떻게 하면 인생에게 인생을 구원할만한 사상을 찾아낼 수 있을까. 어떻게 하면 그것을 전달할만한 말과 글을 찾아낼 수가 있을까. 그는 자기의 마음에 물어보았다. "너는 어떻게 하려느냐. 사람이 생긴 뒤에 몇 만 년 동안에 인생이란 그것이 안심과 위자*를 맛보았던 일이 있느냐." 사실 인생은 항상 안심과 위자를 요구한다, 희망한다. 안심과 위자를 맛보는 그 동안이 행복이라는 까닭에…… 그러나 이때껏 그것을 한 마디라도 일러 맛보여준 이는 한 사람도 없다. 다만 그것을 만든 이는 '신'이라고 평계해 버렸을 뿐이었다. 그러니 '신'이란 그것은 과연 무엇이냐, '신'은 어느 곳에 있으며 어느 곳에서 무엇을 하고 있느냐.

그는 '신'을 비인非認하였다. 인생이 불행한데도 '신'은 모른 체하고 구원하지를 아니한다. 구원할만한 능력이 '신'에게 없는 그만큼, '신'의 허무함을 깨달았다. 그래 '신'의 존재를 비인하였다.

보라! 사람이 어떻게 살아왔느냐, 시방은 어떻게 살고 있느냐. 한길로 지나가는 여러 무리의 사람을 좀 보라. 여러 사람들은 여러 가지의 모양으로 여러 가지의 얼굴로 여러 가지의 눈초리로 서로 노리며 서로 흘겨보지 않는가. 해 저문 언덕 밑 옹달우물에 음충스러이 비친 고목나무 그림자를 보고서 낼 모레에 시집갈 시악시는 마음을 졸여 절을 하고 있다. 손으로 빌며 축원을 한다. 산모롱이 서낭나무 가지에는 수도 모를 시악시의 붉은 단기가 걸려 있다. 머리 위에는 한낱 큰 별이 반짝이고 발아래는 커다란 대지가 돌고 있으며 지평선은 자기가 발 디딘 곳으로부터 어디론지 영원하게 사라져 버리는데, 번쩍이는 광명과 침침한 암영은 자기가 선 주위에다 무한한 권계圈界를 어리치고** 있다.

20년 전에 자기의 아버지는 열병으로 참혹히 돌아가셨으니 으스름달

---

* 慰藉 : 위로하고 도와 줌.
** 어리치다 : 독한 냄새나 밝은 빛 따위의 심한 자극으로 정신이 흐릿해지다.

아래에서 느끼어 우시는 이팔청상 어머니의 구슬픈 눈물을 자기의 어린 뺨은 얼마나 많이 받아왔던고. 자기는 유복자다. 그리고 대장이었었다. 그러나 대장이라고 부르시던 할머니께서는 돌아가셨다. 그리고 자기는 벌써 대장이 아니다. 사람마다 살아있다 하는 그 동안은 아마 저의 손으로 저의 무덤을 파고 있는 것 같다. 저승길을 가고 있는 것 같다. 해마다 해마다 한 개 두 개의 낡아가는 해골을 시름없이 시세고 있을 뿐인 것 같다. 그러니 그것이 도무지 어쩐 일이냐.

팔자, 운명, 사랑, 행복, 그것은 도무지 모를 일이다. 이 세상에는 도무지 행복이라는 것이 길이 있지 않은 것 같다. 더구나 행복과 사랑을 갖다 가준다 하는 그 신통한 '신'은 없다. 과거 몇 만 년 동안에도 없었고 현재에 사는 이 사이에도 없다. 그러니 장차 오는 미래에도 물론 없을 것이다. 그러면 어찌하면 좋으냐. 그것을 문제 삼아서라도 온통 해결해 놓고 간 사람은 이 세상에는 없다. 야소*는 기도하다가 하느님에게 미루어버리고 십자가로 붙들려 가버리고 석가는 염불만 하다가 부처님에게 맡기고 해탈해 버렸고 공자는 오직 하늘이라고만 떠들다가 "오호노의嗚呼老矣라 오몽부복견주공吾夢不復見周公"이라고 한 마디 해버리고 자빠져 버렸다. 그러니 누가 그것을 하랴.

그는 스스로 깨달았던 것이다. 이제는 자기가 꼭 맡아 해결할 차례라고 깨달았던 것이다.

그래 그는 일종의 죽음보다도 더 아찔한 그 정서를 넘어서, 사람마다 떠드는 그 평화라는 그 곳을 벗어나 인생이라는 그것까지 내어버리고, 인간성을 떠나서 그 밖에 다른 곳에 외따로 서서, 충실한 자기의 진리를 찾아보려 하였다. 그는 눈을 감고 생각에 잠기어 있었다. 그러다가 그가 눈을 뜰 때에 불빛같이 충혈되어 붉은 눈방울이 번쩍거리며 입으로 "해

---

* 耶蘇 : 예수를 음역하여 야소로 적음.

결이다" 한 마디를 소리쳐 질렀다. 어떻게 해결을 하였는지 그것은 몰라도 어떻든 무조건으로 해결은 한 것이다. 그래서 사람들이 그를 보고 미쳤나 하는 것이 그에게는 해결을 한 것이다.

그는 어느 날 웃는 낯으로 나를 쳐다보면서 "언니— 나는 모든 것을 해결하였소. 나는 이제 참 장한 사람이지요? 나는 첫째에 언니부터 해결하였소. 전일에는 언니가 퍽 무서워 보입디다. 그래서 언니의 앞에서는 감히 입을 열지 못하였었소. 제법 얼굴을 들지 못하였었소. 그러나 시방은 이렇게 씩씩하게 자유스럽게 말도 잘 하고 행동도 잘 하오. 이것은 내가 언니라는 그 사람을 잘 해결한 까닭이오. 참 훌륭한 일이지요? 아마 언니도 감복하지 아니할 수 없으리다. 여보시오. 내 말을 좀 자세히 들어보아요. 얼마나 진리 있는 말인가…… 나는 어두운 굴 속으로 더듬더듬 걸어가다가 별안간 무엇엔지 이마빡을 딱 하고 부딪쳤소. 너무도 몹시 소스라쳐 놀라 그 자리에 털썩 주저앉아서 자세히 보았소. 보니까 그것은 짚으로 만든 허수아비입디다. 나는 그 때부터 아무 무서움도 없이 안심하고 있었소. 그것은 무섭던 그것이 허수아비인 줄 해결한 까닭이오. 전일에는 까닭없이 언니가 퍽 무서운 사람인 줄만 알았었소. 그러나 언니를 해결해보고 나니까 언니도 역시 보통 사람과 같은 그냥의 사람입디다. 그래 인제는 죽음도 무섭지 아니하오."

한 번은 날이 시퍼런 식칼을 들고 나에게 와서 "나는 언니를 죽이러 왔소. 내가 이 세상의 모든 사람들을 볼 때에 나에게 가장 친한 사람일수록 가장 악하고 가장 간사해 보입디다. 시방 언니도 물론 나의 가장 사랑하는 언니요. 가장 믿고 가장 친한 언니요. 언니는 아마 착한 사람이지요. 그러나 착한 그것을 내가 많이 볼수록 악한 그것도 많이 보고, 그래 나는 악한 그것을 이 칼로 선뜻 베어버리러 왔소. 아마 악한 그것을 죽이는 날이면 착한 그것도 사라져버릴 터이지. 그러나 언니는 나의 가장 사랑하는 언니이니까 내가 그 악한 것을 차마 두고 견디어 볼 수는 없소. 자— 그

악을 버려버립시다. 악을 죽여 없앱시다"하며 울며 덤빈 일도 있었다.
 어떻든 그는 성했을 때보담 힘도 세고 말도 잘하고 성격과 행동이 성하게 타는 불길과 같이 불굴적, 용진적勇進的, 개방적, 열정적이었다. 그리고 또 한 가지 보통 사람보담은 아주 헤아릴 수 없는 달관이 있는 듯하다. 만일 그것이 병이 아니고 참말로 그런 사람이 되었으면 좋겠다. 그러니 그것은 병이라 한다. 그의 병이 요사이는 좀 어떠한지? 일전에 전하는 소식을 들으니 삼방약수三防藥水에서 병을 고치려고 온종일 그 약물을 정성껏 떠마시고 있더라고 한다. 병을 고치려고 애를 쓴다는 그 소식을 들으니 더구나 불쌍하구나.
 벌써 부엌 창살에 귀뚜라미는 새 정신이 나서 밤을 새워 우는 때가 되었다. 선뜻선뜻한 가을바람이 불어온다. 뜰 앞에 색色비름은 나날이 붉은 빛이 새로워지니, 동생아— 너의 정신과 너의 몸도 얼른 하루바삐 성하여지거라. 아무렇거나 내가 한 번 가마, 한 번 가서 보마. 물을 건너고 산을 넘어 그리운 너를 한 번 찾아가 보마.

 서울은 왜 이러하냐. 왜 이리도 답답하고 괴롭고 쓸쓸하고 더럽고 망칙스러워냐.
 북악산은 뒤꼭지를 누르고 목멱산은 턱을 치받히고 인왕산 낙타산은 좌우 옆에서 주장질*을 한다. 이 가운데에서 그리도 번화하다 떠들던 소위 만호 장안은 시방에야 누가 보기에 생명이 없는 검은 채붕이 힘없이 조는 듯하다 하지 않을 이가 있으랴. 이름만 그저 좋아서 살기 좋은 한양 산천인지, 광천 청계천에는 더러운 구정물이 검게검게 썩는다. 지린내, 구린내, 모기, 빈대, 아아 서울이 다 망한다 하더라도 서울의 빈대는 다 없어지지 아니 하려는지. 병에는 전염병, 나날이 새로운 병명만 늘어가

---

* 主掌질 : 주로 책임지고 맡아보거나 실행하는 일.

는 곳은 서울이니, 수구문水口門은 저절로 제멋대로 변하여 호거문戸去門이 되어 버렸다.

아— 서울은 무섭다. 서울은 지겹다. 나의 길이길이 살 영주永住의 낙토는 어느 곳에 있느냐. 나의 그리운 그 고향은 어느 쪽으로부터 서 있느냐.

서울성 중에는 어느 동네 누구의 집엔지는 몰라도 가장 지악至惡한 독약을 감추어 둔 것이다. 그래 그 약의 독기는 안개같이 몽롱하게 풍겨 골목골목 집집마다 한 군데도 빼어놓지 않고 샅샅이 찾아다닌다. 그리하여 서 그 독기에 걸리는 사람이면 아무든지 모조리 고치지 못 할 깊은 병이 든다. 순박한 농민도 서울에 오면 날탕패가 되어 버리고 순결한 처녀도 서울에 오며는 유량녀가 되어 버리고, 팔팔하게 날뛰던 청년도 서울에 오면 불탄 강아지가 되어버린다. 뻣서던 이는 씨그러져 버리고 부지런하던 이는 게을러 버리고 정성이 있던 이는 맥이 풀려 버리고 웃음을 웃던 이는 눈물을 짓게 되고 단단한 결심을 가지고 온 이는 봄눈 스러지듯이 슬며시 풀려 버리게 되는 곳이 곧 지긋지긋한 이 서울이다.

겨울의 폐도廢都. 나이 많아 녹슨 쇠북이 다시 한 번 크게 울 듯하다고 뒤떠들던 거년去年 12월 24일 오후였었다. 장발 단발 할 것 없이 붓대 잡는 이들은 대강 한 참 바빴으니, 집회장소는 불교청년회, 회비는 50전, 이름은 문인회. 참 좋은 이름이었었다. 쓸쓸한 문단에 격의 없는 모임, 참 누가 좋아하지 아니할 이가 있었을 것이랴. 정말이지 나도 한참은 아주 좋았다. 아주 좋아서 뛰놀뻔하였다. 하나…… 시방은 낙심천만, 문인회가 창기創起한지 우금반재于今半載에 그의 소식은 도무지 함흥차사로구나.

나는 서울에 와서도 그렇게 쉽게 마음이 변치 않는 조선 사람의 일꾼이 그립다. 누가 나아가다가 퇴보하지 않으며, 누가 억세다가 제멋에 풀이 죽어버리지 않는가. 나의 사랑하는 친구의 한 사람도 일을 하겠다고 서울에 오더니만, 한 달이 못되어서 아니 보름이 못 되어서 저절로 서울이란 곳에 자연 도태가 되어 부질없이 불우不遇의 탄歎만 부르짖으며 비

맞은 용龍대 기旗같이 훌부드레해 돌아다닌다. 어떻게 하면 서울이라는 이 곳에서 그 몹쓸 독약에 휘곯아 쓰러지지 아니하겠느냐.

그리고 조선의 천재가 그리웁다. 시방의 조선은 얼마나 천재에 주렸느냐. 나타난 천재, 숨은 천재, 늙은 천재, 젊은 천재, 모두 그리웁다. 천재는 어떻게 생겼으며 어느 곳에 있으며 어느 곳에서 무엇을 하고 엎드려 나오지를 아니하느냐. 엊그제 들으니 조선에는 삼천재三天才가 있어 한참 이름을 드날린다 하더니 시방은 어디로 갔느냐. 어디로 도망을 해 가버렸느냐. 죽었느냐. 살았느냐. 잠을 자느냐. 꿈을 꾸느냐. 모처럼 부리던 재주에 지진두*가 되어서 넘어져 버렸느냐. 그렇지 아니하면 천재는 아니었던 것을 헛이름만 떠들었던 것이냐. 정말 천재는 천재였었는데 그마저 서울에 떠도는 독기에 걸려 어즐뜨려 쓰러졌느냐. 어찌해 천재의 소리를 들을 수가 없느냐. 천재의 소식을 들을 수가 없느냐. 천재야 천재야 얼마나 내가 그리워하는 천재이냐. 조선이 그리워하는 천재이냐. 얼른 하루바삐 너의 힘껏 지르는 우렁찬 소리를 내 귀에다 들려다고.

일꾼도 없고 천재도 볼 수 없는 이 나라에서 무슨 새삼스러웁게 알뜰하게 예술이란 그것을 바랄 수가 있으랴마는 나는 다시금 조선의 예술이 그리웁다. 우리 조상들이 나리어준 그 예술이 그리워 못 견디겠다. 예술로 불린 우리의 역사는 얼마나 찬란하였으며 우리의 가승家乘은 얼마나 혁혁하였느냐. 시방은 물론 볼 수도 없고 들을 수도 없다. 모두 없어져버렸다. 모두 어느 시절에 어느 곳에든지 사라져 버렸다. 그러나 우리가 있지 아니하냐. 우리가 살아있지 아니하냐.

조상에게서 예술적 천성을 유전해 받은 특별한 우리의 조선 사람이 살아있지 아니하냐. 신공神功을 다하여 아로새긴 원각사의 돌중방이 시방은 광천교 다리 밑에 고임돌이 되어 있다. 우리가 광화문 앞에 큰 돌을 깎아 세운 해태를 볼 때에 얼마나 여린 가슴은 울렁거려지느냐. 그러나

---

* 地盡頭 : 여지가 없이 된 판국.

그것도 장차 오는 어느 때에 어떤 다리를 건설할 때에 보탬돌로 들어가 버릴는지. 우리는 모든 일을 보고 있다. 모든 애처로운 일을 견뎌 보고 있다. 살아있는 동안에 해마다 해마다 모든 쇠퇴와 폐괴廢壞를 모질게 보고 있을 것이다. 그러나 우리가 어떻게 앉아서 차마 견뎌보고만 있을 것이냐. 옛 것이 헐었거든 새것을 세우자. 헐어지는 옛 것은 무너지는 대로 내어버리고 그보다 더 나은 더 거룩한 새것을 이룩하자. 이루어보자. 헐고 못쓸 것은 부셔뜨려 광천교 다리 밑돌은 말고 뒷간의 주춧돌을 만들지라도 훌륭한 새것만 세워 놓았으면 무슨 아까움이 있으랴. 나는 새 것을 이룩할 조선의 새로운 예술가가 그립다. 예술이 그립다.

비파琵琶의 가장 가는 줄을 오곡五曲의 간장이 끊어져라 하고 안타깝게 울리는 듯한 조선 사람의 정조는 얼마나 많이 울었는고. 유사 오천년 이래의 길고 긴 가는 줄은 끝없이 끝없이 끊어질 듯 말 듯 하게 떨리어왔구나. 울어왔구나. 우리의 성정은 가장 가늘고 부드럽고 구슬픔만 가졌건마는 남들은 우리를 보고서 무무하고 뚝뚝하고 천치라고 한다. 우리가 참말로 그러함이냐. 우리의 가슴에서는 성한 불길이 무섭게 붙어 오르건만 남들은 우리를 보고서 뱃심 좋고 게으르다 한다. 우리가 참말로 그러함이냐. 나의 눈에는 순박하고 결백한 하얀 옷이 보인다. 가는 선이 곱게 얽힌 고려자기가 생각난다. 가는 멜로디가 보드랍게 떨리는 김매는 노래 소리가 들린다.

아— 청솔밭밑 황토밭가 실버드나무 우거진 속의 한 채의 초가 우리집이 그리웁다. 보리 마당질 터에서 도리깨를 엇메이는 농군의 얼굴이 그리웁다. 물동이를 이고 가는 숫시악시의 사랑이 그리웁다. 나는 모든 것이 그리워 못 견디겠다.

그리움! 그리움! 나는 얼마나 수 모를 그리움에서 울어왔는고.

—《백조》 3호(1923년 9월).

귀향

 아직도 십 리는 될 걸, 아니다. 이제는 오마장 밖에는 아니 남았으리라. 오기도 퍽 많이 왔건마는 나의 고향은 멀기도 너무 멀다. 가을의 소리인가, 가을의 바람인가. 솨— 하는 싸늘하고도 쓸쓸한 소리가 아침 안개를 머금은 밤동산 나무숲으로 휘돌아다닌다. 무슨 무서운 권세냐. 이 나무 저 나무의 서리 물든 가랑잎들, 아무 힘도 없이 아무 앙살도 없이 한 잎 두 잎 느른이 떨어져 흩어지는구나. 상수리 주우러 다니는 어린 아가씨들의 맨발뿌리가 앙상한 가랑잎을 죄없이 이리 뒤적 저리 뒤적 뒤적거릴 때마다, 바시락 바시락. 애처로울손 여기에도 쓸쓸한 가을의 한 자락 구슬픈 그림자가 가락가락 서려 있구나.
 아무도 아니 보는 어두운 밤에 이 길을 걸으려고 하였더니만 팔자 사나운 천덕꾼이의 이 세상 일이라, 그나마도 뜻과 같지 못하여 아직껏 입시*도 못한 빈 속으로 행색이 초라하게 아침 길을 이렇게 걷는다. 어렴풋이 지나간 옛적 일을 을씨년스럽게 몇 차례인지 거슬려 회상하면서, 사람들이 잘 다니지 않는 논두렁 밭둑 고개마루턱 산비탈길로, 큰 길보다는 십 리나 거의 더 도는, 이 소로를 일부러 찾아서 온다.

---

* 하인이나 종이 먹는 밥을 낮추어 부르는 말.

여기가 어디냐, 나의 고향으로 가는 길거리이다. 고향! 고향! 나의 고향은 그 동안에 얼마나 달라졌는가. 먼 곳에 있을 적에 소식만 들어보아도 우리 시골 역시 시원치 못할 경장景狀은, 보지 않아도 본 듯하지만은……어저께 청량리 정거장에서 듣고 보고 하던 일이 시방 다시금 눈에 밟힌다.

사람이 극경極境에 빠진 뒤에야 고향인들 무엇하며 타관엔들 별 수가 있으랴마는 정든 고토故土에서도 살 수가 없어서 낯선 딴 나라 서북간도로 유리流離해 가는 이들과, 한편에는 간도에서도 살 수가 없어서 변변치는 못 한 살림이나마 다 털어버리고, 고원故園을 다시 찾아 돌아오는 이들이, 정거장 대합실 안과 밖에 여러 백 명이었다. 어째서 그들이 그렇게 가느냐 물어볼 것도 없거니와, 어째서 그렇게 오는 것인지 일부러 알려고 할 까닭도 없었다. 물은들 무슨 대답이 있으며 대답인들 무슨 그리 시원한 사설이 있으랴. 물어보지 아니 하여도 때묻은 흰 옷에 걸머진 보통이는 끝없는 설움이 어룽졌으니, 아무가 보더라도 떠돌아다니는 무리 그들이 분명하지 않으냐. 넋두리 푸념 대신에 눈물이 앞을 서며 울음도 하염없이 그칠 줄이 없거든, 여윈 얼굴에 헐게느진* 입술이 아무 말 없는 그 가운데에도 저절로 네나 내나 모두 한겨레의 청승스러운 하소연을 서로서로 느긋이 주고받고 한다.

"간도도 이제는 도무지 살 수가 없어요"하는 말을 간도서 못 살고 온다는 이가 할 때에, "우리가 어디를 간들 별 수가 있겠소마는, 그래도 그 곳이 여기보담은 좀 살기가 낫다고 하기에"함은, 여기에서는 살 수가 없어서 가는 이의 말이다.

그런데 거기에도 한 가락 더 한 층의 속깊은 설움이 서려 있으니, 그들의 차디찬 웃음과 무딘 눈치는 아무나 서로 만날 때마다 제 각각 미더운 일에도 의심을 품고 정다운 일에도 고마운 줄도 모르는 듯하다. 그리해

---

* 홀게 : 단단하게 조인 정도나, 어떤 것을 맞추어서 짠 자리.
  홀게늦다 : 홀게가 조금 풀려 느슨하다. 성격이나 하는 짓이 야무지지 못하다.

서 아내는 남편을 의심하고 아들은 아버지를 미워하는 동안에 굳게 얼리었던 한겨레는 그만 하염없이 풀리어 흩어져버렸던 것이다. 아! 옛날에 벌써 사랑의 품에서 쫓기어난 그 백성들은 어리고 곱던 넋이 찬 바람 모진 비를 모두 겪을 그 때에, 참된 마음이나 싹싹한 느낌까지도 그만 어디다가 다 잃어버리고, 이제는 고치기도 어려운 무서운 병이 깊이 들어버렸느냐. 그리고서 인정도 모르는 불쌍한 무리들이 또다시 어느 나라 인정도 없는 그 땅으로 헤매러 가려 하느냐. 그러한 일 저러한 일을 모두 휘둘쳐 생각해보니, 시방 내가 가는 우리의 시골인들 그 동안에 무슨 그리 이렇다 할만한 시원한 일이나 마뜩한 꼴이 있으랴.

마음 답답한 나무숲, 발 무거운 산길이다. 서낭당이 고개 비탈길을 내려와 장승 모롱이에 나서니 깊고 넓은 고라실이다. 논두렁이 넘도록 우거져 된 벼 포기는 찬 이슬을 머금어 무거운 듯이 황금의 이삭을 드리워 있다. 골짜기마다 다복다복한 초가집에서는 아마도 아침밥을 짓는가, 고운 연기가 여기저기에서 소르르 떠오른다. 어쩐 일인가, 닭의 소리도 없고, 개소리도 들리지 아니한다. 그나마 그 억세고 세차게 짖고 나서던, 네 눈이 검둥이 누렁이 신개떼도 요사이 흔한 야견박살野犬撲殺 통에 모두 떼어 가버렸는가. 아무튼 모든 것이 잠든 듯 조는 듯한 평화스러운 아침이다. 거친 소리도 들리지 않는 고요한 아침이다.

저 오막살이들의 싸리짝 문을 열어제뜨리면 얼마나 어지러운 풍파가 감추어져 있으며 불안하고도 비참한 생활이 드러나는지 모르겠으나, 잠잠한 마을을 겉으로 보아서는 매우도 고요한 풍경이다. 아니다. 고요하다는 것보다도 끝없이 쓸쓸해 보인다. 도리어 시름스런 적막이, 쇠퇴해 가는 농촌을 그대로 그려 놓는다.

축동 오리나무 밑 길로 물동이 인 아낙네가 비루먹은 재강아지*를 하

---

* 털이 잿빛인 강아지.

나 앞세우고 나온다. 누구의 아내인가, 새로 시집 온 새색시인지 분홍치마에 행주치마, 흰 겹저고리 팔뚝을 걷어 접은 바른팔 진동에는 잔살의 고운 때가 가뭇가뭇이 묻었다. 오리알에 제 똥 묻었다는 격으로 수수하고도 고운 새색시이다. 다행히 평화스러운 집안이면은 새 시집의 첫 사랑살이도 아마도 즐겁겠지. 부끄러운 듯 수줍어하는 눈, 불그레한 두 볼은 아리따운 청춘의 끝없는 즐거움을 느긋이 이야기하는 듯. 알지 못 해라, 이렇게 늙은 나라 낡은 시골에도 푸른 봄 그것은 잊지 않고 찾아와서 뜨거운 가슴의 붉은 피를 물결쳐 주는가. 젊은이들의 뜨거운 입술은 아직껏 꿀같은 즐거움을 그대로 마음껏 누릴 수 있는가. 그래도 든든할손 웃음을 잃어버린 거친 들에도 꽃 피는 그 시절은 가시지 아니하였구나.

　나는 시장한 까닭인가 목이 몹시도 마르다. 이 편 지름길로 들어가면 향나무 밑에 구기자 덩쿨 우거진 옹달우물이 있는 것을 전일에 보아 알았다. 나는 아낙네의 뒤를 실실 따라 우물길로 갔다. 아낙네는 물동이를 내려놓으며 곁눈으로 나를 힐끗 돌아다볼 때에 나는 무슨 말을 하여야 좋을는지 몰라서 잠깐 주저주저하였다. 말도 없는 눈치 수작만이 어느덧 서로 오고가고 하는 동안에 그는 깨끗한 물바가지로 우물물을 한 바가지 헤쳐 떠서 넌지시 우물 뚝에 놓으며, 또한 아무 말도 없이 다만 한 걸음 뒤로 물러서 고개만 반쯤 돌이킬 뿐이었다. 나는 시원한 냉수를 한숨에 들이켰다. 그리고 그의 은근하고도 친절한 은혜를 입으로 일컫지는 못하였으나마 다만 마음으로라도 감사를 드렸다.

　그것이 내가 고향의 흙을 밟으면서 첫 번으로 받은 대접이었다. 아—그는 어찌하여서 그렇게도 나에게 고마운 웃음을 끼쳐 주었는가. 집을 등지고 고향을 저버리고 떠돌아다닌 지가 일곱 해 만에 아무런 공도 없이 아무런 보람도 없이 이렇게 멋없이 돌아오는 이 몸을, 거짓말쟁이를, 천덕꾼이를…… 나는 도리어 고마움을 받을 때에 괴로운 느낌이 가슴을 내려앉게 한다.

이름도 모를 풀버러지들의 소리는 아직도 길섶의 거친 풀이며 벼포기 밑에서 가을의 소곡小曲을 읊조리고 있다. 저희들의 목숨이 얼마 안 있어서 모진 눈보라에 꺼질 것도 모르고 흥이 겨워라고 즐거운 듯이, 아침 햇빛에 이슬에 무젖은* 조그마한 노래를 제로라** 아름답게 읊조리고 있는, 그의 티없이 깨끗한 마음에는 애련의 느낌을 느릿하게 느끼지 않을 수가 없다.

쟁기지고, 누렁 황소 "어듸여 듸여" 몰고가는 농군은 가을보리를 심으러 가는 일꾼인가. 길 위에는 예전에 없던 새로 지은 집들이 여기저기에 게딱지 모양으로 어리어 있다. 그러나 그 중에도 어떤 집은 짓기도 전에 허물어질 듯이 반쯤은 찌그러졌고, 또 어떤 집은 부엌은 중방만 들이고 방은 윗가지***가 보이는 황토 흙벽에 검은 그을음이 그을었는데, 문짝도 없고 사람도 없이 깨어진 질부둥거리 쪼각만 빈 봉당에 흩어져 있으니 집 임자는 살 수가 없어 또 어디로 떠돌아 나가버렸는가. 울타리도 없이 상두막**** 같은 담집 지붕에는 댑싸리나무가 어웅하게***** 났다가 그래도 말라버렸는데, 거적문을 단 방 안에서는 어린애들의 울음소리가 한참 어지러이 복아친다. 아마도 먹을 것은 없는 집안에 자식들은 많이 낳아 놓은 듯.

저 집들이 있는 터전은 옛날에 우리집에서 원두****** 놓고 원두막을 지었던 밭이다. 내가 어렸을 적에는 그 원두막에 가서 지렁풀잎*******을 뜯어 각시장난이나, 정업******** 이의 송낙*********도 많이 만들었고 밭둑에

---

* 무젖다 : 물에 젖다. 환경이나 상황이 몸에 배다.
** 내로라.
*** 외椳를 엮는 데 쓰는 나뭇가지나 수숫대 따위를 통틀어 말한다. 외는 흙벽을 바르기 위해 벽 속에 엮은 나뭇가지, 댓가지, 수수깡, 싸리 잡목 따위를 가로세로로 엮는 것을 말한다.
**** 상여를 넣어놓는 집.
***** 어웅하다 : 가라앉은, 움푹 들어간, 공허한, 희미한, 우묵한.
****** 園頭 : 밭에 심어 기르는 오이, 참외, 수박, 호박 따위를 통틀어 이르는 말.
******* 지렁이풀의 잎. 지렁이풀은 비름을 말한다.
******** 살생이나 도둑질을 하지 않는다고 하는 불교와 관련된 말.
********* 여승이 주로 쓰던, 송라(송라과의 지의류 식물)를 우산 모양으로 엮어 만든 모자. 송라립松蘿笠.

서 글방 아이들 하고 말달리기는 얼마나 많이 하였던가. 그런데 시방은, 시방 나는 얼마나 많이 이렇게 달라졌느냐. 시절이 바뀌고 물건은 어떻게도 몹시 변혁되었느냐. 어렸을 그 때에는 아무것도 알지 못 하는, 다만 행복이라는 그 그늘 속에서 수수께끼 같이 알 수 없는 큰 세계를 꿈꾸고 있었더니만······

저 자라뫼(산이름) 미륵당이의 돌부처는 여전히 평안하신가. 어렸을 적에는 그 앞으로 지나다닐 제마다 몇 번인지 모르게 소원을 빌고 정성을 들이며, 미래의 꽃다운 희망도 퍽 많이 하솟거렸고,* 단단한 언약도 많이 하였건만 내가 어리석었음인가, 돌부처가 나를 속였음인가. 글방에서 도강都講할 때는 강講을 순통하게 해달라고 절을 열 번이나 하였고 천자문을 갓 떼고 책씻이**할 때에는 떡과 과일을 집안 사람들 몰래 가지고 가서 장래의 무엇을 혼자 빈 일도 있었다. 동경과 선망과 기원에 안타까운 좁은 그 가슴에다 든든하게 채울 양으로, 기껍게 할 양으로, 많은 쾌락을 그 보지도 못 하고 알지도 못 하는 장래에다, 그 장래를 실어놓은 한 세계에다, 차디차고 우둥퉁하고 딱딱한 그 돌부처에게다 빌고 바라고 또 기다리기는 얼마나 많이 하였던가. 그런데 나는 시방 돌아온다. 요 모양이 되어서 돌아온다. 이렇게 다시 그 넓은 세계에서 돌아오려고 한다. 너무도 많이 무너진 희망과, 여지없이 흐트러진 계획을 거두어 가지고 이렇게 다시 고향으로, 낯익은 고향으로 돌아오는 길이다. 거짓말만 한 그 돌부처가 여태껏 그대로 있는지 없는지, 만일에 내가 그 동안에 과연 그리 아무 잘못도 없을 것 같으면 아마나 밉살스러운 그 돌부처는 낯이 없어도 고개를 숙이고 돌아앉거나 그렇지 않으면 어디로 도망이라도 갔으리라. 모든 것이 애끓는 설움을 품었다가 돌아오는 이 몸을 맞이하자마자 울리려고만 할 뿐이로구나.

---

* 하솟거리다 : 참소하다. 헐뜯다.
** 글방 따위에서 학생이 책 한 권을 다 읽어 떼거나 다 베껴 쓰고 난 뒤에 선생과 동료들에게 한턱내는 일.

내가 이 땅을 시방 다시 밟는 것은 일곱 해 만이다. 일곱 해라는 긴 세월은 어느 곳에서 허비해 버리고 이제서야 귀향이던고. 일곱 해를 별러서 오늘에야 내 고향에 돌아온다. 정다운 매가*에를 찾아서 온다. 아니다, 나의 생가, 보고 싶은 우리 어머니를 만나 뵐려고 오는 이 길이다. 어머니께서는 아마도 퍽 많이 늙으셨겠지. 내가 처음에 집에서 떠날 때에는 "이 자식이 훌륭한 사람이 되기 전에는 집에 돌아오지 않겠습니다. 그러나 반드시 어머니 생전에 훌륭한 사람이 되어 올 테니 보십시오"하고 어머니의 흘리시는 눈물을 더 내리게 하였더니만…… 그런데 내가 시방 정말로 훌륭한 사람이 되어 오는 것인가. 그대로 어머니께서는 아마 이제도 훌륭하게 된 아들이 돌아오기를 고대하고 계시겠지.

새로이 된 마을을 지나니 길 아래는 커다란 방죽논**이다. 물심 좋고 걸차고 버렁*** 넓은 저 논을 해먹는 사람들은 참 행복한 이일 것이다. 자기의 소유를 잃어버리지 않고 지니고 잘 사는 사람이면, 쇠잔해지는 시골에서는 매우 복 많은 사람들이 아닌가. 이 고라실논이 모두 열두 섬 열엿말지기**** …… 몇 해 전까지도 모두 다가 이 시골의 사람들이 임자였었건만은……

저 은행나무 밑을 지나면 매가, 곧 나의 생가이다. 우리의 집이 있는 곳이다. 나는 새로금 다시 마음이 뭣하여서 걷던 걸음을 잠깐 머뭇거렸다.

나는 이제 분명히 고향에 왔다. 꿈에만 그립게 오던 그 고향이 아니라 예전에 보던 청산녹수 그대로의, 낯익은 내 고향에 이렇게 왔다. 이제는 집안사람이나 동네의 사람들도 곧 만나볼 테지. 그러나 무슨 낯과 무슨 염치로 그들을 만나보나. 무슨 공을 이루고 왔으며 무슨 자랑거리를 지니고 왔다고……

---

* 妹家 : 시집간 누이가 사는 집.
** 방죽은 둑, 못, 웅덩이를 말하는데 방죽논은 좀 깊은 논이라는 뜻이다.
*** 둘레 ,범위, 면적.
**** 수확이 열두 섬 열여섯 말이 나오는 논이라는 뜻.

나의 허물만도 아니요 남의 죄만도 아니며, 또 시세나 운명의 탓만도 아니건만 어찌어찌 하다가 조선祖先의 유산으로 이 시골에서는 큰 부자라 하던 그 많은 재물을 다 없애버리매, 고향에 그대로 있기가 낯도 없고 또 부끄러워서, 시집 가 있는 누이를 불러서 할머니와 어머니와 집안일을 모두 부탁하고 어지러운 세상 거친 물결에 떠돌아 다닌지가 그럭저럭 일곱 해가 되었다.
　일곱 해 동안에 무엇을 하였느냐. 어떻게 살아왔느냐. 모군募軍꾼*, 전차운전수, 석탄광부. 그러나 그것도 모두 뼛심**을 들여 죽도록 벌어야 한 몸뚱아리의 먹고 입을 치닥거리도 마음대로 넉넉하게 잘 되지 못하였다. 그나마 그것도 간 곳마다 나중에는 번번이 모두 주모자 또는 선동자라는 창피스러운 지목을 받고 쫓겨나게 되니, 그제는 일을 하려고 하나 일할 곳도 없어서 한 달 동안이나 벌이도 못 하고 공연히 공밥만 치고 있었다. 그러는 동안에 몇 푼 아니 되는 주머니의 돈도 다 털어버리니 이제는 오도가도 못 하는 딱한 신세가 되어버렸다.
　아무튼 그리운 고향에나 한 번 가보아야 하겠다고, 며칠 전에 어느 동무에게 신세를 끼쳐서 간신히 원산서 기차를 타고 그럭저럭 어제 아침에 청량리역까지는 와서 내렸으나 먹으며 굶으며 오는 길이니, 수중에는 노랑돈*** 한 푼인들 있을 까닭이 없다. 그래 거기에서 왕십리까지 걸어오다가 길가에서 기장시루떡 파는 데를 보았다. 배는 몹시도 고픈 판에 먹을 것을 보니까 눈이 뒤집혀 내닫는 마음이 걷잡을 수가 없을만치도 되었지만은, 그래도 남의 것이라 억지로 어떻게 할 수가 없었다. 그래 잠깐 마음을 돌려 생각하는 동안에 한 마디 거짓말을 생각해 꾸몄다. 그것은 청량리역에서 보아 얻은 광경을 얼른 어렵지 않게 거짓말로 둘러 꾸몄음

---

* 공사판에서 삯을 받고 일하는 사람.
** 몹시 어려운 처지를 이겨 나가려고 할 때 쓰는 안간힘.
*** 예전에 쓰던 노란 빛깔의 엽전. 몹시 아끼는 많지 않은 돈.

이다. 거기에다가 또 떡 파는 늙은이의 어련부런한* 눈치도 보아 이용하고 그의 그럴 듯한 심리도 언뜻 대강 짐작해 가미하였다.
 "십 년 전에 나가신 우리 아버지를 찾아서 서북간도를 휘돌아 오는 길인데 중간에 그만 노자가 떨어져서 아무 것도 못 먹어 배가 몹시 고픕니다." 그러한 뜻으로 죽는 시늉을 하며 갖은 표정을 다 해서 한 마디 하였더니, 그것이 용하게 바로 들어맞았던지 그 할머니가 잠깐 무슨 생각을 하다가 "매우 장한 사람이라"고 칭찬을 연방 내놓으며,
 "아이 딱해라, 배가 오죽이나 고플라고. 어머니도 계시우? 어머니가 그 말을 들으시면 오죽 놀라시고 가엾어 하실까. 너나 할 것 없이 자식 둔 이들 마음에야…… 나도 당신과 같은 아들이 있어서 날마다 공장벌이로 먹고 살더니 그만 기계에다 발을 다쳐서 벌써 두 달째나 내가 이 노릇을 해서 간신히 입에다 풀칠을 해간다오." 그런 말을 하는 동안에 벌써 떡 한 덩이와 시래기국 한 그릇을 주어서 해롭지 않게 요기는 잘 하였다. 만일에 그 때 그가 말이라도 첫 마디가 빗나갔거나 떡이라도 아니 주었더면 나는 무슨 짓을 했을는지 모른다. 그 때의 나는 아주 아귀餓鬼였으니까…… 그래, 배가 든든해지니 고맙기도 하였거니와 그의 하던 말을 들어보니 눈물이 나고 뼈가 아팠다. 더구나 그렇게 고마운 이를 거짓말로 속이기까지 하였음이랴. 아무튼 이제는 몹쓸 시방 세상에서는 거짓말만 잘 하면 장한 사람도 될 수 있고, 장한 사람이 그렇게 훌륭하게 되면 남한테 동정도 많이 받고 나의 배도 부르게 되는 묘한 이치를 알뜰히 깨달아 알았다.
 왕십리에서 떠나 육칠십리나 거의 걸어오다가, 해는 떨어지고 배는 또 고파서 하는 수 없이 또 그런 떡 얻어먹던 수단으로 큰 사랑집에 들어가 밥 한 그릇을 얻어먹고, 하룻밤을 드새는 둥 마는 둥 새벽부터 길을 떠나

* 어련부런하다 : 어련하다.

서 오는 것이 시방 이 길이다. 그러니 시방 이렇게 오느라 오는 것이 자랑보다도 부끄러움 뿐이며 반가움보다도 마음 아픈 것이 앞서 느껴짐이랴.

　단풍 든 앞뒷 동산이 찌그러 누를 듯이, 백곡이 소담스럽게 영근 논과 밭을 에둘러 휩싸였다. 예전에 김장 심던 텃밭에는 새로이 집을 지었고 예전에 집 있던 터전에는 고추를 심어 가꾸었다. 집집마다 지붕마루에는 널어 말리는 붉은 고추가 한창 가을빛을 시새워한다. 전에 있던 연자마燕子磨간*은 그대로 있는지 헐어버렸는지 한 떼기의 수수밭이 가려 알 수가 없다. 바르던 길은 외어졌으며 무성하던 숲나무는 다 베어 없어지고 몇 나무 양버들의, 노랑물이 들어 엉성한 휘추리가 아침볕살에 휘어적휘어적 할 뿐이다.

　따라서 동네 사람들의 파리한 얼굴도 알아볼 수 없을 만치 달라졌다. 모르건대 그것은 시골에만 세월이 빨리 달아난 까닭이냐. 근심 걱정이 그렇게 늙게 하였음인가. 배가 고파서 그렇게 여윈 것인가. 그 몹쓸 영양부족이 아마 그들을 그렇게 몹시 어려운 병을 들여 놓은 것인가.

　집 앞길로 들어서기 전에 건너 동산의 아버지 산소를 한 번 건너다보았다. 그 많던 묘목은 누가 베어 먹었는지 다 베어 없어졌고, 군데군데 사태내린 곳 마다 황토 북데기**가 벌겋게 드러났다. 나무를 깎아 벌거벗은 산이 모진 바람과 궂은비가 오락가락 할 제마다, 얼마나 임자 못 만난 설움을 구슬피 하소연하였을 것인고. 그런데 산기슭에 보지 못 하던 새 무덤이 또 하나 생겼다. 누구인가, 누구의 무덤인가, 누가 또 죽어 없어졌는가. 이 동네의 누구가 하염없이 저 무덤 속에 누워 있게 되었는고. 아무튼 그 동안에 다시는 볼 수 없이 머나먼 길을 떠나간 이도 여러 사람이 되렸다.

　뒷밭에서 고물개*로 보리밭고랑을 밀어 덮고 있는 일꾼은 먼 발치로

---

* 연자방앗간.
** 뒤섞여서 엉클어진 뭉텅이.

보아도 매우 낯이 익다. 그렇다. 그의 원고바지에 옷입은 모양이나 몸 쓰는 것이 한학자 그대로 게으른 것이나 뒷 갈기머리가 늘어진 채로 맨상투에다 갓만 들어 얹은 꼴이나 모든 것이 갈 데 없는 매부이다. 또는 저 밭이 우리 집 판셈**할 적에 간신히 돌려 빼놓았던 텃밭이니까 아마나 나의 많은 발자취는 아직도 저 밭, 어느 귀퉁이에든지 더러 간직해 지니고 있을 테지.

매부! 매부와 비슷한 일꾼. 아무튼 그는 그 동안 일곱 해를 먹고 묵어왔어도 아직껏 옛 허물을 벗지 못 한 철늦은 동물이다. 그것이 얼마나 딱하기도 하고 불쌍도 한 것이랴. 그이는 어느 틈에 멍하니 서서 내가 오는 쪽을 바라다본다. 아무튼 복색이 다른 외처 사람들의 출입이 적은 시골 마을이라 보지 못 하던 낯선 사람이 별안간에 나타나니까 보는 사람의 이상한 눈초리를 모아 끌 수밖에―. 그러나 나는 사람들의 눈에 뜨이기가 싫었다. 남의 말을 잘 하는 시골 사람들에게 가뜩이나 잊어버렸던 옛 일을 시방 다시 깨우쳐 주어서, 쓸데없이 미리짐작으로 군이야기 겸 잔소리가 나오는 것이 실없는 말거리가 되어서 뭇 입술에 오르내리게 되는 것이 뼈가 아프도록 진저리치게 싫었다.

걸음을 빨리 하여 얼른 옛 집을 찾아 들어가니 대문깐채에서는 누가 살림을 하는가 우뚝이 외따로 떨어져 딴 집이 되었고, 사랑 앞 긴 담 아울러 큰 사랑채는 헐어버려서 두두룩이 빈 터만 남았는데, 깊은 자락은 소 두엄구덩이를 만들어서, 전에 석창포石菖蒲 심었던 자리에는 누렁 암소가 모로 드러누워 게으르게 양을 삭이고 있다. 예전 중문이 이제는 큰대문 행세를 하게 되었나보다.

어떤 아이들이 장난을 한 것인가. '한성주韓成柱'라 쓴 문패에다 소똥칠

---

* 고무래. 곡식을 모으고 펴거나, 밭의 흙을 고르거나 아궁이의 재를 긁어모으는 데에 쓰는 'T'자 모양의 기구. 장방형이나 반달꼴 또는 사다리꼴의 널조각에 긴 자루를 박아 만든다.
** 빚진 사람이 돈을 빌려 준 사람들에게 자기 재산의 전부를 내놓아 나누어 가지도록 하는 일.

을 누렇게 해서 거꾸로 돌려놓았다. 안마당에서는 까만 암캐가 콩콩 짖으며 나닿는다. 나는 헛기침을 두어 번 크게 하고 문지방 안에다 발을 들여 놓으니 서먹서먹하던 가슴이 다시금 두근거리기 시작한다. 누이가 부엌문 앞에서 어리둥절해 우두머니 바라다만 보다가

"에그머니, 네가 어쩐 일이냐" 하며 와락 뛰어 내달아 맞으면서 "어머니, 얘가 왔어요." "얘가 오다니, 누가 와." "경렬이가 왔어요." "응 경렬이가ㅡ." 어머니가 안방에서 마루로 뛰어나오신다. 나는 어머니의 가슴에 엎더질 듯이 고개를 숙이고 안겼다. 울음반 웃음반으로…… 그리고 어머니와 누이에게 휩싸여 안방으로 들어갔다. 어머니께서는 한참이나 물끄러미 들여다보시더니

"그래 어떻게 이렇게 왔니." "어떻게도 옵니까, 그저 이렇게 왔지요." "얼굴이 아주 여위다 못해 늙었구나. 나는 너를 다시는 못 보고 죽을 줄 알았구나. 어쩌면 그러냐, 그래 이 늙은 어미도 보고 싶지 않더냐." 어머니는 눈물을 지으신다. 누이도 눈이 그렁그렁해 울듯이 찌푸리고 있다. 나도 가슴이 뻐개지는 듯이 아프건만, 아무 대답할 말도 위로할 말도 찾아낼 수가 없어서 다만 잠잠히 고개를 숙이고 앉았을 뿐이었다.

어머니께서는 몰라볼만치 아주 퍽 늙으셨다. 그렇게 풍부하던 살결이 인제는 검푸른 주름살로만 바꾸어졌다. 누이도 나이로 보아서는 매우 바스러졌다. 아마 가난한 살림에 너무 쪼들린 까닭인지. 그 동안에 어린애는 둘을 낳아서 하나는 홍역에 죽고 나중 낳은 사내애만이 살았다 한다. 아마 불행한 집안에는 짓궂은 몹쓸 불행이 몇 겹씩 더 잇대어 둘러싸 오는 것인가. 그 동안에 할머니도 돌아가시고, 많은 식구가 하나 둘 차차 모두 흩어져버렸으니 더욱이 집안은 쓸쓸하여 졌을 뿐일 것이다.

방 안 모양은 그리 달라진 것은 없으나 세간도 없이 휑덩그렁한 방에 묵고 찢어진 벽 도배가 그을음과 거미집으로 수를 놓은 것이, 속 깊이 묵고 큰 집의 쇠퇴와 빈궁을 이야기한다. 두 살 먹었다는 누이의 아들은 아

랫목에서 누워자다가 눈을 떠 나를 물끄러미 보더니, '으아—'하고 울며 일어나 저의 어머니에게로 기어간다. 나는 어린 아기에게 왜떡*도 조금 못 사다가 준 것이 섭섭하기도 하고 또 한심스럽기도 하였다.

"낯이 설어서—, 너의 외삼촌 아저씨란다"하며 누이는 귀여운 아들을 얼싸안는다. 암만 낯은 설더라도 왜떡이나 좀 사다가 주었더라면 외삼촌 된 꼴에 얼마나 좋았을까. 누이는 웃으며 "아가는 날마다 나하고 왜(倭)말만 하는데." "왜말이라니요." "한종일 밤새도록 지저귀리고 나서 보면 그것이 모두 무슨 말을 한 것이지 한 마디도 알 수 없는 말만 지껄였지"하며 아가를 추석추석**하고 어른다.

"왜 아가가 아직 말을 못 해요." "응 아직 '엄마 젖 좀' 하는 소리밖에는 모두 못 알아 들을 왜말뿐이야, 그래 아가가 왜말을 하면 나도 왜말만 하지." 못 알아들을 왜말이라는 말이 퍽 우스웠다. 어머니도 웃으시며 "그래도 그 놈이 어떻게도 영악한지." 밭에 나갔다는 매부가 벌써 아까 알아 보았다는 듯이 빙글빙글 웃으며 들어온다. 벌써 앞니가 하나 빠져서 청춘은 이제 다 지나갔다는 듯이 말소리도 가끔 헛김이 섞인다.

내가 "그래 요새도 매형 약주를 그렇게 잘 잡수셔요"하고 물으니까 누이가 얼른 말끝을 채어 "그럼 먹구 말구, 요새도 날마다 술타작이란다"하며 원망하는 듯이 놀리는 듯이, 또 호소하는 듯이 한 마디로 부르짖는다. "아직도 일가권속이 배는 고프지 않은지 어찌 술만 그리 많이 먹는다노." 매부는 헛입맛을 다시며 "그래 그 동안에 재미가 어때? 아무래도 집에 있느니만은 못 했을 테지." 하며 곰방대를 빼어 순(筍)써리*** 담배를 부비질러 담는다.

그의 말이 반가운 인사인가 비웃는 웃음인가. 어떻든 이 세상은 도무

---

* 일본과자.
** 조금씩 자꾸 추켜올리거나 흔드는 모양. 조금씩 치켰다 내렸다 하는 모양.
*** 담배의 순을 말려서 썬 질이 낮은 담배.

지 더러움과 밉살스러움뿐이다. 내가 어찌하여서 그 동안에 집에 있지 못 하였는가. 집에도 붙어 있지 못 하고 떠돌아다니는 신세가 되게 누가 만들어 놓았는가. 그러면서도 사람마다 겉으로만 좋은 말로 못 된 이면 치레가 거짓으로 오락가락한다. 아— 몹쓸 자여—, 악한 세상이여—. 매부는 나의 그 동안 지낸 경력이며 현재의 생활이며를 반가운 듯이 가장 차례로 묻는다. 그러나 나는 스스로 나앉아서 그의 물은 말을 차근차근하게 대답할 용기가 나지 않는다.

그렇다. 내가 전일前日에는 일향一鄕의 일류 토호였었건만 오늘날은 일개의 순수한 육체 노동자가 되기까지에 겪은 경력을, 그래서 거기에서 우러나온 현재의 주의主義와 생활을 어떻게 다 이루 말할 수 있으랴. 다만 혼자만 태고의 태평시절로 망건을 도토리같이 쓰고 다니는 일민逸民으로, 자기의 전답을 자기의 힘으로 잘 평안스럽게 경작해 먹고 살아왔던 행운의 귀동자라, 우물 파마시며 밭갈아 먹는다는 옛 글 구절을 취흥에 섞어서 소리쳐 읽고 있는 천둥벌거숭이이니, 그것을 중심하여서 자기가 보는 꿈속의 조그마한 세계로, 넓은 세상 모든 것을 마음껏 멋대로 쉽게 단정해버리는 단순한 생활자에게 힘들여 설명한들 무슨 소용이 있으랴. 공연히 소귀에 경 읽는 격이 아니면 도리어 모욕만 받을 뿐이지…… 그렇지 않아도 나는 모든 것이 비웃는 듯이 놀리는 듯이만 보인다.

옛날의 소위 행복이라는 그것도, 얼마나 부랑자와 같이 믿을 수도 없고 밉살머리스러운 것이었던가. 얼마나 불안하고 위태스러운, 우연이라는 휘청거리는 외나무 사다리 위에다 행복이라는 그 알 수 없는 보물을 올려놓았던 것이었던가. 운명이라는 한 허깨비가 한 번 발길로 그 사다리를 툭 차버리면 평화와 행복을 한꺼번에 깨뜨려버리고 다만 목놓아 울 뿐이니, 그 때에 "그것이 무슨 창피스러운 짓이냐, 못 생기게 허둥대지만 말아라, 너희들의 소위 행복이라는 그것이 한바탕의 실없는 장난이었던 것을 너희들은 모르느냐"하는 비웃음을 받게 되는 것이다. 그렇다. 수수께끼같이 알 수 없는 행복을 어둡게 바라는 것보다는 내가 사는 힘이 있다. 힘이 있다. 나는 나의 힘을 밝게 헤아리고 있다. 진리를 곧게 보고 있다.

"시장하겠다" 하며 누이가 아침 밥상을 들여온다. 밥상에는 꽁보리밥과 된장 한 그릇뿐. "너도 그 동안에 이런 밥 더러 먹어보았니? 나는 일곱 해 동안을 이 거친 꽁보리로 살았다. 아마 뱃속도 껄끔껄끔할 거야. 거친 것만 많이 먹어서" 하며 숟가락을 잡으신다. 어머니가 늙기에 고생만 하시게 된 것이 모두 나 때문이로구나 하고 생각하매 가슴이 점점 무거워진다.

"그래도 굶는 것보다는 얼마야? 이거라도 많이만 있으면야. 아마 퍽 시장했겠다" 하시며 자꾸 어머니의 진지를 내 밥그릇에다 더 먹으라고 덜어 놓으신다. 나는 아무 말도 할 말이 없었다. 다만 북받치는 느낌이 목을 메일 뿐.

아침밥을 그럭저럭 눈물에 섞어서 한 그릇 다 먹었다. 남이 보기에는 죽일 놈이요 몹쓸 자식이라도 어머니의 사랑 아래에는 모진 것도 없고 거친 것도 없이 다만 웃음이요 눈물뿐이었다. 눈물에 뒤섞인 옛이야기 중에도 할머니께서 병환이 드셨을 때에, 나를 퍽 보고 싶으셔서 나의 이름을 날마다 부르셨으며, 또 쌀밥이 잡숫고 싶으셔서 '쌀밥 쌀밥' 하시며 밤낮으로 쌀밥 노래였었건만, 가난이 원수가 되어서 변변히 잡수어 보지도 못 하고 이내 돌아가셨다는, 구슬픈 구절도 한 두 마디가 아니다. 어머니께서는 한숨 섞어

"그것은 불효가 아니냐. 남의 집 외아들이요 또 장손이 되어서. 너의 아버지까지는 우리집이 대대로 예문(禮文)과 범절이 놀라웠었건만……" 그리해서 할머니께서 돌아가셨을 적에도 별안간에 산지도 구할 도리가 없어서 아버지 산소 옆에다 할머니의 산소를 모셨다는 말씀도 있다. 아까

올 적에 보던 그 새 무덤이 할머니의 산소였던 것을 이제 짐작해 알겠다. 이러한 말 저러한 말 많은 이야기 끝에 미안도 하고 불쾌한 느낌도 있어서

"무얼요, 그러한 예절은 거룩한 예문가요 또 배포도 부드럽고 속도 든든한 매형이 이렇게 있는데요 뭘"하고 어리광 섞어서 한 번 웃었다. "너의 집 일에 매형은 무슨 죄며 무슨 까닭이냐? 또 에미는 이렇게 늙어죽을 때까지 장 매형만 바라고 사니. 이제는 죽을 날도 머지 않았는지 나날이 기운도 전만 아주 못하고……어떻든 너도 이제 장가나 어떻게 들어서 좀 재미있게 살아나 보다 죽자꾸나. 나이가 스물다섯이나 된 것이 애녀석으로 그렇게만 있으면 어떻게 하니. 온 무슨 재미야?"

"하기야 그것도 무슨 재미로 그러겠습니까?" "그러면?" "아이 참 어머니도…… 그저 그렇게 좋은 형편이 되지 못 했으니까 그렇게 된 것이지요. 누가 일부러야 할 리가 있겠습니까? 또 어머니, 왜 제가 그렇게 불효가 되고 예절도 모르고 가난도 해졌고 어머니도 그렇게 고생만 하시게 된 것인지 아십니까?"

"그것은 모두 네가 잘못한 탓이지." "네, 옳습니다. 그것은 모두 제가 잘못한 탓입니다. 그러나 왜 그렇게 잘못만 되었는지 그 근본 이치는 아마 자세히 모르시겠지요. 아무라도 처음부터야 잘못만 할려고 일부러 별러서 하지는 않았겠지요. 다만 나중에 지나간 일을 헤아려보니까. 다 잘못 되었다는 것이 아닙니까. 그러니 애써 잘하려고만 하였건만은, 모두가 잘못만 된 것은 무슨 일입니까? 그것은 그 잘 하려고 하는 그 근본 이치를 그만 헛되이 그릇 본 까닭이 아닙니까?

그러니 쓸데없이 소소한 일에 걸려 잔소리만 하지 말고 하루라도 바삐 어느 날이든지 그 그릇된 일의 근본, 그릇 본 이치를 밝게 보고 바로잡아 사는 날이라야 그 때가 정말 우리들의 잘 살아 본다는 날이지요. 아무튼 이제는 잘 되었어요. 우리집이 망한 것도 잘 망하여졌고 가난한 것도 잘

가난해졌어요. 그래야 배도 고파보고 추위도 보고 힘도 들여 보고 고생도 해보고 남에게 괄시도 받아 보아서 쓴 것 단 것, 이 세상의 온갖 지독한 맛을 다 맛도 보고 겪어도 본 뒤에라야 제가 살려고 하는 부지런도 생기고, 제가 시방 어떠한 형편에서 살고 있다는 것도 깨달을 것이요, 또 어떻게만 하여야 잘 살 수가 있다는 마련이나 생각도 나서겠지요.

시방 앉아서 그 냄새나는 예절은 다 무엇이며, 되지 못한 부자는 다 무엇입니까? 그렇게 잠꼬대같이 허튼 수작이거든 모두 얼른 깨트려버리고 나날이 점점 배가 고파져서 눈깔이 뒤집힌 이 백성들에게는 한시 바삐 먹고 살 방법이나 깨달아 알아야지요. 고목나무의 곰삭은 삭정이가 불이 붙은들 무슨 힘이 있겠습니까? 나무가 병이 들어 속이 비거든 썩은 뿌리의 삭은 등걸이 되기 전에 얼른 죽여 불이라도 때면 불보*나 있겠지요. 어머니, 썩은 등걸에서 빛없고 힘없이 필락말락하는 꽃보다는 새 공기에서 새로 접한 새 나무에서 새로 열린 새 과실이 새로이 귀엽겠지요."

나는 잠깐 흥분이 되었었다. "너 지껄이는 것은 무슨 개소린지 나는 도무지 모르겠다. 그러면 어느 날이나 좀 잘 살아보누." "반드시 잘 살아 볼 날이 오지요." "어느 때 꿈에나, 내가 죽은 뒤에나, 아무튼 나 죽은 뒤에라도 너희들이나 잘 살기만 한다면야."

"왜요, 염려 마십시오. 어머니 생전에 잘 살아 볼 테니. 우선 급한대로 무엇보담도 누님은 길쌈을 하시오. 매형은 밭을 갈고 어머니는 저 아가나 보아주시다가 저 아가가 자라서 말이나 좀 할 줄 알거든 나는 아가에게 글을 가르치지요. 그리고 나도 무슨 일이든지 하겠습니다. 내가 일을 어떻게 세차게 잘 하는데요. 이 손을 좀 보십시오, 영악하지요."

"농산들 무엇을 먹고 무엇으로 짓니? 또 이제 이 지경이 되어서는 풍년이라도 어려울 터인데 더구나 해마다 흉년만 들지. 또 하인배나 동네사

---

* 佛寶 : 삼보三寶의 하나. 석가모니불과 모든 부처를 높여 이르는 말. 부처는 스스로 진리를 깨닫고, 또 다른 사람을 깨닫게 하므로 세상의 귀중한 보배와 같다 하여 이르는 말이다.

람의 인심들도 이제 전과는 아주 딴판이다. 시속인심時俗人心은 나날이 모두 달라지는데 내 것이 있어서 양반도 좋지 삼한갑족三韓甲族이면 무엇 하니? 내 것이 없어진 다음에야 모두가 아니꼬움과 업신여김뿐이지. 요새도 날마다 전에 부리던 것들이나 땅해 먹던 것들이 모두 문이 미어지게 들어와서, '어쩌자고 저희가 하던 그 땅마저 팔아 잡수셨어요' 하고 울며 불며 야단이란다. 가을이 되니까 농장도지農場賭只를 치뤄주고 나면 먹을 것은 한 톨도 아니 남는다나. 뼛심 들여 일 년 내 농사라고 지은 것이."

이런 사연 저런 사설로 원망도 있고 사랑도 있어 아무튼 즐거운 하루의 해를 지웠다. 어찌하였든 우리는 한시 바삐 모두 고향으로 돌아와야만 하겠다. 그리워서라도 가엾어서라도 또 내어버리기가 원통해서라도. 그리해서 거기에서 그대로 살 방법도 생각하고 깨달아서 빛바랜 묵은 시골을 붙들어 우리가 살 새 시골을 만들어야만 하겠다. 우리를 낳고 병든 시골을 모른 척 할 수 있으랴.

점심 때부터 서남풍이 몹시 불더니 나중에는 비바람이 뿌리치는 근심스러운 밤이 되었다. 어머니께서는 드러누우셔서 "아마 우박이 오나보지?" "아니오. 빗소리가 바람에 섞여 그리 요란스러운가 봅니다." "아마 이 비가 온 뒤에는 추워질 걸. 뒷 밭에 목화를 못 다 따서 또 비를 맞히는군. 또 지붕의 고추도 못 내렸지……."

그럭저럭 어머니는 잠이 드신 모양이다. 오늘부터 내가 이 집의 임자―. 매부와 누이와 어린애는 건넌방으로 건너가고 나는 어머니를 뫼시고 오래간만에 이 안방에서 자게 되었다.

딸이라도 시집만 가면 남이니 더구나 사위야 더 말할 것이 무엇 있으랴. 어머니께서 노래*에 남에게만 얹히어 고생만 하시게 된 것은 아무튼 딱하여 견디어 뵐 수가 없다. 이제부터는 내가 모시고 살아야 할 터인데

* 老來 : '늘그막' 을 점잖게 이르는 말.

아마 어머니의 말씀마따나 내가 장가를 들어야 할 터이지. 장가—, 장가—, 그러나 장가를 들려면은 어떠한 색시를 고르나. 아까 오다가 보던 그러한 색시한테로—. 그러나 그렇게 무던하고 고마운 색시를 어데서 만날 수 있나.

어머니께서는 "내가 죽더라도 너만 잘 된다면……"하시는, 뼈가 아픈 말씀을 하실 때에도 나는 어찌하여서 무엇이라고 하든지 얼른 대답을 할 수가 없었나. 대답을 드릴만한 아무러한 말도 갖지를 못한 몹쓸 자식이 되었노.

건넌방에서는 매부의 술주정하는 소리인가, "이게 다— 무어야 마뜩치 않게, 죽일 놈들—" 그 목소리는 매우 거칠게 들린다. 옳다. 나는 저의 술주정하는 그 속을 대강은 짐작하겠다. 저것은 술주정이 아니라 심술이다. 불평을 제깐엔 부르짖는 어리석은 심술이다. 이제 이 집의 임자가 왔으니까 이 집과 울 뒤의 텃밭을, 아니 하늘처럼 두텁게 바라던 든든한 행운을 온통으로 털어내어 놓게 되니까 제 딴은 영화스러운 행복이 꿈결같이 담박에 무너져 버리는 이 마당이라, 그것을 서러워하는 못 생긴 심술이 술기운을 빌어서 일부러 하는 불쌍한 주정이다.

어머니께서는 저런 소리도 못 들으시고 잠이 드셨나—. 방 안은 캄캄하다. 외로움과 쓸쓸한 느낌이 괴로움게도 어린 이 넋을 흐느적거린다. 비는 한결같이 세차게도 퍼붓는다. 나는 알 수 없는 설움에 잠겨 어떻게나 하였으면 좋을는지 모를 만치, 애가 녹는 듯한 두 줄 눈물이 하염없이 내려 옅은 베개가 젖는다.

누이의 울음소리—. 매부의 거친 목소리가 잠깐 끊어지는 동안에 누이의 훌쩍거리며 느끼는 소리가 구성지게 들린다. 지붕 처마의 낙숫물 소리, 낙엽 위에 떨어지는 빗방울 소리, 모든 소리가 더 다시 이 밤의 외롭고 구슬프고 청승스러운 이 넋을 시들하게 하여 죽일 듯이 엄습해 든다. 새로이 저 쪽에서는 어린애의 '으아—'하고 자지러져 우는 소리가 귓결에 들린다.

　무식한 심술—, 욕심의 부르짖음—. 그것이 남편과 아내의 싸움이요 피와 고기의 서로 으르릉대어 미워 물어뜯는 소리인가. 아— 철모르는 어린애—, 깨끗한 아가—. 그 아가의 눈에는 그것이 얼마나 무서웠을까. 얼마나 고약해보였고 변스러워 보였을까. 아무 더러운 때도 없고 죄도 없는 어린 아가는 애처로웁게도 침침한 방 한 편 구석에 끼여서 발발 떨기만 하고 있을 모양이 눈에 선—히 보인다.

　나는 모르는 겨를에 견딜 수 없는 느낌에 부딪혀서 눈과 입을 꼭 다물고 한번 부르르 떨었다. "내가 집에 돌아온 까닭인가, 그러면 내가 떠나가자. 누이를 위하여, 매부를 위하여, 아니, 그들이 믿어오던 그 무식한 행운을 조금 더 늘여 주기 위하여 내가 이 집을 또 떠나가자"하는 생각이 불현듯이 나돈다. 나는 어찌도 이리 간 곳마다 쓸쓸함과 외로움 뿐인고. 고향의 보금자리에서나 사랑하는 어머니의 품 안에서도 애끊는 눈물이 아니면 넓은 잠자리도 얼리어지지 않는구나. 그러나 내가 또 이 집을 떠나가면 늙으신 어머니께서는 어떻게 되나. 또 남의 손에 구메밥*을 잡수실 터이지.

　건넌방에서 매부와 누이 둘의 목소리는 점점 거칠어 높게 울려 들린다. 성난 목소리와 처량한 울음소리가 방을 울리고 벽을 울리고, 가을밤마저 우는 빗소리까지 한 데 어우러져서 청승스러웁게도 어둠 속의 온 집안을 휘돌아 퍼진다. 그러나 이 중에도 가장 아프게 괴로운 설움은 소리도 없이 가만히 우는 나의 울음일 것이다. 매부는 이제 쓰러져 잠이 들었는가. 누이의 울음소리만이 점점 더 느끼는 듯이 들린다. 저 방에서는 큰 울음으로 이 방에서는 가만한 울음으로 그렇게 서로 울음이 아니면 풀어볼 길이 없는 어려운 일은 과연 서로 무엇무엇이던가.

---

* 예전에 옥에 갇힌 죄수에게 벽 구멍으로 몰래 들여보내던 밥.

우리는 모두 불쌍한 사람들이다. 더구나 어머니와 누이는 정말 죄없이 불쌍한 이들이다. 그리고 매부도 불쌍한 사람이다. 나도 퍽 불쌍한 사람이다. 나는 마음속으로 깊이 누이와 매부에게 너무 미안해 못 견디겠다. 만일에 다른 까닭은 없이 다만 내가 돌아온 그 때문뿐이라면 나는 또 다시 나가버리자. 멀리멀리 아주 끝없이 달아나버리자. 그런데 내가 또 그렇게 되면 우리 어머니는 어떻게 되시나—.

바람이 또 이는가—. 굵은 빗방울이 '후두둑' 하고 뒷문 창풍지窓風紙를 후려 때린다. 나는 눈물 젖은 베개를 둘러 베었다.

오늘은 또 폭풍우인가. 폭풍우—, 폭풍우—. 가만한 폭풍우—, 들레이는* 폭풍우—. 아— 고향에 온 이 몸이 잠들기 전에 이 밤의 불안도 잠들 수 있을까—.

—《불교》 53호(1928년 11월).

---

* 들레이다 : 어떤 감격과 흥분으로 가슴이 들썩거리고 고동치다.

산거의 달

 "독향첨하면獨向檐下眠더니 각래반상월覺來半牀月"이라 시냇물소리 베개 삼아 동창 아래 누웠노라니 수줍은 아가씨처럼 갸웃—구름 사이를 휘돌아 넌지시 들여다보는 어여쁜 달빛…… "화간일호주 독작무상친 거배요명월 무관성삼인 花間一壺酒 獨酌無相親 擧盃邀明月 無關成三人"이라듯이 한 잔 있었으면 하는 호젓한 느낌도 없지 아니하다.

 아무래도 자연은 자연의 것이다. 아름다운 달빛에 자연의 경운景韻이 있으니 자연 그대가 그 임자일지라도 조금치라도 인공적 가미가 있다 하며 그것은 도무지 몰풍치沒風致요 죄악일 것이다. 값없이 그저 쓰는 강상江上의 청풍과 산간의 명월을 그 누가 있어 더러운 짓을 할 것이랴. 그저 그대로 두고 쓰며 보며 들을 것이니라. 철근 '콘크리—트' 다층 건물에서 육취肉臭에 취하고 기름때에 쌓여 보는 달을 멋이 있다고 이르겠느냐.

 세상은 시시각각으로 속야俗野하게만 변화가 되어 밝은 달의 광휘도 잔칼질을 해서 내어버릴 모양이다. 시방쯤은 도문都門의 청춘들이 총동원을 하여 열광적 재즈에 엉덩춤을 추고 비지땀을 흘리겠지마는 저 달을 보고 품은 감흥은 과연 어떠한 것일는지. '네온싸인'이 눈이 부신 거리에서 '글래스 컵'을 덜컥거리는 멋은 더러 있을는지 몰라도 청소보월清宵步月에 만고를 읊조리는 그윽한 풍치는 아마 애달피도 찾아 볼 길이 없으리라.

　물질문명의 정교한 기술을 배워보려고 서둘기만 하다가 다망, 초조, 생활 불안의 시커먼 연막이 그만 동양인 천부의 고아한 풍운風韻까지도 뒤덮어 놓았으며 명상하고 정관해서 스스로 격앙하던 훈련도 잊어버리고 말았다. 자기 생활의 행복의 기초를 어느 곳에 두며 안심의 경지를 어드메쯤 가서 찾을 것인가 하는 인간 필생의 큰 문제도 사고해 볼만한 기백조차 아주 잃어버리고 말았다.

　불행한 도시 도취자들이여 이 산거山居로 오라. 옹달샘 맑은 물에 머리를 씻고 일진불염一塵不染 만법개공萬法皆空의 청정심을 가져 거울같이 맑은 고령高嶺의 저 달을 바라보라. 제 아무리 정이 무디고 영혼에 곰이 된 사람이라도 무엇인지 모르게 인생의 하염없는 고적의 상相을 저절로 아니 느낄 수 없으리라.

　성자聖者의 진용眞容같이 뚜렷한 천심天心의 명월을 바라보면 가려졌던 모든 현실 모든 비밀까지도 쓸쓸한 감정 느긋한 참회로 저절로 아련히 이루어지리라. 달은 무언의 성자이다. 그 청증淸證하면서 원만하고 엄숙하면서 자비스러운 성자聖姿는 범부凡夫인 우리의 마음에까지도 무엇인지 모르게 커다란 암시를 드리우나니 일체를 포함하고 일체를 조파照破하매 일체를 조시調示하는 존엄하고도 신비스럽고 비장한 기운이 거기에 저절로 느끼어지리라.

　달은 보는 이의 마음에 따라 애수도 있고 환희도 있어 그야말로 "편월영분천간수片月影分千磵水"로 다를는지도 모르지마는 아무튼 우리 역시 사색과 감상과 영혼의 세계에서 정숙히 저 달을 바라보아야 할 것이다. 저 달의 거룩한 신운神韻이야말로 얼마나 청고淸高하며 장엄한 것이냐.

　"상전명월광 의시지상상 거두망명월 저두사고향牀前明月光 疑是地上霜 擧頭望明月 低頭思故鄕"

상전牀前의 명월이 무엇을 말하나, 인생 본연의 고향 소식을 과연 어찌 내렸는지, 뒷짐 지고 거닐던 걸음 주춤 멈추어 우두커니 팔장끼고 고개를 숙이다.

—《매일신보》(1938년 7월 20일).

궂은 비

 궂은 비를 맞으며 홍제원으로 왔다. 친구의 어머님 영靈을 모시고서이다. 팔십여 세 장구한 연월年月을 실어담은 망자의 생애가 마지막으로 반 시간다半時間茶에 그만 자취도 없이 사라져 버렸다. 나는 요사이 가끔 꿈을 꾼다. 꿈같은 인생·꿈을 꾸고 나서 악연愕然히* 일어나 앉아서 죽음이라는 것을 시름겹게 생각해본다. 이렇게도 생각해 보고 저렇게도 생각해 보다가 끝끝내 아무 투철한 해결도 지어보지 못 하고 그저 공포와 불안과 도피감에 싸여 어렴풋하게 흐리마리** 해버리고 다시 쓰러져 눕는다.
 그러나 이러다가 결국 그 죽음이란 것에 정말 봉착할 때에는 무슨 의식이 있을는지 없을는지, 설혹 있다손 치더라도 아마 의외로 그 죽음에 대한 공포를 그다지 지긋지긋이 느끼지 않을는지도 모르리라. 그것은 마치 사형수들이 죽음에 대하여 무한히 번민도 하고 오뇌도 하다가 정말 사형 집행장에 이르러서는 모든 잡념을 깨끗이 끊어버리고 고분고분히 형을 받게 된다는 것과 같이, 나도 칠십을 살는지 팔십을 살는지 살아 있는 그 동안에 모든 것을 훌륭히 단념해 버리고 될 수 있으면 평안하게 허둥지둥 추태를 피우지 말고 임종을 하게 되었으면 한다. 하나 그것도 또

---
* 악연 : 몹시 놀라는 모양.
** 생각이나 기억, 일 따위가 분명하지 아니한 모양.

한 누가 알아 꼭 기피할 수 있으랴.

인생이란 시방은 이렇게 건강하다고 믿었지마는 본래가 무상한지라 어느 날 어디서 어떻게 무슨 일이 있을는지 누가 알 수 있는 것이랴. 아무라도 면할 수 없는 무상, 더구나 우리와 같이 하잘 것 없는 범부로서랴. 이렇게 생각해보니 너무나 허무상을 느끼는 한낱 불안이 없지도 않다. 모처럼 어렵게 받아 가진 이 몸인데 그 자기의 생명을 잃어버리게 된다는 그것은 아무라도 크나큰 손실이니까 그것처럼 서운하고 섭섭하고 안타까웁고 구슬픈 일이 다시는 없을 것이다.

그러나 하는 수 없는 일이다. 암만 딱해도 어쩔 수 없는 무상이고 아무라도 기어코 면할 수 없는 현실이니까.

그렇다면 그 무상을 어떻게 하면 뉘우침이 없이 고이 받을 수 있을까. 생각이 여기에 이르니 그 죽음이라는 화두話頭보다도 우리가 어떻게 살아야 할 것인가 하는 그것이 도리어 먼저 끽긴喫緊한* 일대문제인 듯싶다.

하기는 그렇다. 어떻게 하면 잘 죽을 수 있을까 하는 그 말이 필경은 어떻게 하면 잘 살 수 있느냐 하는 그 반면을 건드려 본 데서 지나지 않은 것이다. 세상에 죽음을 제도하는 종교가 있다면 그것은 곧 삶을 인도하는 종교가 될 것이다. 그런데 인생이라는 그것은 원래가 공이었던 것이다. 오대五大가 단합하여 '아我'라고 하는 한 형태를 구형하였던 것이니까 이 몸뚱어리도 본래는 '공空'이었던 것이 틀리지 않는다. '공'에서 생겨 나왔다가 '공'으로 다시 돌아가 버리는 것이 이 인생이라, 죽음이란 본디 떠나온 것으로 다시 찾아 돌아간다는 말이다. 본래가 밑천 없는 장사라서 아무런 손損도 없거니와 또한 득得도 없는 것이 "생야일편부운기사야일편부운멸 生也一片浮雲起死也一片浮雲滅"로 그저 아무것도 아닌 그대로의 한 '공'이다.

---

* 끽긴하다 : 매우 긴요하다.

이렇게 생각해 보니 우리는 매우 명랑한 심경을 얻을 수가 있다. 이 심경이 이른바 '극락'이란 경지인지도 모른다. 하나 이르기를 '공'이라고 하여도 아주 그렇게 아무것도 없이 텅 빈 진공眞空의 '공'은 아닐 것이다. 그 '공' 가운데에는 공에서도 묘유妙有라 '인생'의 꽃이라는 한 떨기 꽃이 그윽히 되어 있다. 그래서 그 꽃에는 미도 있고 멋도 있어 그 꽃을 읊조리고 그 꽃을 즐기는 것이 이 곧 이른바 인생풍류, 곧 풍아의 심경이라는 것일 것이다. 불교에서 말하는 "색즉시공 공즉시색 色卽是空 空卽是色"이라는 것이 곧 이것을 이름인지도 모른다. 어떻든 이 의취意趣를 다시 한번 달리 바꾸어 말해 본다면 일체의 현상은 모두 환영이라고 관觀해 보며 그리고 그 환영을 환영으로만 돌리어 그대로 내버릴 것이 아니라 그 환영의 재미를 맛보며 그 환영의 품속에 탐탐하게 안기어 보자는 것이 곧 인생 본래의 이상이다.

그러나 그렇게 생각한 이 몸으로서도 또다시 악연히 자기 생활의 무의미한 것을 새삼스러이 뉘우치고 부끄러워하지 않을 수 없다. 이것도 이르자면 한 가락의 무상일 것이다.

궂은 비나마 실컷 좀 맞아 보자. 낡은 베두루마기가 다 무젖도록 하염없는 인생을 조상하는 눈물로 삼아서—.

— 《매일신보》(1938년 9월 4일).

추감

　산마을에 가을이 드니 당나라 시인 마재馬載가 누상추거漏上秋居를 읊조린 고언율시가 저절로 머리에 떠돈다.
　유원풍우정 만견응행빈 낙엽타향수 기등독야인 공원백로적 고벽야승린 기와교비구 하년치차신濡原風雨定 晚見應行頻 落葉他鄕樹 幾燈獨夜人 空園白露適 孤壁野僧隣 寄臥郊扉久 何年致此身
　가을은 모든 것을 새삼스러이 깨우쳐 느끼는 시절이다. 동산의 솔방울 떨어지는 소리나 사리짝*에 우짖는 귀또리 소리나 모두가 가을의 감상만이 짙어 들린다. 유현幽玄히 높은 하늘빛, 정명情明하게 개인 대기, 어느 것 하나나 애처로운 가을빛을 쓸쓸하게 지니지 않은 것이 있으랴.
　감상은 가을자연의 호흡이며 쓸쓸한 가을이 하숏거리는 시의 마음이다. 오동잎에 밤비가 우짖을 제……. 무심한 잎사귀에 무심히 듣는 빗방울이건마는 그것도 봄과 가을을 가려 그 정취가 전연 서로 다르다. 생성 번영의 봄과 여름을 천지가 수행하는 계제라고 일컬을 수 있다면 가을과 겨울철은 아마 인생의 진의眞義와 실상에 투철한 보제菩提일 것이다.
　가을은 스스로 가을 자체의 모양을 고요히 응시하여 명상하고 사색해

---

* 사립짝. 나뭇가지를 엮어서 만든 문짝.

보는 때이다.

아무튼 가을은 쓸쓸하고 조락凋落하고 구슬픈 시절이다. 애상의 눈물겨운 가을이다. 소리도 없이 실컷 울고 싶은 가을이다. 소림사에서는 곡소리가 난다. 절에는 오늘 누구의 49일 영산재*가 들었다 하더니 마지막 회향廻向으로 순당巡堂도는 '나무아미타불……' 구슬픈 범패梵唄에 따라 망자亡者를 극락으로 마지막 보내는 효자 효손들의 추원감시追遠感時 고지호천叩地號天 애통망극한 울음이다.

그 망자는 어떠한 사람이었던지……어떻든 사람으로 태어났으면 한 번 죽음은 도무지 면할 수 없는 일이요 더구나 사바오탁娑婆五濁의 진세塵世를 훌쳐버리고 서방정토 구품연대九品蓮臺에 영불퇴전永不退轉으로 왕생할 것이며 대체로만 생각하면 가는 이나 보내는 이가 그리 슬퍼할 것도 없으련마는 그러나 저절로 슬퍼만 지는 것이 안타까운 우리 인생이다.

초로인생**이라고 예로부터 일러 내려오던 말이지마는 정말 풀끝에 맺힌 이슬 같은 것이 우리 인간의 목숨이며 가을바람에 지는 잎같이 하염없는 것이 사바*** 중생의 죽음이다. 꿈결 같은 한 세상…… 부싯불이나 번개보다도 더 덧없고 빠른 것이 인간의 수명인 것을 우리는 번연히 느끼며 알고 있거니…… 그러나 그렇게 잘 알고 있으면서도 알고 있을수록 그 "알고 있거니"하는 것이 도리어 끊으려 끊을 수 없는 한 가닥 굵다란 기반이 되며 집착이 되어서 허덕거리며 슬퍼하는 것이 우리 범부의 인생이다.

수명이 얼마나 짧건, 모태에서 벗어나오는 길로 잠시 집자리에서 스러져 버리는 핏덩이도 있고 강보에 싸여 벙긋거리다가 덧없이 가버리는 말할 수 없이 안타깝게 짧은 목숨도 있건마는 길게 잡아 오십을 사나 백 살

---

* 靈山齋 : 불교에서 죽은 사람을 위하여 사흘에 걸쳐 행하는 재.
** 草露人生 : 풀잎에 맺힌 이슬과 같은 인생이라는 뜻. 허무하고 덧없는 인생을 비유적으로 이르는 말.
*** 娑婆 : 괴로움이 많은 인간 세계. 석가모니불이 교화하는 세계를 말한다.

을 사나 오래 살면 오래 살수록 더욱 섭섭하고 구슬픈 것이 인정이며 욕심이다.

"이것이 모두 허망한 욕심이니까……"하고 모든 것을 각오하며 단념해 버리려 하여도 여전히 섭섭한 슬픔만은 남아 있나니 또다시

"이 사바는 도무지 단념도 되지 못하는 것이라"고 쳐서 버리려 하여도 그것마저 끊어버려지지 않고 도리어 꼬리에 꼬리를 달아 나타나는 새로운 번뇌와 고민. "이렇게 해서는 정말 못 쓸 터인데……"하며 혼자 걱정을 하면서도 끝끝내 어찌할 수 없는 것이 우리 범부들의 가엾은 정경이다. 그러면 그렇다고 사람이 턱없이 오래만 살고 싶으냐. 끝없이 오래만 산다 해도 그리 시원한 꼴은 물론 없겠지마는 하나 그래도 죽기는 도무지 싫다. 차라리 고생을 몹시 좀 하더라도 살아 있고만 싶지 편안하다는 죽음은 그리 원하지 않는다. 죽은 정승 부럽지 않고 살아 있는 개목숨이라고.

그러면 어떻게 할 터이냐. 서릿바람에 나뭇잎 지는 소리를 들으면서도 이 겨울만 지나가면 묵은 등걸에도 새싹이 눈 틀 새 봄맞이를 어두움 속에서 꿈같이 그려본다.

소림사에 떼울음소리도 이제 그만 그쳐버렸다. 만뢰萬籟*는 죽은듯이 고요하다.

존자存子들이여! 왜 목을 놓고 더 좀 울지 않느뇨…… 가을 동산에 지는 잎같이 쓸쓸히 돌아간 어버이를 부르며 속이 후련하도록 더 좀 실컷 울지 않느뇨. 가을밤에 쓸쓸히 들리는 깨어진 쇠북소리같이.

—《매일신보》(1938년 10월 16일).

---

* 자연계에서 나는 온갖 소리.

첨하*의 인정

찢어진 들창에 비가 들이친다. 흙벽이 젖는다. 지붕이 샌다. 밤을 새워 우짖는 비바람에…… 걸레를 들여라. 빈 그릇을 가져오너라, 오막살이 단칸 방 안에다 뚝배기 항아리 무엇무엇 할 것 없이 너저분하게 별안간 악기전樂器廛을 벌여 놓았다.

곰삭은 추녀에 산山달이 들었을 때에는 제법 멋있는 풍치風致였었더니 이런 때는 두툼하게 새로 이은 지붕 처마가 몹시 그리워진다. 하기야 옛날에 원정猿亭 같은 풍류인은 지붕과 방고래가 허물어진 집에서 "여보 마누라 우리 방고래**에는 달이 다— 드는구려!"하면서 장마 고래에 잠긴 달을 몹시 사랑하였다지만 나도 달빛을 띠고 추녀 아래서 누워 자본 적은 더러 있으나 아무튼 시방 이 방 안의 광경은 너무도 몰풍치沒風致만스러웁다.

지붕 추녀! 추녀 아래서 비를 피하면서 왼밤을 드새우던 옛날 사람 — 오다가다 소낙비라도 만나면 지붕 처마 밑처럼 고마운 신세는 아마 없을 것이다. 그런데 그 고맙던 온늑한 추녀 기슭도 요사이 와서는 모두 이른바 선자추녀***로 드높고 짧아만 졌고 더구나 호화스러운 양옥집에는 그

---
* 檐下 : 처마 밑.
** 방 구들장 밑으로 나 있는, 불길과 연기가 통하여 나가는 길.

나마의 짧은 추녀도 아주 흔적도 없이 없애버렸다. "지붕 추녀 밑에서 하룻밤 드새워 가겠소." 그 인정미를 인제서야 어느 곳에가 찾아볼 순들 있을 것이랴.

바윗돌에 담쟁이 잎이 얼그러져 붉거나, 울타리 밖에서 심지 않은 들국화가 저절로 웃고 서있는 것은 그대로 동양적 자연의 정취이다. 날로 야박스러워만 지는 시속정태時俗情態는 동양적 그대로의 자연의 정취까지도 좀먹어 버렸다. 옛날에 장단長湍 화장사華藏寺는 처마 기슭으로만 돌자해도 삼천리나 되었다는 전설이 있다. 그러나 요새 세상에서는 사원도 그렇게 수천 간 늘여서 지을 필요가 없어진 모양인지 몇 층 집 단채집을 좁은 터에다 세워 놓고 가다가 어쩌다 단월가檀越家의 불공종佛供鐘이나 올리곤 한다.

종소리도 문종소聞鐘笑라는 화두話頭 비슷한 문자를 혼객渾客들끼리는 공부 삼아 문답을 한다. 산중으로 수행 순례하는 행자들이 저녁나절이 되면 걸망을 지고 부지런히 큰 절을 찾아 달음박질하다가 산문 근처에 간신히 이르렀을 적에 '데―o' 하는 종소리가 느닷없이 들린다. 그 종소리는 큰 절에서 대중이 저녁 공양을 마치고서 바리를 걷는 신호이다. 그러니 저녁장을 잔뜩 대이고서 달려갔던 걸음…… 그 행자行者가 어떻게 하면 좋겠느냐는 것이 이 공안公案인데 흔히는 '문종소聞鐘笑'라고 허허 웃어버리는 것이 가장 나았다고도 이르나 그것도 역시 누漏가 없는 답안은 물론 아니라 한다. 그런데 그까짓 답안은 누가 있건 없건 요사이의 세태 같아서는 지나가는 나그네에게 저녁술이나 대접시켜 지붕 추녀 밑에서나마 재워보내는 인심이 그저 남아 있는지 모르겠다.

조선은 인정의 나라라는 이언俚諺도 근자에는 들어본 적이 없다. 상부상조라든가 공존공영이라는 감정이 이 지붕 추녀의 운명과 함께 소장消長

*** 서까래를 부챗살 모양으로 댄 추녀.

하는 듯싶으니 추녀가 없이 ○○당당하게 늘어세운 건축물이 즐비한 소위 현대의 문명도시의 거리에서 별안간 풍우를 만났을 적의 정경을 한번 생각해보자. 어느 곳 들어설 데도 없어 갈데없이 물에 빠진 생쥐 모양으로 쪼르르 물에 젖어 헤매일 뿐이다. 그래도 몸이 물에 젖어 덜덜 떨려 허둥거리지마는 집안에 들어 있는 사람들은 유리창으로 내다보면서도 도무지 매정하게 몰교섭沒交涉이다. 어허— 맹랑하고도 야속한 세정 인심!

의식주 세 가지만도 인심에 미치는 영향이 매우 큰 것 같다. 조상 적부터 전해 지니고 사는 묵은 집 속의 인심과 한 달에도 몇 번씩 모퉁이를 꾸려가지고 이 집 저 집 남의 집 셋방 구석으로만 돌아다니는 안타까운 살림의 인심이 아마 몹시 다를 것이다.

시방 악기전을 벌여놓고 있는 이 방도 만일 삭월셋방이 아니고 내 소유의 영주하던 집인 것 같으면 벌써 작년부터 비가 새던 지붕이니 하다못해 거적때기 하나라도 집어 얹어 놓았을 것이다. 섬거적 한 겹보다도 더 얇은 인심, 셋집, 지붕 추녀를 싸고도는 인심, 한 항아리 잔뜩 고인 구정물은 낙수落水를 따라 더러운 수포를 수없이 이루었다 꺼져버린다.

—《매일신보》(1938년 10월 27일).

평론

조선은 메나리 나라
백조시대에 남긴 여화餘話

조선은 메나리 나라

　　너희 부리가 어떠한 부리시냐

　아득한 옛날 일이야 어찌 다 이로 가려 알 수가 있으랴만은 그래도 반만년의 기나긴 내력을 가진 거룩한 겨레이다.
　"우리 아가 예쁜 아가, 금싸라기같이 귀한 아가, 신통방통 우리 아가." 이것은 어머니가 어린 나에게 던져주시던 수수팥단지였지만은, 그래도 나를 얼싸안고 웃음과 눈물을 반죽해 부르시던 자장노래였다. 나는 시방도 어머니의 부르시던 그 보드라운 음조를 휘돌쳐 느끼고 있다. 내가 어찌하기로서니 그것이야 설마 잊을 수가 있으랴. 아무튼 우리가 어려서는 귀한 아기였었던지? 조선은 귀여운 아기를 많이 가졌었다. 그 아기들은 모두 훌륭한 보물을 퍽 많이 가졌었지? 자랑할만한 그 보물? 이 세상에는 둘도 없는 그 보물! 그러나 그 보물은 감추어 두었다. 아니 감추어 두었던 것이 아니라 몇 백 년 동안 긴 난리 긴 세월에, 그만 아무도 모를 흙구덩이 속에다 넣고 파묻어 이때껏 그냥 내버려두었다. 그렇지만 파묻어두었다고 썩어 없어질 리는 없는 보물이니, 그것은 사그리 삭아 없어지는 것보다, 금두꺼비처럼 무럭무럭 자라나는, 거룩한 보물인 까닭이다.
　그런데, 우리는 그 보물구덩이를 안다. 남들은 모두 몰라도…… 그러나 설사 남들이 그 보물 냄새를 맡고 찾아가 제 아무리 죽을 힘을 들여서 그 구덩이를 파 뒤집어 본다한들 볼 수나 있으며, 알 수나 있으며, 더구나 얻을 길이 있으랴. 다만 그것은 임자가 있는 보물이며 또 임자밖에는 도무지 아는 체도 안 하는 보물이니 우리만 갖고 우리만 즐기고 우리만이 자랑할 신통하고도 거룩한 보물이다. 그 보물은 흙 속에 파묻혀 있는 그 동안에, 도리어 땅 밖으로 싹이 트고 움이 돋고 줄거리가 자라고 꽃이 피고 또 열매까지도 맺혔건마는 우리 밖에 밉살스러운 그 남들은 도무지 그것을 모르는구나. 얼씨구 좋다 요런 깨판이 또 어디 있으랴.

이제는 조선이 다 거지가 되었더라도, 그 보물만은 어느 때든지 거부자장일 것이다. 또 다른 걱정이 무어야. 그것을 가진 우리의 목숨은 살았다. 아직도 이렇게 살아 있다. 다른 것은 모두 쪽박을 차게 되었을수록, 그 보물만은 우리를 두긋겨주고 귀여워한다. 그러니 그 보물은 과연 무엇이냐. 무엇이 그리 자랑거리가 될만한 보물이더냐.

그것은 우리로서는 아주 알기 쉬운 것이다. 싸고도 비싼 보물이다. '메나리' 라 하는 보물! 한자로 쓰면 조선의 민요 그것이란다. 그 보물은 어느 때 어느 곳에서 생겨난 것이냐.

메나리는 글이 아니다. 말도 아니요 또 시도 아니다. 이 백성이 생기고 이 나라가 이룩될 때에 메나리도 저절로 따라 생긴 것이니, 그저 그 백성이 저절로 그럭저럭 속 깊이 간직해가진 거룩한 넋일 뿐이다. 사람은 환경이 있다. 사람은 사람만이 사는 것이 아니라, 그 환경이라는 그것과 아울러서 한 데 산다. 그래서 사람과 사람, 사람과 환경은 서로서로 어느 사이인지도 모르게 낯익고 속 깊은 수작을 주고받고 하나니, 그 수작이 저절로 메나리라는 가락으로 되어버린다.

사람들의 고운 상상심과 극적 본능은, 저의 환경을 모두 얽어 넣어 저의 한 세계를 만들어 놓는다. 앞산 도령아 이리 오너라, 뒷내 각시 너도 가자, 날쌘 눈짓이 재빠르게 건너간다. 달콤한 이삭다니가 무러녹아진다. 여기에서 한낮의 이상하고도 그윽한 전설이 저절로 이룩해지나니, 그 산과 그 물을 의인화해 낼 때에, 그 가운데 쌓여 있는 이끼 슨 바위나 곰삭은 고목가지라도 한 마치*의 훌륭한 재비**를 아니 맡겨 줄 수가 없으며, 거기에서 한 바탕의 신화 세계가 그럭저럭 이룩해 어우러진다. 그래서 늘어진 가락, 재치는 가락이 서로 얼크러져 한 마당의 굿놀이판이 얼리어지나니, 등장한 재비꾼들은 제가끔 과백科白으로 몇 마디의 메나리를 제 멋껏 불러본다.

그 토지와 그 사건을 교묘하게 얽어 뭉친 그 노래는 깊은 인상을 지니고, 뒷 세상 오늘날까지 입으로 입으로 불러 전해 내려왔다. 다만 입으로만 불러 전승해 온 것이라 묵고 오래인 만큼 그 모양과 뜻이 바뀌어지고 달라졌을는지는 모르나, 그래도 그 속에 깊이 파묻혀 있는 넋은 바꾸어 넣을 수가 없으니까 조선이라는 한 붉은 땅덩이의 특색과 이취異趣는 어느 때든지 그대로 지니고 있으리라.

또 노래라는 것은 입으로 부르는 것이요 글로 짓는 것이 아니매, 구태여 글씨로 적어 내려오지 못 한 그것을 그리 탓할 까닭도 없다. 더구나 남달리 우리의 메나리는, 몇 천 대 몇 백 대 우리 조상의 영혼이 오랫동안 지니고 가꾸어 올 때에, 그 시대마다 그 사람에게는 그대로 그것이 완성이 되었으리니, 그 줄거리가 시방도 한창 우리에게도 자라고 완성하며 있을 것이다. 무어 그리, 글로 기록하고 말로 지껄이기야 어려울 것이 있으랴마는 억만고億萬古 그 동안을 이 나라 이 사람에게로 거쳐 내려온 그것을 우리의 넋을, 넋두리를, 이 세상 어느 나라 무슨 글로든지 도무지 옮겨 쓸 수가 없을 것이라는 말이다.

우리나라에 다른 예술도 그렇게 잘 되고 많았던지는 모르나, 우리는 민요국의 백성이라고 자랑할 만큼, 메나리를 퍽 많이 가졌다. 다른 것은

---

* 농악이나 무속 음악 따위에서, 장단을 이르는 말.
** 악기를 연주하거나 노래를 부르거나 춤을 추는 기능자.

다 어렴풋해 보기가 어려워도, 메나리 속에서 산 이 나라 백성의 운율적 생활 역사는 굵고 검붉은 선이 뚜렷하게 영원에서 영원까지 길이길이 그리어 있다.

사람들마다 입만 벙긋하면 모두 노래다. 젊은이나 늙은이나 사내나 계집이나, 모두 저절로 되는 그 노래! 살아서나 죽어서나, 일할 때나 쉴 때나, 허튼 주정, 잠꼬대, 푸념, 넋두리, 에누다리*, 잔사설이 모두 그대로 그윽한 메나리 가락이 아니면 무어냐. 산에 올라 〈산타령〉, 들에 내려 〈양구양천〉〈아리랑〉 타령은 두 마치 장단, 늘어지고 서러운 것은 〈육자백이〉, 산에나 들에나 메나리꽃이 휘드러져 널리었다.

뫼가 우뚝하니 섰으니, 응징스러웁다. 물이 철철 흐르니, 가만한 눈물이 저절로 흐른다. 수수께끼 속같이 곱고도 그윽한 이 나라에 바람이 불어, 몹쓸 년의 그 바람이 불어서, 꽃은 피었다가도 지고 봄은 왔다가도 돌아선다. 제비는 오건마는 기러기는 가는구나. 백성들이 간다. 사람들이 운다. 한 많은 뻐꾸기는, 구슬픈 울음을 운다. 울음을 운다. 무슨 울음을 울었더냐. 무슨 소리로 울었느냐. 뼈가 녹는 시름? 피를 품는 설움? 아니다. 그런 것이 아니다.

    문경어(에) 세자년(새재는) 워—ㄴ고개—ㄴ고—(웬 고개인고) 구비야 구비
  야 눈물이 나게

우리는 간다. 고개를 넘는다. 구비야 구비야 산길은 구비졌다. 구비야 구비야 눈물도 구비친다. 아—, 이 고개는 무슨 몹쓸 설움의 고개냐.

하늘에는 별도 많고 시내 강변엔 돌도 많다. 한도 많다. 설움도 많다. 그러나 우리는 그것을 나타내기가 싫다. 할 말도 많건마는 또한 할 말도

---

* 넋두리.

없구나. 설움이 오거든 웃음으로 보내버리자. 사설이 있거든 메나리로 풀어버리자. 그러나 메나리 그것도 슬프기는 슬프구나. 슬그머니 내려앉은 가슴이 또다시 마음까지 앓게 되누나. 그러나 이것을 남들이야 알랴. 남들이야 어디 그 마디마디 그 구슬픈 가락을 알 수가 있으랴.

도라지 캐러 간다고 요 핑계 조 핑계 하더니 총각낭군 무덤에 삼우제 지내러 간단다

이것은 강원도 메나리

길주명천 가는 베장사야 첫닭이 운다고 가지 마소 닭이 울면 정닭이냐 맹상군의 인닭이라

이것은 함경도 메나리

쓰나 다나 된장 먹지 갈그이 사냥을 왜 나갔습나

이것은 황해도 메나리이다. 가락이 길고 가늘고 무딜수록 저절로 설움도 있고 멋도 있나니, 그 멋이라는 것은 우리밖에는 느낄 이도 없고 자랑할 이도 없다. 또 애를 써 그것을(분해) 설명할 필요도 없나니, 끝끝내 아무 보람도 없을 것이요 아무 까닭도 없는 일이다. 다만 우리의 넋은 저절로 그것을 느껴 알고 있으니까.

이름있는 소리, 이름없는 소리, 그 모든 소리가 우리 입에 오르내리는 것만 해도 그 가짓 수가 이루 헤일 수 없이 많으니 메나리로서는 우리의 것이 온 세계에 가장 자랑할 만치 풍부하거니와 한 가지 같은 소리로도 곳곳이 골을 따라 그 뜻과 그 멋이 다르다. 〈아리랑〉도 서울 〈아리랑〉 강

원도 충청도 함경도 경상도 〈아리랑〉이 다르고 〈흥타령〉도 서울 〈흥타령〉 영남 〈흥타령〉이 다르고 〈산염불〉도 서울 시골이 같지 않고, 〈난봉가〉도 서울과 개성과 황해도 것이 다르고 〈수심가〉도 평양 〈수심가〉 충북 〈수심가〉 황해도 것이 다르고 같지 않은 멋이 있다. 무당의 〈제석거리〉는 13도 곳곳마다 다 같지 않다. 또한 고전극 그대로를 아직껏 지니고 내려온 소리도 많으니, 〈심청전〉 〈춘향전〉 〈흥부전〉 〈토끼전〉 그런 것은 말할 것도 없거니와 중들이 부르는 〈염불〉 〈회심곡〉, 한 무당이 부르는 〈풀이〉나 〈거리〉, 장돌뱅이의 〈장타령〉, 재주바치의 〈산대도감〉 〈꼭두각시〉, 무엇무엇 그것도 헤일 수 없을 만치 퍽 많다. 가슴이 날뛰는 영남의 〈쾌지나칭칭나네〉도 좋다마는 뼈가 녹고 넋이 끊어질 듯한 평안도 〈배따라기〉도 그립구나. 화투불 빛에 붉은 볼을 화끈거리며 선머슴이나 숫색시가 밤을 새워 보는 황해도 〈배뱅이굿〉은 얼마나 즐거운 일이냐. 평안도 〈다리굿〉의 〈아미타불〉도 또한 한 가닥 눈물이었다. 김매는 〈기심노래〉, 배 매는 〈베틀가〉도 좋지 않은 것이 없으며 남쪽의 〈산유화〉, 북쪽의 〈놀량사거리〉도 진역震域에서는 가장 오랜 소리로 그 음조만으로도 우리의 넋을 힘있게 흐늘거린다.

  메나리는 특별히 잘 되고 못 된 것도 있을 까닭이 없으니 그것은 속임 없는 우리의 넋, 넋의 울리는 소리 그대로이니까. 우리의 메나리는 구박을 받아왔다. 어느 놈이 그런 몹쓸 짓을 하였느냐. 우리는 몇 백 년 동안 한학漢學이라는 그 거북하고도 야릇한 살매가 들리어 우리의 것을 우리의 손으로 스스로 푸대접해 왔다. 아— 야속한 괄시만 받던 우리의 메나리는 그 동안 얼마나 혼자 외딴 길 어두운 거리로 헤매며 속깊은 울음을 울었겠느냐.

  그러나 할 수 없다. 우리의 넋은 우리의 넋 그대로인 것을 어찌하겠니. 메나리가 우리와 함께 났을 바에 우리가 살 동안까지는 늘 우리와 같이 있으리니, 이 나라가 뒤죽박죽이 되며 짚신을 머리에 이고 갓을 꽁무니에 차고 다니는 세상이 온다 할지라도, 메나리만은 그 세상 그대로 없어지지 않고 있을 것이다. 아무리 무디고 어지러워진 신경이라도 우리는 우리의 메나리를 들을 때에 저절로 느끼는 것이 있다. 아무나 마음이 통하고 느낌이 같다. 좋다 소리가 저절로 난다. 대체 좋다는 그것이 무엇이냐. 우리의 마음의 거문고가 우리의 마음속에서 절로 울리어지는 그 까닭이다.

우리는 메나리 나라 백성이다. 메나리 나라로 돌아가자. 내 것이 아니면 모두 빌어 온 것뿐이다.

요사이 흔한 '양시조', 서투른 언문풍월諺文風月, 도막도막 잘 터놓는 신시新詩 타령, 그것은 다 무엇이냐. 되지도 못 하고 어색스러운 앵도장사를 일부러 애써하는 것보다는 차라리 제 멋의 제 국으로나 놀아라. 앵도장사란 무엇인지 아느냐, 받아다 판다는 말이다. 양洋가가*에서 일부러 육촉肉燭 부스러기를 사다 먹고 골머리를 앓아 장발객**들이 된다는 말이다.

넋이야 넋이로다. 이 넋이 무슨 넋?

—《별건곤》 12~13호(1928년 5월).

---

* 假家 : 임시로 지은 집. '가게'의 원말.
** 머리털을 길게 기른 손님.

백조시대에 남긴 여화
— 젊은 문학도의 그리던 꿈

1. 그 시절

"여러분이 오시니 종로거리가 새파랗구려." 이것은 방소파군*이 그 어느 해 여름날 백조 동인들을 철물교에서 만나서 부러운 듯이 칭찬하는 말이었다. 그 두터운 왜 수건으로 철철 흐르는 비지땀을 씻어가며 일부러 서서……

오— 그리울손 그 시절! 백조가 흐르던 그 시절!

도향 월탄 회월 빙허 석영 노작 십여 인이 그 때의 소위 백조파 동인들인데 춘원이 제일 연장이요 가장 어리기로는 나도향군이었다. 도향의 그 때 나이는 아마 열아홉 살이었던가 한다.

우전雨田은 키 큰 터수**로 세상이 다 아는 반나마요 월탄은 짧은 외투도 길게 입기로 이름이 또한 높았다. 빙허, 노작, 석영, 월탄, 회월은 모두 스물한 두 살로 자칫 동갑들이었었는데 빙허, 석영을 부세富世의 미장부美丈夫라고 남들이 추어 일컬을 적이면 매양 새침하니 돌아앉아서 깨어

---
* 소파 방정환.
** 살림살이의 형편이나 정도. 서로 사귀는 분수.

진 거울만을 우드머니 들여다보고 앉았던 도향은 그의 가는 속눈썹에 새삼스러이 몇 방울 맑은 이슬이 하염없이 듣고 있었다.

낙원동의 백조조白潮朝라 하면 대단히 빛나고 훌륭한 간판이었었다. 그러나 어둠침침한 단간흑방單間黑房…… 방이라고 초라하기도 짝이 없었다. 방 안에는 '토지조사' 화인火印이 찍힌 장사척여長四尺餘 광삼척廣三尺의 두터운 송판 책상 하나가 자리를 제일 많이 잡고 놓여 있었는데 헌 무명이불 한 채와 침의寢衣로 쓰는 헌 양복 몇 벌 원고용지 신문지 뭉치 등이 도깨비 쓸개같이 어수산란하게 흩어져 있으나마 그것이 방 안 세간의 대략이었었다.

합숙인은 매양 4,5인이 넘었었다. 자리가 좁으니까 모두 한 편으로 모로 누워자는 것이 취침 중의 공약이며 또한 공공한 도덕으로 되어 있었다. 만일에 누구든지 배탈이 나든지 하면 참말로 큰 탈이었으니 자다가 일어나는 것은 큰 비극인 까닭이었었다. 변소 같은 곳에를 가느라고 누구든지 한 번 일어만 나면 온 방중이 모두 곤한 잠을 깨게 되거니와 또 다음의 침석寢席은…… 먼첨 자던 자리는 그만 그야말로 죽 떠먹은 자리라 일어나 나갈 수는 있었어도 다시 돌아와 드러누울 수는 없이 되어버리니 참말로 대단한 낭패이다. 아무라도 한 번만 일어나갔던 이면 그만 그 뒤에는 하는 수 없이 실내 공자公子들의 기침起寢하시는 기척이 계실 때 까지는 그대로 방문 밖에 우드머니 서서 푸른 봄철 아지랑이 짙은 꿈 보금자리를 고이고이 수호하는 역군이 되는 수는 달리 아무러한 도리도 없었다.

그런데 그것도 모두 저절로 자연도태가 되어서 그러하였든지 모두 자가自家에서 금의옥식錦衣玉食으로 호강할 적에는 아마 약채藥債가 생활비 보담은 더 예산이 되었을 축들이건마는 한 번 이 흑방 속으로 들어오는 날이면 만행萬幸으로 모두 건강하였었다. 배탈이나 감기 한 번 아니 앓고 혈색 좋게 뛰놀고 기운차게 떠들었었다. 내객來客이 있을 적이면 책상을 매양 진축陳蓄의 탑으로 대공代供하게 되었었다.

2. 젊은이들

한창 젊은이들이라 주야가 없이 만장萬丈의 기염氣焰…… 몹시도 잘들 떠들었었다. 그러나 그들은 몹시 청빈한 살림살이를 하였었다. 불 안 땐 냉돌冷突에서 포단蒲團도 없는 잠자리로 식사라고는 하루에 한 끼…… 그래도 모두 마음으로나 몸으로나 그리 구읍拘揖하지도 않고 잘 지내었다.

젊은이들만이 득시글득시글 남들이 뜻없이 보면은 아마 차라리 난폭한 생활이라고도 일렀으리라. 영창映窓 밖에는 뒤숭산란하게 진 날 흙투성이한 십여족의 헤어진 구두가 여기저기 발디딜 틈도 없을만치 벗어져 있건마는 그래도 흑방 안에서는 목청 굵은 이야기와 즐거운 웃음소리가 쏟아져 나왔었다.

그들은 모두 젊은 영웅들이요 어린 천재들이었었다. 새로운 예술을 동경하고 커다란 희망을 가슴 가득히 품은 이들이라 한 번 금방에라도 일편에 귀신도 울릴만한 걸작으로써 담박 채찍에 문단으로 치달리려 하는 그런 붉은 야심이 성하게 북받쳐 불붙는 젊은 사나이들만이 모였었다.

모인 무리들이 스스로 형용하여 일컫기를 동인同人이라 하였었다. 어렴풋하고도 어수룩하게 동인이라 일컬음! 일컫기를 동인이라서 그러하였던지 개인끼리는 아무러한 사적 간격도 없었고 또한 어떠한 이해적 타산은 털끝만치도 없었다. 무슨 일에든지 덮어놓고 굳센 악수로 융합뿐이었었다. 처음 나는 동인이라도 십 년 묵은 옛 벗과 같이 아무 가림이나 거리낌도 없고 아무러한 흉허물도 없이 그저 쉽고 즐겁게 담소하고 논란하며 부르짖고 하소연하였었다.

그들은 몹시도 숫되고 깨끗만 하였었다. 그들은 만나기만 하면 서로 이야기로 떠들음이요, 술이요, 웃음이요, 노래였었다. 인생, 예술, 그리고 당시 유행주의의 문제였던 상징, 낭만, 퇴폐, 회색, 다다 등 그 따위의 이야기로 실증도 없이 열심히⋯⋯ 밤이나 낮이나 잘도 떠들었다. 그리고 또 그 문단에 나타난 신작의 비평, 도색桃色 문예작가에 대한 평판⋯⋯ 또 외국작가로는 '괴테'니 '하이네'니 '팰렌'이니 '모파상'이니 '로망롤랑'이니 '브라우닝'이니 하는 이의 이름이 그들의 논중인論中人이요 의중인意中人으로 영원유구한 몽상탑 그림자였었다.

그래서 논담論談의 흥이 한창 겨워졌으니 저절로 몇 병 술이 없을 수 있으랴. 취기가 도연陶然하게 무르녹아지면 아까의 백면서생白面書生들이 금방에 홍안소년으로 돌변하여져서 고요히 짙어가는 장안의 봄밤, 눈이 부시게 푸른 전등 빛 속에서 그들은 고함치듯이 부르짖듯이 떠들어대었었다.

그들은 그들의 사상이나 행위나가 모두 엄청나게도 대담하였었고 또 혹은 일부러 대담한 듯이 차리기도 한 모양이었었다. 인습타파, 노동신성, 연애지상, 유미주의⋯⋯ 무엇이든지 거리낄 것이 없이 어디까지든지 자유롭고 멋있게 되는대로 생각하고 그리고 행하자⋯⋯ 그것이 그들의 한 신조였었다. 제 아무리 추하든지 밉든지 간에 그것이 우리 생의 현실이라면 하는 수 없는 일이리라. 왜 애써 꾸미고 장식하고 있으랴. 거짓말을 말아라. 형식을 취하지 말라. 덮고 가리지 말라. 어디까지든지 적나라하게⋯⋯ 자유주의가 가르친 이러한 주장은 그들의 뻗칠대로 뻗친 젊고 붉은 피를 힘껏 흔들어 솟구쳐 놓아서 뛰놀고 싶은 대로 뛰놀고 드높고 싶은대로 드높게 하는 형편이었었다.

사철 밤으로 낮으로 지껄이는 소리가 그 소리건마는 그래도 그들은 날이 가고 때가 바뀔수록 이나마 무슨 새로운 흥취와 새로운 재미를 느끼던 모양이었었던지⋯⋯ 그래서 담론의 흥이 한창 겨우면 잇대어 술이요 한 잔 두 잔 백주白酒의 흥이 거의 고조에 사무치게 되면

"가자—." "순례다." "가자 가자—."

누구의 입에선지도 모르게 한 마디 소리가 부르짖으면 그들은 모두 분연히…… 실제 그것을 이렇게밖에 더 형용할 수가 없었다…… 화응和應하여 자리를 박차고 우— 몰려 나서게 된다. 그래서 미인을 찾아 회색의 거리로 이리저리 수수께끼처럼 행진하였다.

3. 상아탑의 그림자

 그들의 생애, 그들의 종종상種種相을 구태여 대강 여기에 적어보자 하니 애란시인愛蘭詩人 예이츠의 술회를 그대로 잠깐 이끌어 써보자.

 이 땅의 종족은 '현실적인 자연주의'를 가지고 있었다. "자연 까닭의 자연 사랑을 가졌었으며 자연의 마술에 대한 싱싱한 감정도 가지고 있었다.
 이 자연의 마술이란 사람이, 자연을 대할 적에마다 그대로 저절로 알아졌으며 남들이 자기 기원이나 자기의 운명을 자기에게 말하여 들려주듯이 어렴풋하게 깨우쳐 지고 느껴지는 그 우울도 섞이어 있었다."
 "아마나 공상과 몽환을 현실과 뒤섞어 착오해 보기에도 몹시 고달팠으리라." 그래서 "고전적 상상에 그대로 견주어 본다면 백의족의 상상이란 진실로 유한에 대한 무한이었었다."
 "부루 종족의 역사는 한 가락 길고 느릿한 상두꾼의 소리였었으니 애끓는 시름도 애오라지 이십여 년…… 옛날의 추방을…… 동대륙東大陸 그윽한 땅에 남으로 남으로 반도의 최남단까지 자꾸자꾸 올망올망 한 걸음 두 걸음 뒤를 돌아보면서 유리流離 도망하여 내려오던 그 기억을 시방도 아직껏 짐작하고 있었다. 추상하고 있었다."
 "이따금 성질이 낙천적이라 순수하고 유쾌하고 상명爽明하게 보이는 적이 더러 있기는 있지마는 곰팡이 핀 묵은 시름의 하염없는 눈물을 금방에 그 너른한 미소 속에 섞어서 지우는 적도 한두 번이 아니었으리라. 멋없는 아리랑 타령을 얼마나 많이 불렀었던고. 즐거운 〈쾌지나 친친〉 노래를 상두꾼의 구슬픈 소리로도 멕여 쓸 수가 있거든…… 넓은 땅 어느 종족의 애처롭다는 노래가 이 겨레의 열두 가락 메나리보담 더 다시 처량할 수가 있을 것이랴.”

자연에 대한 부루의 정열이야 거의 자연의 '미감' 그것에서 보담도 시러곰 자연의 '신비감' 그것에서 물이 붙어 오르던 것이며 자연의 후리는 힘과 마술 그것을 더 다시 불쏘시개로 집어넣고 부채질을 하던 것이었었다. 그래서 부루의 상상과 유울幽鬱과는 한결같이 사실의 전제에 대한 격렬하고 소란하고도 무엇으로 억제하기 어려운 한 반동이었었다.

부루는 '파우스트' 나 또는 '베르테르' 와 같이 '전혀 확정된 동기' 에서만의 애울愛鬱이 아니라 '어떻게 설명할 수도 없고 대담하면서도 억센' 자기의 주위와 환경의 어떠한 무엇 까닭에 유울하여지는 것이었었다.

　　한숨에 무너진 설움의 집으로
　　혼자 울 오늘 밤도 머지 않구나.

"오늘은 마음껏 흥껏 춤도 추고 뛰놀기도 하고 술도 마시고 부르짖기도 하여 보자. 내일 아침이면 쓸쓸한 단칸 흑방 침침한 구석에서 저 혼자만이 외롭고 쓸쓸히 우울과 침통…… 안타깝고 애처럽고 구슬픈 흥타령, 잃어버린 희망, 그리고 망자亡者…… '이 몸 한번 죽어지면 만수장림萬樹長林의 설무雪霧로구나……' 이 세상의 하염없음과 가시성을 넘어드는 죽음도 소리없이 닥치어 올 것을…… 군소리 삼아 한 마디 기다란 노래가락이었었다."

이상적 천재…… 그리고 확실히 불기不羈의 정서에 대한 갈망과 야생적인 우울 그것이 곧 그들의 예술이었었다. 자연적인 신비감에 도취하여

초자연적 의미 불가능의 예술미를 그러한 광란 상태 속으로 일부 뛰어들어가서 엿보고 있으려 하였었던 것이었다.

그들은 미의 정령精靈을 자유라고 일컬었다. 전제專制나 혹은 유덕한 인사에게는 명령도 복종도 없는 바와 같이 이른바 이 세상의 모든 권위라는 것은 모름지기 그의 덕소德素를 그 미가 이르는 길목쟁이에 지키고 서서 일부러 집어치워버린 까닭이며 또 미의 정령은 모든 것을 사랑에 의지하여 인도하나니 곧 사랑은 사상이나 모든 물건에 있는 그 미를 지각하고 있는 어련무던한 주인공이니까…… 그래서 영혼으로서 사상과 동작으로…… 영혼을 표현하고 있는 것은 사랑 그것이었다. 미의 정령은 그들을 시켜 '일체만유 모든 물건에게 그들의 내심으로 경험하고 있는 것과 동일한 그러한 물건을 불러 일깨우도록' 만들어서 사랑에 의지하여 명령하고 있던 것이리라.

"그들은 이 세상에 태어났다. 그래서 그들이 생존하는 그 순간부터 그들의 내부에는 미의 정령의 어여쁜 양자樣姿를 항상 갈망하는 것을 가지고 있다."

그들은 "고통이나 비애나 악이나가 함부로 날아들고 뛰어덤비는 일은 구태여 하지 않는다. 영혼의 정정당당한 거룩한 낙원에 굳은 울타리를 하고 있는 '미' 그것쯤은 그들의 영혼 속에 깊이깊이 간직하고 있었으니까." 그래서 그들은 그것을 다시 풍부하게 소유하기 위하여 이 영혼을 수많은 거울에다 비추어 보려고 노력할 뿐이었다. 그들은 세계의 진보를 거칠고 무딘 노력에 의지하여서 구하려고도 않고 또 그들로서 막 그 물건에게 직접으로 저항하려고도 하지 않았다.

그들이 소야疎野하기는

"유성소택 진취불기 공물자당 홍솔위기 축실송하 탈모간시 단지단모 불변하시 당연적의 기필유위 약기천방 여시득지 維性所宅 眞取不羈 控物自當 興率爲

期 築室松下 脫帽看詩 但知旦暮 不辯何時 倘然適意 豈必有爲 若其天放 如是得之"

광달曠達하기는

"생자백세 상거기하 환락고단 우수실다 하여존주 일왕연라 화복○첨 소우상과 도주기진 장○행가 숙불유고 남산아아 生者百歲 相去幾何 歡樂苦短 憂愁實多 何如尊酒 日往煙蘿 花覆○檜 疎雨相過 倒酒旣盡 杖○行歌 孰不有古 南山峨峨"

이러한 글을 소리쳐 읊조렸었다.

4. 백조가 흐를 제

동인들 이외에 매일 놀러 오는 손님으로는 마경주, 이행인, 권일청 등 7,8인이었었다. 그들이 한번 모두 모이면 그 양산백梁山伯…… 아니 '압팟슈'*는 금방에 더 한층 대성황을 이루었었다.

너털웃음 잘 웃는 도향은 그 때에도 지적으로는 나이 어린 늙은이었었다. 해골에 연색鳶色 칠을 올린 듯한 인상 깊은 그의 얼굴까지도…… 우전雨田이라는 두 글자를 붙여놓으면 우뢰 뢰자雷字가 되나니 피근거리기는 효령대군 북가죽이요 늘어지기로는 홍제원 인절미 같은 그의 성질도 한 번 들뜨기만 하면 그야말로 벼락불 같았었다. 본디 말이 가뜩이나 더덜거리는 데에다가 다소 흥분 좀 되면 굵은 목소리가 터질듯이 한창 더덜거려 갈 데없는 우뢰소리 그대로였었다. 우뢰소리만 한 번 동動하면 남의 말은 옳건 그르건 '우르르' 그 양산박의 번영과 존재 가치는 도향의 웃음소리와 우전의 우뢰소리로 좌우하게 되었었다. 더구나 모두가 스무 살 안팎의 책상물림 도련님들 중에서는 연령으로나 경력으로나 우전이 오입판 문서에도 달사達士요 선배요 또한 능히 선두로 나서는 수령격이었

─────
* 프랑스의 아파슈당스apache danse를 말하는 듯하다. 아파슈당스는 프랑스 파리의 하층 사회에서 행해지던 춤으로 퇴폐적이고 난폭한 것이 특징이다.

었다.

 도향은 방랑적이고 그 센치멘탈한 성격에 자기집도 훌륭히 있건마는 도무지 들어가 있기가 싫어서 고향에서도 일부러 타향살이를 하게 되니 그야말로 '부지하처시고향 不知何處是古鄕' 격이었었다. 그러자니 그 때 12년 전까지도 변변치 못한 하숙에서나마 대개는 다 외상인지라 하는 수 없이 상床 밥집 봉로방에서 허튼 꿈자리…… 친지의 집 발칫잠에 뜬 눈으로 새운 적도 아마 많았으리라.

 그렇게 불운의 천재가 〈별을 안거든 우지나 말걸〉 이후에 일약 문단의 중견 작가가 된 셈이었었다. 근본이 다작이요 또 달필을 자랑하던 터라 일본의 국지관菊池寬을 닮았던지…… 얼굴도 근사한 점이 더러 있었지만…… 하루 동안에 백여 매의 원고를 다시 한 번 추고도 없이 그냥 써내 어뜨리기만 하는 그의 문체가 다소 껄끄럽기도 하고 어색한 점도 더러 없지는 않았으나 오랑캐 꽃내 같은 그의 작풍은 돌개바람같이 한 때의 창작계를 풍미하여 버렸었다. 문단의 수수께끼 같은 한 경이…… 초저녁 샛별같이 별안간 찬란하게 나타난 천재들이었었다.

 그 때 한창 유행하던 퇴폐주의…… '데카당' …… '데카당적' …… 회색 세계로 돌아다니며 유연황망流連荒茫히 돌아설 줄을 모르던 그들의 생활…… 그래서 기생방 경대 앞에서 낮잠에 생코를 골며 창작을 꿈꾸던 그러한 생활, 그러한 방자한 생활…… 그러나 그것도 그들을 숭배하던 당시 소위 문학소년들의 눈으로 본다면 결코 그리 싫고 몹쓸 짓도 아니었으리라. 차라리 그 '데카당' 일파를 가리켜 불운의 천재들의 불기不羈의 용감으로 인습이나 도덕에나 거리끼지 않는 어디까지든지 예술가다운 태도나 생활이라고 찬미의 게송*을 드리었을는지도 모르지…… 어떻든 그 파 일당의 방만한 행동은 당시 문단의 한낱 이야기꺼리였으며 영

---
* 偈頌 : 부처의 공덕이나 가르침을 찬탄하는 노래.

웅적 생애나 호걸풍의 방탕하던 꼴은 그들이 그때에 모두 신진화형新進花形들의 열이었으니만큼 저으기 저절로 세인의 이목을 이끌어 기울이게 하였었던 것이었다.

　재주를 믿고 혈기를 내세우니 안하眼下에 무인無人이라. 당시 창조파니 폐허파니 하는 여러 선배들도 있기는 있었지마는 선배 그까짓 것쯤이 그리 눈결에나 걸릴 리도 없었다. 더구나 그 자파自派들 중에서도 승재勝才를 믿고 양양자득揚揚自得하다가 서로 충돌이 생기는 일도 많았었으니까…… 그중에도 우전과 도향 사이의 충돌이 제일 번수가 많았었다. 일대충돌…… 그리고 충돌 직후 즉각부터는 도향의 웃는 빛도 못 보고 우전의 우뢰소리도 들을 수가 없어 백조가 별안간 낙조가 되어 버린다. 황혼의 밀물이 쓸쓸한 가을바람 속에서 슬며시 미루펄*만 드러낼 뿐이었다.

　그들은 웃고 떠드는 것이 생명이다. 적적요요寂寂寥寥 쓸쓸하면 살 수가 없었다. 그러니 그 쓸쓸한 인위적 추풍기도 한두 시간밖에는 더 오래 존속할 수가 없는 일이라 얼마 뒤에면 다시금 봄바람이 건뜻 낙조도 상조上潮로 밀어닥치게 된다. 잠시만 잠잠하고 있어도 서로 궁금하고 서로 쓸쓸하여 못 견디는 불가사의한 서로의 애착에서 웃음소리가 먼첨 터지거나 우뢰소리가 먼첨 터지거나 하기만 하면 금방에 춘풍이 대아大雅하여 웃음의 꽃이 만발하여진다. 그 훤소**가 한참이나 고조해지면 또다시 금방 낙조이다. 기상관측의 보시報示도 없이……

　한 번은 우전이 매양 평화주장자인 노작과도 번갯불이 이는 충돌이 있었다. 해운海雲이라는…… 백조파의 명호命號인데 우전의 임시 정신적 연인이었었다…… 기생을 서로 역성해주다가 우전이 다소 추태가 있었다 하여 노작의 깡마른 주먹이 한 번 나는 곳에 우전의 넓다란 얼굴에다 금방 독버섯만한 검푸른 군살을 만들어 놓았다. 노작은 데퉁쩍은 주먹질

---
* 비루벌. 꽤 넓고 평평한 벌판.
** 喧騷 : 뒤떠들어서 소란함.

로 열쩍은 후회일 제 얼마 동안 엎드려 쩔쩔 매고 있다가 부시시 일어나 껄껄 웃던 우전의 호걸풍

"나는 웃소. 그러나 또 울고 싶소. 맞은 내가 아픈 것이 아니라 노작의 고 가냘픈 주먹이 이 피둥피둥하고도 두터운 얼굴을 때려 보기에 얼마나 힘이 들었겠소" 그 이튿날 술이 깬 뒤에 우전은 그 광면廣面에다 손바닥만한 붉은 고기탈을 쓰고 앉았다. 하도 '그로테스크' 한 일이라 노작이 "웬 일이요." 물으니 우전은 천진스럽고도 무사기無邪氣하게

"날소고기를 부치면 멍든 것이 담박에 풀린대." 그 소리를 들은 노작은 어찌나 마음 속 깊이 미안하고 딱하고 가엾고 또 보기도 싫었던지 "그게 또 무슨 추태야." 소리를 지르며 이제는 소고기탈을 어울러 우전의 얼굴에다 또 한 대 주먹당상을 올려부쳤다. 그리고 그 길로 또 요정으로……그때 관철동에 선명관이라는 조그마한 요리점이 있었는데 그들의 단골집이었다.

그래 배반盃盤이 낭자狼藉하고 취기도 한창 도연정도陶然程度를 넘어 옥산이 절로 거꾸러질 지경인데 그래도 술이 제일 억센 우전은 벌거벗고 '살로메' 춤, 춤끝에는 '곤돌라' 노래

　　인생은 초로草露같다
　　사랑하라 소녀들
　　연붉은 그 입술이
　　사위기 전에……

'그 전날 밤' 의 '엘레나' 가 '곤돌라' 강에서나 애졸여 우는 듯이 자기의 광대뼈 비여진 큰 얼굴을 아양성스럽게 쓰다듬다가 그 큰 주먹으로 슬쩍 한 번 때리고 나서 또다시 그 일종의 호걸풍적 웃음. "기적이야. 참 기적이야. 노작의 그 마른 주먹이 그래도 제법 약손이거든! 이제는 이렇

게 암만 때려도 도무지 아프질 않은께."

과연 노작의 손이 약손이었던지 날소고기의 특효가 있었던지 모르건대 아마나 그런 약물보다도 호방영락한 그의 성격에다 백약百藥의 성聖이라는 것을 또다시 가미하였었던 까닭이었겠지. 어쨌든 검푸르게 멍진 것은 씻은 듯이 가시어졌었다. 아무러나 그런 소리도 그 적의 한 가락 무기無氣하던 옛 꿈 타령이었었다.

5. 잿빛의 꿈

그 때 살림이 '빈한이라' 일컬을지는 모르나 그래도 돈쓰기에는 그리 궁색이 적었던 셈이었었다. 본래에 재리財利에 그리 욕심이 없었던 축들이라 동시에 물건에 집착이 그리 되지도 않았던 모양이었었다. 그래서 융착融着이 적었음으로 말미암아 모든 것이 쓰기에도 쉽고 또 흔한 듯도 하였었다.

술도 많이 마시었다. 요정에도 많이 가보았었다. 돈을 쓰다 모자라면 매양 빙허의 전가보傳家寶인 금시계 ─빙허 매부께서 일본공사로 가셨을 적에 사가지고 오셨다는 것인데 앞딱지가 있는 구식이라도 6,7십 원쯤 융통은 매양 무난하였었다─ 가 놀아난다. 그리고도 또 모자라면 그어 두거나 그어두려다가 정 주인이 듣지 않으면 하는 수 없이 '居殘り'*이라 매양 우전 등 몇몇 사람이 몇 일씩 돌려가며 '居殘り'를 살았었다. 우전은 도리어 '居殘り'를 즐겨 하는 편이었었다. '居殘り' 핑계 삼아서 '居殘り' 중에 또 먹고 또 먹고 '居殘り'…… 김초향이의 '居殘り' 식전 아침 해성解醒소리가 구슬프기도 하였거니와 멋도 또한 있었었다. 어떠한 때는 한 번 '居殘り'가 십여 일을 넘기는 적도 있었다.

---

* 이노꼬리 : 술값 대신 인질로 잡혀 있는 것을 말함.

시절은 오월이라
인생은 청춘

'하이델베르그'의 학생…… 학생조합원들은 밤을 낮삼아 가면서 "'밴트'를 매고서 '삐루'를 마시니'"로 즐겁게 노래하며 놀았었다. 흑방공자黑房公子들도 날을 잇대어 마시고 즐겨하였었다. 도향은 웃음도 많았거니와 눈물도 또한 흔하였었다.

사비수泗沘水 나리는 물
　　석양이 비낀데
버들꽃 날리는데
　　낙화암에 난다
철모르는 아이들은
　　피리만 불건만
맘 있는 나그네의
　　창자를 끊노라
낙화암 낙화암
　　왜 말이 없느냐

시방은 가사를 잊었는데 대개 그런 뜻의 노래를 도향은 매양 술만 취하면 잘 불렀었다. 애조…… 좌중의 청삼青衫을 적시는 그 애처로운 '멜로디', 매양 소리없는 웃음과 함께 하염없는 눈물을 지었었다. 도향은 회향병적懷鄕病的 연정아軟情兒이면서 유울幽鬱한 염세관의 시인이었었다. 그의 웃음 속에도 깔끔거리는 조소와 고달픈 회의의 사이에 고요하고도 넌지시 봄꽃내를 불어 품기는 산들바람같이 가장 보드랍고 가냘픈, 숫되고도 깨끗한 서정적 향내가 나는 감상의 시인이었었다.

그의 웃음과 눈물을 따르는 '센치'…… 언젠가 하루는 도향이 멍하니 앉았다가 하염없는 눈물을 지운다. 노작이 "왜 그러오." 물으니
"소설을 쓰는데 설화라는 기생…… 여주인공을 어떻게 죽여야 좋을는지……" "왜 그 기생과 무슨 원수진 일 있소?" "아니 설화가 죽기는 꼭 죽는데…… 저절로 죽게 할는지 자살을 시켜 버릴는지…… 무슨 아름답게 죽일 약이나 좋은 수단이 없을까요." 그래서 "먹으면 죽을 수 있는 독한 향수가 없느냐." 또는 "동양화 채색의 녹청이 독약이라는데"하며 다소 주저하다가 결국은 폐병으로 시들어 죽게 하였었다.
〈석두기石頭記〉의 대왕坮王은 박명을 읊조린 시고詩稿를 불살라 없애고 역시 시들어 스러졌으며 송도의 황진이는 일부러 청교青郊 벌판에 쓰러져 운명할 적에 "이 몸이 죽거든 염도 말고 묻지도 말어. 그대로 썩어서 오작烏鵲의 밥이나 되게 하라" 하였더니 도향은 설화의 애달픈 일생을 묘사하는데 "눈물에 어룽진 유서까지 불살라버리고 시들픈 인생에 아무런 애착도 없이 저 혼자 저절로 스러져버리게" 하였었다.
'거룩한 천재는 예언자라' 더니 아마도 도향의 〈환희〉일 편은 자기의 애닯은 최후까지 미리 적어 놓은 일장만가一章輓歌가 아니었던지…… 월탄은 술이 취하면 팔대짓,* 팔대짓이 지치면 〈방아타령〉이요 빙허는 불호령 호금이 끝이면 반드시 남도단가南道短歌이다. "객사문아흥망사客事問我興亡事 소지노화월일선笑指蘆花月一船 초강어부楚江漁父가 부인배 자라등에다 저 달을 실어라 우리 고향 함께 가……"
멋과 가락은 모두 빙허의 독안독락獨安獨樂이나마 그래도 기운차게 떼를 써가며 잘도 불렀었다. 노작은 이백의 〈양양가襄陽歌〉를 득의得意라 하였었다. 석영夕影은 "저녁 안개는 달빛을 가리고……" 성악으로는 제일 수재였었다. 또 그들을 남의 눈으로 언뜻 잘못 보면 아마 모두 몹시 열광

---

* 말을 할 때에 상대편의 앞에서 팔을 들어 흔들어 대는 짓.

병자거나 그렇지 않으면 극도의 신경질로도 보였으리라. 조금만 건드려도 당장에 회오리바람이 일어날 듯이…… 그러나 실상 그들에게는 천진이 흐르는 우활迂闊과 소취疎脆 무사기無邪氣에서 빚어지는 골계와 '유모어'도 많았었다.

한 번은 이런 일도 있었다. 그 때 노작은 수원 고서故棲에 잠시 귀성하여 있을 적인데 때마침 권일청군이 출연하는 민중극단이 수원 공연을 하게 되었었다. 흑방의 일동은 그 때 어느 요정에서 술을 마시다가 문득 떨어져 있는 노작이 새롭게 그리웠던지 누구의 입에선지도 모르게

"가자—." "순례다." "수원으로 순례다."

그래서 일청, 석영, 도향, 우전 네 사람은 경성역두京城驛頭에서 무지개와 같이 나타났다. 7색 '스펙트럼' 같은 그들의 행색. 언소자약言笑自若한 건방진 태도. 우전은 자의장自意裝으로 기괴한 복색. 일동의 초생달을 장식한 토이기모土耳其帽 '루바시카' 홍안장발에 어느 것 하나 남의 눈에 얼른 서투르게 뜨이지 않을 것이 있었으랴. 그래서 역으로 순찰하던 어떤 경관이

"당신들 어디서 오셨소?" "문안서 나왔소." "아니 어디를 갔다가 오지 않았느냐 말이오."

"술 먹으러 갔다가 나왔소." "허! 어디를 가시오" "연극 구경 가오."

"어디로?" "수원으로." "수원? 원적이 어디요."

이 때의 우전의 수작이 더 다시 걸작이었다. 그 거대한 장군두將軍頭의 화로보금이 같은 머리털을 어색하게 긁적긁적하면서 대단한 낭패라는 듯이

"아차 이를 줄 알았더면 찾아볼 것을." "무엇을 말이요." "사글세 집으로만 하도 많이 이사를 다녔으니까 호적이 어디로 있는지 도무지 모르겠구료." 경관도 어이가 없어서 픽 웃으며

"그럼 현주소는?" "그건 낙원동 파출소에서 잘 압니다." "그건 또 무슨

말이요." "우리가 파출소 뒷집에 있으니까요." 그래서 그 경관이 낙원동으로 조회하여 보니 낙원동서도 확실하고 친절하게 잘 신원보증을 하여 주었었더라 한다.

또 그리고 일당이 모두 수원으로 날이 풀리었으니 백조사는 문호개방한 무주공청無主空廳이 되었을 것이다. 그래서 문 앞 파출소 경관이 경성역 조회 전화를 받고 나서 애써 짓궂게 창호窓戶를 닫아주고 하루 이틀 3, 4일을 두고 빈 집 수위까지도 튼튼히 잘 해 주었다는데 그 동안에 백조사를 찾아오는 이마다 모두 엄밀한 취체를 당하였다는 이야기를 그 뒤에 고소苦笑에 섞어서 들은 적이 있었다. 아무튼 그 밖에도 그 때 낙원동 파출소에는 든든한 보호와 고마운 신세를 퍽 많이 받고 끼치고 하였었다.

6. 네 동무

우전, 석영, 도향, 노작 이 네 사람은 동인이요 또는 한 방에서 기와起臥를 같이 하는 이만큼 여러 동무들 중에서도 제일 뜻도 맞고 교분도 더욱 두터웠었다. 연령순으로는 우전이 첫째요, 노작이 둘째, 석영이 셋째, 도향이 끝이었었다. 우전과 석영은 미술인이요 도향은 창작가로 노작은 시를 썼었다. 정열적이요 앙분昻奮하기 쉬운 우전과 석영, 냉정하고도 깔끔거리고 이지적이요 또 내성적인 도향과는 그 각자의 다른 성격과 다른 견지에서 가끔 논란이 상하上下하였었다.

노작은 말주변도 없거니와 이름까지 한때는 '소아笑啞'라고 지칭하던 인물인지라 매양 잠잠히 그들의 시비하는 꼴을 보고 듣기만 하고 앉아있는 일이 많았다. 그러다가도 또 어느 틈엔지 모르게 저절로 그 과권過卷 속으로 끌려 들어가서 얼굴에 핏대를 올려가며 떠들게 되는 일도 있었다. 하다가 그들의 앙분이 극도에 달하면 감정적으로 돌려 붙여 매도적인 구각口角에 게거품이 일도록 그렇게 격렬하게 훤소*하는 것쯤은 매일

과정의 항다반예사恒茶飯例事인지라 그리 괴이할 것도 없거니와 그리 야릇하게 여기지도 않았었다. 아무튼 철없는 아기들같이 매일 아무 악의없이 싸우기도 잘 싸우고 풀리기도 일쑤 잘 풀리었었다.

그 논란하는 제목이 매양 정해놓고 인생이니 현실이니 '내츄럴리즘' 이니 하는 모두 막연한 문제뿐이니만큼 귀에 대면 귀걸이 코에 대면 코걸이 격으로 논담論談이 어디까지 이르더라도 도무지 모지고 다 할 길이 없었다. 그래서 떼를 쓰며 고집하고 주장하는 격론 그 가운데에도 그 무슨 조건을 또렷이 논란 하였었던 것인지 그 목적점까지 잊어버리고 그저 덮어놓고 떠들어대기만 하다가 결국은 "우리가 대체 무슨 얘기를 하다가 이 말까지 나왔지?"하는 허튼 수작이 나오면 서로 얼굴을 쳐다보며 어색한 웃음을 터뜨려 웃는다.

"아무튼 이제는 새 시대이다." "톨스토이' 의 인도주의도 늙은 영감의 군수작이요 '투르게네프' 의 〈그 전 날 밤〉도 너무나 달착지근하여 못 쓰겠다. 마찬가지 러시아면 '이리키' 나 '안드레프' 이다. 안드레프의 〈안개〉 같은 것은 참으로 심각하고 훌륭하지 않은가. 우리들의 예술도 어서 그러한 길을 밟아나가세."

"느낌이 영혼 속 깊이 사무쳐지는……" "아무튼 시방 이 때 일초 일각까지 모든 시대는 지나갔다. 지나간 시대이다. 그까짓 지나간 시대를 우리가 말하여 무엇하랴. 우리의 시대는 앞으로 온다." "이제부터는 우리의 시대이다. 내 세상이다. 젊고 힘있는 시대이다." "우리 앞에는 백조가 흐른다. 새 시대의 물결이 밀물이 소리치며 뒤덮여 몰려온다."

부르짖는 이, 기염을 토하는 이, 샛별 같은 눈을 반짝이는 이, 우뢰처럼 소리쳐 들리는 이…… 네 사람은 그런 수작으로 서로 지껄이고 떠들다가 까닭없이 흥분해 버린다. 그리고 그 흥분을 더 돕기 위하여 혹은 가라앉

* 喧騷 : 뒤떠들어서 소란함.

히기 위하여 좋은 약으로 역시 술을 마시게 된다. 그래서 취흥이 그럴 듯만 해지면
"이제 나가자." "그렇지 순례다." 그들은 제 주창에 스스로 동의하고 대찬성을 하며 나선다. 아릿한 향내 쓸쓸한 웃음 보랏빛 환락의 세계로……

그러나 그들은 일부러 음탕을 취하여 그러는 것은 아니었었다. 다만 젊은이의 호기심에 몰려 풀어놓은 생명체가 천연으로 분일奔逸함에 지나지 아니하였었다. 그리고 또 그러한 것이라도 없으면 어떻게 얼리고 붙들고 달래고 가라앉히고 위안할 수가 없는 초조가 있었고 불안이 있었고 공허가 있었고 적막도 있었던 것이었다. 그리고 또 그런 것이 한편으로는 그 때의 한 시대상이었었다고도 이를 수 있을는지 모르니까……

봉건제도가 갓 부서진 그 사회이지만 규방은 여전히 엄쇄한 채로 있었으니 한창 젊은이들로서 이성을 대할 곳이라고는 화류촌밖에 다른 데가 없었던 것이었다. 그래서 술 석 잔, 시조 삼장, 기생을 다루는 멋있고 도트인 수작, 그것을 모르면 당세의 운치있는 풍류사로는 도저히 행세할 수가 없었던 것이었다.

7. 순례

순례! 기생! 연애! 그런데 그들의 까닭없는 결벽…… 철저한 금욕 생활은…… 연애는 반드시 성욕과 분리할 것이라고 주장하였었다. 도리어 "남녀의 성교는 일부러 지극히 더러운 것이라" 쳐버리는 동시에 연애에서 정신적 그것만을 쏙 빼내어 깨끗하게 성화聖化를 하려고 애를 써보았었다. 말하자면 인간의 애를 천상으로 끌어올리다 놓고 거룩히 쳐다만 보자는 것이 그들의 이상이었었던 모양이다. 그래서 사랑을 중심으로 하는 모든 행동 모든 용어까지도 몹시 정화하고 성화하느라고 고심을 하였

었다.

그 때의 조선일보 기자 몇몇 사람 사이에는 기생집에 가는 것을 '돌격'이라 일컬었고 그 일행을 '돌격대'라고 불렀었다는데 백조파는 그것을 '순례'라 일컬었고 그 일행을 '순례단'이라 불렀었다. 순례! 순례! 그 얼마나 거룩한 일컬음이랴. 또 '돌격'이라는 수라살풍적修羅殺風的 전투용어보담은 '순례' 그것이 얼마나 운아韻雅하고도 청한淸閑한 일컬음이냐.

누구는 '밀실지신密室之神' 누구는 '순례지성巡禮之聖' 신자神字 성자聖字도 모두 가관이려니와 도향의 '소정지옹笑亭之翁'이라는 '옹'도 본디는 신선이라는 '선仙'자였었는데 '선'은 '운율이 너무 떨어지고 또 함축이 그리 없다'하여 일부러 '옹'자로 고쳐 불렀었던 것이었다. 아무튼 도향은 늙은이였었다. 이성관으로도 모인 중에서는 제일 몹시 숙성하였었다. 아무려나 그들은 청춘의 정열을 순결 경건한 예술의 법열로 전향해보려고 굳이 애쓰고 있었던 모양인지도 모르겠다.

옛날의 기생들은 지조와 범절이 있었다. 왕자의 권세로도 빼앗을 수 없고 만종萬鍾의 황금으로도 바꾸지 못 할 것은 전아하고 청기淸奇한 그 몸에 고고하고 기일羈逸한 그 뜻이었다. 미색이야 어디엔들 없으랴만 다만 범골凡骨로서는 도무지 흉내도 내어 볼 수 없는 것이 그의 천여 년 간의 묵은 전통을 가진 지조의 꽃과 전형의 미였었던 것이다.

솔이라 솔이라 하니 무슨 솔만 여겼난다
천심절벽千尋絕壁에 낙락장송 내기로다
길 아래 초동樵童의 접낫*이야
걸어볼 줄이 있으랴

---

* 자그마한 낫. 아주 보잘것없는 사내를 비유적으로 이르는 말.

송이松伊는 이렇게 읊었었고

"소녀가 비록 천인이나 마음에 일정 결단 남의 부실가소副室可笑하고 노류장화불원路柳墻花不遠하니 말씀 간절하시오나 시행은 못 하오니 단념하옵소서." "행모육례行謀六禮없는 혼인 다정해로할 양이면 이도 또한 연분이라 사양지심辭讓之心은 예지단禮之端이나 잔말 말고 허락하라."

"소녀를 천기라고 함부로 연인緣因 맺자 마음대로 하시오나 저는 약간 작정이 있어 도고학박道高學博하여 덕택이 만세에 끼치거나 출장입상出將入相하여 공업이 일대에 덮일만한 서방님을 만나 여생을 바치려 하오니 이 뜻은 아무라도 굽히지 못 하올지라. 여러 말씀 마시옵소서."

"너는 어떤 계집 아이건데 장부 간장을 다 녹이나니 네 뜻 이러하면 우리같은 아이 놈은 여어보지 못 할소냐. 그런 사람 의외로도 다 같은 아이 우리 둘이 양양총각兩兩總角 놀아보자."

"진정의 말씀 하오리다. 도련님은 귀공자요 소녀는 천기오니 지금은 아직 일시 정욕으로 그리저리하였다가 사또가 체수遞帥하실 때에 미장가 전前 도련님이 헌 신 벗듯 버리시면 소녀의 팔자 돌아보오. 청춘시절 생과부되어 독수공방 찬 자리에 게발 물어 던진듯이 안진雁盡하니 서난기書難寄요 수다愁多하니 몽불성夢不成을 한숨질로 홀로 앉아 누굴 바라고 살라시오."

"상담常談에 이르기를 노류장화路柳墻花는 인개가절人皆可折이요 산계야경山鷄野驚은 가막능순家莫能馴이라 하더니 너와 같은 정貞과 열烈이 고금천지 또 있으랴. 말마다 얌전하고 기특하다. 글랑은 염려마라. 인연을 맺어도 아주 장가 처妻로 믿고 사도고만使道苽滿은 있다고 하여도 너를 두고 어찌 가리. 조금치도 의심마라. 면자 적삼 속고름에 차고 간들 두고가며 품고 간들 두고가며 이고 간들 두고가며 협태산이초북해挾泰山以超北海 같이 끼고 간들 두고가며 우리 대부인은 두고 갈지라도 양반의 자식되고 일구이언한단 말인가. 데려가되 향정자香亭子에 배행陪行하리라."

"산 사람도 향정자라오."

"아차 잊었다. 쌍가마에 뫼시리라."

"대부인 타실 것을 어찌 타고 가오리까."

"대부인은 집안 어른이라 허물없는 터이니 정 위급하면 아무것인들 못 타시랴. 잔말 말고 허락하라."

이것은 춘향과 이도령이 탁문군卓文君의 거문고에 월모승月姥繩을 맺어 두고 인간의 백 년 기약을 둘이 정하려 할 제 맨 첫 번의 이삭다니 일구였었다.

삼절三絶 황진이나 의암 논개나 계월향이나 옥단춘이나 채봉이나 부용이나 홍장이나가 다같이 청구명기靑邱名妓의 전형이 있었던 것이다. 아마나 옛날로는 〈옥루몽〉의 강남홍江南紅이나 벽성선碧城仙이나 근자로는 〈무정〉의 월화나 월향이나 빙허 〈타락자〉의 춘심이나 도향 〈환희〉의 설화나가 모두 다 명기적 전형의 꽃을…… 향내를…… 일면이라도 그리어 보려던 것이리라.

기생은 첫째가 지조요 둘째가 가무요 셋째가 물색이라 하였었다. 지조가 굳고 의협이 많고 비공리적 행동에라면 발벗고 나서며 부귀에도 굴하지 않고 권세에도 아첨하지 아니하여 자기의 의지를 기어이 관철하고야 마는 그러한 기이 비상한 점으로만 보아서는 너무도 시대와 세속을 떠나서인 듯한 느낌도 없지는 않으나 그러나 미인박명이라는 그러한 정신적 방면의 논제들도 다 거기에서 맺혀 우러나오는 것이었으리라.

또 그러한 특점特點이 호방불기豪放不羈한 백조파의 낙양과객洛陽過客들과도 기백이 서로 통하고 홍서紅犀가 서로 비추이는 한 둘레의 마음의 달이었던 것이다. 지조와 처신이 기생의 기치를 좌우하는 것이매 기생으로서 품위가 일이류에 이르자면 그 동안의 청절고행淸節苦行이 여간이 아닐 것이다. 그러나 일단 일류만 되면 생활에나 용돈에는 저절로 그리 군색이 없어진다. 그래서 물적 부자유가 없으니까 돈을 그다지 중하게 여기

지도 않는 듯하거니와 다만 돈만 가지고 달래어 보려 덤비는 표객標客 쯤
은 도리어 비할 수 없는 모욕까지 씌워 쫓아보내게 된다.

또 성적 문제에도 탐화광접耽花狂蝶이라니 흘레개*같이 몰려드는 소위
미남자…… 그것도 그리 문제로 삼지 않는다. 다만 지심소원至心所願과 일
념소원一念所願은 정말의 참된 사랑 그것 뿐이리라. 이것은 화류계 일반을
통한 보편적 정세이리니 아마나 모르건대 춘향과 이도령의 역사적 존재
는 이 세상에 기생의 종자가 존속되는 그 동안까지는 길이길이 그의 가
치를 잃지 아니하리라.

일상 그 바닥으로 유산遊散하는 인사들이란 대개가 소위 '지각났을 연
령'이요 상당한 지위와 부력도 가진 이가 많으리니 따라서 그 나이까지
에 고기덩이의 방자放恣만을 기르는 동안에 오입도 많이 하여 보았고 치
가置家 깨나도 할만한 편의도 많은 터이매 벌써 예전에 색계色界판으로는
다 닳은 대갈마치요, 오입 속으로는 백 년 묵은 능구렁이들이라 별안간
새로이 풋오입쟁이의 정열을 가질 수도 없고 또 도섭스럽게** 숫되고 알
뜰한 체 '사랑이 어떻더냐 둥그러냐 모지더냐……' 할 수도 없을 것이다.

그러니 그들은 어색漁色 이외에는 그리 정신적 귀한 것을 갖지도 않았
거니와 또한 요구하지도 않을 것이다. 다만 '화대花代만 행하行下하면 향
락을 맛볼 수가 있다'고…… 수작이 쉬울손 추태만 지르르 흐르고 계집
앞에서만 저 잘난 척 뽐내고 있으니 "네가 잘 나 내가 잘 나 그 누가 잘
나? 구리 백동 은전 지화紙貨 제 잘났지"가 되며 또 아무리 사랑을 한다
하더라도 순정한 연인으로 대접하는 것이 아니라, 높아야 돈 주고 사온
천물賤物로밖에 더 다룰 줄을 모르니…… 굳고 무뚝뚝하고 인색하고 물
정도 모르거니와 기력도 없고 또는 우굴쭈굴 늙은 영감태기요 그렇지 않
으면 무식무뢰한 팔난봉…… 넓은 천지 많은 인간에 한 군데인들 뜻 가

---

* 교미하는 시기의 수캐. 정욕에 들뜬 사내를 비난조로 이르는 말.
** 도섭스럽다 : 주책없이 능청맞고 수선스럽게 변덕을 부리는 태도가 있다.

는 곳이 있으랴.

그래서 "기생의 팔자는 앞서서 간다." "조득모실朝得暮失하는 신세." "장림長林 까마귀 학이 되며 영문營門 기생 열녀 될까." 이런 소리도 모두 일면으로는 참사랑을 만나지 못 하는 그 환경 안타까움에서 저절로 빚어진 기생의 인생관이며 연애관일 것이다. 그러한 속에서 시대적 굴레를 벗은 근세의 기생들은 얼마나 많이 참사랑에 굶주렸으며 인생 생활에 있어서나 사회교양적인 일에 얼마나 많이 기갈의 애졸임을 품고 있었으랴.

기미 직후에는 사회 각층이 한창 버석거리며 변환하던 시국이라. 화류계에도 각성이 있었고 변혁이 있었다. 시대적 비분에 유미柳眉를 거스린 미향난美香蘭은 단발남장으로 거리에 나서서 부르짖었다. 강명화康明花는 손가락을 자르고 머리채를 베어 버리고 안타깝게 붉은 눈물을 흘리며 하연하다가 나중에는 애인의 이름만 하염없이 부르면서 꽃다운 목숨까지 끊어버렸고 문기화文琦花는 애닯고 시들픈 세상살이를 해처로이 음독으로 자결해버렸다…… 그들의 애인도 모두 추후정사追後情死를 하였다는 것도 전고前古에 못 들은 새로운 보도였었다.

옛날 같으면 기둥서방의 착취는 당연한 것으로 또 그렇게밖에는 더 생각하지도 못하였을 터이지만…… 근대의 기생들은 그런 것쯤은 훌륭히 판단하고 있었다. 그래서 강제 매음의 불유쾌, 자기 장래의 생활…… 더구나 계급적 천시와 학대……

기생 나이 이십이 넘으면 환갑이라니…… 그들은 이십 전후의 나이 '몇'이 점점 차질수록 저절로 누구보담도 대단한 흥미도 가지고 희망도 갖고서 자기 사정의 동감 또는 동정하는 듯하는 그 이야기면은 몹시 들으려고 애를 쓴다. 그래서 "내가 사랑하는 사람으로서 훌륭한 남편이 될 만한 사람…… 만약 그렇게 못 되더라도 내가 사랑하는 사람으로서 일평생 굶기지나 않을 이……" 이런 것을 그들의 대다수가 진심으로 몹시 갈구하고 있었던 것도 또한 사실이리라. 그러니 그러한 그 때가 흑방순례

패들에게는 천재일우의 다시 없을 시절이었었던 것이다. 예전 같으면
"서방님 몇 살이시요." "열네 살일세." "너무 이르지 않소?" "저녁 먹고 왔는데."

이렇게 멋있는 수작을 내놓아 겨우 그윽한 지취旨趣를 허락받았다는 어떤 어린 귀공자도 있었다지만은…… 아무튼 그렇게 어렵고 거북한 판국에야 백조파 순례패 같은 서투른 풋오입장이 쯤으로서는 도무지 명함도 내놓지 못하게 수줍었을 것이건마는 다행히 시절이 바뀐지라 제법 번쩍 좋게 회색거리에 순례하는 행자行者로 대도大導의 법을 설說하게까지 되었었던 것이었다.

그 때의 소위 일류의 기생쯤은 대개가 일 개월의 화대로 2,3백 원의 수입은 있을 터이니까 돈쓰기로는 그리 큰 걱정이 없었고 다행히 이른바 '새서방' 이라는 것이나 하나 생기면 시량*, 의복, 차, 화장품까지도 의례히 기증을 받는 별수입이 있을 터이니까…… 생활 경영만 될 수 있다면 이 방면의 일은 저절로 그리 중대시하게 되지는 않는다.

다만 "정말 참 생활이라는 것은 무엇이냐. 인간의 행복이라는 것은 어떠한 것이다"라는 생활론, 연애론, 내지 예술론까지를 아무쪼록 아름다운 수사로 알아듣기 쉽고도 자세하게 순례패들은 법을 설하여 준다. 그러면 그들은 평소적에는 어찌 형용할 수도 없던 속 깊은 사정, 그 불행불평이 그만 일시에 열연히 대각大覺하게 되었으며 알 수 없던 일이 모두 저절로 알아지게 된다.

그래서 이야기가 그 쯤 이르면 그들은 반드시 제 신세타령을 숨김없이 풀어 늘어놓게 된다. 그러면 그러할수록 순례행자들은 그의 사연을 따라서 신문지의 인사 상담 이상으로 때로는 꾸짖기도 하고 또 어떠한 때는 선동도 시켜가며 아무쪼록 친절하게 설명을 해주면 어느 틈엔지 그들에

---

* 柴糧 : 땔나무와 먹을 양식.

게는 이 서생들이 아마 그저 부랑자나 오입쟁이가 아니라고 정말 '선생님' 혹은 '의중인意中人' '미래의 애랑' 처럼 저절로 그립고 정다워지게 된다.

그래서 한창 시절에는 백조사 흑방으로 매야每夜 새벽 두세 시쯤이면 파연罷宴 귀로의 3,4미인이 손에 손목을 서로 이끌고 찾아오게 되었다. 그러니 흑방동인들도 날마다 순례로 찾아가는 곳이 4, 50처나 되었었다. 그러나 순례란 본디 신성도 하거니와 또한 아무러한 공리적 야심도 없는 청청담담淸淸淡淡한 걸음이라 순례의 대상은 만나건 말건 그리 든든함도 없거니와 또한 아무 섭섭함도 없는…… 다만 다리가 고달프도록 몇몇 집을 찾아 휘돌면 그만인 애틋한 허튼 길이었었다.

8. 흑방비곡黑房秘曲

누항에도 봄이 드니 우중충한 흑방 속에 몇 떨기의 '시름꽃' 이 때없이 웃게 되었었다. 그들만이 지어 부르던 이름으로 채정採艇, 설지雪枝, 해운海雲, 단심丹心, 설영雪影 등…… 서로 오고가고 하는 동안에 모두 저절로 그리운 정이 짙어지니 정이 짙어진 한 쌍 남녀를 남들이 구태여 '연인' 이라고 일렀었다.

그러나 당자끼리는 넌즛한 '키스' 한 번도 없는 '정신적 연인' 들…… 도향은 단심과, 석영은 채정과, 우전은 해운과, 노작은 설지와…… 그래서 남화南畵에 명제하듯이 '도향단심' '석영채정' '우전해운' '설지노작' 이렇게 불러보았다. 그런데 연애의 결과로는 도향단심이 가장 실질적이었다. 석영채정은 저녁노을같이 잠시 잠깐 반짝하다가 어느덧 사라졌을 뿐이고, 우전해운은 뜻도 얼리기 전에 일진광풍에 그만 멋없이 흩어져버렸고 설지노작은 반딧불같이 아무 열없는 목숨이 몹시 외떨어져 아르르 떨다가 그만 불행하여 버렸다.

꿈이면!
이러한가
사랑은 지나가는 나그네의 허튼 주정
아니라 부숴버리자 종이로 만든 그까짓 화환
철모르는 지어미여 비웃지 마라
날더러 안존치 못하다고?
귀밑머리 풀기 전 나는
그래도 순결하였었노라

 연애 삼매도 하염없는 허튼 꿈자리였었다. 과거 현재 미래를 통하여 섭섭하고도 하염없고 시들픈 세계였었다. 다만 사랑하는 여자는 사랑이란 이끼가 슨 푸른 늪 속에 깊이깊이 들어가 잠겨 거기서 떠오르는 모험과 불가사의의 야릇한 향기에 영원히 도취해 있을 뿐이다. 그러나 어색가漁色家가 아닌 순례패들은 어떠한 여성을 대하든지 두긋기고 아껴함이 넘치는 안타까운 정성으로 사랑을 한다. 한 송이의 어여쁜 꽃으로 사랑하려고 하였다. 꺾지도 말고 맡아보지도 말고 다만 고이고이 모셔 간직해 놓고 고요히 쳐다만 보려고 하였던 것이었다.
 기생으로 연인…… 시간적으로 설혹 상대녀에게 어떠한 옛 기억이 있든지 또 현재에 아무러한 사실이 흑막 뒤에서 진행이 되든지 그것을 알려 할 까닭이 없다. 다만 일순에서도 영원 그것이 있을 뿐이었었다.

동짓달 기나긴 밤을 한 허리를 둘러내어
춘풍 이불 아래 서리서리 넣었다가
어룬님 오신 날 밤이여드란 구비구비 펴리라

 하루 저녁 한 시간이면 어떠하랴. 그렇게 만나는 것도 사랑이거든……

사랑이란 신성하다 이르거니 물적 영구라는 그 따위의 말까지도 더러운 누더기의 군더더기리라…… 하물며 변전무상하는 이 세상 일이랴. 한 시간 전에는 누구하고 놀았거나 또한 한 시간 뒤의 일을 누가 알 것이랴. 다만 현각일초現刻一秒의 순간이라도 거짓없는 속삭임을 서로 꾸어본다면 여기에도 유구신성한 꽃다운 향내가 떠돌음을 느낄 수도 있으리라…… 그들은 그렇게 생각을 하였던 것이었다.

단심丹心은 그리 미인은 아니었다. 또 당시의 일류도 되지 못 하였었으며 의려유한倚麗幽閑한 성격자도 아니었다. 다만 가진 것은 밤비 속에 저절로 부여진 광대버섯같이…… 벌레 먹고 농익은 개살구 같은…… 얼른 말하자면은 말괄량이요 요부적 '타입'이었다. 체구는 장부가 부럽지 않게 거대하였고 주먹힘도 세었다. 그리고 그는 그 때 벌써 네 살 먹은 아들의 재롱을 보고 있는 아기 어머니였었으니 나이도 도향보다는 훨씬 위였었다.

채정採艇은 청초하고도 정열 있는 가인이었다. 신세를 자탄하는 까닭인지 처지를 비관하는 탓인지 그리 현세를 원한하는 것도 같지 않건마는 어딘지 모르게 수심가愁心歌 그대로의 일맥의 애수를 항상 띠고 있었다. 풍정이 가미로운 목소리로 부르는 그의 노래는 매양 청량하면서도 저으기 그윽한 봄시름을 자아내었다. 흑방을 맨 먼저 찾아간 이도 채정이었다. 해운海雲은 녹발綠髮, 명모明眸, 호치皓齒, 단순丹脣, 모두가 신구新舊를 통하여 아무렇게 치든지 미인이었고 또 여걸이었다. 어떤 결혼 피로연에 초빙이 되어갔다가 명예와 지위가 높다는 그 신랑이 몹시 아니꼽다고 당장에 따귀를 올려붙여 일시 화류계에 신기한 화제가 되었던 인물이었다.

설지雪枝는 험구인 회월의 첫 인상이 '眠りの女'이었다. 眠りの女! 아무려나 일타수련一朶垂蓮이 버들 낙지落枝 속에서 가냘픈 시름 가벼운 한숨으로 고요한 졸음을 흐느적거린다면 그의 윤곽 일부를 그럴듯이 상

징한 말이라 이를 수도 있으리라. 해운을 미인이라 이른다면 설지는 애오라지 여인격麗人格이었었다.

우전은 소같은 사람이었었다. 마음이 눅고 또 어질었었다. 모든 것에 저절로 주의요 그리 강작강행強作強行을 몹시 싫어하는 편이었었다. 그리고 또 그리 호색아도 아닌 모양이었었다. 다만 싫지는 않으니까 미색을 보면 멋없는 웃음을 웃기는 하였었다. 또 어떠한 여자에게든지 일부러 악마의 제자가 되어 잔혹히 미워하거나 경멸히 다루거나 억압하거나 유린하려드는 그런 사람은 아니었다.

그래서 모든 여자가 애愛의 대상이면서 동시에 모두 쓸쓸한 남이었었다. 여자의 마음 속에 들기 위하여 여자를 쫓아다니지는 아니하였고 또 그것을 포로로 정복하기 위하여 내닫지도 아니하였었다. 다만 간투看套의 오입식娛入式이 그대로 그의 연애관이 된지라 '여자란 일시적 위안의 도구 아름다운 장난감……' 그래서 그는 고결이나 청초를 구태여 탐하지도 않았지마는 또 미추도 그리 가리지 않는 편이었었다. 여자는 그저 여자 그대로면 그만이었었다. 그러나 그의 오입판의 수완이나 방식은 매우 능숙하고 놀랍게 세련되었었지만 그것도 그만 흑방 행자의 계행戒行을 지키느라고 한 번 마음대로 행사하여 보지도 못 하였었다. 은인자중…… 그러는 동안에 여러 번의 웃는 꽃은 그만 가버리고 말았었다. 첫번에는 고계화高桂花요 둘째번에는 김해운金海雲이었었다. 셋째번에는 김난주金蘭珠, 넷째번에는 신소도申小桃. 모두 왔다가는 실없이 웃고 돌아가 버리는 가시찔레꽃뿐이었었다.

"님 향한 일편단심 앙긋방긋 웃지를 마라……" 이것은 노작이 개벽 '가십'에 쓴 도향소식의 일절이었었다. 도향은 그만 새침하니 '육肉'을 탐하였다. 파계를 하고 흑방서 내쫓겨 버렸다. 따라서 단심도 오지를 못하고 다른 곳, 가나안 복지 그윽한 보금자리에서 도향과 밀회를 하게 되었었다.

성지는 그만 더럽혀졌다. 실내의 공기는 부정하여졌다. 소독! 소독! 그러나 이미 더럽혀진 사랑의 영대靈臺 임금을 잃어버린 마음의 성단聖壇을 여간 냄새나는 시속의 약물쯤으로야 무슨 소용이 있으랴. 무슨 보람이 있으랴.

9. 우전雨田의 음울陰鬱

어저 내일이야 그릴 줄을 모르던가
이시랴 하더면 가랴마는 제 구태여
보내고 그리는 정은 나도 몰라 하노라

내 언제 신信이 없어 님을 언제 속였관대
월침삼경月沈三更에 올 듯이 전혀 없네
추풍에 지는 잎소리야 낸들 어이 하리오

연애 삼매의 흑방비곡…… 여기에도 그나마 정신 연애에도 실연만 맛보는 우전은 파계행자인 소정지옹笑亭之翁까지 잃어버리고 저절로 우중충 우울하게 흐려졌었다. 고립! 고독! 오— 얼마나 쓸쓸한 형용사이냐. 계행을 지키는 명예의 고립! "벗이 없는 인생은 사막이라" 하거니 실연만을 당하면서도 계행을 묵수하는 명예의 고립!

그것을 그 헐렁이가 엄연히 지키고 있었던 것은 순례성단에 한 기적이었거니와 당자 자신으로도 아마 지극한 곤란이었으리라. 다만 그림자만 남은 한 가락 단골의 '곤돌라' 노래만은 여상如常히 그의 거친 성대가 의미 있는 듯이 무겁게 떨리고 속 깊이 울려 나왔으니 그것은 소정이 떠나간 고독의 구슬픈 소리였었다. '님 향한 일편단심'이 무겁게 흑방 속에서 소정지옹을 녹여 낼 적에도 "인생은 초로 같다 사랑해라 소녀들"

순례의 일행의 회색가로 걸어나갈 적에도 "연붉은 그 입술이 사위기 전에"하던…… 그저 밤이나 낮이나 "인생은 초로 같다……" 그 '곤돌라'의 그리움이여…… 탈선 무규無規한 그들의 생활도 세월이 짙었으니 불규不規 그대로가 항례가 되어 기계적으로 매일 되풀이 하여졌었다.

원고쓰기, 담론, 음주, 연담戀談, 수면으로 한 해 두 해 매일같이 그대로 되풀이만 하는 회색 생활 속에서 다만 우전의 '곤돌라' 노래 한 가락만이 시감時感을 따라서 높았다, 낮았다, 빨랐다, 느렸다 하여 일상의 단조를 저으기 깨트리고 있을 뿐이었었다. 그는 일곡一曲의 '곤돌라' 가운데에도 울적하고도 무한한 청춘의 희망을, 사랑을, 고적을…… 굵은 목 가득히 내뿜어 쓸쓸한 만호장안萬戶長安에 임자없이 떠도는 저녁안개에 끝없이 하소연하는 것이 유일의 위안이며 예술이었던 것이었다.

그러나 인생이란 매양 모순과 갈등이 많은지라 백조사 대문 안에는 계림흥산鷄林興産 회사라는 한 고리대금의 흑마원이 세를 들고 있었었다. 주야로 복리계산의 주판질, 착취하려는 밀담 등…… 더구나 거기에는 '위의威儀'가 가난한 이를 다루는 데에는 한 커다란 권위적 도구였던 것이다. 그런데 옆방에서는 밤낮으로 "인생은 초로 같다 사랑해라 소녀들" 하고 거칠고 무디게 소리를 지르니 아마 그들의 심장을 송곳으로 쑤시고 체질하듯 몹시 흔들어 놓았으리라. 그래서 하루는 그 회사 전무취제역이라는 자가 급사를 시켜

"의무상 여러 가지 사정으로 보아 매우 곤란하니…… 그리 무리한 청이 아니다. 될 수 있으면 회사 전원이 퇴근한 뒤에 좀 떠들든지 노래를 하든지 마음대로 하시오"하는 전갈을 보내었었다. 그 기별을 들은 우전은 전갈 온 급사가 채 돌아서기도 전에 거친 성대를 더 다시 박차고 억세게 내질러서

"인생은 초로 같다—" 그 때는 아마 계림회사 전무는커녕 사장 이하로 빚 얻으러 온 손님들까지도 모두 초풍을 하여 달아날 지경이었으리라.

그해 9월에 있던 동경진재東京震災가 또 일어난 것이 아니면 '뢰雷'자 그
대로 천동지동天動地動 청천벽력이나 아닌가 하고…… 우전으로 보아서는
그것도 그리 무리는 아니었다. 다만 한 가락의 위안인 그 쓸쓸한 노래
에다까지 그러한 제한과 제재를 씌워주는 것은 그의 생명을 위협하는 것
이나 마찬가지로 너무나 지독한 일이었었다.

　우전은 성이 났었다. 우뢰소리가 터져나왔었다. "인생은 초로 같
다…… 인생은 초로 같다." 그러나 이제는 그 노래에는 예전과 같이 청춘
의 오뇌를 품은 애조는 영영 사라져버렸고 다만 불붙는 분노와 타매唾罵
가 뒤틀어져 쏟아지는 우뢰소리 뿐이었었다. 무섭고 거친 우뢰 소리는
계림회사에 대하여, 도향단심에 대하여, 더 다시 인생에 대하여……

　우전은 가끔 아마 어두운 가슴을 어루만지며 아릿한 후회도 하리라.
"그렇게 너무 데퉁적고 멋없이 좀 말고 조금만 안존한 온정으로…… 도
향처럼 그렇게 달갑게 굴지는 않더라도 조금 법 다른 취급, 남다른 접대
만을 하였었더라도……"하고. 또 흑방 이외의 다른 동무들도 다소 느긋
한 유감이 있었으리라. 그 때는 모두 선머슴이요 도련님 풍월이라 높기
는 높고 맑기는 맑았지마는 아름다운 이성을, 웃는 꽃을, 미를 — 꽃 그
것이 곧 인생이건만 — 보는데에 반드시 유독 남다른 각도에서 떨어져서
보아야 한다고 일부러 인생의 현실을 도피하여 무슨 때나 묻을세라, 무
슨 허물이나 있을세라 허둥지둥 '포즈'를 고쳐놓기에만 분망하였고 직
접으로 가까이 가서 좀더 가치 있는 것을 발현하는 것을 한각閑却 해버렸
으니까…… 월탄의 오뇌 심하다 하던 〈2년 후〉의 황경옥이나 빙허가 애
처로이 보던 가엾은 순희나 회월의 꿈으로 그리던 Y양이나…… 모두 싱
싱하고 꽃다운 생화를 일부러 종이로 만든 가화假花로만 대접하였던 것
이 아니랴. 그들의 인생의 실패는 말하자면 인생의 속에 들어서서 사철
그 꽃다운 꽃의 본질미를 향수할 수 있는 그것을 차마 해보지 못 하였었
다는 그 침묵에 있었다고 새로금 느껴진다. 그렇게 생각하니 도향은 확

실히 '옹'은 '옹'이었었다. '선仙'이 아니라 '옹'이었었다. 발 재인 선수였었다. 걸음 빠른 선진이었었다. 이성삼매의 그 어려운 업을 어느 틈에 일찍이 수득성취修得成就한 셈이니까……

"봄은 오더니만 그리고 또 가더이다." '하이델베르그'의 '뻬데이'는 나이를 먹었다. 점잖아진 공자를 다시 만나서 섧게 섧게 느끼어 가며 울었다. "몇 해 전의 봄철은 참으로 즐거웠어요"하면서…… 우전은 우뢰와 같은 그 정열도 이제는 '곤돌라'의 붉은 입술과 함께 살아서 아무런 탄력도 없이 근자까지는 조극문간朝劇門間에서 졸고 앉아있는 것을 보았었는데 그나마 조선극장도 봄불에 다 타버렸으니 이제는 어디로 가서 또 우중충하게 쭈그리고 앉았는지? 아마 과음의 탓인지 근년에는 위궤양으로 그 좋아하던 술담배도 일금一禁을 하여버렸다 하니 그의 성격 그의 생활에 아마나 더 다시 몹시도 쓸쓸하고 우중충할 것이다.

도향은 23세 청춘을 일기로 하고 요절하여 버렸다. 일대의 수재로 풍염한 미래의 꽃다운 희망을 가슴 가득히 품은 채 초라히 저승의 길을 떠날 제 도향은 아마 몹시 울었으리라. 다정다한한 그의 일평생 그것을 온통 굿은 눈물로 바꾸어 가지고 거리거리 인정을 써가며 가기 싫은 황천길을 걸어갈 적에 아마나 눈물빛 도가都家 지장보살께 저으기 안타까운 사정은 그리 적었으려니…… 동인 생활 삼 년 간의 옛날의 교의와 우정, 그것이 하염없이 을씨년스런 추억으로 뇌어질 적에 애끊는 구슬픔을 새록새록 느끼는 산 사람들…… 정말 그것도 숙연인지 기우였던지 도향이 작고한 지도 벌써 열두 해이건만 그의 음용音容은 방불하여 시방도 아직껏 어제인 듯하다.

"새파랗다"고 칭찬하던 방소파군도 벌써 다섯 해 전 이 맘 때엔가 불귀의 손이 되었으니 아마나 이제는 가을 바람 남북으로 유리영산流離零散한 이 꼴을 그리 탄식이나 해 줄 이도 없을 터이지…… 낙원동의 경관 파출소도 치워버린 지가 이미 오래이니 흑방 옛 품에 꽃피는 봄이 다시 돌아

든들 그리 알뜰히 두굿겨 보호해 줄 인들 또 어디 있으랴.
　오! 그리울손 백조가 흐르던 그 시절
　병자丙子 여름 궂은 비 훌쩍이는 밤에
　나이 먹은 순례지성巡禮之聖은
　파석坡石 두메 외딴 초암草庵에서
　아릿한 옛 노래를 이렇게 적노라
　　　　　　　　　　　　　—《조광》제2권 9호(1936년 9월).

기타

육호잡기六號雜記 (1)
육호잡기(2)
육호잡기(3)

육호잡기(1)

"검이여…… 빛을 주소서…… 북두성 자야반[*]에 합장묵도合掌默禱…… 그러나 완벽을 이룰 때까지는 앞에 많은 험악과 재액을 미리 미리 자각합니다…… 장애는 있든 없든 아마나 우리만 진실하였으면 고만이겠지요.

벌써부터 절절히 느끼는 것은 부자유란 그것이외다. 금번 호에 빙허씨의 〈전면纏綿〉을 실으려 하였더니 작자는 관능에 직감되는 자연 그대로를 인생의 진상에 상징해서 예술의 법열과 아울러 띄워 참의 비오秘奧에 살고자 함이었었더니…… 불쌍한 불우의 그, 그의 그 뜻을 알아주는 이 없어 구박에 쫓기어 가는 이 되었을 뿐이니 세야勢也라 내하奈何오 내하오, 오 다만 그의 넋은 검은 나라, 한 반짝거리는 별빛 밑에서 애졸여 혼자 울어 날밤을 새울 뿐…… 어떻든 못 내 놓게 되었사오니 여러분에게도 섭섭하기 그지없거니와 작자 그 분을 뵈옵기에도 미안다사未安多謝로소이다.

―《백조》1호(1922년 1월).

---

* 子夜半 : 자야子夜. 자시子時 무렵의 한밤중.

육호잡기(2)

　인생이 무상타 한들 이럴 수야 있을까요? "봄에나……" "삼월이면 나오리라." 벼르고 기다리던 금번 호가 나온다 나온다 나와 보니…… 때는 벌써 늦어서 오라던 봄철은 누가 데려갔는지 꽃도 웃음도 다 시들어버리고 녹음이 우거진 오월 중순에 때 아닌 이 노래를 노래합니다.
　밖에서는 어쩌니 어쩌니 떠드는 소리도 알았지만은 금번 호가 늦어진 것은 사실이외다. 사실이 있으니 물론 그대로 이유도 있겠지요. 여러분이 그 이유를 들으려 하십니까? 들어야 시원할 까닭은 없겠지요만은 하도나 속도 퍽 썩이던 일이니 넋두리 삼아 한 마디 하지요.
　조선 사람이면은 누구나 다 말하는 바이지만은 우리는 자유가 없습니다. 더구나 출판에 자유가 없어요. 그런데에다 3월호를 출간하려던 일주일 전에 아편설라亞扁薛羅씨가 발행인을 사퇴하였습니다. 그래 씨에게 진정으로 간청하기에 며칠, 다른 곳에 소개장 가지고 다니기에 며칠, 누구에게 교섭하기에 며칠, 누구누구에게 며칠며칠하다가 결국은 실망하여서 며칠, 또 출판하는 제도를 고치자고 며칠, 그러고 보니 시절은 벌써 늦었더이다. 그러다 천만다행으로 뽀이쓰 부인이 승락을 하셨습니다. 중간에서 애써 주신 여러분도 물론 고마우시지만은 특히 부인께 많은 감사를 드립니다. 늦어진 이유는 이것 뿐이올시다. 무슨 큰 동정을 줍소사 하는 것이 아니라 이러한 사정이나 짐작해 주소서 함이외다.

금번부터는 육호잡기를 쓰는 범위를 넓혀서 자기의 생각한 것, 감상하는대로 다 쓰자 하였습니다. 그러나 너무 창졸간創猝間의 일이라 그러한지 잘 뜻과 같이 되지 못하였습니다. 다음에는 잘 하겠지요.

오천원씨에게서는 건강하시다는 편지는 왔으나 원고는 아직 미착未着이올시다.

나도향씨는 경북 안동 땅에서 교편을 잡고 계시게 되었습니다. 호왈소정지옹號曰笑亭之翁이지만은 다정다감한 씨가, 더구나 그 변적變的 성격에 어찌나 애를 썩이고 지내는지? 일상 잘 부르는 애상의 사비수곡泗沘水曲만 저녁 노을 비친 낙동강 흐르는 물에 아마나 하염없이 애끊이 흘려보내겠지요. 씨가 일전에 부친 편지에 "여기는 꽃이 다 져버렸나이다. 웃는 듯하고 웃는 듯한 그 꽃은 벌써 다 졌나이다. 저는 다만 수연愁然한 쌍안雙眼으로 무언無言한 그 꽃만 바라보았나이다. 그 꽃은 저를 보고 웃었는지 울었는지 성냈는지 토라졌는지 어떻든 말없이 있더이다. 바람이 불어서 시름없이 그의 치맛자락을 벗어 내던질 때까지 그는 다만 무언이었나이다. 그 위에 따뜻한 바람이 불 때나 밤이나 낮이나 아무 소리 없던 그 꽃은 고만 시들어져 버렸나이다.

오형吾兄 오형, 울어야 할는지 웃어야 할는지 저는 모르나이다. 그것을 말하는 자가 일찍이 없었으며 그것을 말할 자가 또한 있지 않을 터이지요…… 적적요요한 이곳에 외로이 있는 저는 다만 학교 뒤에 용출한 영남산 위에 올라서서 서북편 하늘만 바라볼 뿐이외다. 그러나 중중영첩重重靈疊한 바위산이 나의 가슴을 탁 틀어막나이다. 구만리장천이 북으로 열렸고 반천리장로半千里長路가 북으로 터졌으나 다만 전하는 것은 두어 마디 친애하는 우리 동인 몇 사람의, 불쌍히 여김인지 사랑함인지, 때때로 보내주는 응정凝情의 서찰뿐이오, 아무 것도 없나이다…… 사나이 눈에 눈물을 머금음도 무리가 아니오. 장부의 가슴에 한숨을 감춤도 잘못

이 아니건만 울려 하나 울 곳이 없고 한숨을 쉬려 하나 한숨을 받을 자가 없나이다. 우리가 만나야 그 눈물을 알고 우리가 만나야 그 한숨을 알아주련!? (중략)…… 봄이 가거라 쾌쾌快快히 가거라. 봄이 나를 못살게 구나니 속히 가라. 훨훨 가라. 저는 날마다 심중으로 이렇게 빌고 원하나이다."

표지장화表紙裝畵는 원우전씨, 이면장화裏面裝畵는 안석영씨의 붓이올시다. 거기에 숨긴 뜻을 설명은 붙일 수 없으나 그대로 아무쪼록 많은 감상을 주소서. 내가 쓴 시 아래 민요 일 편은 경상도 지방에서 부르는 것이올시다. 그런데 민요라 하는 것보다도 동요올시다. 수줍은 산골 시악시들이 어여쁜 그 어린 목으로 노상 부른다 합니다. 경향 각지에서 기고하신 분이 많으셨는데 사랑으로 보내신 뜻은 감사합니다. 그러나 본지는 동인제이므로 미안하오나 동인으로 추천되기 전에는 지상에 올릴 수 없습니다.

보내신 작품을 모두 정세히 논평하기는 극난한 일이나 보통 가작은 많았습니다. 그런데 대개는 너무 신新을 꾸미려 애쓰다가 신도 신이 아니고 구舊도 구가 아닌 무엇인지 알 수 없는 일종 특제품이 되어버림이 큰 결흠缺欠이며 어떤 심한 것은 무엇을 흉내낸다고 민족적 리듬까지 죽여 버리고 아무 뜻도 없는 안조옥*을 만들어 버림은 매우 유감이올시다. 이런 점은 신시新詩에서 더욱 많이 보였습니다. 물론 이것을 누구가 잘못함이라 하지는 않습니다. 행방불명하고 사상이 불건강한 우리 문단 자신의 죄겠지요. 그러나 될 수만 있거든 아무쪼록 순정한 감정을 그대로 썼으면 합니다. 일일이 엽서로라도 답장을 드릴 것인데 그럭저럭 못 하고 다만 지상으로 이만 드립니다.

— 《백조》 2호(1922년 5월).

* 贋造玉 : 위조된 가짜 옥.

육호잡기(3)

 이에 이 글을 인쇄에 부치고 나니, 희비교차하는 이 마당에, 숨어 있던 모든 감회가 한꺼번에 북받쳐 오르는 듯하다. 맥이 풀린 이 손으로 다시 붓을 잡으매, 어린 이 가슴은 왼통 무너져버리는지, 속 깊은 쓰린 한숨은 다시금 잡을 수도 없이 떨려질 뿐이다.
 《백조》를 창간한 지도 일년 반이요, 절간된 지도 또한 거의 일년 반이나 되었다. 풍운다첩風雲多疊한 그 때에 무모무각無謀無覺한 황발黃髮의 1동자! 아무 준비도 없이 나섰던 그 길이었으니, 된서리 오던 가을 새벽달 아래서, 눈보라 치던 겨울밤 외딴 길가에서, 소리없이 울기는 몇 번이었으며, 여각旅閣 집주인의 던져주는 밥술이 차든지 덥든지, 입으로 말 못할 푸대접은 오죽이나 받았었더냐. 불행한 일개의 사고가 죄 없는 이 집에까지 미쳐서, 빛바랜 문화사의 간판은 바람이 불 적마다 마음없이 근드렁근드렁, 동인들은 난산難散하고, 사무원은 도망하고…… 이 다음의 구절은 차마 붓으로는 더 그릴 수가 없다. 슬픔이거나 기꺼움이거나…… 다만 꿋꿋하게 하려고 할 뿐이다.

□

 "매양 누가 병이라고 일컬을 때에, 불행하다 하면서도 매우 행복스러워 보이더라. 더구나 '병시인病詩人……' 그것은 참으로 쓰릿한 느낌이 있으면서도, 알뜰히 달콤한 맛이 있어 보이더라. 그러나 행복스럽게 보이던 그것도 동경하던 그 때가 좋을 뿐이지 정말로 병이 온다 하면은 천하에 싫은 것은 그것이다.

생의 동요…… 나의 시선에 부딪히는 모든 대상물이 점점 몽롱 불투명하며, 모든 색채가 희박하게 보여짐이다. 아, 이것이 나의 생의 최말일最末日의 일이 아니면 병이 아닌가.

그런데 여기에서도 생에 대한 나의 눈이 좀더 지혜스러웠으면, 영리하였으면, 더한 겸 속 깊이 약아졌으면, 이 기회에서 나의 내외적 생활의 왼통 개조가 되었으면, 나는 밤낮으로 빈다. 아마 이것을 말하자면은 신음자의 애타는 입에서 그래도 가느다랗게 떨리는 희망이라 할는지—."

이것은 벌써 팔 개월 전에 《백조》 3호가 발간된다고 떠들 때에 내가 쓴 6호잡기의 한 구절이다. 그 때는 내가 몹시 앓았었다. 그러나 시방은 다 나아졌다. 병이 들었던 그 때와 건강하여진 이 때를 서로 비겨 보면, 나의 살림살이는 말할 수 없이 달라졌다. 어떻든 그 때의 그 신병은, 나의 생활과 의식에 한 전환기를 삼아주었다. 나는 소춘蘇春된 기꺼움을 날마다 느끼며 이렇게 산다.

□

편집을 하였다가 묵삭이*를 하고, 원고를 모았다가 헤쳐 버리기 무릇 몇 차례였더냐. 일껏 별러서 하도 오래간만에 하는 것이니, 아무쪼록 새로운 작품만 모아서 새로운 책자를 세상에 내어놓아 보자고—. 그래 출간기가 지연될 적에마다, 동인들이 모두 묵은 원고는 되찾아 가고, 새 원고로 바꾸어 들였다. 그러니 아마 이번에 낸 작품들은 거지반 일 개월이

---

* 墨削 : 먹으로 글씨를 지워 버림.

넘지 아니한 최근의 작인 듯하다. 나도 새 것으로만 내어놓는다고, 며칠 동안을 허둥지둥 들볶아서 써놓으니 온 어떻게나 되었는지 모르겠다. 물론 거칠고 잡스러운 것이 많을 줄 안다. 소설 〈저승길〉은 내가 소설에 붓을 잡은 지 두 번째의 시험이다. 아직 세련이 덜 되어서 그러함인지, 쓰기 전에 먹은 마음과 같이는 잘 맛갈게 되지 아니한 것 같다. 상화想華 〈그리움의 한 묶음〉은 좀 단단히 많이 써보려고 첫 번에는 제법 아주 길게 차렸었다. 하다가 지면상의 관계도 있고 또는 지리하고 너무 고달파서, 중간에 붓을 던져버렸다. 그러니 화호불성畵虎不成이라, 말하자면 실패이다.

□

종로의 한길은 넓은 거리인 대신에, 쓸데없는 광고 간판이 부질없이 가로거친다.* 저녁 나절의 서울의 거리는, 술이 취하지 아니한 사람이 보더라도 맑은 정신이 공연히 얼떨떨하여지지마는, 정말로 중둥**이 풀려 비틀거리는 술주정꾼이 넓은 길거리를 좁다고 휩쓸어가다가, 커다란 책사*** 앞에 서 있는 한 개의 광고판과 시비를 걸었다. 그래 발길로 한 번 걷어차 넘어뜨리고 짓밟아버릴 때에, 애처롭게도 유린을 당할손, 광고문 중의 '고급문예' 네 자이다.

대체 고급문예라는 그것은 무엇이냐. 어떠한 뜻이냐. 어떠한 것을 이름이냐. 고급? 고급? 사닥다리 위에 있는 문예가 고급문예냐. 3층집 꼭대기에 있는 문예가 고급문예냐. 종로경찰서의 탑시계 위가 아니면 종현성당피전침鍾峴聖堂避電針 꼭대기에 매달아 놓은 문예가 고급문예냐. 과연 어떠한 것이 고급문예냐. 조선극장에서 흥행하던 어떤 극단에서는, 희곡

* 가로거치다 : 앞에서 거치적거려 방해가 되다.
** 重瞳 : 겹으로 된 눈동자.
*** 冊肆 : 서점.

이라는 그 문자를 풀어 알 수가 없어서, 고심 연구하다 못하여 간신히 희극이라는 뜻이라고, 해석해버렸다 하는 이 시절이며 또 어느 '적的' 자를 잘 쓰는 '적화的化'가家는, 언필칭 '무슨 적 무슨 적' 적자的字를 쓰다 못하여 나중에는 '창피적'이라는 말까지 써버렸다 하는, 어수선 산란한 현하 경성 천지이다마는, 그래도 그렇게 훌륭한 문예작품을 광고한다는 간판의 문구로서 '고급문예' 4자를 대서특서한 것은 뱃심도 몹시 좋은 일이지마는, 정말 그야말로 좀 '창피적'이다.

 그 간판과 나란히 서 있는 동무 간판은 더 다시 가관이었으니 '사랑의 불꽃'이라든가 '사랑의 불거웃'*이라든가는 현대조선문단의 일류 문사들이 기고를 하였다고 써 있다. 문사! 문사! 일본말로 '시모노세끼'가 어떠하냐. 정말로 창피한 일이지. 어떤 얼어 죽을 문사가 그 따위의 원고를 다 함께 쓰고 앉았더란 말이냐. 그것도 그러하지. 자칭 문사라고, 자칭 예술가라고, 자칭 조선의 '로망 롤랑'이라고 까불고 다니는 한 키 작고 장발인 '예술 청년'도 있다. 굵다란 목 아래에다 늙다리 수건으로 동심결**만 매고 다니면 항용 예술가라고 일컬어 주는 이 조선의 서울이다. 그러나 예술이란 그것이 어찌 그리 쉬운 것이랴. 더구나 문사라는 그 말을 남용치 말라. 아무 데에나 그렇게 함부로 남용하지 말아라.

 일전에 들으니 그러한 책자 그러한 문구를, 예전 우리 문화사 안에서 내어놓았다 하는 풍설이 있기에 대강 이만으로 좀 버릇을 알으켜 주는 것이다.

— 《백조》 3호(1923년 9월).

---

* 불두덩에 난 털.
** 同心結 : 두 고를 내고 맞죄어 매는 매듭.

해설

사회화와 유년회상
—홍사용 문학의 문학사적 의미

　노작露雀 홍사용洪思容은 실질적인 《백조》의 주역으로서 뿐만 아니라 20년대 시사에 있어서 큰 비중을 차지하고 있다. 그는 1900년 경기도 용인에서 출생하여 1947년 48세에 삶을 마칠 때까지 시와 소설, 희곡, 수필 등 다양한 문학활동을 전개하였다. 그는 휘문의숙을 졸업한 1919년, 20세에 3·1운동을 맞아 학생운동에 참여했다가 일경에 피체되기도 하였다.
　그의 본격적인 문단생활은 1922년 《백조》와 관계하면서 부터인데[*] 그의 재종형再從兄 사중思仲을 설득하여 문화사文化社를 설립하고 《백조》창간호를 발간하였고, 2호와 3호는 자신이 전답을 팔아 그 경비를 충당하였다고 한다.
　또한 1923년부터는 극단 토월회에 참여하면서 재정지원을 하기도 하였고, 27년에는 박진, 이소연 등과 함께 극단 '산유화회'를 조직하여 신극운동에도 열성을 보였다. 1930년을 전후해서 출가하여 방랑생활을 하다가 자하문 밖에서 한약방을 경영하며 생계를 삼고 8·15해방을 맞이하고는 근국청년단을 일으키려 하였으나 뜻을 이루지 못하고 1947년에 생애를 마치게 된다.

---
[*] 수필 〈청산백운靑山白雲〉과 시 〈푸른 언덕 가으로〉는 1919년작이라고 하며 1920년 7월에 《문우文友》지에 〈크다란 집의 찬밥〉을 발표하였다고 하나 확인되지 않고 있다.

그는 《백조》 창간호에 〈백조는 흐르는데 별하나 나하나〉, 〈꿈이면은?〉 등 5편의 시를 발표하면서 실질적인 문학활동을 시작하게 되며 이후 《동명》《개벽》《삼천리문학》《불교》 등에 30여 편의 시와 10여 편의 수필, 4편의 소설과 5편의 희곡을 발표하여 다양한 문학활동을 과시하고 있다.[*]

그러나 그의 이러한 문학적 활동에 비추어 볼 때 그에 대한 연구는 단편적인 언급이 주류를 이루고 본격적인 연구는 미흡하였다고 할 수 있다.[**] 그 원인은 일차적으로는 홍사용의 문학활동의 전모가 늦게서야 밝혀졌기 때문일 수도 있고 다른 한 편으로는 그의 대표작으로 일컬어지는 〈나는 왕이로소이다〉와 〈백조는 흐르는데 별하나 나하나〉 정도의 인식에서 크게 벗어나지 못 한 평자들의 잘못도 있으리라 생각된다. 홍사용은 소위 '백조'파 중에서도 이질성을 보이는 것으로 지적되는데, 예를 들면 그는 박종화나 박영희, 이상화의 초기시 등에서 보이던 성격과는 다른 경향의 시인이라는 것이다. 즉 그는 작품의 정서적 테마에서 이들과 다르고 쟝르 선택에 있어서도 민요적 시를 창작해서 이질성을 보여준다는 것이다.[***]

한편 최원식은 그의 민요적 시와 소설에서 민족의식을 찾고자 하여 홍사용의 새로운 면모를 소개해서 주목된다.

홍사용의 시는 〈나는 왕이로소이다〉를 비롯한 자유시 계열과 민요적 시 계열로 크게 양분되고 이들의 경향은 일견 판이한 듯이 보이고 있다. 그러나 한 사람의 문학은 그것이 각각 다른 양상을 띠고 있다고 하더라

---

[*] 홍사용 문학의 전모는 이제 어느 정도 밝혀진 셈이다. 이에 대한 것으로는 김학동 편저의 《홍사용전집》(새문사, 1985), 문협경기도지회 편 《노작 홍사용문집》(미리내, 1993), 강경중 편저의 《홍사용전집》(뿌리와 날개, 2000)이 있다. 그리고 홍사용의 일대기로는 이원규 편저의 《백조가 흐르던 시대》(새물터, 2000)가 있다.
[**] 지금까지 홍사용에 대한 본격적 연구는 박영길, 〈노작 홍사용론〉, 《성대문학》 15,16합집, 1970. 김학동, 〈노작 홍사용론〉, 《한국근대시인연구 1》, 일조각, 1974. 오세영, 〈노작 홍사용 연구〉, 《한국낭만주의시연구》, 일지사, 1980. 최원식, 〈홍사용문학과 주체의 각성〉, 《민족문학의 논리》, 창작과 비평사, 1982. 송재일, 〈홍사용 문학 연구〉, 충남대학교대학원 박사학위논문, 1989. 가 있다.
[***] 오세영, 앞의 책, 354면.

도 그것은 결국 작가 일개인의 일관된 문학적 배경 위에 존재할 것이기 때문에 그 연관관계를 살피는 것은 곧 그 작가의 창작 심리를 해명하는 것이 되며, 작품을 그 작가의 전체성 위에서 파악하게 해 줄 것이기 때문이다. 이러한 문제는 작가론과 긴밀히 연관됨으로 해서 전기 및 기타 장르까지도 참고로 하게 된다.

1) 어머니와 유년 회상

홍사용의 시문학은 크게 전기와 후기로 나눌 수 있다. 전기는 《백조》시대부터 1928년까지로 볼 수 있고 후기는 그 이후에 해당한다. 즉 그는 1928년 5월 《별건곤》 12,13호에 〈조선은 메나리나라〉를 발표하면서 민요에 큰 관심을 보이고 있고 이후에는 민요적 시와 시조를 발표하고 있다. 전기는 장르상으로 볼 때 자유시 계열에 치중하던 시기이고 후기는 민요적 시에 치중하던 시기이다. 그러나 전기의 자유시 계열도 오세영이 지적하였듯이 정서적으로는 민요적 시세계와 가깝다. 이러한 점으로 볼 때 홍사용은 한국 근대시에 있어서 다수의 시인들, 예를 들면 김억이나 주요한과 같이 자유시에서 민요적 시로, 서구 취향에서 전통지향으로 변모하는 동일한 궤적을 밟는다고 할 수 있다.

홍사용의 전기의 시는 어머니와 관계된 유년 회상의 것이 많다.

엇지노! 이를엇지노 아— 엇지노! 어머니젓을 만지는듯한 달콤한 비애悲哀가 안개처럼이어린넉슬 휩싸들으니…… 심슐스러운 응석을 숨길수업서 ? 안이한 우름을 소리처움이다.

— 〈백조는 흐르는데 별하나 나하나〉일부*

뒷동산의 왕대싸리 한잠비여서

---
* 《백조》 창간호, 1922,1.

달든봉당에 일수잘하시는 어머님 녯ㅅ이약이속에서
뒷집노마와 어울너 한개의통발을 맨들엇더니
자리에 누으면서 밤새도록 한가지꿈으로
돌모로(石隅)냇갈에서 통발을털어
손님갓흔붕아를 너가지리 나가지리
노마목내목을 한창시새워 나누다가
어머니졸임에 단잠을 투정해깨니

— 〈통발〉 전반부*

왼동니가 환한듯하지요? 어머니의 켜드신 홰ㅅ불이 밝음이로소이다. 연자매ㅅ돌이 붕하고 게을리돌아갈때에 왼종일 고닯흔 검억암소는, 귀치안흔 걸음을 느리게 옴기어놉니다. 젊은이 머슴은 하기실흔일이 손에서툴러서? 안이지요! 첫사랑에겨울러서 조을고 잇든게지요. 그런데 마음 조흐신 어머니께서는, 너털거리는 웃음만 웃으십니다, 아마나 집지키는 나의노래가, 끗업시 깃거웁게 들리시든게지요.

하늘에 별이잇서 반짝어리고, 압동산에 달이도다어여쁩니다. 마을의 큰북이 두리둥둥울때에, 이웃집 시악시는 몸꼴을내지요. 송아지는 엄매—하며 싸리문으로 나가고, 아기는 젓도안먹고 곤히만잡니다. 고요한 이집을 지키는나는, 나만아는 군소리를 노래로 삼아서, 힘껏마음껏 크게만 불읍니다, 연매깐의 어머니께서 깃거이 들으시라고……

— 〈별, 달, 또 나, 나는 노래만 합니다〉 전문**'

나는 왕이로소이다 나는 왕이로소이다 어머니의 가장어여쁜아들 나는 왕이로소이다 가장 가난한 농군의 아들로서……

* 《백조》 창간호.
** 《동명》 17호, 1922.12.

그러나 십왕전에서도 쫓기어난 눈물의 왕이로소이다.

— 〈나는 왕이로소이다〉 전 9연 중 1연[*]

이 외에도 어머니가 등장하는 시는 〈어머니에게〉, 〈꿈이면은?〉, 〈바람이 불어요!〉〈노래는 회색, 나는 또 울다〉등이 있다. 어머니의 젖가슴의 감촉, 어머니의 옛 이야기, 어머니의 켜드신 밝은 횃불, 마음 좋게 웃으시는 모습 등은 영원한 모성을 그리워하는 유아의식의 발로이다. 성인이 어머니를 찾는 그 자체는 이미 현실생활의 도피에서 오는 관념세계의 안락을 꿈꾸는 것이다. 어머니의 품, 자궁은 가장 안전한 세계이며 거기는 세계와 자아가 구분 없이 동일화되는 곳이다. 즉 거기는 현실과 완전히 격리된 장소이며 어머니와 나는 분리되지 않고 동일하게 존재한다. 이렇게 본다면 홍사용이 어머니를 그리워하는 것은 현실의 어떤 좌절에서 오는 퇴행의식이다.[**] 원래 퇴행이란 소원 성취욕구가 현실적 좌절을 경험할 경우 자아가 현단계보다 더 어렸을 적으로 되돌아감으로써 자신을 보존하려는 심리현상이기 때문이다.

그러면 홍사용이 이렇게 유년으로, 모태로 퇴행하고자 하는 원인은 무엇인가? 과연 그것은 일제 식민지 하의 어두운 삶[***]이며 강한 민족의식[****]의 발로라고 할 수 있을까? 그렇다면 그 근거가 되는 것은 무엇인가를 우리는 밝히지 않으면 안 된다. 단지 1920년대가 일제하였기 때문에 모든 시인들이 사회적 울분에서 시를 썼고 따라서 모든 시는 그러한 배경 하에서 읽혀져야 한다고 하면 그것은 큰 오류를 범하는 것이기 때문이다.

먼저 우리는 사회현상을 밝히기에 앞서서 사회화의 관점에서 그의 시

---

[*] 《백조》 3호, 1923. 9.
[**] 오세영, 앞의 책, 365면.
[***] 오세영, 앞의 책, 362면.
[****] 김학동, 《한국근대시인연구 1》, 일조각, 1983. 265면.

를 볼 필요가 있다.

2) 사회화와 〈나는 왕이로소이다〉

홍사용의 대표시로 일컬어지고 있는 〈나는 왕이로소이다〉는 유년회상의 가장 대표적인 예이다. 이 작품은 이미 많은 평자들에 의해서 논의된 바 있다.

그 산문시의 내용이 동심적이고 감상적인 것과 아울러 그 오만한 태도를 말한 것이며, 인도 시성의 영향을 받은 작품이라는 노작의 시, 〈나는 왕이로소이다〉에서도 중생의 세계를 내려다보는 독론적인 긍지가 깃들여 있음을 볼 수 있다. 그 왕이 지배하는 곳은 비록 울음과 눈물의 세계이지만.[*]

그러나 여기서는 그 왕이 세습의 귀골, 성골이라기보다는, 가장 가난한 농군의 아들인 왕이라고 하고 있다. 새 시대의 어떤 의미의 조류에 맞추기 위한, 전적으로 왕조사회나 군주제도를 마음으로 찬동하거나 욕구하지는 않은 것이 작자의 배려였음을 추단할 수 있다.[**]

그의 대표작으로 손꼽히는 〈나는 왕이로소이다〉만 하더라도 그 주제를 나라를 빼앗긴 서러움에 두고 있다.[***]

주제가 나라를 빼앗긴 서러움이라는 것은 앞으로 밝혀질 것이겠지만 국가권력을 뜻하는 '왕'과 눈물의 왕이라는 '눈물'에 지나친 의미를 부여하지 않았나 생각된다. 그것은 곧 시 자체의 의미와는 상관없이 사회

---
[*] 백철,《신문학사조사》, 신구문화사, 1982. 212면.
[**] 박두진,《한국현대시론》, 일조각, 1979. 59면.
[***] 박철석,《한국현대문학사론》, 민지사, 1990. 53면.

여건만 문제삼은 결과이기 때문이다. 한 편 백 철의 견해는 전혀 거리가 먼듯이 보이는데 중생의 세계를 내려다 보는 듯한 독존적인 긍지로 보기에는 아무래도 비약이 심하다. 아마 본문에 저승에 있다고 하는 십대왕, 돌부처가 나오고 홍사용이 불교에 관심이 있었기 때문에* 그런 해석이 나온 것이 아닌가 한다.

이 시는 전체가 9연으로 된 산문시이며 첫연과 끝연은 현재형으로 되어 있고 2연~8연은 과거 회상으로 되어 있는 액자식 구성이다.

   1) 나는 왕이로소이다 나는 왕이로소이다 어머니의 가장어엿?아들 나는 왕이로소이다 가장 가난한 농군의아들로서……
   그러나 십왕전에서도 쫏기어난 눈물의왕이로소이다.

   2) 맨처음으로 내가 너에게 준것이 무엇이냐 이러케 어머니께서 무르시면은
   맨처음으로 어머니께 바든것은 사랑이엇지오마는 그것은 눈물이더이다 하겟나이다 다른것도만치오마는……
   맨처음으로 네가 나에게 한말이 무엇이냐 이러케어머니께서 무르시면은
   맨처음으로 어머니께 들인말슴은 젓주셔요 하는 그소리엇지오마는 그것은 으아! 하는 울음이엇나이다 하겟나이다 다른말슴도 만치오마는……

3) 이것은 노상 왕에게 들이어주신 어머니의 말슴인데요
   왕이 처음으로 이세상에 올때에는 어머니의 흘리신 피를 몸에다 휘감고 왓더랍니다
   그날에 동네의 늙은이와 젊은이들은 모다 무엇이냐 고 쓸대업는 물음질

---

* 홍사용의 작품에는 돌부처가 많이 등장하고 1944년에는 사찰을 순례하고 불경도 연구하였다고 한다.

로 한창 밧부게 오고갈때에도
 어머니께서는 깃거움보다도 아모대답도 업시 속압흔 눈물만 흘리셧답니다
 빨가아숭이 어린왕 나도 어머니의 눈물을 딸하서 발버둥질치며 으아— 소리처 울더랍니다

 4) 그날밤도 이러케 달잇는 밤인데요
 으스름달이 무리스고 뒷동산에 부헝이 울음울든밤인데요
 어머니께서는 구슬픈 옛이야기를하시다가요 일업시 한숨을 길게쉬시며 웃으시는듯한 얼굴을 얼는 숙이시더이다
 왕은 노상버릇인 눈물이 나와서 그만 끗까지 섧게 울어버리엇소이다 울음의 뜻은 도모지 모르면서도요
 어머니께서 조으실때에는 왕만 혼자 울엇소이다
 어머니의 지우시는 눈물이 젓먹는 왕의쌤에 떨어질때에면 왕도 딸하서 실음업시 울엇소이다

 5) 열한 살먹든해 정월열나흔날밤 맨재텀이로 그림자를 보러갓슬때인데요. 명이나 긴가 짤은가 보랴고
 왕의 동무 작난꾼아이들이 심술스러웁게 놀리더이다 목아지업는 그림자라고요
 왕은 소리처 울엇소이다 어머니께서 들으시도록 죽을가 겁이나서요

 6) 나무꾼의 산타령을 딸하가다가 건넌산비탈로 지나가는 상두군의 구슬픈노래를 처음들엇소이다
 그길로 옹달우물로 가자면 지럼길로 들어서면은 찔레나무 가시덤풀에서 처량히우는 한마리 파랑새를 보앗소이다

그래 철업는 어린왕나는 동모라하고 조차가다가 돌뿌리에 걸리어 넘어져
서 무릅을 비비며 울엇소이다

　　7) 한머니산소압헤 꼿심으러가든 한식날아츰에
　　어머니께서는 왕에게 하얀옷을 입히시더이다
　　그러고 귀밋머리를 단단히 딸어주시며
　　오늘부터는 아모ㅅ쵸록 울지말어라
　　아―그때부터 눈물의 왕은!
　　어머니몰내 남모르게 속깁히 소리업시 혼자우는그것이 버릇이되엇소이다

　　8) 누―런떡갈나무 욱어진산길로 허무러진 봉화뚝압흐로 쫏긴이의노래
를 불으며 어실넝거릴때에 바위미테 돌부처는 모른체하며 감중연하고 안젓
더이다
　　아―뒤ㅅ동산장군바위에서 날마다 자고가는 뜬구름은 얼마나만히 왕의
눈물을 실고갓는지요

　　9) 나는 왕이로소이다 어머니의 외아들나는 이러케왕이로소이다
　　그러나그러나 눈물의 왕! 이 세상어느곳에든지 설음잇는땅은 모다 왕의나라
로소이다
　　　　　　　　　　　　― 나는 王이로소이다 전문* (번호:필자)

　　전체적으로 보았을 때 이 시는 현재의 상태에서 자신의 성장과정, 곧
사회화의 과정을 설명하고 있는 것이다.
　　사회화(Socialization)란 인간이 출생하여 생활하며 속해 있는 사회에

*《백조》3호, 1923.9.

적응해서 그 문화를 받아 들이면서 성장하고 성격을 형성해 나가는 과정을 말한다.* 인간은 태어나면서부터 외계의 사물과 접촉하여 적응해 가면서 자신의 성격을 형성하고 점차적으로 사회화과정을 거치면서 완전한 사회인이 된다. G.Allport는 성격형성 과정을 다음과 같이 설명하고 있다.

조건반응 — 습관 — 습성 — 자아 — 성격

즉 우리의 일상행동은 발달사적인 견지에서 볼 때 비교적 단순한 조건반응을 습득하는 데서부터 시작되고 이 조건반응의 대부분이 결합되어 일상적인 습관을 이룩한다. 예를 들면 우리는 습관적으로 매일 이를 닦고 세수를 하는데 이 습관적 동작이 반복될 때 청결에 대한 행동경향을 가지게 되며 이 청결이라는 습성이 고정되면 또 다른 습관의 형성을 촉진하게 되어 청결한 복장을 하게 하는 태도를 자아내게 된다.** 그런데 이 성격은 후천적, 혹은 사회적인 배경이 크지만 물론 선천적인 소질을 고려하지 않는 것은 아니다.

유아기의 사회화 과정에서 큰 영향을 주는 것은 가정이라는 사회이며 가정 중에서도 부모, 특히 어머니의 영향을 가장 크게 받는다.

〈나는 왕이로소이다〉의 2연은 어머니에게서 처음 받은 사랑이 눈물이었으며 어머니께 처음 드린 말씀이 '젖주셔요' 라는 소리였지만 그것은 '으아—'하는 울음이었음을 말하고 있다. 즉 처음 태어난 유아기일 때 왕은 어머니와 처음으로 사회적 관계를 맺기 시작하고 있는데 젖을 달라

---

* 장병림,《사회심리학》, 박영사, 1984. 108면. 사회화의 개념은 접근방법에 따라 달리 정의되기도 한다. 예를 들면 문화인류학자들은 문화에 동질화되어가는 과정으로, 프로이드는 초자아(Super—ego)의 형성과정으로, 사회학자들은 사회구성원의 역할을 담당하게 되는 과정으로 각각 정의한다. 전병재,《사회심리학》, 경문사, 1990. 253~258 참조.
** 장병림, 앞의 책, 109면.

는 것은 곧 공복인 어린아이가 모유를 찾는 행동으로서 아직 언어발달이 없는 상태의 욕구획득 과정이다. 그 울음은 인간의 본능적인 것으로서 그 울음 자체가 사실상 의미를 가지는 것은 아니다.

3연에 오면 같은 유아기 상태, 즉 어머니의 흘리신 피를 몸에다 휘감고 온 어린 왕은 '어머니의 눈물을 딸하서' 소리쳐 운다. 3연의 어린 왕은 2연에서와 동일한 상태이지만 그 울음의 내용은 다르다. 그것은 생리적 욕구에 의한 것이 아니고 새로 태어난 아이가 세상으로부터 받는 과도한 자극의 폭격 즉 '출생충격(birth trauma)'[*]에 의한 것이다. 그런데 이 연에서 진술된 울음은 출생충격에 의한 것이면서도 어머니의 정서에 동화되어 있는 좀 더 발달된 울음이다.

어머니의(눈물을 감추려고) 고개 숙이는 모습에서, 어머니의 눈물이 뺨에 떨어지면서 '딸하서' 울고 있다. 즉 어머니의 눈물을 인지하면서부터는 '노상 버릇인 눈물이 나와서' '울음의 뜻은 도모지 모르면서' 섧게 울어 버린다는 것이다. 버릇이 되어 있는 눈물은 다름 아닌 2,3연의 본능적 울음에서 연유한 것이다. 또한 어머니께서 졸 때에는 왕만 혼자 울었으며 '어머니의 지우시는 눈물이 젓먹는 왕의 뺨에 떨어질 때에는 왕도 딸하서 시름업시' 울게 된다. 이렇게 되면 이미 왕의 울음은 습관화된 것이고 2,3연의 본능적 울음에서 비롯하여 어머니의 영향 하에서 생득된 4연의 울음과 유기적인 관련을 가지게 된다.

욕구의 획득과정으로 볼 때 유아가 공복일 경우 나타나는 행동은 모친에 의해서 모유가 주어짐으로 해서 해소되며 이 행동은 그것으로 중지된다. 이 때 유아는 욕구의 충족과 모유의 관계를 의식하지 못 하지만 차츰 성숙해 감에 따라 요구를 만족시키는데 도움이 되는 모유 자체를 얻으려는 행동을 하게 된다. 즉 욕구를 만족시키는 데 관련이 있는 환경의 일부

---

[*] 캘빈 S. 홀, 《프로이트 심리학입문》, 황문수 역, 범우사, 1990. 79면. 어린 유기체는 흔히 공포에 압도당한다. 그의 자아는 과도한 자극을 지배할 수 있는가를 가르쳐 줄만큼 발달하지 못 했기 때문이다.

에 행동이 방향화하는 선택적 행동을 하게 된다.* 곧 자신의 생리적 욕구를 항상 충족시켜 주는 것이 어머니임을 알고부터는 모친 그 자체를 찾게 된다. 모친은 공복일 때에 수유해 주고 추울 때는 몸을 따뜻하게 해 주는 등 욕구를 만족시키는 데 관계하고 있으며 항상 모친이 옆에 있다는 것이 모친에 대한 의존성과 애정을 발전시킨다. 결국 공복이 아닌 경우에도 모친을 찾게 되는 것과 같이 원래는 생리적인 욕구를 만족시키는 수단이던 것이 목적 그 자체가 변형되는 것이다.

따라서 3연과 4연에서의 왕의 울음은 이미 생리적 욕구 충족 대상으로서의 어머니에서 어머니 자체로 목적이 변해 있으며 어머니의 눈물이 자신에게 자연스럽게 감정이입되고 있다. 갓난애는 주위의 사물을 분별하는 말을 배우기 전에 어머니의 영향을 받는데 그것은 감정적인 영향 곧 감정이입이다.**

울음의 뜻은 도무지 모르면서 따라서 운다는 것은 아직 왕이 사회화의 미분화 상태에 있음을 말한다. 유아기의 미분화는 자기와 외계 또는 타인과의 관계가 미분화되어 있거나 현실과 상상이 미분화된 것을 말하는데 이러한 미분화는 아동기에 들면 분화하게 된다. 3연과 4연에서의 울음은 아직까지 사회가 어머니로만 한정된 상태에서 그러한 미분화 상태를 보여 주는 것이다.

왕이 울음을 더욱 의식적으로 체험하는 것은 5연부터이다. 열한 살 되던 해 명이 긴가 짧은가 맨재텀이로 그림자를 보러 갔는데 '목아지업는 그림자' 라고 동무들이 놀리고 왕은 죽을까 겁이 나서 '어머니께서 들으시도록' 소리쳐 운다. 4연까지는 가정 내에서 경험하는 눈물의 내용이라면 5연부터는 소년기의 사회화 과정에서 겪는 내용이다. 그런데 모가지 없는 그림자는 전혀 자신의 의사와는 상관없는 것이며 일방적으로 자신

---

* 장병림, 앞의 책. 112면.
** 캘빈 S. 홀, 《프로이트 심리학 입문》, 황문수 역, 범우사, 1990. 167면.

에게 주어지는 '불안'이다. 여기에서도 그는 어머니에게 호소하기 위해 소리쳐 울게 된다. 이 때의 울음은 자신에게 습관화된 반응양식이면서 어머니를 향하고 있다는 점에서 어머니와 자신을 연결하는 심리적 안정의 역할을 하고 있다.

어떤 사건에 대한 인간의 반응은 그 사건이 일어나는 상황을 어떻게 정의하느냐에 따라 그 성격이 매우 다르다는 것을 알 수 있는데[*] 예를 들면 뺨을 때리는 행위에 대해 그 상황에 따른 반응을 보면 다음과 같다.

행 위	상 황	정 의	반 응
1) 뺨을 때린다	두 사람이 싸운다	모욕	분노
2) 뺨을 때린다	장난	장난	장난응수
3) 뺨을 때린다	아들이 거짓말을 해서 아버지가 때림	처벌	창피
4) 뺨을 때린다	갓난애가 아버지를 때림	천진난만한 행위	애무

그런데 5연에서 볼 때 명이나 긴가 짧은가 장난삼아 보러간 그림자에 대해 왕의 동무인 '작난꾼아이들이 심술스러웁게 놀이' 는 행위에 대해 왕은 죽을까 겁이나서 어머니께서 들으시도록 소리쳐 운다. 위 표에서 장난으로 정의된 장난의 상황인 2)의 항목을 장난응수로 반응하지 못 하고 있다. 장난삼아 보러간 행위와 장난으로 놀리는 동년배의 행위에 왕은 심각한 반응을 보이고 있는 것이다. 이것은 곧 왕이 또래집단보다 미성숙된 것으로서 사회화가 온전히 성취되지 못 했음을 나타내는 것이다. 또한 죽음에 대한 막연한 공포와 어머니께 자신의 상황을 호소하는 것은 아직도 미분화되어 있는 자신의 상태를 나타내고 있다.

---

[*] 전병재, 앞의 책 275면.

6연에 오면 왕은 인생을 보다 깊이있게 체험하게 된다. '나뭇군의 산타령을 딸하가다가 건넌산 비탈로 지나가는 상두군의 구슬픈 노래를 처음들엇'고 파랑새를 '동모라하고 조차가다가 돌뿌리에 걸리어 넘어저서 무릅을 비비며 울엇'다. 인생에 있어서 죽음을 처음으로 경험하게 되고 자신은 파랑새가 동무인 줄 알고 달려갔지만 그것이 좌절됨으로 해서 비로소 왕은 자신과 세계와의 비동일성을 경험하게 된다. 즉 어머니와 세계로부터 미분화상태에 있는 왕이 사회에 노출되었을 때 사회는 더 이상 그것을 용납하지 않고 있는 것이다. 사람들은 계속 생존하려면 상상과 현실을 구별할 줄 알아야 하고 이러한 소인은 경험과 훈련에 의해 발달되며 보통의 경우 아주 어려서부터 어린애는 외부세계에 있는 것과 내면의 정신 속에 있는 것의 구별을 배우고 있다.* 그러나 왕은 미처 거기에까지 미치지 못 하고 있고 따라서 사회로부터 응분의 처벌을 받게 되는 것이다.

7연에서는 이제 왕이 강제로 어머니로부터 분화된다. 할머니 산소 앞에 꽃 심으러가던 한식날 아침에 어머니는 왕에게 하얀 옷을 입히고 귀밑머리를 단단히 땋아주면서 "오늘부터는 아모ㅅ죠록 울지말어라"고 한다. 그 때부터 눈물의 왕은 '어머니몰내 남모르게 속깁히 소리업시 혼자 우는 그것이 버릇이되'고 만다. 왕에게는 이미 울음이란 것이 습관화되어 본능에 자리하고 있고 울음을 우는 것이 마음의 평정을 얻는 길이다. 왜냐하면 본능의 목표는 흥분과정에 의해 교란되기 이전의 조용한 상태로 되돌아 가고자 하는 것이며 따라서 보수적이고 퇴행적이며 반복적이기 때문이다.** '어린애는 자신의 행위에 대해 내면적 통제를 확립하기 이전에 처벌을 받음으로써 무엇이 나쁜지를 배워야 하는데'*** 지금

---
* 캘빈 S.홀, 앞의책, 1990. 55~56면.
** 캘빈 S.홀, 앞의 책, 50~51면.
*** 캘빈 S.홀, 앞의 책, 64면.

까지 왕에게는 울음에 대한 어떤 제재도 가하여진 일이 없었고 오히려 그것은 어머니의 정서에 동화되는 것으로서 작용해 왔다. 즉 왕은 울음이 처벌의 대상이 아니라고 인식해 왔던 것인데 한식날 '오늘부터 울지 말어라'는 어머니의 말은 충격이면서 크나큰 억압이다. 왕은 여전히 어머니와 미분화 상태인 채로 남아 있고 싶지만 자기가 믿고 동일시해 왔던 어머니로부터 강제로 분화되는 것이다. 그것은 왕에게 큰 '억압(Repression)'으로 작용한다. '억압의 모체는 사회이며 즉 사회의 금제이다.'[*] 그 억압에 의해 왕은 '외면적 욕구불만'[**]에 싸이게 된다. 그런데 억압은 결코 완전히 이루어지는 것이 아니기 때문에 그 억압은 왕이 '어머니몰내 남모르게 속깁히 소리업시 혼자우는' 것으로 나타나고 있다.

8연에 오면 왕의 사회화는 보다 진척된다. 이제 왕은 사회로 나왔지만 그 사회화는 여전히 불완전한 것이다. 타고르의 〈쫏긴이의 노래〉(채과집 朶果集 중의 한 편)를 부른다는 것은 그것이 사회참여의 신호로 보이지만 그는 사회에서 고립된 채로 산길에서 혼자 어실렁거리고 있을 뿐이며 돌부처에게 자신을 의탁하고 싶어 한다. 또한 장군바위에서 혼자 울고 있는 것은 어머니품을 떠나서 외부, 즉 사회로 나오긴 했지만 여전히 사회에 동화하지 못 하고 있음을 뜻하며 그것은 강제로 분화를 당했다 하더라도 그 분화는 완전히 달성되지 않은 채 여전히 어머니에게서 떠나지 못 하고 있음을 뜻한다. 따라서 왕은 마지막 9연에서도 나는 여전히 어머니의 외아들이며 이 세상 모든 것이 서럽게만 보인다는 것이다.

전체적으로 볼 때 주인공인 왕은 심리적 성장이 정지된 고착(fixation) 상태에 빠져 있다. 심리적 발달은 육체적 성장과 마찬가지로 일생에 있어서의 처음 20년 동안 유아기, 유년기, 청년기, 성년기를 거치면서 이루

---

[*] 장병림, 앞의 책, 146면.
[**] 외면적 욕구불만은 결핍과 박탈의 상태이고 내면적 욕구불만은 내면적 금지상태이다. 즉 어떤 사람이 무슨 일을 할려고 할 때 외부적 장애(여기서는 어머니의 금지)가 방해할 때를 말한다. 캘빈 S.홀, 앞의 책, 63면.

어지는 점진적이고 계속적인 과정이다. 심리발달이 한 단계에서 다음단계로 착실한 발달을 하면서 옮겨가지 못 하고 머물러 버릴 때 그것을 고착이라고 한다. 고착은 불안에 대한 방어의 일종인데 그 불안이란 앞으로 전개되는 새로운 상황에 대해서 위험과 곤란이 앞에 놓여 있다고 생각하기 때문에 다음단계에 대해 느끼는 것이다. 과거에 친숙했던 것을 떠나 새롭고 익숙지 못 한 것을 향할 때 우리가 느끼는 불안을 이탈불안(separation anxiety)이라고 한다. 이탈불안이 너무나 클 때는 새로운 생활방식으로 나아가기보다 오히려 옛날의 생활방식에 고착되어 있으려 한다.

고착된 사람이 느끼는 위험은 주로 불안정과 실패, 처벌이다. 불안정은 새로운 상황의 요구에 대처할 능력이 없다고 느낄 때 생기는 정신상태인데 그는 새로운 상황이 그에게는 과도하며 따라서 그 결과도 고통스러울 것이라고 생각한다.*

이렇게 본다면 이 시는 주인공인 왕이 성년이 된(1연과 9연) 현재, 자신의 탄생에서부터 청년기로 성장하기까지의 불완전한 사회화 과정을 말하고 있는 것이다. 그 과정에서 자신이 완전하게 사회화할 수 없었으며, 심리적 고착과 불안정에 대한 모태에로의 회귀의식을 담고 있다. 그는 새로운 상황에 대해 항상 불안정을 경험하면서 심리적으로 고착되어 있으며 성인이 된 지금도 눈물을 흘릴 수밖에 없는 현재에 대해 자신이 가장 귀한 아들인 왕으로 존재했던 과거, 유년에 대한 회상을 하고 있다. 어머니를 떠나 있기 때문에 이제는 사실상 왕은 아니지만(즉 육체적으로는 성숙해 있지만) '나는 왕이로소이다. 나는 왕이로소이다'를 반복하여 강조함으로써 어머니에게서 미분화되어 있던 과거와 현재를 동일시하고 있는 것이다.

---

* 캘빈 S. 홀, 앞의 책, 113~114면.

따라서 이 시는 사회에 완전히 동화할 수 없는 현실이라는 욕구불만에 대해 유아기로의 퇴행, 모태의 회귀로써 비로소 안심하는 작가의 보상심리에 의해 씌여졌음을 알 수 있다. 보상(Compensation)이란 열등감에 대한 방위기제이며 자신의 결함을 극복하는 또는 중립화하려는 시도이기 때문이다.*

〈나는 왕이로소이다〉에 나타나는 불완전한 사회화에서 오는 유년회상은 다음의 시에 오면 그 근거가 더욱 명확해진다.

> 어머니!/엇지하야서/제가 이러케 점잔어젓슴닛가/어머니의 젓쪽지에 다시 매여달릴수도 업시/이러케 제가 점잔어젓슴닛가/그것이 원통해요/이 자식은/어머니!/엇지하야서/십년전 어린애가 될수업서요/어머니께 꾸중듯고 십년전 어린애가 다시 될수업서요/그리고왜 인제는 꾸중도 안이하십닛가/그것이 설어요/이자식은//어머니!/엇지하야서/어린것을 각구어 크기만 바랏슴닛가/가는뼈가 굵어질스록 욕심과간사가 자라는줄을 몰으섯슴닛가/거룩한 사랑을 갑싸게 저버리는줄 모르십닛가/그것이 늣기여저요/이자식은//어머니!/엇지하야서/떡달라는 저에게 흰무리떡을 주섯슴닛가/틔끌업시 클줄만 아시고 저의생일에면은 흰무리떡을 해주섯슴닛가/인제는 때무든옷을 버슬수도업시 게을너젓슴니다/그것이 압흐게 뉘우처저요/이자식은
>
> ─〈어머니에게〉 전문**

욕심과 간사, 사랑을 져버리고 때묻은 옷을 입고 있는 화자가 회귀하고자 하는 곳은 어머니의 젖꼭지에 매어달리고 꾸중들으며 자라던 십 년 전의 자신이다. 그러나 이제는 가는 뼈가 굵어지고 점잖아져서 그렇게

---

* 장병림, 앞의 책, 159면.
** 《개벽》 37호.

할 수가 없는 것이다. 그것은 곧 정신적 성숙은 완성되지 않은 채로 육체적 성숙만 이루어져 있는 데서 오는 유아상태로의 회귀의지이다. 그것은 '짓거리지 마라, 정몰으는 지어미야 / 날다려 안존치 못하다고? / 귀밋머리 풀으기전 나는 / 그래도 순실하엿섯노라 // 이 나라의 죠흔 것은, 모다 아가것이라고/⋯⋯모든세상이 이러한줄만 알고왓노라.' (〈꿈이면은?〉 일부)에서도 나타나고 있다.

그는 유족한 환경에서 외아들로 태어나 이 나라의 좋은 것은 모두 아가것이라며 '왕' 처럼 귀하게 자라났고 어떤 제제나 처벌도 받지 않은 채 모든 세상이 순실한 줄로만 알고 살아 온 것이다. 그의 전기로 보면 그는 부유한 집의 외아들로 태어났고 9세때 백부댁에 양자로 들어간다. Adler에 의하면 외아들인 경우는 편애로 인하여 너무 귀여움을 받고 학교에 들어갈 때까지 자기 마음대로 하기 때문에 곤란에 대한 면역이 없다고 한다. '그는 잘 울거나 오랫동안 오줌을 싸거나 다른 사람의 주의를 끌기 위해 교실에서 나쁜 장난을 한다.'* 그는 왕처럼 편애를 받으며 자라났고 유아기를 거쳐 소년기로 오면서 일반적으로 아버지를 통해서 외부세계로 인도되는 과정이 없는 것이다. 따라서 그는 새로운 환경에 대해 늘 불안정을 경험하게 되고 사회는 항상 자신에게 고난만 줄 것이라고 믿는다.

그는 끝까지 유아상태로 남고 싶어 하지만 뒤늦게 어머니로부터 분화를 선언 당하고 따라서 십왕전에서 '쫓기어 난' 것이라고 생각한다. 그것은 곧 사회화가 자신의 의도와는 상관없이 이루어지고 있으며 아직 미숙한 자아에게 새로운 사회는 늘 불안만 안겨주는 것이다. 그것은 한 편으로는 자신의 사회화를 인도해 줄 부권의 상실과 관련되는 것이다.

《백조》의 간행경비, 연극단체의 재정지원 등으로 가산을 탕진하게 되

---

* 캘빈 S.홀, 앞의 책,159~160면.

어 사회화를 좌절당하고 가족을 돌보지 않는데도 아들의 금의환향만 기다리는 어머니의 편애에 대한 죄의식은 또 다른 억압으로서 행복했던 유아시기로의 퇴행을 가속화시키고 있는 것이다. 실지로 그는 〈귀향〉이란 수필에서 저간의 사정을 간접적으로 말하고 있다.

> 내가 이 땅을 시방 다시 밟는 것은, 일곱해만이다. 일곱해라는 간—세월은, 어느 곳에서 허비해발이고, 인저서야 귀향이든고. 일곱해를 별러서 오늘에야, 내 고향에 돌아온다. 정다운 매가妹家에를 차저서 온다. 안이다. 나의 생가, 보고십흔 우리 어머니를, 맛나뵈올야고 오는 이 길이다. 어머니께서는, 아마나 퍽 만히 늙어섯겟지, 내가 처음에 집에서 떠날 때에는 이 자식이 훌륭한 사람이 되여 올 터이니, 보십시요 하고 어머니의 흘리시는 눈물을 더 나리게 하얏더니만…… 그런데 내가 시방 정말로, 훌륭한 사람이 되여 오는 것인가. 그래도 어머니께서는, 아마 이제도, 훌륭히 된 아들이 돌아오기를, 고대하고 게시겟지.*

이 작품은 1928년 《불교》 10월호에 발표된 것으로 작자의 신변적인 것을 배경으로 하고 있다. '등장인물 및 노작의 생애와 비교하여 약간의 차이점이 없는 바 아니나, 이것은 작자가 의도적으로 허구화한 때문이다.'**

3) 사회의 성격과 현실인식 태도

그러면 노작으로 하여금 사회화의 좌절을 경험케 하고 유년을 동경하게 하는 사회는 어떤 성격의 것인가. 지금까지 보아 온 것처럼 왕의 성격 결함은 일차적으로는 그의 성장과정에서 오는 불완전한 사회화에 큰 내

---
* 《불교》 53호, 1928. 10. 61~62면.
** 김학동, 《한국근대시인연구 1》, 일조각, 1983. 159면.

적 요인이 있지만 또 하나 중요한 것은 그가 처한 사회환경과 현실인식 태도에 있다고 하겠다.

〈나는 왕이로소이다〉에서 그의 사회화 과정은 사회의 횡포로 인해서 억압되어 있다. 즉 유아기에 그가 접할 수 있었던 유일한 사회인 어머니는 무슨 이유인지는 모를 울음과 눈물로 그에게 불안을 주었는데 이는 영문도 모르는 채 어머니로부터 일방적으로 경험한 것이었다.

그가 어머니 이외의 사회를 경험하는 것은 열 한 살 때의 일이다. 명이 나 긴지 짧은지 그림자를 보러 간다는 것은 '명이나'의 '나'에 주의해 볼 때 다분히 장난기가 섞여 있는 것인데 친구들이 목없는 그림자라고 놀림으로 해서 상처를 받고 소리쳐 울게 되며 또한 동무라고 따라간 파랑새는 결국 동무가 아니었고 그 대신 돌부리에 걸리어 넘어지는 고난, 즉 사회적 처벌을 경험한다.

그가 경험하는 사회는 5연에서의 '목아지업는 그림자'에서 느끼는 죽음의 공포와 6연에서의 상두군의 구슬픈 노래, 파랑새에서 느꼈던 좌절, 7연에서의 할머니 산소에 가는 일, 또 유독이 그 날에 어머니로부터 당하는 억압, 돌부처의 감중연하는 모습 등에서 느끼는 사회에 대한 배신감과 좌절과 비극으로 얼룩져 있다.

James는 외계의 사물과 자기의 신체와 구별하고 경험을 하게 되는 단계가 자아를 경험하는 최초의 단계라고 언급하였는데[*] 2연에서의 울음은 비록 그것이 욕구충족의 수단으로서 다른 의미가 없다고 하더라도 3연에서 어머니로부터 경험하는 것은 이유도 없는 슬픔과 눈물이었다. 즉 처음부터 왕이 외부에서 받은 것은 상처와 고난이었다. 이것은 결국 사회화가 온전히 이루어지지 않은 왕에게는 자아의 의도와는 상관없이 사회가 일방적으로 가하는 것이며 고착된 자아는 비극을 경험할 수밖에 없

---

[*] 장병림, 앞의 책, 115면.

게 된다. 그것이 죽음이라는 인생에 있어서의 비극과 연관을 맺어 감으로써 이 시는 불완전환 사회화의 과정에서 느끼는 인생의 비극에 촛점을 맞추고 유년으로의 회귀를 갈구하고 있는 것이다.

그가 경험하는 사회의 태도는 그가 청년이 된 후 누―런 떡갈나무 우거진 산길에서 '쫓긴이의 노래'*를 부르며 어실렁거릴 때에 돌부처가 감중연하고 있는데서 보다 구체적으로 경험된다.

> 저 자라뫼(山名) 미극당이의 돌부처는, 여전히 평안하신가. 얼이엿슬적에는, 그압흐로 지나단일제마다, 몃번인지몰으게 소원을 빌고, 정성을 들이며, 미래의 꼿다운희망도, 퍽만히 하솟거리엿고, 단단한언약도 만히하얏것만은, 내가 어리석엇슴인가, 돌부처가 나를 속이엿슴인가…… 차듸차고 우둥퉁하고 딱딱한 그돌부처에게다, 빌고 바라고 또 기둘으기는, 얼마나만히하얏든가.**

돌부처의 심상은 두 가지 의미를 가진다. 유년기의 경험 속에서 돌부처는 세계와의 행복한 화합을 보장하는 살아있는 상징이지만, 청년기의 경험 속에서 돌부처는 한낱 돌덩어리에 불과하다. 그것은 아무것도 보장 못 하는 죽은 상징이다.*** 결국 어린 시절, 자아와 세계를 동일시하던 그의 세계관은 점점 변모될 수밖에 없고 자아가 적절히 대응하지 못 할 때 그 세계는 횡포로 인식되는 것이며 능동적이지 못 한 자아는 이 때 비극을 경험할 수밖에 없는 것이다.

즉 이 시에 등장하고 있는 사회는 미숙한 사회화를 경험하고 있는 왕

---

* 이 시는 타고르가 일본에 방문했던 1916년에 최남선의 청탁으로 진순성秦瞬星 일행이 받아와서 《청춘》 11호(1917.11.16)에 게재한 것으로 망국민의 망가輓歌, 패배한 민족의 서러운 노래이다. 박두진, 앞의 책 60면.
** 《불교》 53호, 1928.10.
*** 최원식, 앞의 책, 141면.

에게는 단지 두려움의 대상으로밖에 인식되지 않는다. 물론 돌부처에게 빌고 정성 들이고 언약한 행위는 자아와 세계가 동일시되는 미분화의 일종이지만 그 부처가 감중연만 하고 있는데서 비동일화를 경험하고 자아는 더욱 실망과 좌절을 느끼게 된다. 유아기로부터의 사회화 과정에서 느낀 인생에 대한 슬픔과 두려움은 결국 마지막 연에서 설음 있는 땅은 모두가 왕의 나라라고 하는 극도의 비극적 세계관 위에서 유년으로의 퇴행을 갈구하고 있는 것이다.

　이런 점에서 그가 후기에 민요적 시를 주로 창작한 것은 같은 근거에 서게 된다. 물론 그의 민요적 시는 강한 민족의식의 발로이고 그것이 홍사용에게 있어서는 다른 시인들보다 강하게 나타나는 것이 사실이지만 20년대의 민요적 시는 쟝르상으로 볼 때 퇴행의 양식이며 그 지향점은 유년과 향수, 현실도피인 것은 주지의 사실이다. 즉 그의 민요적 시는 외관상으로는 민족의식의 발로이고 고유의 양식의 추구이긴 하지만 그 내면은 전기의 자유시들과 동일한 배경 하에 씌어진 것이다. 또한 그의 시에 꿈이 많이 등장하는 것도 결국 같은 배경 하에 있다. 유년의 회상은 관념 속에서만 가능하며 꿈이 현실에서 이룰 수 없는 욕망을 관념적으로 실현시킨다는 의미에서 일종의 심리적 보상으로서 동일한 성격이기 때문이다.

　노작의 현실에 대한 인식은 그의 소설에 어느 정도 나타나 있다. 노작의 소설은 지금까지 알려진 바로는 모두 4편으로 〈저승길〉(《백조》3호,1923.9), 〈봉화가 켜질 때에〉(《개벽》 61호. 1925.7.), 〈뺑덕이네〉(《조선일보》 1938.12.2), 〈정총대町總代〉(《매일신보》 1939.2.9) 등이다.

　〈저승길〉은 3·1운동을 간접적 배경으로 하고 있어서 그 자체로도 의미를 지닌다.* 이 작품은 '만세꾼' 황명수의 뒷바라지를 하는 사상기생

---

* 3·1운동을 배경으로 한 소설은 기월其月의 〈피눈물〉(1919, 상해판 독립신문), 김동인의 〈태형〉(1922~23), 최서해의 〈고국〉(1924) 등이 있어서 그 수가 적은 편이다. 최원식, 앞의 책, 148면.

희정의 죽음을 묘사하고 있다.

보이지안는 사랑의 줄이,명수와 희정의 젊은 두몸을,꼼짝할수업시 억매 어노키는,명수가 스무살먹든해 봄이엇섯다. 한몸은 난봉을치는 기생방주인으로,방을 빌리어주엇고,한몸은 만세꾼의신세라. 신변의 위험을 돌보아서, 일부러 오입쟁이 행세를하며,그방에 들어잇게되엇다.희정은 주인이오,명수는 손이엇섯다.

그둘의 사괴임은,매우 의협적이엇고,또한 넘우도 밀접하얏섯다.

그런데 희정이 기생이 된 것은 자신의 의지로서가 아니라 어떤 보이지 않는 강제적인 힘, 인간성을 파괴하고 구속하는 외부의 힘이다. 죽어가면서 그녀의 혼은 이렇게 부르짖는다.

아—나의것을,모다 모조리 빼앗어간이는 누구이냐.그강도질을한 죄인은 누구이냐.못살게군이는 누구이냐,하느님이냐,사람이냐,이몸 스스로냐,항용 말하는 팔자라는 그것이냐,그러치안으면 광막한 벌판이냐,웃둑 솟은 뫼뿌리냐,철철흐르는 한강수냐.유연히 뜻업시 돌아가는 뜬구름이냐,반작어리는 별빛이냐,안갯속에서 노곤히조으는 참새새끼냐,침침한곳만 차저서 기어드는 배줄인귀신이냐,정말어떤것이 범죄자며,참말로나의 똑바른 원수이냐.

이 작품에서 그는 파멸당한 한 기생의 이야기를 통하여 인간성을 파괴하는 일체의 봉건적, 식민주의적 질곡에 대한 강한 항의를 제출한다.[*] 즉 희정이 기생이 되는 것은 자신의 의지와는 상관없는 일체의 사회적 압력에 연유한다.

---

[*] 최원식, 앞의 책, 151면.

〈봉화가 켜질 때에〉는 백정의 딸 귀영이의 성장과 변신, 죽음에 이르는 이야기이다. 백정인 최씨는 아내까지도 양반에게 빼앗기고 '백뎡놈도 미욱하나마 사람이외다 하고, 한마듸의 부르지즘이, 양반에게 발악한 것이라하야, 건너마을 뎡생원의 사랑마당에서 어더맛고, 울며 도망해왓다.' 그는 이사를 가서 새롭게 인생을 시작하려 하지만 사회는 그것을 용인하지 않는다. 귀영이가 고향학생친목회에서 '백뎡의 딸이라'고 쫒기어나게 되는 것이다. 기미년 만세운동이 일어나자 그녀는 '고요함에 반동은 움직임이라, 수백년동안 학대에 지질리여 잠잣코잇든, 귀영이의 피는, 힘잇게 억세이게 끌어올럿다.' 그녀는 옥에 같이 들엇던 김씨라는 동지와 사랑이 깊어졌고 전통을 부수어버리고 형식을 없이 한다는 의미로 예식도 없이 살림을 차린다. 그러나 백정의 딸임을 안 뒤의 김씨의 태도는 돌변한다. '밥을 먹기 위하야 일하는 그것이, 무엇이 잘못이오. 사람들에게 먹을것을 드리는 직업이, 무엇이 천하오' 하고 부르짖는 귀영에게 '더러운년 백뎡의 딸년이' 라며 내쫒는다. 그들의 위선은 다음과 같이 고발된다.

한창시절에는 "동포다, 형뎨와, 자매이다, 이나라사람들은, 눈물에서 산다, 악한자여—모듸어라, 한세인살림을 찻기위하야……" 하며, 뒤떠들든 남편도, 알뜰한사람을 저바릴때에는, 모든것이 다 그짓말이엿다. 허튼수작으로, 모든사람들에게 아첨하고 발러마치너라고, 쓰든말이엿다. 그도 또한, 남을 함부로 작난해바려놋코, 가엽다 하는 인사도 업시 거러가버리는, 뻔뻔한 사나희엿슬 따름이다.

귀영이는 상해로 건너가 열사단에 참가하고 비밀단원이 되어 고국에 돌아온다. 죽음이 다가오자 그녀는 기생 취정이에게 비밀수첩을 전해 주고 죽는다. 이 소설에서도 주인공의 운명을 직접적으로 좌우하는 것은 외부의 부당한 힘이다. 백정을 천시하는 사회적인 태도는 끝까지 그들을 따라다니고 있고 남편도 거기에서 예외는 아니었던 것이다. 그들은 사회의 부당한 간섭에 저항하지만 결국 그것을 타파하지는 못 하고 있다.

홍사용이 사회의 강제와 좌절을 인식한 데에는 유년에서의 사회화 과정에서도 제시될 수 있지만 성인이 된 후의 그의 사회활동에서도 찾아볼 수 있다. 즉 그가 주관한 문예운동은 가산의 탕진을 가져왔고 3·1운동에 참여하였다가 피체되고 도피한 것이라든지 희곡 〈벙어리굿〉이 초교에서 검열에 걸려 압수당한 것이라든지 희곡 〈김옥균전〉이 총독부의 검열에 걸려 주거까지 제한받는 것 등이 그것이다. 또한 8·15해방 후에는 근국청년단 운동을 일으키려 하다가 그도 뜻을 이루지 못 하게 된다. 즉 그의 의식은 끊임없이 유년의 열등감을 보상하려고 사회화를 성취하고자 하지만*식민지의 사회적 환경은 그것을 용납하지 않고 좌절만 경험하게 한다. 출판물에 대한 검열제와 식민지 하의 질곡의 상황이 그 외적 압력으로 끊임없이 작용하고 있었던 것이다.

유년기부터 경험한 사회의 일방적이고도 부당한 횡포는 결국 그의 일생을 통하여 일관되게 인식되었던 것이고 항일이라는 사회화의 극복의지는 외부에 의해 좌절되었으며 거기에서 상처받은 자아는 다시 유년과 모태의 회귀로, 꿈의 세계로, 향토성으로 나타났고 그 배경 하에서 그의 시세계는 존재했던 것이다. 그가 후기에 집착했던 민요적 시가 창작이기는 하지만 민요에서 변용된 시라기보다 차라리 민요 자체에 더 가까왔던 것은 바로 이 사회화의 욕구와 좌절, 과거로의 회귀라고 하는 두 축 위에서 선택된 것이었다고 할 수 있다. 왜냐하면 민요 자체는 현실을 근거하고 현장감을 갖는다는 의미에서 주관에 의해 굴절되고 채색된 민요적 시

---

* Adler에 의하면 열등감은 다음의 두 경우에 강화된다고 한다. 1)환경이 좋지 않은 경우(외아들이거나 막내일 경우,편애 받거나 너무 엄한 경우) 2)신체적 장애나 기형일 경우에 열등감을 느끼게 되며 이 때 그 열등감을 극복하려 할 때 보상이 생긴다. 노작의 경우 그의 사회활동은 성장기의 불완전한 사회화에 대한 보상의 결과로 볼 수 있다. 캘빈 S.홀, 앞의 책, 154-155면.

보다는 더 사회적이기 때문이다.

4) 마무리

홍사용의 시가 개인의 불완전한 사회화 과정과 거기에서 오는 유년으로의 퇴행임은 위에서 살펴 본 바와 같다. 그러나 문학적 제 현상은 직·간접적으로 사회와 관련을 가진다고 할 때 그의 시는 사회와 어떤 관계를 가지게 되는가. 〈나는 왕이로소이다〉의 주제가 '나라를 빼앗긴 설움'이라고 한다면 우리는 그 근거를 작품 내에서 밝혀야 하기 때문이다.

여기에서 왕인 나는 노작이 몸담았던 식민지의 지식인으로 대신할 수 있다. 그리고 어머니는 영원한 모성으로서의 조국을 뜻하고 사회화 과정에서 나타난 사회의 갖가지 횡포는 식민지의 질곡을 뜻한다고 풀이할 수 있다. '나'는 사회화 과정을 미처 완벽히 수행하지 못 하는 미숙아로서의 당대 지식인이며 어머니는 나의 사회화 과정에서 이유없는 슬픔과 눈물만을 주어서 적극적이기보다는 소극적이고 능동적이기보다는 수동적인 성격형성을 하게 했다. 어머니의 어느 날의 일방적인 분화의 선언은 나에게는 큰 억압으로 작용하는 것이다. 한편 이러한 사회화의 미숙아인 나에게 사회는 냉담한, 오히려 비극적인 상황만을 제시하며 나의 사회화 과정을 앞질러 나가고 나에게 고난과 처벌, 비극적 인식을 심어준다. 자아와 동일시되었던 의미에서 어머니와 같은 성격으로 제시되며 구원의 대상으로 믿었던 돌부처는 자아가 처한 상황에 대해 어떤 해결책을 제시하기보다는 묵묵부답의 감중연으로써 더 이상의 능동적 기능을 수행하지 못 하고 있는 것이다. 그것은 곧 미숙한 사회화의 자아에게 마치 어머니가 능동적으로 작용하지 못 했던 것과 같이 더 이상 자아를 보호하지 않고 일방적으로 분화를 선언하는 것과 같다.

따라서 이 시는 사회적 배경을 고려할 때 급변하는 정세, 식민지의 상황하에서 미처 사회화가 완전히 달성되지 않은 당대의 삶을 간접적으로 표현하는 것이다. 그의 소설에서도 나타나는 바와 같이 아직 봉건적 구습과 상대적으로 사회, 경제, 문화적인 면에서 당대의 삶의 양식을 제시하지 못 한 조국의 현실은 단지 수동적 성격형성에 기여하고 있는 어머니에 비유된다. 어머니의 어느 날의 일방적 분화 선언과 감중연하는 돌부처의 모습은 당대 삶의 양식, 즉 부권에 의한 사회화의 양식을 제공하지 못 한 채로 급변하는 사회화 과정에 주인공을 노출시킨 당대 현실과 같은 것이다. 따라서 사회화 과정의 미숙아인 자아는 사회에 익숙하지 못 한 채로 과거의 세계, 왕으로 공인받던 유년으로의 퇴행에서 심리적 보상을 얻어 안정을 얻고자 하는 것이다.

이러한 배경에서 비로소 홍사용의 시는 당대의 민족이념을 나타낸 것이라는 근거를 확보하게 된다. 그러나 문제는 그러한 사회의식이나 민족의식이 개인적 삶*의 방식으로 또는 20년대의 보편적인 남성화를 거세당한 고아의식**으로 나타났다는 점이다. 그것이 단지 퇴보적인 관념적 내면공간으로, 장르상의 퇴보적 형태로 나타났다는 것은 결코 능동적이고 바람직한 현상은 아니었던 것이다.

---

* 오세영, 앞의 논문.
** 김윤식, 〈한국시의 여성편향〉, 《근대한국문학연구》, 일지사, 1973, 461면.

작가 연보

1900년 (1세) 음력 5월 17일 경기도 용인군 기흥면 농서리 용수골에서 아버지 대한제국통정대부 육군헌병 부위 홍철유洪哲裕, 어머니 능성綾城 구씨具氏의 외아들로 태어났다. 아버지가 무관학교 1기생으로 합격함에 따라 서울 재동으로 이사, 유년기를 서울에서 보냈다. 집안이 용인, 화성 일대에 많은 농토를 가진 지주여서 유족한 환경에서 자랐다. 아호로는 노작露雀, 소아笑啞, 백우白牛 등이 있으나 노작을 많이 사용하였다. 별명으로는 돌부처, 고고문사枯高文士, 대리석, 고양이, 열두박사 등이 있다.
1907년 (8세) 군대 해산으로 생부와 함께 낙향, 한학을 공부하였다.
1908년 (9세) 백부 승유升裕(1881년 사망)의 양자로 들어감. 양모 한산 이씨.
1912년 (13세) 두 살 위인 원효순과 결혼.
1916년 (17세) 휘문의숙에 입학. 서울 의주로에서 하숙.
1918년 (19세) 휘문의숙, 휘문고등보통학교로 개칭. 월탄, 정백 등과 함께 유인물 《피는 꽃》펴냄.
1919년 (20세) 휘문고등보통학교 졸업. 3·1운동으로 피체되었으나 바로 풀려나와 6월에 낙향. 정백과 함께 고향에 은신하면서 수필 〈청산백운〉, 시 〈푸른 언덕 가으로〉씀. 장남 규선奎善 출생.
1920년 (21세) 서울에 올라와 월탄, 정백 등과 함께 서광사에 관여, 동사에서 《문우》창간.
1921년 (22세) 재종형 사중思仲을 설득하여 문화사를 설립. 문예지《백조》와 사상지《흑조》창간 준비. 장녀 여선女善 출생.
1922년 (23세) 1월에《백조》창간호 발행. 5월에 2호 발행. 본격적으로 시창작 활동 시작함.
1923년 (24세) 5월에 극단 '토월회'에 참여, 1회 공연자금 조달. 9월《백조》3호 발행.
1924년 (25세) '토월회' 3회 공연부터 문예부장직을 맡음. 본격적으로 연극활동 시작, 〈회색의 꿈〉연출.
1925년 (26세) 9월 이광수의 〈개척자〉〈재생〉〈무정〉 등을 각색하여 연출.
1927년 (28세) 2월 박진, 이소연 등과 함께 극단 '산유화회' 조직. 차녀 형애馨愛 출생.

1929년 (30세) 박진 댁에서 기거. 각혈, 방랑생활이 시작됨.
1932년 (33세) 둘째 부인 황숙엽과 동거
1934년 (35세) 둘째 부인에게서 3녀 진선珍善 출생.
1935년 (36세) 자하문 밖 세검정 근처에 거주. 한방의학을 공부하여 생계 유지.
1938년 (39세) 부인 원씨와 장남이 서울 마포구 공덕동으로 이사. 둘째 부인에게서 4녀 양선亮善 출생.
1939년 (40세) 희곡 〈김옥균전〉이 총독부 검열에 걸려 주거제한을 받음. 차남 문선文善 출생.
1940년 (41세) 강경, 전주 등지에서 교편을 잡음. 사찰순례 및 불경 연구.
1941년 (42세) 생모 사망.
1942년 (43세) 양모 사망.
1943년 (44세) 생부 홍철유 사망.
1945년 (46세) 광복과 함께 근국청년단 운동 계획, 뜻을 이루지 못 함.
1947년 (48세) 1월 17일 폐환으로 마포구 공덕동 장남 댁에서 사망.

작품 연보

시

〈푸른 언덕 가으로〉, 1919.
〈비오는 밤〉, 《동명》 7호, 1921. 10.
〈백조는 흐르는데 별하나 나하나〉, 《백조》 창간호, 1922. 1.
〈꿈이면은?〉, 《백조》 창간호, 1922. 1.
〈통발〉, 《백조》 창간호, 1922. 1.
〈어부의 적〉, 《백조》 창간호, 1922. 1.
〈푸른 강물에 물놀이 치는 것은〉, 《백조》 창간호 1922. 1.
〈봄은 가더이다〉, 《백조》 2호, 1922. 5.
〈시악시 마음은〉, 《백조》 2호, 1922. 5.
〈별, 달, 또 나, 나는 노래만 합니다〉, 《동명》 17호, 1922. 12.
〈희게 하얗게〉, 《동명》 17호, 1922. 12.
〈바람이 불어요〉, 《동명》 17호, 1922. 12.
〈키쓰 뒤에〉, 《동명》 17호, 1922. 12.
〈그러면 마음대로〉, 《동명》 17호, 1922. 12.
〈해저문 나라에〉, 《개벽》 37호, 1923. 7.
〈어머니에게〉, 《개벽》 37호, 1923. 7.
〈그이의 화상을 그릴 제〉, 《개벽》 37호, 1923. 7.
〈흐르는 물을 붙들고서〉, 《백조》 3호, 1923. 9.
〈커다란 무덤을 껴안고〉, 《백조》 3호, 1923. 9.
〈시악시의 무덤〉, 《백조》 3호, 1923. 9.
〈그것은 모두 꿈이었지마는〉, 《백조》 3호, 1923. 9.
〈나는 왕이로소이다〉, 《백조》 3호, 1923. 9.
〈한선寒蟬〉, 《신조선》 6호, 1934. 10.
〈월병月餠〉, 《월간매신》 1934. 11.
〈각시풀〉, 《삼천리문학》 1호, 1938. 1.
〈시악시 마음이란〉, 《삼천리문학》 1호, 1938. 1.
〈붉은 시름〉, 《삼천리문학》 1호, 1938. 1.
〈이한離恨〉, 《삼천리문학》 1호, 1938. 1.

〈감출 수 없는 것은〉,《삼천리》131호, 1939. 4.
〈고추당초 맵다한들〉,《삼천리》131호, 1939. 4.
〈호젓한 걸음〉,《삼천리》131호, 1939. 4.

소설
〈저승길〉,《백조》3호, 1923. 9.
〈봉화가 켜질 때에〉,《개벽》61호, 1925. 7.
〈뺑덕이네〉,《조선일보》1938. 12. 2.
〈정총대町總代〉,《매일신보》1939. 2. 9.

희곡
〈할미꽃〉,《여시如是》1호, 1928. 6.
〈제석〉,《불교》56호, 1929. 2.
〈출가〉,《현대조선문학전집》1938. 10.

수필
〈청산백운〉, 1919.
〈육호잡기〉,《백조》창간호, 1922. 1.
〈육호잡기〉,《백조》2호, 1922. 5.
〈노래는 회색, 나는 또 울다〉,《동아일보》 1923. 1. 1.
〈그리움의 한 묶음〉,《백조》3호, 1923. 9.
〈육호잡기〉,《백조》3호, 1923. 9.
〈귀향〉,《불교》53호, 1928. 11.
〈산거山居의 달〉,《매일신보》1938. 7. 20.
〈우송牛頌〉,《매일신보》8. 7.
〈진여眞如〉,《매일신보》8. 9.
〈궂은 비〉,《매일신보》9. 4.
〈추감秋感〉,《매일신보》10. 16.
〈첨하簷下의 인정人情〉,《매일신보》10. 27.
〈향상向上〉,《매일신보》12. 5.
〈궁窮과 달達〉,《매일신보》3. 12.
〈두부만필豆腐漫筆〉,《매일신보》4. 25.

평론
〈조선은 메나리 나라〉,《별건곤》12·13호, 1928.5.
〈흰젖〉,《불교》10·51호, 1928.9.
〈백조시대에 남긴 여화〉,《조광》11호, 1936.9.

연구 논문

기본자료
김학동 편저,《홍사용전집》, 새문사, 1985.
노작문학기념사업회 편,《홍사용전집》, 뿌리와 날개, 2000.
문협경기도지회 편,《노작 홍사용 문집》, 미리내, 1993.
이원규 편저,《백조가 흐르던 시대-노작 홍사용 일대기》,새물터, 2000.
홍사용,《나는 王이로소이다》, 근역서재, 1976.

단행본
김용성,《한국 현대 문학사 탐방》, 국민서관, 1979.
김용직,《한국근대시사》, 새문사, 1983.
김은철,《한국 근대시 연구》, 국학자료원, 2000.
김학동,《한국근대시인 연구》, 일조각, 1974.
박종화,《달과 구름과 사상과》, 휘문출판사, 1965.
박종화,《청태집》, 영창서관, 1942.
서연호,《한국근대희곡사연구》, 고려대학교 민족문화연구소 출판부, 1984.
유민영,《한국근대연극사》, 단국대학교 출판부, 1996.
_____,《한국개화기 연극사회사》, 새문사, 1987.

학위논문
고연숙,「백조파 시 연구」, 성심여자대학교 대학원 석사학위논문, 1991.
김봉주,「홍사용 시 연구」, 고려대학교 대학원 석사학위논문, 1985.
김성열,「노작 홍사용 연구」,동국대학교 문화예술대학원 석사학위논문, 2001.
김은철,「한국 근대 관념주의시 연구」, 영남대학교 대학원 박사학위논문, 1992.
김한호,「백조파 시 연구」, 전남대학교 교육대학원 석사학위논문, 1986.
문한성,「토월회연구」, 단국대학교 대학원 석사학위논문, 1987.
박경수,「한국 근대 민요시 연구」, 부산대학교 대학원, 박사학위논문, 1989.
박계숙,「백조파 시 연구」, 충남대학교 대학원 석사학위논문, 1980.
배릉자,「백조파 시인 연구—이상화·홍사용·박종화 작품을 중심으로」, 동아대학교 대학원 석사학위논문, 1975.
서연호, 「일제하의 희곡연구」, 고려대학교 대학원 박사학위논문, 1981.
성백원, 「1920년대 노작 홍사용의 민족주의 운동—작품세계와 신극활동을 중심으로」, 경기대학교 교육대학원 석사학위논문, 2000.
송재일, 「홍사용 문학 연구」, 충남대학교 대학원 박사학위논문, 1989.
신성식, 「홍사용 민요시 연구—민요시의 추구과정을 중심으로」, 공주대학교 대학원 석사학위논문, 1998.
유관종, 「노작 홍사용 연구」, 단국대학교 교육대학원, 석사학위논문, 1986.
윤난홍, 「1920년대 한국 현대시 연구」, 경희대학교 대학원 박사학위논문, 1987.
이관주, 「홍사용 문학연구」, 한양대학교 교육대학원 석사학위논문, 1987.
이병기, 「노작 홍사용 시 연구」, 영남대학교 교육대학원 석사학위논문, 1986.
이월미, 「1920년대 민요시 연구—김억·홍사용·김동환을 중심으로」, 동아대학교 대학원 석사학위논문, 1993.
이 진, 「홍사용시 연구」, 전남대학교 교육대학원 석사학위논문, 1995.
이진홍, 「사용 시 연구」, 전남대학교 대학원 석사학위논문, 1995.
정삼조, 「나라 잃은 시대에 나타난 현실대응 방식 연구」, 경상대학교 대학원 박사학위논문, 1999.
정호창, 「홍사용의 시 연구」, 상지대학교 교육대학원 석사학위논문, 1996.

일반논문·기타

김명배, 「1920년대 한국 로만주의 연구—William Blake와 홍사용의 대비적 연구」, 안성산업대학교 논문집 25집, 1993. 12.
김상일, 「사용과 상화」, 《현대문학》 58호, 1959.
김용성, 「설움이 있는 땅의 '눈물의 왕'」, 《한국일보》, 1972. 12. 17.
김은철, 「사회화의 관점에서 본 홍사용의 시」, 영남어문학회, 영남어문학 20집, 1991.
_____, 「한국현대시에 나타난 어머니-이장희·홍사용·신석정을 중심으로」, 배달말학회, 배달말 23집, 1998.
김팔봉, 「토월회와 홍사용—작고문인 회고 특집 〈하〉」, 《현대문학》 98호, 1963. 2.
김학동, 「동심적 비애와 그 향토성」, 《문학사상》, 1977. 6.
김형필, 「식민지 시대 시정신 연구—홍사용」, 한국외국어대학교 교육대학원, 교육논총 8집, 1993. 2.
민병욱, 「홍사용의 희곡문학 갈래선택에 대하여」, 부산대학교 사범대학 국어교

육과, 어문교육논집 9집, 1986. 12.
박봉우,「그것은 모두 꿈이겠지마는-노작 홍사용 시인의 생애와 일사」,《여원》6호, 1960. 3.
박　승,「토월회 이야기」,《사상계》112호, 1963. 8.
박영길,「노작 홍사용론- 그 문학과 생애의 일면」, 성균관대학교, 성대문학 제15·16집, 1970.
박영희,「백조 화려하던 시절」,《조선일보》, 1939. 9. 14
＿＿＿,「초창기의 문단측면사(제2회)」,〈현대문학〉59호, 1959. 10.
박종화,「노작의 생애와 예술」,《동아일보》, 1946. 10. 14
＿＿＿,「수원의 돌모루 홍사용」,《사상계》통권 제128호, 1963. 11.
송재일,「노작 홍사용의 희곡에 관한 고찰」, 한국언어문학회, 한국언어문학 26집, 1988. 5.
＿＿＿,「민요시의 현실대응 방식-홍사용의 민요시론」, 충남시문학회, 문예시학 2집, 1989.
＿＿＿,「뿌리뽑힌 삶, 그 드러냄과 초월의 극구조-홍사용의 희곡론」,《시문학》225호, 1990. 4.
＿＿＿,「식민지 상황의 통찰, 그 서사화-홍사용의 소설 연구」, 공주전문대학 논문집 18집, 1991. 12.
이재명,「한국 근대 희곡문학의 분석적 연구1-홍사용의〈할미꽃〉과〈제석〉에 대하여」, 명지대학교 예체능연구소, 예체능논집 6집, 1996. 12.
＿＿＿,「식민지 시대 시인들의 연극활동-홍사용과 김동환을 중심으로」,《현대시학》307호, 1994.10.
임기중,「〈청구가곡〉과 홍사용」, 국어국문학회, 국어국문학 102집. 1989, 12.
임성조,「홍사용의 시세계와 문학사의 의미」, 연세대학교 국어국문학과, 연세어문학 21집, 1988. 12.
임　화,「백조의 문학사적 의의」,《춘추》11월호, 1942.
조지훈,「홍사용 선생」,《시인의 눈》, 고려대학교 출관부, 1978.
최원식,「홍사용 문학과 주체의 각성」, 계명대학교 한국학연구소, 한국학논집 5집, 1980.
한상수,「한국 로만주의의 연구」, 목원대학 논문집 1집, 1977. 12.
한성우,「1920년대 한국 로만주의의 일특성 고찰-William Blake와 노작 홍사용의 대비적 연구」, 서울여자대학교 대학원 논문집 2집, 1994. 2.
홍신선,「한국시의 향토정서에 대하여-노작·만해·지용의 시를 중심으로」, 수

원대 국어국문학회, 기전어문학 10·11집, 1996. 11.
_____, 「방언 사용을 통해 본 기전·충청권 정서—지용·만해·노작의 시를 중심으로」, 〈현대시학〉 321호, 1995. 12.
_____, 「홍사용의 인간과 문학」, 한국불교어문학회, 불교어문논집 3집, 1998. 12.

❋ 책임편집

김은철
경북 선산 출생. 영남대학교 국어국문학과 졸업.
동 대학원 문학석사, 문학박사.
시집 《콤마의 추억》, 《갈 수 없는 그 곳》,
저서 《한국 근대시의 이해》, 《한국 근대시 연구》 외.
현재 상지대학교 국어국문학교 교수.

입력 교정 : 이진영 - 상지대학교 겸임교수.

홍사용 작품집

발행일 | 2023년 5월 10일 초판 1쇄 발행

지은이	홍사용	**책임편집**	김은철
펴낸이	윤형두 · 윤재민	**펴낸곳**	종합출판 범우(주)
편집기획	임헌영 · 오창은	**인쇄처**	태원인쇄

등록번호 | 제406-2004-000012호 (2004년 1월 6일)
　　　　　(10881) 경기도 파주시 광인사길 9-13 (문발동)
대표전화 | 031-955-6900　　**팩 스** | 031-955-6905
홈페이지 | www.bumwoosa.co.kr　**이메일** | bumwoosa1966@naver.com

ISBN 978-89-6365-502-4　03810

* 책값은 뒤표지에 있습니다.
* 잘못된 책은 바꾸어드립니다.